織田信奈の野望　全国版 13

春日みかげ

ファンタジア文庫

2328

口絵・本文イラスト　みやま零

目次

序

越前《えちぜん》・北ノ庄城《きたのしょう》。

無敵無敗を誇《ほこ》る上杉謙信《うえすぎけんしん》との決戦を控《ひか》えたわたしのもとに今、織田《おだ》家の主力が集結している。

わたしをここまで支えてきてくれた、たいせつな家臣たち。

六《りく》。万千代《まんちよ》。犬千代《いぬちよ》。勘十郎《かんじゅうろう》。左近《さこん》。そして半兵衛《はんべえ》。

手取川の向こうには、加賀・越中《えっちゅう》・能登を平定した謙信が陣《じん》を構えている。

もう体調は回復しているはずなのに、その謙信は動く気配を見せない。

仇敵《きゅうてき》の信玄《しんげん》と、歩調を合わせようとしている？　そんなはずはない。

謙信の心の動きが、読めない。

わたしはほんとうに謙信に勝てるのだろうか。

信玄でさえ破れなかった、あの軍神に。

身体《からだ》の震《ふる》えが止まらなくなる。

今こそわたしのそばにいてほしい二人が、ここにはいない。

十兵衛《じゅうべえ》は丹波《たんば》戦線で孤立《こりつ》し、毛利《もうり》の猛攻《もうこう》を一手に引き受けていた。

今朝方、十兵衛から「信奈《のぶな》さま、ご安心あれ。十兵衛は天才です。丹波戦線を維持《いじ》する秘策を考えだしました！」と新たな書状が届いた。

でもなぜだろう、その書状を読んだ時、むしろ十兵衛はさらなる窮地《きゅうち》に追《お》い詰《つ》められたのではないか、自分一人ですべてを背負い込もうとしているのではないか、と不安になった。

あの子には、そういう不器用なところがあるから。

そして、播磨《はりま》とともに豊後《ぶんご》の大友宗麟《おおともそうりん》のもとへと出立した良晴《よしはる》からは、いまだに連絡《れんらく》がない。

もう、豊後に到着《とうちゃく》していなければならないはずなのに。

豊後へ向かう途上《とじょう》で船が沈《しず》んだのではないか。

また「天岩戸」が開いて、未来へ戻《もど》されてしまったのではないか。

もしかしてまた記憶《きおく》をなくして、小早川隆景《こばやかわたかかげ》のもとに――

なぜなのだろう。あの人を天王寺の合戦で失っていた半年間よりも、あの人を自分の手に取《と》り戻したはずの今のほうがずっと不安で、辛《つら》い。

「くすん。信奈さま。良晴さんはきっとご無事です。明智《あけち》さまが体勢を立て直しつつあり、そして上杉謙信さまが予想に反して動かない今こそ」

良晴を案じているのだろう。涙目《なみだめ》になっている半兵衛が、口を開いた。

わたしは微笑《ほほえ》みを作り、「デアルカ」と、声をあげていた。

「今こそ、武田《たけだ》信玄の動《うご》きを封《ふう》じる一手を打つわよ！」

巻ノ一　長宗我部《ちようそかべ》捕鯨船《ほげいせん》

時は戦国。

われらが相良良晴《さがらよしはる》は、太平洋上にいた。

足利義昭《あしかがよしあき》将軍を旗頭に、西の毛利《もうり》、北の上杉《うえすぎ》、東の武田《たけだ》が三方から織田《おだ》家を挟撃《きようげき》して同時進撃を開始した「第二次織田家包囲網《ほういもう》」に対し、織田信奈《のぶな》と軍師・竹中半兵衛《たけなかはんべえ》は遠交近攻《えんこうきんこう》の策を採った。

中国の毛利の背後にいる、北九州の雄・大友宗麟《おおともそうりん》を動かして毛利の上洛《じようらく》を食い止めようというのだ。

毛利家と大友家とは、長年の仇敵《きゆうてき》同士。

謀略《ぼうりやく》の天才だった毛利「初代」、毛利元就《もとなり》が唯一《ゆいいつ》勝ちきれずについには侵攻《しんこう》をあきらめた強敵こそが、誰《だれ》あろう大友宗麟だ。

大友への外交使節船団には、織田家の命運を賭《か》けた使者・相良良晴に加えて、九州遊学中に大友宗麟と知己《ちき》になった黒田官兵衛《くろだかんべえ》と、少女宣教師ルイズ・フロイスが参加している。

フロイスが参加しているのは、大友宗麟が熱烈《ねつれつ》なキリシタン大名だからだった。

「久々の外海は荒《あ》れるな。船酔《ふなよ》いしそうだ。瀬戸内海《せとないかい》を通過できればもっと楽できるんだけどなあ」

「まあそのうち慣れる、相良良晴。瀬戸内海の西側は村上水軍《むらかみ》が制海権を握《にぎ》っているのだから、通過は無理だ。南周りで四国沖《おき》を経由し、日向《ひゅうが》沖から豊後《ぶんご》へと進むしかないだろう。九州に着いたらこのシメオンの弁舌の力でさくっと大友宗麟を説得して織田家と軍事同盟を結ばせてみせる！」

「安土《あづち》のセミナリオにいちはやく九州のキリシタン武将たちのお子さまを留学させたのは、ノブナさまの慧眼《けいがん》というべき措置《そち》でしたね」

甲板《かんぱん》に立って「どうか無事に航海が終わりますように」とロザリオを掲《かか》げながら、フロイスが「外海周りでは移動に時間がかかります。わずか二週間で同盟を締結《ていけつ》してオオトモさまに毛利攻めをはじめていただくのは無理でしょう。ですがアケチさまほどのお方であれば丹波戦線で孤立しても一月は耐《た》えられると思います」とうなずいた。

官兵衛は遠眼鏡を振《ふ》り回しながら長椅子《ながいす》の上にお尻《しり》を降ろし、細い足をじたばたと暴れさせていた。さすがは落ち着きのない子供、もう退屈《たいくつ》している、と良晴はおかしくなった。

「むふー。豊後に着くまで退屈だな！　半兵衛がいないと、いぢめる相手がいなくてヒマだ。今ここで相良良晴、きみに九州の情勢を教えておこう！」

「一応、未来人で戦国マニアだからな。ざっくりとは知っているよ。戦国時代の九州は三国志状態だ。豊後の大友宗麟。薩摩《さつま》の島津《しまづ》家。そして叛服《はんぷく》常ない肥前《ひぜん》の龍造寺《りゅうぞうじ》家。大友宗麟はキリシタン大名で、南蛮《なんばん》びいきの信奈とは常々良好な関係にある。一方、戦闘《せんとう》民族でキリシタン嫌《ぎら》いの島津は薩摩・大隅《おおすみ》・日向の『三州統一』という悲願と、打倒《だとう》大友に燃えているってところか。龍造寺が本格的に暴れだすのはもう少し先の話かな」

「シム。大友との軍事同盟だけでは足りない。島津を足止めして、しばらくの間大友と戦わせないようにする必要がある。もっとも、そちらはわれらとは別のもうひとつの外交使節団がうまく片付けてくれる。国力に劣《おと》る龍造寺は大友と島津の共倒《ともだお》れを狙《ねら》って時期を待っている状態だから、こちらは大友宗麟を説得できれば任務完了《かんりょう》だ！」

「もうひとつの外交使節団？　織田家の主力武将はこれ以上九州へ派遣《はけん》できないはずだぜ？」

「相良良晴。きみは実に馬鹿《ばか》だな。いいから、九州の地図を見ろ」

官兵衛が九州の群雄割拠《ぐんゆうかっきょ》図を南蛮机の上に広げて見せた。

豊後・豊前《ぶぜん》・筑前《ちくぜん》・筑後《ちくご》を支配する九州最大の大名が、大友宗麟。

肥前では大部分を龍造寺家が領有しているが、キリシタン大名の有馬《ありま》家と大村《おおむら》家も南蛮貿易によって商業的に栄えることで存続している。

北肥後《ひご》に阿蘇《あそ》家。南肥後の球磨《くま》に相良家。この両家は大友と同盟中。

日向に伊東《いとう》家。

薩摩・大隅に、島津家。

これで、九ヶ国。ゆえに九州。

「相良家か。俺と同じ名字だな。まあ、そんなに珍《めずら》しい名字でもないけれどな」

「今、島津家は日向の伊東家を追い落とそうとしている。もともと日向は島津の旧領だったし、それに大友宗麟が日向にキリシタン王国、いわゆる神の国を築こうとしているからな。尊皇《そうのう》を貫《つらぬ》く反キリシタン反南蛮の島津家としては、日向は天孫降臨《てんそんこうりん》の伝説を持つ高千《たかち》穂《ほ》の国。絶対に宗麟に日向を渡《わた》したくないんだ。薩摩と日向の両国に接した南肥後の相良家も、おそらくはその戦いに巻き込まれるな」

「ヨシハルさん。九州は、ジパング本土とはかなり風習が異なります。わたしは、九州ほどに好戦的な国をいまだに見たことがありません。いろいろと注意すべき国です」

「フロイスの言うとおり。九州は本州以上の長きにわたって血で血を洗う戦乱の時代が続いている。もともと、熊襲《くまそ》や隼人《はやと》といった一騎当千《いっきとうせん》を誇《ほこ》る戦闘民族の国だ。位置的にも、大陸や半島と海を隔《へだ》てて接している。ゆえに古くは太宰府《だざいふ》に防人《さきもり》が集められ、国防の任務を担当していた。元寇《げんこう》の際にかの強力な蒙古《もうこ》軍と直接戦闘したのも九州の武士たちだ。南北朝の動乱時代には、九州全土が真っ二つに割れてすさまじい戦闘が繰《く》り広げられた。彼らは応仁《おうにん》の乱以前からずっと戦い続けてきたんだ。だから九州の武士は『修羅《しゅら》』とも呼ばれる。彼らはたいてい、七歳頃《ごろ》から戦場に出て槍《やり》を振るい敵と戦う」

「修羅と言っても、ほら、やっぱり姫《ひめ》武将がいるんだろう?」

「九州では、男武者の半分が二十歳《はたち》になる前に戦死するともいうからな！　だから姫武将は多い。ところが修羅の国・九州では男武者も姫武将もいっさい区別がない。出家すれば助命されるという風習がないんだ！　負ければ姫武将であっても問答無用で斬《き》られる、基本的に助命などない！　捕《と》らえられた姫武将も、まず捕虜《ほりょ》にはならない！　むしろ生《い》き恥《はじ》をさらすくらいならば斬首《ざんしゅ》を望む！　それが修羅の掟《おきて》！」

その上、鉄砲《てっぽう》の数が多いから、姫であろうが誰であろうが戦場で討《う》ち死にする確率も異常に高いのさ、と官兵衛。

良晴は「なんだって……」と愕然《がくぜん》とした。

「捕らえた女の子を斬るだなんて、冗談《じょうだん》じゃねえ。厳しすぎる世界だな」

「何百年も戦闘ばかり繰り広げてきた連中だ、仕方あるまい。繊細《せんさい》な大友宗麟がキリスト教に走ったのも、修羅地獄《じごく》の九州で常に下克上《げこくじょう》と外敵に悩《なや》まされる戦国大名として生きることが耐えがたかったからかもしれないなあ」

「大友宗麟は、そんなに繊細な子なのか?」

「宗麟はきみ好みの美形でおっぱいも大きくて頭もいいが、性格にむらっ気がある。気分が不安定で、浮《う》き沈《しず》みが激しいんだ。やる気を出した時には織田信奈に匹敵《ひってき》する天才性を発揮し、かの毛利元就を九州から撃退《げきたい》してみせもするが、気分が落ち込むとなにもできなくなって館《やかた》にひきこもって後手後手に回る。あの落ち込み癖《へき》さえなければ、今頃宗麟は九州を平定できていたはずさ。少なくとも、龍造寺くらいは倒せていただろう。家臣にも勇《ゆう》猛《もう》果《か》敢《かん》な猛将《もうしょう》が多いしな！」

「なっ、なんだって？　おおおおっぱいが大きいのかっ？　フフフフロイスちゃんとどっちが大きい？」

「そうだな、フロイスと同じくらいだな」

「そいつはめっちゃくちゃ、でかいじゃないか！　日本人離《ばな》れしているな、それは！」

今の会話の流れでそこに食いつくとはさすがヨシハルさんです、とフロイスが照れながら口を開いた。

「オオトモさまは、ご自分に欠けている部分をキリスト教の信仰《しんこう》の力で補おうとしたのかもしれません。神にすがることで、不安定に乱れる心に安らぎを得ようとしたのかも」

ですが、とフロイスが声を落とした。

「九州に新たに派遣されたドミヌス会ジパング支部長・ガスパールさまは、純粋《じゅんすい》な布教目的でジパングを旅しておられたわが師ザビエルさまとは真逆の考えを持つお方なのです。そのガスパールさまが今、オオトモさまのもとに軍事顧問《こもん》として食い込んでいるそうです」

「軍事顧問？　宣教師が？　あいつか。三種の神器《じんぎ》のうちのひとつ・勾玉《まがたま》を瀬戸内海で拾い上げて蒲生氏郷《がもううじさと》に送り、俺を未来へ帰還《きかん》させようと企《たくら》んでいた男か」

「はい。ドミヌス会にはふたつの派閥《はばつ》があります。ひとつはザビエルさまにはじまる、世界各国にキリスト教を布教するという会設立当初の目的のために海を渡る布教派。もうひとつは、イスパニアやポルトガルの政府や商人たちと結託《けったく》して、布教活動を利用して他国の植民地化・軍事拠点《きょてん》化を図るコンキスタドール（征服者《せいふく》）派です。ザビエルさまは常々、サムライの国ジパングへの侵略《しんりゃく》はイスパニア海軍をもってしても不可能である、ジパングはヨーロッパから伝来した鉄砲を自ら量産し、その保有数はヨーロッパ全土における総数を超《こ》えると訴《うった》えておられました。ですが……」

「つまりガスパールは後者か、フロイスちゃん？」

「はい。残念ながら、そうです」

根っから楽天的な官兵衛が「考えすぎ考えすぎ。日《ひ》ノ本《もと》の武士はそんなに甘くない」と一笑《いっしょう》に付す。

「フロイス。はるばる南蛮から日ノ本へと遠征《えんせい》して侵略するなんて無理だ。海から大船団を率いて来るには、距離《きょり》が遠すぎる。陸路はオスマン帝国《ていこく》と明《みん》が塞《ふさ》いでいるしな！　しかも日ノ本の主《あるじ》たる大名家――織田家や大友家、島津家は南蛮の新兵器・鉄砲で完全武装している。もしも天下統一が達成されれば、日ノ本は事実上、世界最強の陸軍を持つ軍事国家となる。そこがイスパニアに征服された呂宋《ルソン》や、ポルトガルに征服されたマラッカとは違《ちが》う。杞憂《きゆう》さ」

いいえ。ガスパールさまは、直接的な武力行使によるジパングの軍事占領《せんりょう》が不可能であることはすでに理解しておられます。あのお方は悪魔《あくま》のように頭が切れるお方ですから、とフロイスは震《ふる》えながら言った。

「ガスパールさまは、信仰の力を利用して内側から心を奪《うば》い取るのです。どれほど鉄砲と日本刀で武装していようとも、心を奪われてしまえば、いかなる英傑《えいけつ》といえども傀儡《かいらい》になりさがります。国王の心を奪ってしまえば、容易にジパングをキリスト教国家に造り替《か》えることが可能になります。そして、ジパングの強大な軍事力を丸ごと手に入れられる。おそらくは、そう考えています」

「フロイスちゃん。それはかなり厄介《やっかい》な相手だな」

「ガスパールさまは東西の古代文明に詳《くわ》しい、博覧強記のお方です。日ノ本の人々ですら忘れてしまっていた三種の神器の力をも、野望のために利用しました。かつて村上水軍の捕虜となったのも、彼らを煽《あお》って瀬戸内海に沈んだ勾玉を引き上げさせるためでしょう」

「蒲生氏郷は学者肌《がくしゃはだ》で、古代大好きだからな。今も、いにしえの出雲《いずも》の神殿《しんでん》について熱心に調べている。そこを突《つ》いたんだな」

「彼の誤算は、ノブナさまが天岩戸《あまのいわと》を開きながらヨシハルさんと接吻《せっぷん》を交《か》わして神になることを拒絶《きょぜつ》したその強靭《きょうじん》な精神力と、そして薩摩のシマヅが世界に類を見ないほどに桁外《けたはず》れに強くなってきたことです。ほんとうならすでに、彼は未来へ帰還させたヨシハルさんに成り代わってノブナさまの軍事顧問に収まっていたはずです」

心を奪う戦術か……官兵衛には苦手な分野だなそれは。しかも俺にもさっぱり予想がつかない異質な男だ。俺の唯一《ゆいいつ》の武器である未来知識も役に立ちそうにない。良晴は気を引き締《し》めた。

「そいつが、大友宗麟の軍事顧問に。すでに宗麟の心を掴《つか》んでしまっているということだな。九州最大の大友軍を動かして、島津との決戦へ持ち込むつもりか」

「おそらくは。九州に、神の国を築くために。ですが南蛮諸国の侵略を警戒《けいかい》するシマヅさまはキリスト教の布教を決して認めませんから、ガスパールさまがジパングをキリスト教国家化するためには、どうしてもシマヅさまを排除《はいじょ》しなければなりません」

「それじゃ、信奈と俺の醜聞《しゅうぶん》が天下布武《ふぶ》の妨《さまた》げになると蒲生氏郷に吹《ふ》き込んで、俺を未来へ帰そうとしたのも」

「この国の未来を知っている未来人がジパングにいては、ご自分の野望の妨げになると考えられたのでしょう」

「あんな面倒《めんどう》な搦《から》め手を使って、俺を直接殺そうとしなかったのは妙《みょう》だが、そういうことか」

「日ノ本中の人々の前でノブナさまが天岩戸を開いてヨシハルさんを未来へ帰せば、ノブナさまの醜聞が消えると同時に、奇跡《きせき》を起こしたノブナさまこそは天照大神《あまてらすおおみかみ》の再臨だと人々は信じるようになる。ただいちどの奇跡で、一挙に天下は統一されると考えたのでしょう」

「武力を用いることなく、日ノ本中の人々の心を一気に総取りするつもりだったのか。あなどれないやつだ。しかし、この時代のヨーロッパ人がどうして日ノ本の神話にそれほど詳しいんだろう？　まさか俺と同じ未来人でもあるまいし。妙だな」

そうだ、三種の神器の秘密に詳しい南蛮人《なんばんじん》だなんておかしい。しかもこのシメオンよりも早く勾玉を手に入れるなんて。存在そのものが矛盾《むじゅん》だ、と官兵衛がうなずく。官兵衛も以前、毛利のもとを訪《おとず》れて瀬戸内海に沈む勾玉を捜索《そうさく》したことがあったのだ。

「はい。謎《なぞ》の多い方です」

「文化交流は望むところだが、信奈たちは自分自身の夢のため、この国の戦乱を終わらせるために戦っているんだ。気がつけばこの国がイスパニア海洋帝国に組み込まれていた、なんて結末は俺も信奈もごめんだぜ」

もしかして南蛮にも大軍師はいるのだろうか、ぜひいちどお手合わせ願いたいものだな。そいつに勝てばシメオンが世界一の軍師だ！　と官兵衛がはしゃいだ。まったくお前は元気でいいよと良晴は官兵衛の頭をぽんぽんと叩《たた》いて、顔面蹴《げ》りの反撃《はんげき》を浴びた。

「申し訳ありません、ヨシハルさん。布教活動は常に、このような矛盾を孕《はら》んでいるのです。今は亡《な》きザビエルさまも苦悩《くのう》されておられました。ですが、われわれ宣教師が異国へ赴《おもむ》き歯止めをかけなければ、冒険《ぼうけん》者・征服者たちは現地で横暴の限りを尽《つ》くします。新大陸のアステカ帝国は無残にもイスパニアに滅《ほろ》ぼされてしまいました。インカ帝国も滅亡《めつぼう》寸前です。もう滅ぼされてしまっているかも……」

「フロイスちゃんのせいじゃないさ。だがこの国においては、布教活動と軍事活動は完全に分離《ぶんり》させる。それが信奈の方針だからな」

蒲生氏郷はまだ織田信奈に純粋に憧《あこが》れるお子さまだから、男女の恋《こい》というものを知らない。むしろ不潔だと思っていた。その思い込みをうまく利用されたということか、と官兵衛がやっと納得《なっとく》したようにうなずく。

「お前も注意しろよ官兵衛。ガスパールって男はどうやら、俺とは違う意味で口八丁手八丁だ。信仰心を武器に、人の善意をかすめとって傀儡として操《あやつ》れるやつらしい。官兵衛にとっては、いちばん苦手なタイプだぜ。その上、どうやって得たのかわからないような知識の持ち主だ」

「むふー！　失敬だな相良良晴！　このシメオンが、日ノ本をむざむざ異国人に乗っ取らせる愚《おろ》か者のわけがないだろう！　大友宗麟とは旧知の仲だ！　任せておけ！」

しかし、事態は急変した。

なにかきな臭《くさ》いな、と眉《まゆ》をひそめた官兵衛が遠眼鏡を覗《のぞ》いてすぐに、「敵襲《てきしゅう》だ！」と叫《さけ》んでいた。

土佐沖《とさおき》を突き進む織田家外交使節船団に、突如《とつじょ》として攻撃《こうげき》を開始した漆黒《しっこく》の海賊船《かいぞくせん》——海賊船というよりも「捕鯨船《ほげいせん》」。

なんだあれは？　村上水軍はこちらの海域までは来ないはずだ。官兵衛は帽子《ぼうし》をぱたぱたと団扇《うちわ》代わりに扇《あお》ぎながら首をひねった。

「相良良晴、フロイス！　あいつら、銛《もり》を次々と投げ込んでくる！」

「まさか海賊か？　鉄甲船《てっこう》ならどうってことはないが、あれは重くて遅《おそ》いし、そもそも外海の長距離航海は無理だからな。速度重視で軽装の船を用いたのが災《わざわ》いしたか」

「むふー。あの旗印は、七つ酢漿草《かたばみ》！　土佐の長宗我部家だ！」

「長宗我部ッ!?　四国統一で忙《いそが》しいはずだ。なんで俺たちを邪魔《じゃま》するんだ？」

「あいつら、鯨《くじら》を捕っていたらしい。密漁船だと思われているのかもしれないぞ」

「村上水軍のように通行税を取り立てようとしているのかもしれません。ヨシハルさん、わたしが使者としてあの船へ向かいます」

「いやフロイスちゃんは危険だからここに。俺が行ってくる！　村上水軍で鍛《きた》えた海賊としての腕《うで》を今こそ見せる時だ！」

「注意しろよ相良良晴！　織田信奈いわく、長宗我部は鳥なき島の蝙蝠《こうもり》。なにをしてくるかわからないぞ！」

「官兵衛。俺は、どういうわけか水の女神《めがみ》に守られている男だぜ。女難の相は持つが、水難の相は持っちゃいねえ。だいじょうぶ、だいじょうぶ」

良晴は甲板《かんぱん》から小舟《こぶね》を下ろさせて、単身で漆黒の長宗我部捕鯨船へと漕《こ》ぎだしていった。

しかし、良晴は長宗我部捕鯨船と交渉《こうしょう》することができなかった。

帆《ほ》から船体まですべてを黒一色で統一した長宗我部捕鯨船の甲板から、一本の古めかしい槍《やり》が良晴の小舟めがけて投げ込まれてきた。

「おわっ⁉ あぶねえっ？ 俺は鯨じゃないぞっ⁉」

良晴はかろうじて避《よ》けたが、槍の先端《せんたん》は船板にどすんと激突《げきとつ》し、そのまままるで帆柱のように高々と突き立った。

そして……。

「あれっ？ 潮の流れが変わった？ ちょっと待ってくれ？ いくらこいでも舟が言うことを聞かない⁉ な、流されているっ⁉ 槍が刺《さ》さって舟のバランスが狂《くる》ったのか？」

良晴が乗った小舟は、突如として、猛然《もうぜん》と進路を逸《そ》れはじめ、織田船団からも長宗我部捕鯨船からも離《はな》れはじめたのだった。

「なんだよこれ。嘘《うそ》だろ。やばいぞ。槍を抜《ぬ》かなければ……って、抜いたら水が漏《も》れてきて転覆《てんぷく》してしまう！ 海へ飛び込むか？」

しかしその時、まるで意志を持つ波に操られているかのように小舟が大きく揺《ゆ》れて、良晴の身体《からだ》を転倒《てんとう》させた。

良晴は村上水軍時代には琉球《りゅうきゅう》まで航海した猛者《もさ》だが、このような理不尽《りふじん》な波には襲《おそ》われた経験がなかった。

「さっきからなにがなんだかわからない。どうなっているんだっ？　俺は水の女神に愛されてなかったのか～!?」

ようやく舟が安定した時には、陸地も船も見えなくなっていた。とてつもない距離を流されて、遭難《そうなん》してしまったらしい。

良晴は海へ飛び込む機会を、逸《いっ》したのだった。

当然、黒田官兵衛たちが乗った旗艦《きかん》は、大騒《おおさわ》ぎになっていた。

「なんだったんだ、あの槍は？　相良良晴の小舟が、いきなり恐《おそ》ろしい速度で進み去ってしまって、とても追いつかなかった！」

「理屈《りくつ》がつきません。あれは三種の神器《じんぎ》のような古代日ノ本の宝具かもしれませんね、シメオンさん」

「それだ！　それじゃあ、長宗我部はまさか『蛇比礼《おろちのひれ》』を用いたのか？」

「蛇比礼？」

「実物を見たことはないが、瀬戸内の海で勾玉《まがたま》を探していた時に噂《うわさ》を耳にしたことがある。はるか以前に日ノ本の歴史から失われた十種神宝《とくさのかんだから》のひとつだ。蛇比礼は海の波を操り、突き刺した船の行き先を誘導《ゆうどう》できる神聖な槍。甲板に突き立っても貫通《かんつう》しないので船を沈《しず》めないという。もともとは武具ではなく、船を用いた移動に用いられていたようだが、船乗りに蛇比礼に関する知識がない今の世では、あの槍で船の甲板を刺された者は水没《すいぼつ》を恐れて槍を抜けない。だから、誘導されるがままに流されていくことになる」

日ノ本にはかつて、出雲王国や吉備《きび》王国など、今は亡き古代王朝が複数あった。宝具についても、やまと御所《ごしょ》が所有する「三種の神器」とは異なる系列の宝具がいくつか実在したという。それら異端《いたん》の宝具を十種神宝と呼ぶ。むろん日ノ本の正史「日本書紀《にほんしょき》」からは存在を抹殺《まっさつ》され、そのすべては散逸《さんいつ》して消えてしまったが、と官兵衛は腕組《うでぐ》みをしながら早口でつぶやき、思案している。

「そんな実在性の薄《うす》い神話時代の宝具を、なぜ四国の長宗我部さんが？」

「蛇《へび》とは水神だ。蛇比礼は、水神、すなわち宇賀弁才天《うがべんざいてん》を祭る宮島《みやじま》の厳島神社《いつくしまじんじゃ》に隠《かく》されていたのかもしれない。あるいは勾玉同様に瀬戸内の海底に眠《ねむ》っていたか、だ。それをなんらかの経路で小早川隆景《こばやかわたかかげ》が入手し、長宗我部に渡《わた》したんじゃないだろうか」

ただ、小早川隆景はああいうものは使わない主義のはずなのだが。実際、木津川口《きづがわぐち》の合戦でもあれを有効に使えば勝機を呼び込めたかもしれないのに使っていない。官兵衛は自分の推理に自信を持てなかった。

「毛利家はみなそうだが、小早川隆景は特にああいうものに手を付けない現実的な女だ。人間の戦《いくさ》にいにしえのあやかしの力を用いず、あくまでも人間の知恵《ちえ》と力とで合戦に勝ち抜くという主義を抱《いだ》いている点では織田信奈と近しい。そうでなければ時代の先端を走る明晰《めいせき》な武将たりえないと知っているはず。『未来人』の相良良晴は過去の遺物とは真逆の存在だから別枠《べつわく》としても、どういうつもりなんだ？」

そもそもあの槍も三種の神器と同じで、もう霊力《れいりょく》が尽きているはず。つまり使い回しが利かないんだぞ。こんなことのためにとっておきの切り札を使い捨ててしまうなんて……理解できない、と官兵衛がうなった。

フロイスが「わかりました」とうなずいた。

「それでしたら簡単なことです。コバヤカワさまは愛するヨシハルさんを『殺さずに』生かしながら遭難させるという不可能を可能にするために、今回だけ特別にその主義を曲げたのではないでしょうか？　愛は、あらゆる主義や道理、思想を超越《ちょうえつ》するものですから」

へえ。愛ってのはそれほど強力な武器になるのか、あの冷血娘《むすめ》も愛の力の前にはへろへろになっちゃうんだなあ、と官兵衛は感嘆《かんたん》した。

「そうですよ。愛ほど人を強くする力は、この世界にはありません」

「つまり、相良良晴が乗った船を沈めずに遭難させ、どこか遠くの陸へと連れ去るための蛇比礼か。まさか良晴を強制的に自分のもとへ取り返すつもりじゃないだろうな？　そんなことになったら織田信奈に激怒《げきど》されてこのシメオンの首が飛ぶぞ！」

「さ、さすがに、そこまで私情を持ち込みはしないと思いますが、その可能性がないとは言い切れません。愛は時として、人の理性を奪《うば》い取ります。ですが、コバヤカワさまは思慮深《りょぶか》いお方ですので、だいじょうぶだと思いますよ。切り札となる槍を合戦に用いなかったのも、あくまでもノブナさまに対して人間の戦を貫《つらぬ》くというコバヤカワさまの意思《し》の表れとも取れますし」

「あわわ。そんなこと、わかんないじゃないか！　愛がどうのこうのという話はこのシメオンの専門外なんだ！　各員！　長宗我部の船は今は放置！　相良良晴が乗った舟を捜索しろ、捜索だ！」

官兵衛はけんめいに良晴を追尾《ついび》しようと船団を進めたが、ついには深い霧《きり》と荒波《あらなみ》に阻《はば》まれてその手がかりを完全に見失った。「相良良晴！　その槍を抜いても沈没《ちんぼつ》はしない、抜け！」と何度も海へ向けて叫んだが、すでに官兵衛の視界から完全に消え去っていた良晴の耳にまでは届かなかった。

こうして、相良良晴は土佐沖で遭難した。

巻ノ二　サガラヨシハルの国

「陸地だ！　陸地が見えてきた！　助かったぁ、生き延びたぞ」

何日ほど、海上を漂流《ひょうりゅう》していただろうか。

土佐沖《とさおき》で長宗我部元親《ちょうそかべもとちか》の攻撃を受け、黒田官兵衛《くろだかんべえ》たちの船団からはぐれて小舟に乗ったまま海流に流されていた相良良晴《さがらよしはる》は、魚を釣《つ》り雨水を溜《た》めながら元気に生き延びていた。

村上《むらかみ》水軍で海賊として鍛えられてきた日々の成果ではあったが、そうは言ってもあえなく遭難したわけで、海賊としての成長度は丹羽長秀《にわながひで》が採点すれば五十点というところ。

「いくら櫓《ろ》を漕いでも舟がまったく言うことを聞いてくれなくて困っていたが、やっと陸地にあがれそうだ！　しかし、ここはどこなんだ？」

われらが相良良晴が乗った小舟は、港を行き交《か》う大型の和船や明《みん》船の間をすり抜けて、桟橋《さんばし》へと停泊《ていはく》した。

「この甲板に刺さっている妙《みょう》な槍、どうするかな……抜いたら海水が入ってくるからそのままにしておいたが……錆《さ》びているし、武器には使えそうもない」

もしも槍を抜けば、その穂先《ほさき》に「この舟が流れ着く先の地名」が書かれてあるのだが、そこまでは良晴にはわからなかった。

良晴がうなずきながら船から下りると同時に、いっせいに漁民や商人たちが襲いかかってきた。

「ええい、また南蛮《なんばん》の宣教師かっ？」

「南蛮人ではない。この顔つきは猿《さる》じゃ！　猿の国からの侵入者《しんにゅう》じゃ！」

「敵国の間者じゃ！　怪《あや》しげな男をひっ捕《と》らえよ！」

「ちょ。待ってくれ～！　俺はまだ怪しまれるような真似《まね》をひとつもやっちゃいないんだけど⁉」

「なにを言う。これより合戦をはじめようとしている国の港によそ者がふらりと入ってくれば当然捕獲《ほかく》じゃろう」

「なかなかたくましい身体じゃ。漁船に乗せればいい働きをしそうじゃ」

「間者でないと言うならば、身分を証明するものを出すのじゃ」

「出さねば首輪をつけて市で売り払《はら》う」

取り押さえられた良晴は懐《ふところ》から信奈《のぶな》がしたためた大友宗麟宛《おおともそうりんあて》の親書を取り出そうとした。

だが、ふと気づいた。持っていない！　しまった！　官兵衛に預けておいたんだった！

「なんちゅう怪しい男。しかし、どうもどこかで見たような顔をしておるのう」

「この日焼けっぷりは海賊《かいぞく》の一味。われらが港を偵察《ていさつ》に来たか。奴隷《どれい》働きじゃな」

「俺は海賊じゃない。織田《おだ》家からの使者なんだ。日焼けしてるのは海を漂流したからだよ。領主さまに、殿《との》さまに会わせてくれ」

良晴はけんめいに頼《たの》んだ。異邦人《いほうじん》に対して鼻息が荒《あら》い漁民たちだったが、それは合戦が目前に迫《せま》っているからであって、本来は気のいい連中らしい。誠意を込《こ》めて話せば通じそうだった。

「ふむ。うちの姫《ひめ》さまに会いたいだと？　どうする？」

「織田家の使者だというのなら、名を名乗ってもらおう」

誠意が通じた。よかった、と良晴は安堵《あんど》のため息を吐《つ》いた。

「ふふふ。聞いて驚《おどろ》くな。俺の名は、相良良晴。官位は筑前守《ちくぜんのかみ》。織田家の中国方面軍司令官だ」

「相良……なんじゃと？」

「だから、相良良晴だよ。サガラヨシハル。猿じゃないぜ」

「許せぬ、偽者《にせもの》めえええええ！」

激怒した漁民たちがいっせいに竿《さお》で良晴を打ち据《す》えはじめた。

「痛い痛い!?　俺は偽者じゃないよ、ほんものの相良良晴だってば！」

「しつこい！」

「姫さまの名を騙《かた》るとは、不逞《ふてい》の輩《やから》だ！」

「わしらの憧《あこが》れの姫さまが、お前みたいな猿顔の男のわけがあるかあ！」

「ええ？　姫さま？　誰《だれ》のことだ？」

「だから、われらの姫さまじゃ！　あのお方は誰よりも美しく高貴で、そして美しい！」

「『美しい』が二度被《かぶ》ってるぜ？」

「大事なことなので二度言ったのじゃ！」

「畏《おそ》れ多くもかしこくも、サガラヨシハルさまじゃ！」

「な、なんだってー？　相良……ヨシハル⁉　俺と同じ名前⁉　もしかしてタイムスリップの次は俺が女の子として生まれてきた異世界にでも流れてしまったのか、俺は？」

「まだ言うか！」

姫さまの偽者を騙るならば、せめて女装してくれい！　憧れの姫を汚《けが》された！　と泣きながら漁民たちが良晴の身体《からだ》に重しを乗せて海へ突《つ》き返そうとしていたその時。

「がおっ！　がおおおおっ！」

「みんな、待って～！　その男の子は、姉上の偽者じゃないよ！　織田家に仕える未来人の侍《さむらい》さんだよっ！　あたし、天岩戸《あまのいわと》が開いた時に彼の顔を見たことあるもん！」

小柄《こがら》な月輪熊《つきのわぐま》の背中に乗り、手に竹槍《たけやり》を持った一人の少女が、良晴をかばった。

年頃《としごろ》は良晴と同じくらい。

髪《かみ》の毛は姫武将にしては短く切られていて、良晴とさほど長さが変わらない。熊皮を用いた手製の鎧《よろい》を着込むというまるで犬千代《いぬちよ》のような野生児らしいあらぶる格好をしているが、きらきらと輝《かがや》く瞳《ひとみ》とこんがり焼けた褐色《かっしょく》の肌《はだ》、そしてひまわりのような陽気な笑顔《えがお》がとても魅力《みりょく》的な少女だった。

「ひい！　お供の熊とともに、あらぶる山猿さまが出た！」

「山にこもって熊を相手に剣術修行《けんじゅつしゅぎょう》に明け暮れている、八代《やつしろ》の山猿さまじゃ！」

「くわばらくわばら。魚とその男は置いていきますから、港では暴れないでください！」

「んもう。みんな、あたしを熊かなにかと勘違《かんちが》いしていない？　あたしは敵が攻《せ》めてきた時と飢《う》えて死にそうな時以外は暴れたりしないよ？」

「しょっちゅう飢えて暴れているのですが、それは」

「というか、熊に乗っているのですが」

だいいち山猿じゃないよ、あたしの名前は徳千代《とくちよ》だよ、と少女は怯《おび》える漁民たちをとがめることもなく元気に笑っていた。

「みんな？　ここは姉上の国なんだから、旅の人を捕らえたりいじめたりしちゃ駄目《だめ》だよ！　姉上の評判が下がっちゃうでしょう？　彼は、姉上のもとへあたしがきちんと送り届けるから！」

ああ。山猿さまの困っている人を見ると助けずにはおられないお節介《せっかい》焼き癖《ぐせ》がはじまった、また姫さまとケンカになる……と漁民たちは震《ふる》えながら良晴を置いてそれぞれの船に乗り込み、漁の仕事へと戻《もど》っていった。

良晴は、この野生児のような少女の乱入によって、命拾いしたらしい。

「さてと。危なかったね。みんな気のいい連中なんだけれど、最近敵襲《てきしゅう》が多くて気が立ってるんだ。許してあげて」

「いやあ、ありがとう。きみは徳千代ちゃん、だっけ？」

「そう。そして、この子は犬童《いんどう》。赤ちゃん熊だった頃《ころ》に、山で出会った友達なの。山中では飢えてやむなく熊と戦ってごめんなさいと泣きながら熊肉を食することもあるけれど、この子は別だよ。家族だから」

「がるっ！」

人に懐《なつ》いているらしく、犬童に肩《かた》をぽんと叩《たた》かれた。犬童にしてみれば軽く撫《な》でた程度の接触《せっしょく》だったが、その衝撃《しょうげき》であやうく肩関節《かんせつ》が外れそうになった。

「明らかに熊なのに犬と名付けているのかよ。うーんそれにしても戦った強敵《とも》を食べねば生きていけないとは。大自然の掟《おきて》とはかくも厳しいものなのか」

「あたしは故《ゆえ》あってこの八代で無双《むそう》の剣《けん》を求めて山ごもりしているけれど、この国を治める姉上の妹だよ！　相良良晴くん、ようこそサガラヨシハルの国へ！」

「サガラヨシハルの国？」

「そう。ここは南肥後国《ひご》。この国を治めるあたしの姉上は、球磨《くま》地方の領主、人吉《ひとよし》城主、相良家第十八代目当主、相良義陽《さがらよしはる》。肥後の太陽とも球磨の朝日《あさひ》姫《ひめ》とも呼ばれる美しく高貴な人でね、偶然《ぐうぜん》にもあたしと誕生日が同じなの！」

「双子《ふたご》なんだね」

「ううん。姉上は正室の母上が生んだ嫡子《ちゃくし》。あたしは側室の母上から生まれた庶子《しょし》なんだよ。それなのに誕生日が同じって、これってなにかの運命よね！」

「あっ、そうか。もう一人のサガラヨシハルとは、義理の義に太陽の陽と書いて義陽。サガラヨシヒのことか！」

「ヨシヒとも読めるけれど、地元ではみんな、ヨシハルって呼ぶよ？　ねえねえ、きみは大友宗麟への使者なんでしょう？」

「ああ。遭難《そうなん》して九州の西側まで流れてしまったんだ」

「よかった！　姉上は大友宗麟と同盟しているから、姉上に頼めば豊後《ぶんご》まで安全に送ってもらえるよ！　というわけで、あたしが人吉城まで連れていってあげる！　きみのおかげで姉上に会えるしねっ」

「会えるって？」

「あたし、お目通りを禁じられてるんだー。出家させられていたのに、槍働きがしたいと言い張って勝手に還俗《げんぞく》しちゃったから姉上が怒《おこ》ってるんだー。でもきみにお供して出仕すれば、姉上もきっと喜んでくれるよ！」

同じ日に生まれた嫡子の姉は家を継《つ》ぎ、庶子の妹は相良家から必要とされず八代の山の中に押し込められているというわけか。それなのに陽気で屈託《くったく》のない子だなあ、と良晴は徳千代の笑顔《えがお》を見ているだけで癒《い》やされる気分になった。

（犬千代は元気かなあ。あいつも織田家を飛びだして山をさすらっている時には飢えてあらぶっていたんだよな。すっかり虎《とら》のかぶり物が板についてしまって）

それにしてもきみとは初対面の気がしないね！　天岩戸越《ご》しにいちど見たからかな？と球磨川沿いの街道を熊に乗って進みながら徳千代が笑い、良晴も「きみとはなんとなく、昔から知り合いだったような気がする。いつか、どこかで会ったことがあるような？」と首をひねっていた。

名にしおう急流・球磨川。八代の港。そして、「山猿さま」こと徳千代の笑顔。良晴は、それらのことごとくにどこか懐かしさを見つけて戸惑《とまど》っていた。

人吉城は、球磨川の上流にそびえる「相良家」の本城。

八代の港から激流・球磨川沿いに街道を進むと、やがて球磨川の岸辺にそびえ立つ山の上に、相良家の居城・人吉城が見えてくる。

「おお。熊に乗った、八代の山猿さま……げふんげふん、徳千代さまじゃ」

「姫さまにあれほど二度と出仕するなと怒られているのに、元気じゃなあ」

「まーた困っている旅人を拾って世話を焼いておられるのか」

「同じ相良家の姫でありながら、庶子に生まれたばかりに家から出されるという不憫《ふびん》な境遇《きょうぐう》にもかかわらず、姉を慕《した》い続けるお気持ち、まことに天晴《あっぱ》れ！」

「このひまわりのような笑顔を見ると、ほっとするのう」

徳千代はよほど姉の相良義陽に疎《うと》まれているらしいが、徳千代自身はそのことをいっこうに意に介《かい》さず、家臣団も徳千代の天真爛漫《てんしんらんまん》な人柄《ひとがら》に惹《ひ》かれているらしかった。

「みんな、おつとめご苦労さま！　姉上に会いに来たよ！　今日は都の織田家から重大な客人が来てくれたんだよ、急いで急いで！」

良晴と徳千代は、人吉城の「謁見《えっけん》の間」に通された。

もちろん犬童は、熊小屋に留め置かれたが。

家臣たちは「まもなく出陣《しゅつじん》だというのに、徳千代さまがまさか姫さまの偽者を連れてくるとはのう」と若干《じゃっかん》困り顔だったが、修羅《しゅら》の国・九州にしては扱《あつか》いも丁重だし、美味《うま》い湯《ゆ》漬《づ》けまで馳走《ちそう》してもらえた。

良晴が「修羅の国の人たちってみんな親切なんだね。意外と九州って平和なの？」と徳千代に尋《たず》ねてみると、笑顔で答えが返ってきた。

「これでも今日の人吉城はぴりぴりしてるほうだよ？　これからお家の大事を賭《か》けた合戦だからね！」

「合戦の相手は？」

「相良家は今、島津《しまづ》家と激しく抗争《こうそう》中なの。だから、姉上はかつて敵対していた日向《ひゅうが》の伊《い》東《とう》家と同盟を結んだの。伊東家の敵は、百五十年の長きにわたり戦ってきた島津家だからだよ」

「島津と戦うために、伊東家と同盟したってことか」

「うん！　なにしろ種子《たねが》島《しま》を大増産している島津家の力が急激に膨張《ぼうちょう》しているからね！　かつて相良家が所持していた薩摩《さつま》の領地は、ぜんぶ島津に奪《うば》われちゃったんだよ。伊東家と組んででも島津の侵攻《しんこう》を抑《おさ》えないと、相良家は島津に併呑《へいどん》されちゃうの」

「百五十年の抗争か。さすが修羅の国だ、合戦の歴史が違《ちが》うな。応仁《おうにん》の乱よりも以前から戦っているのか……」

「あーもう腕《うで》がうずうずする。あたしが侍大将として一軍を指揮できればなあ～。なにしろあたしはやることがないから相良家が生んだ剣豪《けんごう》・丸目《まるめ》長恵《ながよし》師匠《ししょう》からタイ捨流《しゃりゅう》の指導を受けて山にこもって剣術ざんまい。熊とも戦ってるしね！　きっと戦場で姉上のお役に立てると思うんだけど」

徳千代が拳《こぶし》を握《にぎ》りしめて「腕が鳴る！」と笑っていると、背後に控《ひか》えていたご家老が一声叫《さけ》んでいた。

「姫さまの、おなり！」

「わあ！　お久しぶりです、姉上！」

「……徳千代。お前はもう人吉城には出仕するなとあれほど言って聞かせただろうに。お祖父《じい》さまの遺言《ゆいごん》によって、お前は武家に戻ることを禁じられている。八代で僧《そう》になる修行をしていろ」

「おじいちゃんにはそう言われたけど、あたし、姉上のために武将として働きたいんですっ！　いっぱい剣術修行しました、兵糧《ひょうろう》がなくても自力で熊を調達できます！　このたびの戦《いくさ》に是非《ぜひ》とも参戦させてください！」

「相も変わらず愚《おろ》かな妹だな。断る。嫌《いや》だ。お祖父さまの遺言は絶対なのだ。お前は八代の山奥で細々と余生を過ごしていればいいのだ。九州での戦は遊びではないぞ」

「遊びではないからこそ、姉上のお役に立ちたいんです！」

「嫌だ。断る。駄目だ。私は、家族や一族をいっさい信用していない。同じ日に生まれた腹違《はらちが》いの妹など、いちばん謀反《むほん》を起こしそうな立場ではないか」

「うう。姉上～」

　相良家当主・相良義陽がけだるそうに妹を見下ろしながら、上座にしなやかな腰《こし》を下ろしていた。

「ようこそ旅の者、偽《にせ》サガラヨシハルだったな。お初にお目にかかる。私が南肥後の領主、ほんものの相良義陽だ」

相良義陽は、美しく高貴な姫武将だった。

身体《からだ》はきゃしゃで、色白で、二の腕や腰が驚《おどろ》くほど細い。

信奈にどこか似た端正《たんせい》な顔立ちの美少女だったが、優雅《ゆうが》で清楚《せいそ》な立ち居《い》振る舞《ま》いはいかにも十八代続いた九州の名族の当主にふさわしい。

野生児のような徳千代とはまるで正反対の、清楚で上品な箱入《はこい》り娘《むすめ》だったが、もともとの顔立ちはやはり姉妹《しまい》だった。徳千代とよく似ている。薩摩隼人《はやと》や熊襲《くまそ》の血を受け継《つ》ぐ九州には、瞳が大きくて顔立ちのはっきりした美人が多いという説を良晴は不意に思い浮《う》かべていた。

「きみが、相良義陽？　なんとなく俺が知っている相良義陽とは、印象が違うな。もっとこう、徳千代みたいな感じの武将かと思っていた」

「待て、この無礼者め。私を呼び捨てにするな。義陽さま、と呼べ」

姉上はすっごく気位が高いから初対面で馴《な》れ馴れしくすると印象が悪くなるよ、と徳千代に囁《ささや》かれた。

「大友に半ば従属している小大名とはいえ、相良家は鎌倉《かまくら》以来の名門。それなのにこの男は礼節をわきまえていない。徳千代！　仮にも天下人の使者がこんなに下品なはずがない。

つまり偽者《にせもの》だ。串刺《くしざ》しにしろ」

「串刺しはちょっと……駄目《だめ》じゃない相良良晴くん。姉上にへりくだって、へりくだって！」

「わかったよ、やってみる。こほん。そ、それがし、へい、へいみんちゅっちんにゃのでれいぎぢらづゆえ、もうちわけありまちぇん……って、駄目だ！　五右衛門《ごえもん》が乗り移ったようにかみかみになってしまうっ⁉」

そうやって徳千代と並んでいるとまるで山猿《やまざる》が二匹《ひき》に増えた気分だ、と相良義陽が憂鬱《ゆううつ》そうにため息をついた。

「姉上。彼は主君の織田信奈さまに対してもこういう口調でしゃべる人だから。生まれながらに礼儀《れいぎ》が身につかない体質なんだよ。どこかあたしに似てるよね、あはは」

「そういえば俺は信奈からあまり礼儀だの口調だので本気のお叱《しか》りを受けたことがない。じゃれ合うような小言は言われたが、本気で怒られていたら首が飛んでいたはずだ」

「ふん。つまり主君に甘やかされたのか。仕方がないな。特別に、馴れ馴れしく話すことを許可してやる。まったく、織田家に仕官する以前はいったいどんな育てられ方をしたのだ」

「未来の日本で、普通《ふつう》に高校生をやっていたよ」

「うわ。ためらいもなく馴れ馴れしい口調に戻《もど》したな。ああ。思いだした。天岩戸を開いて主君の織田信奈に手を出していた男か。ならば平民どころか、未来人だというではないか。氏素性《うじすじょう》すらない正体不明の人物だ。しかもこうして実際に見てみると、人というより猿に似ているな。この高貴な私とは断じて血縁《けつえん》がなかろうが、わが愚かなる妹の母方の遠縁《とおえん》かもしれぬな」

「そっちこそためらいもなく毒舌だな。俺はともかく徳千代を悪く言うなよ、きみの妹だろう？」

「なんだ、その不服そうな表情は？　私はな、家臣や領民にはとことん甘いが、相良姓《せい》を名乗る者や相良の血をひく一族には厳しいのだぞ。徳千代に厳しいのもそのためだ。注意しろ」

「一族に厳しい？　どうしてだ？」

「そんなことはきみには無関係だ。無礼にも相良姓を名乗ってはいるが、私の一族ではないのだからな」

「しかし徳千代ちゃんはこんなにきみを慕っているのに、なにも突《つ》き放さなくても」

「黙《だま》れ。相良家の問題に客人が口を出すな。相良良晴？　きみと徳千代はどうも似ているな。声が大きくて、でしゃばりで、他人の事情も顧《かえり》みずになんでもかんでも口を突っ込みたがる。不愉快《ふゆかい》だな」

まったく。この男がわが一族であれば斬首《ざんしゅ》するところだ、と相良義陽は目を細めてつぶやいていた。

「ところで徳千代、いつまでこの席に居座るつもりだ？」

「えっと。城下に兵士が集まっていたよね。これから島津と合戦するんだよね、姉上。あたし、是非とも参戦したいなあって」

「駄目だふざけるな。お前は八代へ帰れ。私は十八代相良家当主として、お祖父さまの遺言は必ず守る。お前が武家になることは断じて認めない。絶対にだ。合戦に勝手に加わったりすれば、姉妹の縁《えん》を切って八代からも追い出すぞ。いいな？」

姉上……と徳千代がはじめて、肩《かた》を落とした。

「良晴くん。これ以上あたしがここにいると、きみと姉上の話が進まなくなっちゃうから、八代に帰るよ。またね。また会えるよね？」

「あ、ああ。ごめんな。これほど親切にしてもらったのに、力になれなくて……」

「ううん。いいよ。また困ったことがあったら、八代を訪《たず》ねてきて。不思議だね。きみとは初対面のような気がしないよ」

「徳千代。相良家の事情はわからないが、きみの姉さんは本気できみを嫌ってはいないよ。本気ならば、きみを国外に追放するか、最悪の場合、殺しているはずだ。自領の八代に住まわせているということは、本心ではきみを手放したくないということだよ」

「そっか……そうだね！　ありがと。良晴くんは優《やさ》しいね！　あたし、正直言って心が折れそうになってたんだけど、その言葉を支えにこれからもがんばれそう！」

「こっ、こら客人。愚かな妹が図に乗るから、余計なことを言うな。初対面のきみがどうして私の心を読めるというのだ？　まったく気持ち悪い」

徳千代は「それじゃあ。姉上。良晴くん」と微笑《ほほえ》むと、広間から去って行った。

ほんとうにすごくいい子だな、どうして相良義陽はこんなにかわいい妹を邪険《じゃけん》にするんだろう？　と良晴は不思議で仕方がない。

「……わ、私が徳千代を手放したくないだと？　それでは私は自分の腹違いの妹に執着《しゅうちゃく》している少しおかしな姉ということになるではないか。し、失敬な」

相良義陽は、徳千代が退室するまでそわそわと手許《てもと》の扇子《せんす》を震《ふる》わせていたが、徳千代の姿が見えなくなると同時に声を張り上げた。

「さて。天岩戸開きの時に見た男と同じ顔ということで、きみが織田信奈が大友宗麟に送った使者だと理解した」

なぜ私の名を名乗っているのか、そこが気持ち悪くて気に入らないが偶然《ぐうぜん》ならば仕方がない、と義陽は身を震わせながら吐《は》き捨てるように言った。

とはいえ、赤の他人である限りは、私を裏切り当主の座を付け狙《ねら》う相良一族よりはまだ信用できる、と義陽が寂《さみ》しげに笑った。

この時の義陽の笑顔に、良晴は思わず息を詰《つ》まらされた。

　そうだ。あれは織田家に仕官してまもなくのことだった。信奈が、謀反した弟の信澄《のぶすみ》を斬《き》ると言いだした時、こんな寂《さび》しそうな顔をしていたような……。

「徳千代ちゃんとの仲がうまくいっていないようだが、過去になにかあったのか？」

「きみはずけずけと言うなあ。そうか。わが相良家のお家事情を知らないのだな。私には父も母もいない。ともに、すでに没《ぼっ》した。父の死後、幼くして家督《かとく》を継いだ私を後見していたお祖父《じい》さまも死んだ。叔父上《おじうえ》たち一族の者どもは、後ろ盾《うしろだて》のお祖父さまを亡くした私を襲撃《しゅうげき》し、相良家を奪い取ろうと謀反を起こしたので、すべて粛清《しゅくせい》した。あの不出来な庶《しょ》子《し》の妹を生まれてすぐに出家させて相良家から追ったのも、お祖父さまだ。側室の子とはいえ、私と誕生日が同じだからな。後々の家督争いの火種となることを恐《おそ》れたのだろう」

「しゅ、粛清っ？」

「そうだ。向こうが先に当主である私を殺そうとしたのだから、殺されても文句はいえまい。その覚悟《かくご》は当然、あったのだろう？」

「しかし、血を分けた一族だよな？」

「それがどうした。相良の血をひいているからこそ、当主の座に欲《よく》を出して謀反するのだろう？　血のつながりなど、私にとっては面倒《めんどう》なだけだ。初対面のくせにずけずけと私の心の内側に入ってこようとするな」

「……ごめん。徳千代ちゃんはほんとうにきみを姉として慕《した》っているし、俺と同じ姓の家だと思うと、つい気になって」

「だから、それはただの偶然だろう？　そもそも私は婿《むこ》など取るつもりもないし子を産むつもりもない。自分の手でまたぞろ厄介《やっかい》事の火種となる家族を増やすなど、面倒でイヤなのだ。つまり私には直系の子孫がいないはずだ。従って、未来人のきみとも決して血がつながっていない」

そうだった。信奈もかつては弟の信澄との家督争いで殺伐《さつばつ》としていたな、と良晴は自分が戦国時代に流れてきた頃《ころ》のことをはっきりと思いだしていた。もしも俺がこの時代に流れてこなければ、信奈は史実通りに信澄を殺していただろう、とも。

戦国大名の家には、極度に一族同士の仲が悪く家督を巡《めぐ》って争う家と、逆に当主を中心に家族が結束している家の二とおりがあるようだ。織田家や斎藤《さいとう》家は前者で、毛利《もうり》家は後者だった。

相良家は、一族が争う家で、しかも極端《きょくたん》らしい。

しかし、信奈と信澄の争いには、それなりの理由があった。信奈の母親が、粗暴《そぼう》な信奈を嫌ってお上品な信澄をけしかけていたのだ。それ故《ゆえ》に、単純な信澄もすっかりその気になって何度も謀反を企《たくら》んだ。

しかし相良家の場合には、妹の徳千代が姉の義陽をあれほど純真に慕っているのだから、姉妹が仲違《なかたが》いをする理由はないはずだった。

「いいか、偽サガラヨシハル。今は四姉妹が結束している島津家も、少し以前までは一族同士の内紛《ないふん》をえんえんと繰《く》り返していたし、大友宗麟は父・義母・弟が一度に殺された二《に》階崩《かいくず》れの変《へん》の真の首謀者《しゅぼうしゃ》だと噂《うわさ》されている。この九州は修羅《しゅら》の国ゆえに、家族同士が戦うことは不思議でもなんでもない。むしろ日常茶飯事だ。側室の子とは言え、私と同じ日に生まれた徳千代を信じられると思うか。実際、ほんとうはわずかに徳千代のほうが先に生まれたらしいという噂が国内に流れている」

「ほんとうはきみが妹で、徳千代のほうが姉ということか？」

「ふん。私を追い落とそうと企んでいる者の作り話だ。だが本人はああいう単純粗暴な性格、つまり馬鹿《ばか》だから、いつ本気にして誰《だれ》かに担《かつ》がれないともかぎらん」

「だけどな」

「だけど、なんだ？　ずけずけと言うなとは言ったが、やっぱり気が変わった。はっきり言え。きみは一応は織田家からの使者だからな。特別に、しゃべらせてやってもいい」

義陽が差し出がましい干渉《かんしょう》を嫌《きら》う人だとはわかっていたが、良晴は黙ってはいられなくなった。

「後継者《こうけいしゃ》を産み育てることは、大名家の当主としてもっとも重要な仕事だと思うんだけど」

げっ、と義陽が心底嫌《いや》そうな顔をした。ほんの一瞬《いっしゅん》だったが、お上品な表情が崩れると、徳千代によく似た人なつっこい女の子に見えた。

「あーあーその話か？　きみは私の家臣ではないだろう、婿取りの話はもう聞きたくない。耳にくまができた！」

「耳にできるのはたこだろう？」

「ええい。揚《あ》げ足を取るな！」

「聞いてくれ。かつて上杉謙信《うえすぎけんしん》は義をしらしめすために毘沙門天《びしゃもんてん》の化身として生きる、だから生涯《しょうがい》独身を通すと宣言した」

「ふん。まるで上杉謙信が生涯不犯《ふぼん》の誓《ちか》いを撤回《てっかい》したような言いぐさだな？」

「だけど、きみの場合は家族不信に陥《おちい》っているような……家族を残すことを断念してでも成し遂《と》げたい志はあるのだろうかと」

義陽は薄《うす》い唇《くちびる》をひきつらせながら、思わず拳《こぶし》を握《にぎ》って自分の膝《ひざ》を叩《たた》いていた。

「ほんとうに失敬だな、きみは！　私は、それを——己《おのれ》の志を見つけるためにこの修羅の国を生き延びてきた！　今はまだ見つかっていないが、そもそも生き延びなければなにも見つからないではないか。生きて生き抜《ぬ》いて、いずれ見つけてみせる！　それがいけないことか？　戦国の九州は、きみが生きてきた生ぬるい未来の世界とは違《ちが》う！　みな、今を生き延びるために必死で戦っているのだぞ！」

「いや。それはそのとおりだよ。死ねば、志を探すことすらできないのだから。まずは生き延びなければならない」

なんだ。やけに素直《すなお》だな、まるで昔から私の家臣を務めてきた男のように見えてきた。不気味だ、と義陽は少し照れた。

「ただ、俺自身は、もう母さんにも父さんにも会えなくなってしまった。二人とも未来で生きているのに、この世界に留《とど》まった俺はもう会えないんだ。だからきみのそういう生き方は、なにかもったいないと思ってしまう。あれほどきみを慕う妹を拒絶《きょぜつ》して、一人で生きていくだなんて」

「きみの家族？　それは、きみ自身が天岩戸《あまのいわと》を潜《くぐ》って未来に帰る道を拒否《きょひ》して捨てたのだろう？」

「いや。捨ててはいないよ。格好を付ければ、俺は俺を育ててくれた家族から、独り立ちしたのかもしれない。俺は、この世界に自分が生きる意味を見つけてしまったんだ。だから、未来へはあえて帰らなかった」

義陽が、思わず良晴の顔を覗《のぞ》き込んできた。

「……自分が、生きる意味……」

なぜか、その言葉に、義陽は激しく反応していた。

「ああ。それを、志、と言うのかもな」

「ふ、ふん。死を避《さ》けて生き延びること以外に、ほんとうにそんなものが、あるのだろうか。志を探しているとは言ったが、私はいまだに見つけられないな。そもそも、死ねば志もなにも残らない。死とともに、自分が積み重ねてきたもののすべてがなにもかも消え失《う》せてしまうというのに」

「いや。あるよ。竹中半兵衛《たけなかはんべえ》という俺のたいせつな仲間の生き様から、教えられた。たとえ俺が死んでも、俺の志は仲間や家族に、引き継《つ》がれる。だから死んでも俺の生き様は無《む》駄《だ》にはならないし、消え失せることもない。生きる意味とは、死ぬ意義、と言ってもいいかもしれない」

「……それは、幸せな家族に生まれついた者の意見だな。私には縁のない世界の話だ。十八代続いた相良家が、これまでどれほど血の粛清と抗争《こうそう》を続けてきたと思う？」

「家族間の抗争はあっただろう。だが、ただの権力争いだけではなかったと思うよ。家族同士での感情のもつれや、誤解や、無理解など、不幸な行き違いの果ての結果なのだと思う。そこに家臣たちの思惑《おもわく》や野望が絡《から》んできて、争いが激化していくという光景を、俺も何度も見てきた。でも、きっと徳千代ちゃんと理解し合うことは可能だよ。とりわけ血を分けた家族同士ならば。というより、きみが一方的にあの子を警戒《けいかい》しているだけだよ」

「……もう遅《おそ》い。私に謀反《むほん》心を抱《いだ》く一族は、あらかた粛清した。妹とて例外ではない。きみの言葉が真実ならば、私にはもう、生きる意味など見つけられないということになるな」

「ごめん。差し出がましすぎたな」

「いや、いい。きみは相良家の一族ではないのだから、その差し出がましい意見も許す。さあ食べろ。猪鍋《ししなべ》が煮《に》えたぞ。偽《にせ》サガラヨシハル。きみははじめて九州に？」

「村上水軍で海賊《かいぞく》をしていた頃に、磁石を買い占《し》めるために博多《はかた》や長崎《ながさき》、琉球《りゅうきゅう》などへ行ったことはあるよ。でも肥後ははじめてだ」

「そうか。大友宗麟への使者のきみが、どうして一人きりで肥後に？　大友宗麟に会うのならば、東の豊後へ向かうべきではないか」

「四国沖《おき》で海賊に襲《おそ》われて、俺だけ遭難《そうなん》したんだ。島津領に流されなかったのは幸運だった」

「そうか。島津領に漂着《ひょうちゃく》してサガラヨシハルを名乗ったら問答無用で斬首《ざんしゅ》だったかもしれないな。なにしろ、これから相良家と島津家は合戦をはじめるのだから。私は出陣《しゅつじん》の準備中なのだぞ？」

「俺はその合戦を止めるために来たんだよ。大友宗麟には、背後から毛利を攻《せ》めてもらいたいんだ。だから島津とはしばらく停戦してほしいと頼《たの》みに来た」

「それならだいじょうぶだ。大友宗麟は今回の合戦には参加しない。島津と戦うのは日向の伊東家だ。私は伊東家に頼まれて、援軍《えんぐん》として加勢する。島津が侵攻《しんこう》してきた地帯は、日向だけでなくこの肥後とも接している。島津は日向・肥後の両国へ侵攻してくるつもりだ。ここで食い止めないと相良家は島津に従属を強《し》いられる。気位が高い私としては、それは避けたい。従属するのなら、大友宗麟のほうがよほど扱《あつか》いやすいからな。それに」

「それに？」

「今回の戦《いくさ》で私たちが勝てば島津の北上を阻止《そし》することになる。織田家にとっても益になるのではないか？」

「それはそうだが、俺の歴史知識が正しければ、どう考えても島津が勝ちそうなんだ」

「なぜだ？　たしかに先の大口《おおぐち》の合戦では私は島津に敗北したが、島津といえども百戦百勝というわけではない。負ける時は負ける」

「それは、以前はまだ島津の鉄砲量産体制と、その鉄砲を応用した戦術が確立していなかったからだよ。これからの島津は九州に敵なしとなり、百戦百勝状態に」

「そうか？　伊東家はたしかに弱体化していてあてにならないが、背後には大友宗麟の大軍団も控《ひか》えているのだぞ？　やる気がある時とない時で能力が極端にぶれるが、なにしろ南蛮人《なんばんじん》の軍船を味方に引き入れているからな、やつは。あれで毛利元就《もとなり》すら撃退《げきたい》した」

「だが、島津にも南蛮の種子島《たねがしま》がある。なにより、大友家にはないものが島津家にはある。四姉妹《しまい》の堅《かた》い結束が」

「……そんなものがこの九州であてになるものか。大友宗麟はわがままな性格でキリシタンびいきがすぎるから、一族と家臣団の不和や謀反にずっと悩《なや》まされているが、それでもあの毛利を撃退したのだぞ。島津四姉妹だって、実際には性格や年齢《ねんれい》の違いなどもあって必ずしも一致《いっち》団結しているわけではないという。いやむしろ、四人も姉妹がいるのだから不仲に決まっている。二姉の島津義弘《よしひろ》などは、長姉で当主の義久《よしひさ》などよりもはるかに能力が高い。九州の武神と崇《あが》められているほどの猛将《もうしょう》なのだぞ？　いつまでも姉に唯々《いい》諾々《だくだく》と仕えているはずがない」

義陽は「そうに違いない」と繰り返しながら、最後にふと寂《さび》しそうに笑った。

「ふん。いつも冷静な私としたことが、妙《みょう》に熱く語ってしまったな。相良良晴。きみは妙な男だな。どこか徳千代に似ていて、いちいち私をいらつかせる。生涯の天敵なのかもな」

「島津義久は『将《しょう》に将たる器《うつわ》』の武将。猛将か否《いな》かは、主君の器かどうかには関《かか》わりがないよ。たとえばきみは身体《からだ》がひ弱そうで猛将には見えないが、それでもなお主君たる器の持ち主に見えるよ」

「今頃《いまごろ》お世辞を言っても遅いぞ？　相良家には猛将はいるが軍師はいない。なんなら織田家を辞して私に仕えてみるか？」

「さすがにそれは遠慮《えんりょ》する。激怒《げきど》した信奈が肥後に刺客《しかく》を放ってくるから」

「ふん。それも面白《おもしろ》そうだ。織田信奈と一人の男を奪《うば》い合って血みどろの抗争劇か。ただの国盗《と》りには興味がないが、そういう修羅場《しゅらば》は案外楽しいかもしれないな」

「生涯婿《しょうがいむこ》を取らないと言ったじゃないか!?」

「はあ？　婿？　信じがたい愚《おろ》か者だな。高貴で美しいこの私が、猿面《さるづら》のきみを婿に取るわけがなかろう。そもそも私は家族などいらん。熊《くま》と一緒《いっしょ》に小屋で飼ってやってもいいと言っている」

「動物園かよっ⁉」

「いいか相良良晴。私の婿になるなどと口走ったら織田家の使者であろうが即座《そくざ》に殺す。私は家族を信じない。ゆえに、わが家族になろうと取り入ってくる者も信じない。いいな」

義陽の家族を拒絶する思いは、かたくなだった。

あの天真爛漫《てんしんらんまん》な徳千代を拒絶しているのだ。よほどの事情があるのだろう。

今、早急にこれ以上この件をつつけば、義陽を傷つけてしまいそうだった。

良晴は「わかったよ、注意する」と頭を下げた。

「とにかく、島津との戦は延期してくれないか。あまりにも危険だ」

「ふん。きみは織田信奈の都合でそう言っているだけだろう？　私がこの合戦に負けるという確たる証拠《しょうこ》は、なにもない」

「そうかな。きみが徳千代をあくまでも参戦させようとしないのは、負け戦になる可能性があるからじゃないのか？」

「違うな。あの愚かな妹が家中で台頭してきたら、私の立場が脅《おびや》かされるからだ」

良晴がなんとかして開戦を思いとどまらせなければと頭をひねっていると、不意に、壮《そう》年《ねん》の僧侶《そうりょ》が広間に入ってきた。

身長二メートル近いその大柄《おおがら》な男は、僧侶姿でありながら髪《かみ》を伸《の》ばし、南蛮渡来《とらい》の黒眼鏡をかけていた。

ずいぶんと彫《ほ》りの深い男前だな、と良晴は思わずその大男を見上げていた。

すでにこの時代では老将と呼んでもさしつかえのない男だった。うら若い姫《ひめ》武将である義陽とは、三十歳くらいの年齢差がありそうだ。

「誰《だれ》だ？　相良家のご家老？　それとも」

「……」

ドンッ。

黒眼鏡をかけた大柄な仏僧は、無言のまま、足下《あしもと》に座っていた良晴の脳天めがけて仕込《しこ》み杖《づえ》を振《ふ》り下ろしていた。

良晴が「球よけのヨシ」の異名を取る天性の回避《かいひ》能力を持っていなければ、自分が脳天を打ち割られたことに気づくことすらなく息絶えていただろう。

「うおおおおっ、あぶねえええええっ!?　なにすんだよっ？」

「……」

良晴の抗議《こうぎ》など聞いていない。黒眼鏡坊主《ぼうず》は表情ひとつ変えぬまま、畳《たたみ》の上を這《は》って逃《に》げようとする良晴めがけて第二の攻撃《こうげき》、第三の攻撃を繰《く》り出してきた。

後頭部めがけて正確に投擲《とうてき》されてきた小刀を横方向へ転がりながら避《よ》けると、その先には良晴の顎《あご》を砕《くだ》こうとする踵落《かかと》としが待ち受けていた。

仰向《あおむ》けに転がりながら目の前に迫《せま》る黒眼鏡の足の裏を、良晴は「殺し屋か、それとも忍者《にんじゃ》かてめえ!?」と大声を張り上げながら、両腕《りょううで》を十字の形に組んで受けようとした――だが、受ける寸前、「受けちゃダメだ。この足に触《ふ》れたら即死《そくし》する」という「球よけのヨシ」特有の閃《ひらめ》きが走った。

海賊見習いとして村上水軍で鍛《きた》えられてきた良晴だ。戦国時代に流れてきた当時とは体力も反応速度も別人になっている。だから、この息をもつかせぬ連続攻撃にかろうじて反応できた。

「こいつの矢継《やつ》ぎ早の攻撃は、逃げ続けても逃げきれねえ！　だったら前へ進んで躱《かわ》す！」

良晴は組んでいた両腕を伸ばして、黒眼鏡坊主の蹴《け》り足の膝《ひざ》あたりに抱《だ》きつき、抱《かか》え込んで踵落としの軌道《きどう》を強引に逸《そ》らした。

ズンッ。

畳に触れると同時に黒眼鏡坊主の靴《くつ》の踵に仕込まれていた鋭《するど》い刃物《はもの》状の暗器が飛びだし、畳を八の字に引き裂《さ》いていた。

もしも腕で踵を受けていたら、両腕が肘《ひじ》の先から切断されてすっ飛ばされていたところだった。

必殺の暗器攻撃を見事に躱された黒眼鏡の大男が、はじめて声をあげた。

「……貴様。俺の仕込み靴をどこで知った。甲賀忍《こうがしの》びか⁉」

「カンだよカン！　逃げることだけは得意でね！　とはいえ、こんな化け物の足にしがみついて密着しちまった以上はもう逃げられねえ、ここまでかっ⁉」

「……そうだ。死ね」

「待って、宗運《そううん》おじさん！　その男の子を殺してはいけない！」

黒眼鏡の男を止めたのは、相良義陽のその一声だった。

ぴたり、と男の身体が静止し、あの凶暴《きょうぼう》な殺気が嘘《うそ》のように消えた。

「……義陽。この小僧《こぞう》は、お前の名を騙《かた》る偽者《にせもの》なのだろう。敵が送り込んだ間者か、あるいは暗殺者だ。疑わしきは殺す」

「違《ちが》う。私と同じ名前なのは偶然《ぐうぜん》だ。彼は、都の織田家から大友家へ来た使者だ」

「……それも嘘かもしれん。島津の間者である可能性が少しでもある限り、殺しておくに限る」

「嘘ではない。私はたしかに、あの天岩戸《あまのいわと》開きの時に天空に映った彼の顔を見た」

「……」

男は、片足にしがみついていた良晴の額に指を当ててきて、とん、と押し飛ばしていた。

その指にわずかでも余計な力と殺気が込《こ》められていたら、良晴は即死させられていただろう。

良晴はかろうじて解放されたが、今の無慈悲《むじひ》な連続攻撃を浴びて殺されなかったのはほとんど僥倖《ぎょうこう》のようなものだ。やはり修羅《しゅら》の国はとんでもないところだと実感して、震《ふる》えが止まらなかった。

「あいててて。いつ攻撃を受けたのかもわからねえうちに全身が痣《あざ》だらけだ。意味もわからないままに死ぬかと思った……」

義陽が、良晴を抱き起こした。

「すまなかった、相良良晴。このおじさまは甲斐《かい》宗運。隣国《りんごく》の北肥後を支配する阿蘇《あそ》家で宰相《さいしょう》を務めている人だ」

「武士だったのか？」

「ああ。阿蘇家と相良家は同盟を結んでいる。私は幼くして相良家の家督《かとく》を継《つ》いだ時から、おじさまにずっと支えてもらっている。とても親切な人だ」

「第一印象は、とても凶暴な人、なんだけど。暗器なんて使わないぜ普通《ふつう》の武士は」

「申し訳なかった。おじさまには、私の命を狙《ねら》う者を見つけたら、無言で殺そうとする癖《くせ》がある」

「ということは、きみに謀反《むほん》した連中を粛清《しゅくせい》した張本人？」

「ああ。そうだ。おじさまが、かつて私を殺そうとした相良家の裏切り者たちを粛清してくれた」

「……相良家が滅《ほろ》びれば阿蘇家も滅びる。大友・龍造寺《りゅうぞうじ》・島津に挟《はさ》まれたこの肥後に割拠《かっきょ》する両家は単独では家の存続を保てない、唇《くちびる》と歯のような関係だ。だから俺は義陽を守っている。それだけだ」

仏頂面《ぶっちょうづら》でぼそりとつぶやいた甲斐宗運は、良晴の隣《となり》に腰《こし》を下ろしてあぐらをかいた。

(俺はまだお前を警戒《けいかい》している。義陽に妙な真似《まね》をすれば問答無用で消す)

無言でありながら、甲斐宗運は再び強烈《きょうれつ》な殺気を放ってきた。

うかつなことをすればこんどこそ殺される！　良晴の背中は冷《ひ》や汗《あせ》にまみれた。

「私と宗運おじさまは、阿蘇神社と白木妙見社《しらきみょうけんしゃ》に不戦の誓紙《せいし》を収めあった仲だ。お互《たが》いに協力して、この肥後を修羅の侵攻《しんこう》から守るためにな。特に島津から。やつらはかつては三州平定を悲願としていたはずが、いまや九州全土の平定を目指しはじめている」

ゆっくりと甲斐宗運がうなずいた。

「幼い少女とともに誓紙を交《か》わすだなんて。もしかしてこの人は露璃魂《ろりこん》なのだろうか」

良晴は、その言葉をうっかり口にしてしまった。

黒眼鏡の奥で、宗運のまなじりが鬼《おに》の目のように裂けたように見えた。

「……未来語で愚弄《ぐろう》するな。俺は露璃魂ではない！　すべては肥後のため、阿蘇家のためだ！」

「わかったあんたは露璃魂じゃない！　だから仕込み杖を突《つ》きつけないでくれっ！」

「宗運おじさまが戯《ざ》れ言《ごと》に怒《おこ》るなんて、珍《めずら》しいこともあるものだ。意外と照れるとかわいいな、おじさまは」

「……」

義陽が笑うと、宗運は毒気を抜《ぬ》かれたかのようにおとなしくなり、刀を納めた。

ああ、そうだ。この二人はまるで実の父と娘《むすめ》のようなんだ。男が女を意識しているのとは違う、と良晴は理解した。

血を分けた一族を信じられない義陽にとっては、血がつながっていないにも拘《かか》わらず自分を守ってくれてきた甲斐宗運は唯《ただ》一人の「家族」なのかもしれなかった。

「……義陽。伊東家は危《あや》うい。当主の伊東義祐《よしすけ》は京風文化に憧《あこが》れ、修羅の魂を忘れている。桶狭間《おけはざま》で織田信奈に敗れた今川義元《いまがわよしもと》に似ている。対する島津は、四姉妹それぞれが互いの突出《とっしゅつ》した戦闘《せんとう》能力を補い合う体制を整えた、まさに修羅の中の修羅だ。義陽。このたびの戦《いくさ》に、兵は出すな」

そしてその宗運は、義陽の出兵に反対らしかった。

「……阿蘇家はこれより、北から迫ってきている龍造寺軍を撃退《げきたい》せねばならない。龍造寺は島津と示し合わせて俺を足止めするつもりだろう。伊東と義陽だけでは、このたびの島津戦は厳しい」

「ああ。だが、もう伊東家と約束を交わしてしまっている。約束は守らないとならない。戦国大名にもっとも必要なものは、信義だからな。宗運おじさまが教えてくれたのだろう？　誓紙を交わすということは、お互いに死ぬまで約束を守り続けるということだ、これこそが武士にとって命よりもたいせつな信義というものだと。自分自身の意志によって選択《せんたく》した信義こそが、自分では選ぶことのできない血のつながりよりも信じられるものだと」

「……時と場合による」

「それでは宗運おじさまも、時と場合によっては私との誓紙の誓《ちか》いを反故《ほご》にするつもりなのか？」

「……そんなことは、決してしない」

「だろう？　だから私は、伊東家との約束は守る。おじさまにとっては憎《にく》い仇《かたき》だろうが、われらにとって今、最大の敵は島津だ。我慢《がまん》してくれ」

「……俺は伊東を仇とは思っていない。だが義陽。島津家が薩摩・日向・肥後の三国が接する要《かなめ》の真幸院《まさきいん》に島津義弘を入れたのは、伊東を釣《つ》りだすための罠《わな》だ。四姉妹《しまい》の長女・義久が家督を継いでからの島津家は急激に強くなっている。やつら四姉妹の結束は固い。これまでの九州には存在しえなかった強さだ。戦死するぞ」

良晴に続いて、甲斐宗運も「四姉妹の結束」を口にした——この時義陽は、なにがなんでも島津に勝たねばならない、修羅の九州に姉妹の結束などありえない、と思い詰《つ》めた。

「だいじょうぶ。私は無理な戦はしない主義だ。いざとなれば逃げる。戦国大名は、生きてこそだからな」

「……だが、伊東への加勢はやめておけ。まず敗れる。子を成す前に死ねば、世継《よつ》ぎを残せないぞ」

おじさま、その話はもう耳にくまができるほど聞いたぞ、と義陽はそっけない。

「真幸院の島津義弘が率いる兵数は三百。対する伊東軍は三千。さらに相良軍五百が加勢する。万が一勝てなかったとしてもそんなひどい負け方はしないはずだ、宗運おじさま。それに、もしもの時のための生き残り策は準備してある」

「……この俺が采配《さいはい》をふるえれば別だが、島津義弘は薩摩の武神、修羅の鬼だ。自ら死地に立ち、餌《えさ》となって伊東を釣りだすつもりだ。この俺が軍法戦術を仕込んだお前はともかく、今の公家《くげ》趣味《しゅみ》にうつつを抜かすふぬけた伊東軍にあの鬼と刺《さ》し違える覚悟《かくご》があるとは思えない」

「だいじょうぶだ。私ももう大人の姫大名だぞ」

「……義陽。お前もそろそろ、独り立ちしたくなる年頃《としごろ》になったのだな」

甲斐宗運はしばらく無言で義陽の自信ありげな笑顔《えがお》を見つめていたが、やがて「死ぬなよ。生きろ」とつぶやきながら、席を立っていた。

斎藤道三《どうさん》と信奈もこうしてよく口論していたな、と良晴はふと懐《なつ》かしく思った。

信奈の義父・斎藤道三は、実の娘以上に信奈を愛していた。義陽と宗運の関係は、信奈と道三のそれによく似ている。年端《としは》もいかない幼い姫《ひめ》武将が成長していく過程では、道三や宗運のような父性愛に満ちた男が――もちろん、実の父親が存命であれば父親が最適なのだが――陰《かげ》から支えてあげる必要があるのかもしれない、姫武将が独り立ちするその日まで、と良晴は思った。

(俺もいずれ信奈を守り育てるという使命を終えて、信奈を独り立ちさせる日が来るのだろうか？　それとも、俺は信奈の父親ではなく、信奈の伴侶《はんりょ》としてどこまでもともに行ける男なのだろうか？)

だが去り際《ぎわ》に、宗運は良晴に向けて信じがたい言葉を口にした。

「……小僧。俺は阿蘇家存続のためならどのような非道な真似でも躊躇《ちゅうちょ》なくやる肥後の殺し屋だ。かつて伊東家に内通して阿蘇家を奪《うば》い取ろうとした俺自身の三人の息子《むすこ》を、俺は容赦《ようしゃ》なく殺した。義陽に甘い顔をしている俺は、かりそめの俺にすぎない。阿蘇家の害になる男と判断すれば、貴様の命を問答無用で奪う」

「な、なんだって？　実の息子三人を、殺したって!?」

「……そうだ。主家を脅《おびや》かす謀反人は殺さねばならない。わが子であろうとも。修羅の国で主家を存続させるということは、そういうことだ。本州の武士とは違う。数えきれぬ年月を合戦に明け暮れてきた九州武士は甘くない。忘れるな、忘れれば死ぬぞ小僧」

「その話が事実ならあんたはほんものの修羅だ。甲斐宗運。それなのに、あんたは、義陽には甘いのか？　なぜだ」

「……女子供は別だ。俺は、男武者しか殺さん。だが謀反人や敵が男であれば、そいつが親でも子でも即座《そくざ》に殺す。感情もなく。無言で。一撃で。それが阿蘇家における俺の役割だ。俺にとっての未来とは、阿蘇家の存続ということでしかない。未来人の貴様がなにをもくろんでこの世界へ来たのかなど、俺には関係がないことだ。言っておくが、貴様の都合で義陽の運命を弄《もてあそ》ぶな」

甲斐宗運は、良晴を心の底から震撼《しんかん》させると、廊下《ろうか》へと姿を消した。

宗運が去った後。

良晴は、自分の身体《からだ》がなおもがたがたと震えていることに気づいた。

美濃《みの》の蝮《まむし》こと斎藤道三ですら、息子の義龍《よしたつ》を殺したりはしなかった。

謀殺《ぼうさつ》と毒殺と裏切りを信条とする宇喜多直家《うきたなおいえ》ですら、娘の秀家《ひでいえ》には大甘だった。

しかし、甲斐宗運は違うらしい。

最初に甲斐宗運が現れた時に良晴が感じた恐怖《きょうふ》は、甲斐宗運が自然と発しているほんものの「殺し屋」の殺気を身体が敏感《びんかん》に反応したための恐怖だったのだ。

「なんて男だ。悪意も敵意もない。ただ主家を守るために、裏切り者であれば息子ですら淡々《たんたん》と殺してしまうのか。あれが九州の修羅か。ほんとうに、生きるか死ぬかのぎりぎりの世界なんだな」

義陽が少し悲しげに目を細めて、口を開いた。

「宗運おじさまは悪ぶっているが、忠義者すぎるだけだ。阿蘇家に謀反を企《たくら》んだ自分の息子たちを主命に従って誅殺《ちゅうさつ》したことを、ほんとうはとても悲しんでいる。ただ、口にしないだけだ。心ならずも殺してしまった息子さんたちのぶんまで、私に優《やさ》しくしてくれるのかもしれないな」

「……女子供は殺さない、と言ってくれたことが救いだな。あれで女も子供も平気で殺せるのならば、もう人間じゃない。ほんものの鬼だ」

「だいじょうぶだ。宗運おじさまは、そんなことはしない」

「そうだな。ごめん。義陽にとっては、二人目のお父さんのような頼《たよ》れる人なんだよな」

「ああ。おじさまが補佐《ほさ》してくれなければ、私はとっくに殺されていた。今こうして相良家が存続できているのも、すべておじさまのおかげだ。ほんとうは優しい人だ。悪い人だと思わないでほしい、良晴」

「そのきみの優しさを、少しは徳千代ちゃんにも向けてあげてほしいな」

「……あれは薄《うす》いとはいえ、相良家の血をひいている。その話を二度と蒸し返すな。徳千代の話を、もう私の前でするな」

そろそろ約束の刻限だ。島津との合戦に行こう、と義陽が立ち上がった。

「ほんとうに行くのかよ？　やめておけ！　宗運も止めただろう？」

義陽は首を横に振《ふ》った。

凜《りん》とした表情。ああ。止められない。命を賭《と》して合戦に赴《おもむ》く姫武将の顔だ、と良晴は魅《み》入《い》った。

「私はな、いちど交わした約束は絶対に果たす。私は早くに父上を失い、子供なのに家督《かとく》を継《つ》いだために、叔父上《おじうえ》たち一族の者に謀反《むほん》され城を追われて逃《に》げねばならなかった。どんどん追っ手が迫《せま》ってきてもうどうしようもなくなって、隣国《りんごく》の宗運おじさまのもとに駆《か》け込んで、救いを求めた。おじさまは、混乱に乗じて相良領を奪い取ることだってできたはずなのに、そんな私を助けてくれた。謀反人たちを討伐《とうばつ》して、私を人吉城の城主に戻《もど》してくれた。武士にとってもっともたいせつなものは、信義。北の阿蘇家と南の相良家はともに支え合い肥後一国を保っていかなければならない関係。そう私を教え諭《さと》し、お互いに不戦の誓紙を交わして、生涯《しょうがい》ともに支え合おうと誓ってくれた——宗運おじさまとの誓いが、いつだって私を支えてきてくれた。家族親族をいっさい信じられなくなった私を。だから、決して約束は破らない」

※

火の国・肥後は北の阿蘇家と南の相良家とが二分統治する国。

さらに、この両家以外にも有力国人が割拠《かっきょ》し、いつ他国の侵略《しんりゃく》を受けてもおかしくない情勢が続いていた。

相良義陽は、物心ついた時にはもう、父の死によって相良家の家督を継がされていた。数えでやっと十歳という幼君だった。

しかも義陽が家督を継いですぐに、父に続いて、家中の実権を握《にぎ》り義陽を後見していた祖父が死んだ。

相良家は、次々と一族の柱石を失ったのだ。

もとより、まだ槍《やり》もまともに握れない幼い義陽に合戦などは無理である。

義陽の叔父たち「相良一門三人衆」は、幼い姫大名の義陽を暗殺して相良家を乗っ取ろうと企んだ。

義陽の腹違《はらちが》いの妹・徳千代はずっと以前に祖父の意向によって出家させられていたので、家督を継ぐ資格を失っていた。だからこの謀反人たちには狙《ねら》われずに済んだ。

狙われたのは、当主の義陽一人である。

謀反が決行された日の夜。

幼い義陽は折からの台風の豪雨《ごうう》に紛《まぎ》れて人吉城を身ひとつで脱出《だっしゅつ》し、船で肥後を脱出するために八代へと逃げたが、その八代の港もすでに叔父たちの兵によって占領《せんりょう》されてしまっていた。

八代の山中には徳千代がいるはずだったが、徳千代のもとへは義陽は向かわなかった。徳千代は出家、すでに相良家の人間ではない。兵力も持たず私とも家督争いとも無縁《むえん》、と思い定めて心中で切り捨てた。

(徳千代を頼らないと決めた以上、もう、相良家の領土には私の居場所はない。私は相良家から捨てられたのだから——さようなら、徳千代)

徳千代がこの謀反騒動《そうどう》を知った時にはもう、義陽は北肥後へ連なる山道を駆け抜《ぬ》け、阿蘇家領の御船《みふね》城まで逃げていた。寺に押し込められていた徳千代にはわずかな兵力すらなく、自分が姉を救う力を持っていないことを泣いて悔《くや》しがったというが、義陽が絶対に徳千代には頼らない、あれはもう相良家の人間ではないと決めていた以上、徳千代に兵力があっても結果は同じだったろう。

深夜。嵐《あらし》の夜。

義陽は、泣きながら御船城の城門に取りすがっていた。

ここまでの道中、飲まず食わずだった。休息を取る余裕《よゆう》すらなかった。

その背後には、追っ手が迫ってきた。「阿蘇家に逃げ込まれる前に義陽を殺してしまわねばならん」と三人衆自らが騎馬《きば》兵を率いて突進《とっしん》してくる。

ここは修羅《しゅら》の国・九州である。姫武将不殺の掟《おきて》などない。三人衆に捕《と》らえられれば、弁明の余地など与《あた》えられないままに首を飛ばされるだろう。

しかし、いくら城門の扉《とびら》を叩《たた》いても、扉は開かれない。

相良家が内紛《ないふん》で揉《も》めれば、弱体化することは疑いない。

阿蘇家は、相良家が謀反騒動で分裂《ぶんれつ》してくれたほうが都合がいいのだ。相良家を併合《へいごう》し、肥後一国を統一することも可能になる。

阿蘇家の当主としては、当然、義陽を見殺しにするはずだった。

ここで幼い無力な姫大名を助けたところで、阿蘇家にとってはなんの得もない。

それが戦国の世の習い、修羅の国の掟だ。

幼くとも利発な義陽には、それくらいの道理はわかっていた。

だが、白い手が赤い血にまみれても、けんめいに扉を叩き続けた。

暴風雨に打ちのめされて立っていられなくなっても、叫《さけ》び続けた。

「……助けて……助けて！　私、生きたい！　まだ、死にたくない！」

その時だった。

門の向こうから、感情というものがまるでこもっていない冷たい男の声が、聞こえてきた。

『……相良義陽。それほどに生きたいか。お前の祖父も父ももう死んだ。腹違いの妹は寺へ追放された。三人の叔父は、お前を殺そうと迫っている。こんな修羅の世界で、お前はなにを望む。どこに希望がある？』

御船城主・甲斐宗運の声だった。

相良家と阿蘇家は同盟関係にある。

何度か、会ったことがあった。

阿蘇家を支える無敵無敗の猛将《もうしょう》であり、かつ裏切り者を容赦なく殺す暗殺者でもあるという評判が立っている。

背の高い大柄《おおがら》な僧侶《そうりょ》姿の男で、目には南蛮渡来《なんばんとらい》の黒眼鏡をかけているはずだった。

とてつもなく恐《おそ》ろしい人、戦場で無数の血にまみれた人、という印象だけがあった。

それでも、他《ほか》に救いを求められる相手はもう、いないのだ。

「助けて。私はまだ子供で、なにもお礼なんてできないけれど、お願い……！」

『……俺は主君の命に従い、伊東家に内通を計った自分の息子三人をこの手で殺した男だ。涙《なみだ》も流さなければ悔恨《かいこん》もない。それが俺の仕事だからだ。その俺が、国を追われて落ち延びてきた相良家の当主を救うと思うか？　むしろお前をこのまま見殺しにすれば今こそ相良家を併合する好機が訪《おとず》れる、とわが殿《との》は考えるだろう』

ただ命乞《いのちご》いをするだけでは、甲斐宗運の氷のような心は動かせない。

振り向けばもうすぐそこまで、叔父たち三人衆が接近していた。

義陽は、自らの死を覚悟《かくご》した。

最後に、誰《だれ》かに、自分の最後の思いを聞いてほしかった。

だから、死の恐怖を前に頭が真っ白になったまま、義陽は思いの丈《たけ》を叫んでいた――。

「私、まだ生まれてきたばかりで、なにごともなしていないの。なにかをしたいという夢すら見つけていないままに、子供のままで死ぬのはいや。せめて、自分がなんのために生まれてきたか、その意味を見つけてから死にたい！」

この時。

奇跡《きせき》が起きた、と義陽は思った。

固く閉《と》ざされていた御船城の扉が、開かれていた。

黒い巨馬に乗った漆黒《しっこく》の大柄な僧侶が、槍を握りしめながら嵐の中に屹立《きつりつ》していた。

その無表情な顔には、あの南蛮渡来の黒眼鏡がかけられていた。

忘れるはずのない異相。異形。殺気。

甲斐宗運その人に、違いなかった。

「……あ……あ……」

義陽は、この人が私を守ってくれる、と心で理解した。気がつけば、目を見開いてじっと甲斐宗運を見つめながら、泣いていた。

「……己《おのれ》の生きる意味を求めるならば、生き延びろ。槍を取って後ろに乗れ。生き延びることのできる者は、生きるために抗《あらが》う意志を持つ者だけだ。俺はただ、手を貸すだけだ」

この夜。義陽の目には、この冷酷《れいこく》非情な血生臭《ちなまぐさ》い修羅が、悲しい英雄《えいゆう》に見えた。

裏切りの絶えない修羅の国で、ただ主家を守るために次々と仲間を殺しわが子を殺し、傷つき病《や》んだ魂《たましい》を抱《かか》えて孤独《こどく》にうめいている悲劇の英雄に見えた。

宗運は義陽が伸《の》ばした手を握りしめると、片腕《かたうで》だけで引き上げて馬の背に乗せていた。

三人衆とその手勢が「荷担はご無用」「われらは暗愚《あんぐ》な主君、相良義陽を討《う》つのみ」「手出しするなら斬《き》る」と口々に叫びながら、馬で押し寄せてくる。その数、およそ三百。

「血迷ったか甲斐宗運！　子殺しの貴様が、血縁《けつえん》もないそんな子供一人を救ったところで、貴様が子殺しであることからは逃げられんぞ！」

「義陽の首を差し出せ！」

「それとも、主君の阿蘇家に無断でわれら相良家とことを構えるか！」

甲斐宗運はなにも言わず、漆黒の巨馬を駆った。

三人衆めがけて突進し、片腕で槍を一閃《いっせん》した。

三人衆が「一対三でなにができる」とその槍の届かぬ距離《きょり》から宗運と義陽を包囲し、弓を構えたその時だった。

回転する宗雲の槍の穂先《ほさき》が、いくつもの棍《こん》に分離《ぶんり》して、そして伸びた。

信じがたいほどに、伸びた。

棍と棍の間には鎖《くさり》が仕込まれていた。その鎖は宗運の指の精妙《せいみょう》な動きに操《あやつ》られて、蛇《へび》のように空中をうねった。

「仕込み槍ッ⁉」

「貴様、外道《げどう》の暗器を用いるか！」

「武士にあらず、卑劣《ひれつ》な！」

まるで意志を持つ生き物のようにそれは弓矢を躱《かわ》し、槍を躱し、太刀《たち》を躱した。

三人衆は口々に宗運の武士とも思えぬ外道の攻撃《こうげき》を罵《ののし》ったが、罵り終える前にその三人の首はことごとく宙へと舞《ま》っていた。

滝《たき》のような返り血を浴びながら、甲斐宗運は顔色ひとつ変えなかった。

血しぶきから、南蛮渡来の丸い黒眼鏡がその視界を守っている。

「……俺が求めるものは、信義。主君に謀反する不忠者は、ことごとく殺す。それが俺の仕事だ」

一撃で三人衆が討たれた！　算を乱して逃げはじめた謀反軍の兵たちを、宗運はまるで掃除《そうじ》でもするかのように一人残らず殺し尽《つ》くそうと追いはじめた。

「……相良義陽。お前も槍を振るえ。残り、九十七人だ」

「待って。彼らは叔父上たちに命じられただけなの。彼らの多くは私の血族よ。助けてあげて！」

義陽は宗運を止めようとした。

「ダメだ。俺は同盟国の信義に基づきお前を守ると決めた。ひとたび主君に謀反《むほん》し信義を破った者は許してはならない。たとえ家族であろうとも。わが子であろうとも。同族同士が骨肉相食《あいは》む修羅の国であるからこそ、俺は最後まで俺が掲《かか》げる信義を貫《つらぬ》く。それが、俺の生きる意味だ。信義を破れば、俺が殺した者たちはみな犬死にだったことになってしまう。それは、許されない」

「お願い！　私、あなたに救われた命を決して無駄《むだ》に使わない。だからもう、なにも感じないままに人を殺し尽くすなんて、やめて！」

「いや、災《わざわ》いの種は刈《か》り尽くす。謀反に関《かか》わる者は殺し尽くす。いずれ謀反人に担《かつ》がれるであろうお前の妹の徳千代も、殺しておこう」

「……徳千代は、殺させないわ！　だって、あの子はもう相良家とは関係がない！　赤の他人だもの！　二度と相良家には帰参させない、武士にもならせない！　それでも徳千代を殺すというのなら、今ここで私が、あなたを殺すわ！」

義陽が、宗運の腰《こし》の脇差《わきざ》しを摑《つか》んで、引き抜こうとした――。

宗運の動きが、止まった。

あれほど降っていた雨が、止《や》んでいた。

宗運の背中にしがみついていた義陽の目には、わずかばかりに宗運の口元がゆるんだように見えた。

「……甘いな。だが、俺を本気で殺そうと覚悟したその時、お前は実にいい目をしていた。俺が手打ちにした不詳《ふしょう》の息子《むすこ》たちに、お前ほどの勇気があればな」

「……わ、私……ごめんなさい」

「相良義陽。修羅の世を生きるだけ生きて、自分が生まれた意味を探すがいい。お前ならば、見つけられる」

「きっと、見つけるわ。宗運おじさま」

宗運は、この謀反騒動につけこんで相良家を奪《うば》い取ったりはしなかった。「相良家は阿蘇家の同盟国だ。同盟国を奪うは信義に反する。それだけだ」とぶっきらぼうに繰《く》り返しながら、義陽の復権を支援《しえん》した。

宗運は幼い義陽との間に、盟約を交《か》わしたのだ。阿蘇神社と白木妙見社《しらきみょうけんしゃ》とに、お互《たが》いがしたためた不戦の誓紙《せいし》をそれぞれ収めたのだ。

これによって義陽に対して謀反を企《くわだ》てようとする家臣・一門は消滅《しょうめつ》した。義陽に叛逆《はんぎゃく》するということは、甲斐宗運と戦うということ、つまりは己の死を意味することになったからだ。

こうして義陽は宗運に守られながら相良家当主として人吉城に復帰し、しかも不穏分子《ふおんぶんし》の粛清《しゅくせい》に走ろうとする宗運を押しとどめて制御《せいぎょ》した。宗運に目をつけられた家臣たちの命を可能な限り救った。この肥後の国でただ義陽だけは、宗運を恐れていなかったのだ。信じがたいことだった。

ただし、この騒動《そうどう》の後、徳千代が姫《ひめ》武将になると宣言して勝手に還俗《げんぞく》したと知った義陽は、徳千代を人吉城へは決して迎《むか》え入れなかった。宗運が徳千代を殺すことを危惧《きぐ》したのか、あるいはほんとうに徳千代を謀反の火種になると嫌《きら》っているのか、家臣団には義陽の心中は想像もつかなかった。一族の謀反を経験した義陽は、容易に自分の本心を他人に見せない少女になっていたのだ。

だが、義陽に徳千代を殺す意志がないことと、徳千代が義陽を心から慕《した》っていることが家中に知れ渡《わた》ると、相良家の姫武将を自称《じしょう》する徳千代は「八代の山猿《やまざる》さま」という愛すべき存在として家中で黙認《もくにん》されるに至った。

そして、やがて高貴な姫大名として心身ともに成長しはじめた義陽に、相良家の家臣団は真の忠節を誓《ちか》うようになっていった——。

※

「それで、きみは約束を破らないと決めたのか」

「そうだ。絶対に、約束は破らない。宗運おじさまとの誓いを破る時、それは私が死ぬ時だ。幼い頃《ころ》に、私は自分の意志でそう決めた」

「しかし、きみは徳千代をあの甲斐宗運から守ろうとしたのか。やっぱり妹想《おも》いのいいお姉さんじゃないか。なぜ徳千代にそのことを伝えてあげないんだ？」

「わ、私とおじさまとの秘密だったからだ。徳千代には漏《も》らすなよ。勘違《かんちが》いされて図に乗られるとまずい。あれはもう相良家の人間ではない、だから捨て置いたというだけだ」

良晴は、一族を信じない、家族はいらないと言い張っているが、義陽がここまで徳千代を拒絶《きょぜつ》するのにはなにか理由があると気づいた。だが、それは俺が勝手に暴《あば》いていいことではない、とも思った。それはきっと義陽自身が、乗り越《こ》えなければならないなにかなのだ。それがなんなのかは、いずれ義陽が心を開いてくれれば教えてもらえるはずだ。

「……私は、この思い出を人に話したことは今まで一度もなかったのだが、なぜか初対面のきみに話してしまった。きみは不思議な少年だな」

「なぜ俺に話したんだい？」

「『生きる意味』という言葉がきみの口から飛びだしたからだ。なにか、私と共通するものを持っていると感じてしまったのかもしれないな。もっとも、私が掲げる信義という観念もまた、私自身が死ねば無に帰してしまうものだが——」

わかった、それじゃこの合戦だけは宗運の代わりに俺が軍師として補佐《ほさ》する。合戦が終わったら大友宗麟のもとへ俺を送ってくれ、と良晴はうなずいていた。

「きみが？　急いで宗麟のもとへ向かったほうがいいのではないか？」

「一宿一飯の恩義も受けたし、きみを放《ほう》っておけないよ。宗運と比べればひよっこみたいな軍師だけれど、もしかしたら俺の知識が役に立つかもしれない。それにここで島津が伊東に大勝して日向を奪えば、島津と大友がいよいよ直接国境を接する。そうなれば島津と大友の対決は回避《かいひ》できなくなり、織田家が危うくなるんだ」

「でもきみは木津川口《きづがわぐち》で村上水軍を率いて織田信奈に大敗しただろう？　未来知識など意外と脆《もろ》いものかもな。だいじょうぶなのか？　私は敗戦の責任を常に家臣に背負わせるのだぞ。ふふっ」

「未来は確定しているものじゃないし、そもそも信奈は別格で規格外だからな」

「む。それは、のろけか？」

「いやいや」

「天岩戸越《あまのいわとご》しに見た織田信奈はたしかに美しかったが、自然とにじみ出る高貴さでは私のほうが織田信奈よりはるかに上だぞ」

「いやまあ信奈はいいんだよ。どうしてそこにつっかかるんだ？」

「姫武将としての誇《ほこ》りの問題だ。私のほうが、織田信奈などよりもずっと高貴な真性のお姫さまだと認めろ！」

「あ、後でなにがどうなるかわからないので保留する。問題は島津だ。俺が知っている島津の強さは尋常《じんじょう》じゃないんだ。日向の支配を賭《か》けた伊東との最終決戦に島津は勝つ。その戦《いくさ》が今回の戦になるかどうかはまだわからないが、少しでも判断を誤れば、負けるよ」

「ふふ。言葉では弱気なことばかり言っているが、しっかり戦う男の顔になっているな。こんな飛び入りの戦で死ぬなよ、相良良晴。必ず生き延びろ」

優《やさ》しい笑顔《えがお》だった。親と子が殺し合わねばならない修羅《しゅら》の国を生きてきた甲斐宗運が守ろうとした笑顔と優しさが、希望が、ここに、義陽の心の内側にあるのかもしれない、あの男はただ阿蘇家を存続させるために義陽を守ってきたんじゃない、と良晴は思った。

主家への忠義のためとはいえ、実の息子を次々と殺して平然としていられるはずがない。戦国三大悪人のうちに数えられる悪行の数々をなしながら、道三や久秀《ひさひで》が自らの志を継《つ》ぐ者と愛した信奈に対しては菩薩《ぼさつ》のように慈悲深《じひぶか》かったように、甲斐宗運もまた自分に救いを求めてきた幼い姫・義陽を守ることで人間としてのぎりぎりの理性を保ってこられたのかもしれない。あるいは、義陽が妹をかばおうとして自分に立ち向かってきた時に、義陽の中に自分が見失っていたなにかを見出《みいだ》したのかもしれない。

（そうだ。信奈……あいつのもとにはもう、道三も久秀もいない。義父として義母として信奈を愛した人たちは、信奈を守るために次々と、散っていってしまった。上杉謙信を守ってきた宇佐美定満《うさみさだみつ》たち越後《えちご》の男武者も、武田《たけだ》信玄《しんげん》の片腕・山本勘助《やまもとかんすけ》も、小早川《こばやかわ》さんのお兄さん・毛利隆元《たかもと》も。戦国の男たちは、戦場に立つ姫武将を守るために次々と死んでいく。俺が正史だと信じていた、男だけが武将をやっていた世界よりも、男にとってはより厳しい世界なのかもしれない）

越前《えちぜん》で上杉謙信と対峙《たいじ》している信奈は無事なのだろうか。心細くはならないのだろうか。俺が肥後に流されている間に越軍に防衛線を突破《とっぱ》されないだろうか。そして、丹波《たんば》に孤立《こりつ》している十兵衛《じゅうべえ》ちゃん――明智光秀《あけちみつひで》は。そう思うと良晴はもどかしくなり、不安になり、いてもたってもいられなかった。

それと同時に、この血で血を洗う修羅の国を孤独《こどく》な姫大名として生きている義陽のこともまた、気がかりで放っておけなくなっていた。

「甲斐宗運。鬼《おに》ではなく人だと信じたいな。義陽がそう信じるなら、きっとそうなんだと俺も信じる」

今の良晴は思わず守ってあげたくなる顔をしている、と義陽がいたずらっ子のように笑った。

「本州に残してきた主君さんのことを考えているのだな。良晴？　恋人《こいびと》との子作りは終わったのか？」

「そそそんなこと、やっちゃいねえよ！」

「ほう、そうなのか。そういうことが好きそうな顔をしているがな、きみは」

いやまあ子作りしたいのは山々だけど、と良晴はぽりぽり頭をかいた。

「俺はあいつと正式に祝言《しゅうげん》をあげられる身分じゃないし、それに織田家は今四方を敵に囲まれていてそれどころじゃないからな」

「ということは、まだ良晴は織田信奈の正式な旦那《だんな》さまにはなっていないのか。意外だったな。いや、奥手を通り越して男としてダメなのかもしれないな。織田信奈は内心、きみに呆《あき》れているかもしれないぞ？」

ずうん、と良晴の肩《かた》に重りがのしかかってきた。

「……言われてみれば……男として……ダメかもしれない……」

「あまりにもきみは哀《あわ》れすぎる。修行《しゅぎょう》を積め。私が相手をしてやろうか。もっとも、私も当然処女だがな」

「げほげほげほっ？　滅相《めっそう》もない！　きみに手をつけたりしたら、甲斐宗運が駆《か》けつけてきて無言で俺を殺す！」

「冗談《じょうだん》だ、馬鹿者《ばかもの》め。家族を毛嫌《けぎら》いしている私が子作りなどするか。ましてや人間以外の生物などと。ふふっ」

「おかげで緊張《きんちょう》は取れたけど、心臓に悪いからその手の冗談はやめてくれよ」

ともあれ、今回の合戦は決して負けられない。木津川口の時のような敗戦は許されない。

「問題は伊東軍の質と士気だが、それは俺たちにはいかんともしがたいからな。兵力差十倍を頼《たの》んで島津を甘くみれば、壊乱《かいらん》させられる」

「良晴。人吉城下に集結した相良軍の兵は五百。一騎当千《いっきとうせん》の猛者《もさ》たちだ。これより山を越えて真幸院へ出陣《しゅつじん》する。真幸院は日向、薩摩、肥後の三国が接する要衝《ようしょう》。なんとしても島津義弘を真幸院から撤退《てったい》させる」


相良軍は一路、日向と肥後の国境近くにある紛争《ふんそう》地帯、真幸院へ。

人吉城からは、ほど近い。

馬で山道を駆けながら、義陽は島津家について良晴に教えた。

島津家には、四人の姉妹《しまい》がいる。

当主が、大将の器《うつわ》を持つと言われている長姉の島津義久。

次女の島津義弘は、島津家最強の武神。今、対伊東最前線の真幸院に三百の兵でこもっている。

三女は、謀略《ぼうりゃく》担当の智将にして軍師・島津歳久《としひさ》。

そして四女が、「戦の申し子」。戦術の天才・島津家久《いえひさ》。

義陽は以前、この家久に大敗して薩摩にあった領地をすべて失陥《しっかん》したという。

良晴は、末娘《すえむすめ》の家久とは面識があった。

「家久だったら俺、知ってるぜ。以前京に見物に来たことがあって、十兵衛ちゃんたちと一緒《いっしょ》に接待したからな」

「さすが。きみは顔が広い上に面《つら》の皮が厚いな。家久も口説いたのか？」

「口説いてないってば！　だいいち、まだまだ子供っぽかったぜ。まさしく『末っ子』って感じだったな」

信奈が見事に復興させた京の都には、観光客が殺到《さっとう》する。そのうち、地方から身分の高い武士が京見物に来た際には、外交の一環《いっかん》として織田家の重臣が接待を任されることも多かった。京にいながらにして、各地の大名家と友好度をあげられる。これが都を握《にぎ》った天下人の強みだった。島津家久が京に来た時には、ちょうど光秀と良晴、どちらも手が空いていたので、二人揃《そろ》って家久を接待したのだった。

島津家久は薩摩弁が抜《ぬ》けない、素朴《そぼく》で純真な女の子だった。「源氏《げんじ》物語」に憧《あこが》れて都を見物しにやってきた、恋に恋する乙女《おとめ》だった。もっとも、「ぶぶ漬《づ》け」を出されて即切《そくぎ》れし、都の人々と一戦交えようと暴れかけたあたりの武辺者ぶりはさすが鬼島津という感じだったが。

良晴は都での家久の笑顔を思いだして「その島津と戦わなきゃならないのか」と戦国の世の厳しさを痛感した。

「子供のように見えて戦の鬼だから、家久には注意しないといけない。私もいちど大敗を喫《きっ》した。もっとも、今回の敵である義弘こそとんでもない戦鬼なのだがな。あの薩摩で武神と崇《あが》められているほどの豪《ごう》の者だ。まあそれでも、兵力差十倍は圧倒的《あっとうてき》だがな」

「いや。ずっと未来の話になるが、島津義弘にはわずか七千の兵で二十万の敵軍を撃退《げきたい》したというちょっと信じがたいような戦績がある。三十倍の敵に勝った計算になるぞ。文字通り、非常識なほどの強さを誇るはずだ」

「まさか。七千で、二十万を撃退？　いくら修羅でも、それは誇大《こだい》宣伝だろう？　軍記物語ではないのだぞ」

この峠《とうげ》を越えれば真幸院だ、と義陽が声をあげたその時。

「それがし、甲斐宗運さまから遣《つか》わされし物見の兵でござる」

一人の忍《しの》びが、義陽と良晴の前にいつの間にか現れ、平伏《へいふく》していた。

「宗運の忍び？」

「島津の脅威《きょうい》がこれほどではなかった時代、阿蘇家と伊東家とは仇敵《きゅうてき》関係でした。宗運さまは伊東家に内通した息子《むすこ》三人を手打ちになさいました。しかも、北から龍造寺軍が迫《せま》っております。ゆえに阿蘇家は伊東家への加勢はできませせぬ。ですが、宗運さまは相良さまを案じてそれがしを物見に」

「おじさまが？」

「はっ。ここにその証の『印』がございます――島津義弘がわずか三百で真幸院の飯野《いいの》城にこもるは、やはり伊東と相良をおびき寄せる策でございました。この先の諏訪山《すわやま》に島津の伏兵《ふくへい》が待ち構えております。無数の旗が翻《ひるがえ》っていますぞ。旗印は、丸に十字」

引き返されたし、と忍びは訴《うった》えた。

すでに日は暮れていて、周囲は闇《やみ》である。それでも忍びの目ならば山中に潜《ひそ》む伏兵を捉《とら》えることも可能だろう。

「伊東軍は総勢三千。伊東家の主立った武将たちが勢ぞろいしており、島津の十倍の兵力を動員しております。しかし、総大将の伊東祐安《すけやす》は島津義弘がこもる飯野城ではなく、より手《て》薄《うす》な支城の加久藤城《かくとうじょう》へ攻《せ》めかかっておりますれば、危《あや》ういです」

「なんだと？　そんな小城など放置して、全軍で飯野城を攻め落とせば勝てるというのに！　その加久藤城こそが、島津義弘が伊東に撒《ま》いた餌《えさ》だというのだな」

「御意《ぎょい》」

忍びは音もなく再び姿を消していた。

義陽は、甲斐宗運に絶対の信頼《しんらい》を置いている。

その上、島津家がこれまで肥後に本格侵攻《しんこう》してこなかったのは、ひとえに阿蘇家の宰《さい》相《しょう》・甲斐宗運の軍略を警戒《けいかい》してのことだった。

戦闘《せんとう》民族の島津家ですら、甲斐宗運が生きているうちは肥後は奪《うば》えまい、と公言していた。それほど甲斐宗運の戦ぶりは九州諸国に恐《おそ》れられている。

「伊東祐安は伊東家の一門だが、まだ若輩《じゃくはい》だ。宗運おじさまや島津義弘とはその戦歴は比べものにならない」

伊東との盟約を守って伏兵の待ちかまえる諏訪《すわ》山を突破し、真幸院に兵を入れるか。それとも甲斐宗運のこの親心に報《むく》いてあえて撤退するか。義陽は揺《ゆ》らいだ。

「良晴。きみはどう見る？　未来が見えるのだろう？」

義陽は今、重大な岐路《きろ》に立たされている。

良晴がもっとも戦国知識を多く覚えている地域は本州中央部から中国地方にかけてだ。織田家を中心に、斎藤家、松平《まつだいら》、浅井《あさい》朝倉《あさくら》、松永《まつなが》久秀、武田、上杉、毛利、雑賀《さいか》衆――このあたりまでは有名な合戦や事件の数々をすべてとは言えずともおおむね把握《はあく》している。

四国や九州、奥州北部はその範囲《はんい》の外にある。

とはいえ、九州は戦国史の中では相当に有名な地方だ。だから良晴も、九州におけるいくつかの重要な合戦や事件についてはそれなりの知識があった。

（そうだ。この合戦は、島津の九州制覇《せいは》の野望の出発点となった史上有名な合戦。いわゆる『九州の桶狭間《おけはざま》』じゃないのか？）

その事実に気づいた良晴は、思わず緊張して震《ふる》えていた。

「義陽。俺は未来が直接見えるわけじゃないが、戦場となっている真幸院には『木崎原《きざきばる》』という地名の平地があるんじゃないか？」

「ああ、あるぞ。本州から来た人はみんなあそこを『きざきばら』と読むのだが、さすがだな」

良晴は、未来から戦国時代に流れてきてすぐに、あの桶狭間の合戦に遭遇《そうぐう》した時のことを思いだしていた。俺は歴史を知っていた。桶狭間という土地で今川義元が休息を取ることを知っていた。だから、信奈が奇襲《きしゅう》を敢行《かんこう》するにあたってもっとも重要な情報を摑《つか》むことができた。

だがこの合戦は――木崎原の合戦は、負け戦《いくさ》だ。島津が兵力十倍を誇《ほこ》る伊東を殲滅《せんめつ》する。相良軍は、結局合戦に参加していない。島津の偽兵《ぎへい》に騙《だま》されて帰還《きかん》したはずだ。

「だとすれば義陽。この先の諏訪山に伏兵はいない。偽兵だ。島津は、別の場所に伏兵している。わずか三百で三千の伊東軍を殲滅するために。相良軍にはもう一兵も割《さ》けない。そんな兵力はないんだ」

「未来人はほとんど反則だな。だが、おじさまが貸してくださった腕利《うでき》きの忍びが、無人の陣を見て伏兵がいるとたばかられるだろうか？」

「あれは、島津の忍びだよ。伏兵を探っていた本物とすりかわったんだろう。甲斐宗運の名を使えばきみは感情を揺さぶられて、無条件に信じるからな。きみは基本的に他人に心を容易に許さないが、いちど許してしまった相手には無制限に許す人だ。島津家には武勇を誇るつわものだけではなく、策士がいるらしい」

「……それは、卑劣《ひれつ》だな。そういう陰険《いんけん》な策を思いつく女は、間違《まちが》いなく三姉の島津歳久だ。良晴、私の行き先は決まった。このまま戦場へ前進する。おじさまの名を騙《かた》った島津をこのまま放置して引き返すことはできない」

「待て義陽！　島津はそれほどに宗運を買い、かつ警戒している。つまり、ここで伊東を破ってもすぐには肥後へと侵攻してこないはずだ」

「今ここで私が引き返せば、伊東は負けるということか？　それが、きみが知っている未来なのだな？」

「ああ。伊東軍は壊滅《かいめつ》する。この合戦を境に伊東家は没落《ぼつらく》し、日向は島津のものになる」

「伊東家はおじさまの息子さんたちをたばかって、甲斐家に悲劇をもたらした。たとえ没落しても同情はしないし自業自得だ。だが約束は約束だ。それに」

義陽は、なによりもたいせつな宗運の名を騙られたことに激怒《げきど》していた。

今宵《こよい》、島津と戦って勝つ、と改めて宣言した。

「良晴、この先の島津の策は!?　知っているのならば、私に教えろ。これでも宗運おじさまから直々に軍学を教わったれっきとした武将だ。島津の策さえ先んじて読めるのならば、破ってみせる」

「『釣り野伏《つりのぶせ》』だ。島津軍はいったんは伊東軍に押されたように見せて、いや実際に多勢に無勢で押されて多数の犠牲《ぎせい》を出して『ほんとうに』敗走し、木崎原の平地へと逃《のが》れる。当然、勢いに乗った伊東軍は追い打ちとばかりに攻め寄せてくる。その時、背後から島津の伏兵が襲《おそ》いかかり、敗走していたはずの本隊も反転していっせいに伊東軍へと突進《とっしん》し、逃《に》げ場のない平地で挟撃《きょうげき》する。挟撃したといえども敵は十倍。島津軍の将兵の多くが討《う》ち死にするが、勝つ。島津はこの玉砕《ぎょくさい》戦術で、今夜の合戦を皮切りにこれから勝ち続ける」

そんなでたらめな戦い方、修羅《しゅら》の国・九州といえども聞いたことがない！　と義陽が震えながら叫《さけ》んでいた。

「少しでも目算が狂《くる》えば、全軍玉砕してしまうではないか!?」

「そうだ。修羅の国だからこそ完成した、狂気《きょうき》じみた戦術なんだ。おそらくはこの合戦で、釣り野伏が完成するんだ」

引き返しても島津が肥後へすぐに攻め入ってくることはない。島津はこのまま日向へ侵攻して大友宗麟と激突《げきとつ》することになる、と良晴は繰《く》り返した。

「義陽。島津と決着をつけるにしても、釣り野伏に対抗《たいこう》する戦術を開発してからだ」

「いや良晴、すでにきみは釣り野伏を破っている。釣り野伏は、自軍の伏兵の外側から敵軍がさらなる加勢を繰り出してはこないという前提ではじめて成り立つ捨て身の戦術。だからこそ、この私を追い返そうと策を弄《ろう》したのだろう？」

「それは、たしかにそうだが」

「諏訪山を越《こ》えて、五百の全軍をもって木崎原に集結した島津軍の横っ腹を突《つ》く！　三千の伊東軍と五百の相良軍とで、逆に島津軍を挟撃してやる！　敵は三百。鬼神《きしん》でもない限り、この数の劣勢《れっせい》を跳《は》ね返せるはずがない」

もう、止められない。

義陽を勝たせなければならない。

良晴は（おかしい。なぜか、どう戦おうが勝てる気がしない）と妙《みょう》な不安に襲われながらも、全軍の先頭に立って駆《か》ける義陽とともに馬を走らせた。


戦局はめまぐるしく動いている。

警備が手薄な加久藤城に釣られた伊東軍は、飯野城から島津義弘が待ってましたとばかりに出撃して背後に回る動きを見せると、夜明けとともに加久藤城攻略《こうりゃく》をあきらめて後退し、押し寄せてきた島津軍と戦いながら防御《ぼうぎょ》力の堅《かた》い白鳥《しらとり》山へ向かおうとした。

だが、すでに白鳥山にはその伊東軍の動きをあらかじめ読んでいた島津方の偽兵が待ち構えていた。

伊東軍はこの偽兵をほんものの伏兵と信じ、視界の効かない白鳥山の罠《わな》へ飛び込む選択《せんたく》を捨てて木崎原における野戦を選んだ。十倍の兵力を有効に生かすには、平地での野戦が最善手だったからだ。伊東軍は、少数で暴れまわって疲弊《ひへい》の色が濃《こ》くなっていた島津軍と決戦しようとした。

相良軍の加勢も取り付けてあり、さらに兵力差は開くはずだった。

しかも、十倍の敵と戦い続けたことで疲労困憊《ひろうこんぱい》した島津軍のほうが先に崩《くず》れて、その木崎原へと敗走を開始した。

伊東軍総大将の若き貴公子・伊東祐安は勝利を確信し、木崎原へと島津軍を追撃した。

木崎原の平野で一大決戦がはじまるとほぼ同時に、「相良軍が諏訪山を越えてこの木崎原へ直進している」との報告が伊東祐安のもとに入った。

この戦の帰趨《きすう》は、人吉城から出撃した相良軍が間に合うかどうかにかかっていた。それが、間に合う。

伊東祐安もまた、貴公子とはいえ、修羅の国九州の男である。全身の血が沸騰《ふっとう》した。今が勝機と見るや自ら槍《やり》を取って、乱戦の中に押し入った。

「勝てる。勝てるぞ。ついに島津との長きにわたる戦いに決着がつく！　島津家一の猛将《もうしょう》、島津義弘を討ち取れ！　島津義久の片腕《かたうで》をもいでやれ！　義弘さえ倒《たお》せば、島津はもはや恐れるに足らず！」

しかし、この修羅の血をたぎらせた総大将の突出が、良晴にとっても義陽にとっても、計算外かつ想定外の事態を引き起こす結果となった。

この時、潰走《かいそう》を続けていた島津義弘率いるわずかながらの島津本隊は、伊東軍めがけて突如《とつじょ》として反転した。

十倍の敵とぶつかり合ってきた島津兵の全員が返り血を浴び、手傷を負い、息を荒《あら》らげている。

すでに、兵の半ば近くが討ち果たされ、倒れている。

しかし彼らは心折れて敗走していたわけではない。

すべては、この木崎原に敵軍を誘導《ゆうどう》するためだった。

島津兵はみな、島津家の次姉・島津義弘に、そして島津家に勝利をもたらすために己《おのれ》の命を捨てがまっていた。

もはや本陣《ほんじん》を固めていられるような残存兵力はない。

島津義弘自身が、島津軍の最前線に現れていた。

切れ長の目。白い肌《はだ》。

艶《つや》のある、長くまっすぐな髪《かみ》。

島津四姉妹《しまい》の次姉、島津義弘。

尊敬していた亡《な》き祖父の日新斎《にっしんさい》にあやかって、惟新《いしん》とも号す。

「者ども、伊東の御曹司《おんぞうし》が突出してきた。さらに、相良義陽に計略を見破られた。このままでは島津は勝てない。私が前線に出る！」

「いかん、姫《ひめ》さま！」

「そうおいそれと討たれはしない。私は島津義弘だぞ」

島津家三女の島津歳久と、四女の島津家久。この稀代《きだい》の策略家と戦術家とが協力して完成させた、少数精鋭《せいえい》の玉砕とひきかえに十倍の敵を圧殺壊滅させる乾坤一擲《けんこんいってき》の戦術「釣り野伏」はこの日、見事に成功するかに思えた。

しかし、相良義陽が偽兵の計略を見破って諏訪山を突破《とっぱ》し、まっしぐらにこの木崎原めがけて進撃してきたという。

「長剣梅鉢《ちょうけんうめばち》」の旗印。怒濤《どとう》の勢いで迫《せま》り来る相良家の旗印が、すでに義弘の視界にも入っていた。

伊東軍の背後に回した伏兵《ふくへい》が突進して釣り野伏の挟撃を完成させる瞬間《しゅんかん》と、相良軍が横《よこ》槍《やり》を入れて島津軍を粉砕《ふんさい》しようと木崎原へ到達《とうたつ》する瞬間とが、おそらくはほぼ同時。

（歳久は阿蘇家が動けぬよう、肥前の龍造寺にまで手を回してくれた。甲斐宗運は参戦していない。歳久の計略を見破れる者は甲斐宗運か、龍造寺家の鍋島《なべしま》くらいしかいないはず。なにかが起きている。私たちが予想していなかったなにか不可思議な事態が。だが、これこそが合戦。思い通りに進む合戦など修羅の国九州にはひとつもない。想定外の危地に陥《おちい》

ってこそ、私も兵士どもも、命を捨てがまる覚悟《かくご》が決まる。死中に活あり）

義弘はその鋭《するど》い目に闘志《とうし》をみなぎらせながら、不敵な笑《え》みすら浮《う》かべていた。

これほどの死地に立ちながら、いささかもその呼吸は乱れていない。

全身から、覆《おお》い隠《かく》せない修羅の闘気《とうき》を放っていた。

島津兵たちはみな、この美しき修羅の姫武将・義弘をまことの武神だと信じている。

義弘さまを守るためならば何度討ち死にしても構わぬ、これぞ薩摩武士の本懐《ほんかい》ぞと思い定めている。

偶像《ぐうぞう》として崇拝《すうはい》しているのではない。戦場では身分いやしき兵士たちとともに寝起《ねお》きし同じ釜《かま》の飯《めし》を食う。涙《なみだ》を浮かべながら傷の手当てまでしてくれる。そんな慈愛溢《じあいあふ》れる高貴な姫武将に、人間として惚《ほ》れているのである。

島津義弘は、常に玉砕《ぎょくさい》覚悟の死地に兵士を投入しながら、兵士を使い捨ての駒《こま》にはしない。兵士たちを、自分や島津一族と同じ薩摩隼人《はやと》として敬愛している。彼らとともに戦い、ともに喜び、ともに泣くのだ。

だからこそ、みな、喜んで死ねる。

「日向を奪回《だっかい》し、島津家の旧領であった薩摩・大隅《おおすみ》・日向の三州を統一する。これこそわが祖父・日新斎と父・貴久《たかひさ》の悲願だった。その悲願が今宵果たされる。みな、命を捨てて十倍の敵を討ち果たせ。日《ひ》ノ本《もと》を外敵から守り続けてきた薩摩隼人の兵士たちよ。島津家に仕える一騎当千《いっきとうせん》の修羅どもよ。この私に、貴様らの命をくれ！」

私はここで討ち死にする。みな、死ね！　と義弘は凛《りん》とした声で叫んでいた。

雄雄雄雄雄《おおおおお》、と島津兵どもの狂気じみた猿叫《えんきょう》が戦場に木霊《こだま》した。

島津の伏兵部隊が、伊東軍の背後へと襲いかかっていた。

同時に、相良軍の先鋒《せんぽう》が義弘率いる島津本隊を飲み込まんとばかりに衝突《しょうとつ》する。

義弘は三百の兵を半分に割って、半ばを伏兵に出している。

この時、義弘の手許《てもと》でなおも生き延びている兵士の総数は、すでに百人足らず。

その百が正面から伊東軍三千の突進を受け止め、さらに五百の相良軍に横方向から突かれている。この五百の相良軍は、偽兵の策に騙されて人吉城へ帰還していたはずの、想定外の敵なのだ。

「相良義陽め。意外にやる！　用兵は理に適《かな》い、かつ兵どもが狂っている！」

常識で考えれば、島津義弘と百の精鋭たちは瞬時《しゅんじ》に壊乱《かいらん》するはずだった。

だが、百の精鋭たちは、踏《ふ》みとどまって支えた。

自ら槍を取って、圧倒的《あっとうてき》な数の敵兵へ向けて駆けている義弘を信じていた。

（相良義陽にしてやられた！　もはや数の上では勝負にならず、島津軍は半刻ももつまい）

しかしこの時、伊東軍の総大将・伊東祐安が血気にはやって最前線へと突出してきた。

この一点に、義弘は逆転の勝機を見出《みいだ》していた。

「島津義弘どのとお見受けいたす！　われこそは総大将、伊東祐安！　戦《いくさ》はわれらの勝利ぞ！　退かねば、首をいただく！」

「ふん。勝ち戦での槍働きに酔《よ》いしれるなど、まだ若い」

「無礼な！　若いのはそなたも同じであろう、島津義弘！」

いまだ恋《こい》を知らない生娘《きむすめ》の島津義弘だったが、七つの歳《とし》から戦場で一心不乱に敵を突き、倒し、首を盗《と》り、多くの家臣の死をその目で見てきた。

己の死が迫っていようとも、義弘はまったく動じない。

死ねば人間は土塊《つちくれ》に帰るだけ、そう割り切っている。

だが同じ若年《じゃくねん》ながら、義弘ほどの戦経験がない伊東祐安は「あの武神・島津義弘にこの俺が勝った！　今日からは、俺こそが九州最強の修羅だ！」と舞《ま》い上がり、興奮し、血迷っていた。

いや。伊東祐安のほうが正常なのであって、島津義弘のほうが異常の姫武将なのだ。

「御曹司！　その武神を相手に、一騎討《いっきう》ちはなりませぬぞ！」

「それがしどもが、お助けいたす！」

血気にはやった伊東祐安を守らんと、伊東軍の名だたる武将が突進《とっしん》してきて、大将の祐安とともに義弘を包囲していた。

副将の伊東祐信《すけのぶ》。

そして、九州一の槍の使い手・柚木崎《ゆのきざき》正家《まさいえ》。

「三対一か。ちょうどいい」

この時ついに、相良軍の斬り込みに崩された島津本隊が壊乱しはじめた——彼らは当たらざるべき勢いで斬り込んできた相良軍に阻《はば》まれて、誰《だれ》も義弘の救援《きゅうえん》に向かえなかった。

相良軍を義陽とともに率《ひき》いていた相良良晴が「伊東・相良連合軍の勝ちだ！」と叫《さけ》ぼうとしたその時だった。

「島津義弘！　修羅《しゅら》の国に男武者も姫武将もない！　首をいただく！」

退路を塞《ふさ》がれた島津義弘の首筋めがけて柚木崎正家が弓を放ち、伊東祐信が胸元《むなもと》へと槍を突き入れた。

「『膝折栗毛《ひざおりくりげ》』！」

絶体絶命の死地に立たされた義弘は、その攻撃《こうげき》を、同時に避《よ》けた。

義弘を乗せた愛馬が、義弘自身の肉体の一部となったかのように膝を折り、身をかがめ背中をよじらせたのだ。

義弘は、弓と槍の双方《そうほう》をぎりぎりの見切りで躱《かわ》しきっていた。

「タイ捨流《しゃりゅう》——裏太刀《うらだち》！」

躱しながら、「島津義弘討ち取ったり！」と義弘めがけて太刀を振りおろしながら叫び声をあげていた伊東祐安の脇腹《わきばら》から首筋にかけて一息で斬りあげ、同時に「すべて躱したぞ!?　貴殿《きでん》は化け物か!?」と一瞬たじろいだ柚木崎正家の胴《どう》に蹴《け》りを突《つ》き入れ落馬せしめ、手応《てごた》えのなかった槍を握《にぎ》りしめて馬上で呆然《ぼうぜん》と立ち尽《つ》くしていた副将・伊東祐信の額を棒手裏剣《しゅりけん》で割っていた。

あまりにも速く、かつ水が流れるような自然な一呼吸のうちに、伊東軍の総大将と副将そして最強の勇将とが、討ち取られていた。

「伊東軍の御《おん》大将、討ち取ったり！　者ども、ここが死に時ぞ！　かかれえっ！」

応ッ！　義弘さま！　と島津軍の兵士たちが咆哮《ほうこう》していた。

しばらくの間、なにが起きたのか理解できなかった伊東軍は、鬼《おに》の形相で突進してきた島津義弘とその家臣団に次々と袈裟がけに斬りかかられているうちにわれに返り、この信じがたい現実を認め、恐慌《きょうこう》に陥り、そして、いっせいに潰走をはじめていた。

すでに島津本隊は相良軍によってほとんど崩されかけていた。名だたる将がいくら討ち取られようとも、総大将・伊東祐安さえ首を盗られていなければ、伊東軍は勝利できたはずだった。

だが、「相良軍来る」という報を受けて伊東祐安が大勝利の予感に舞い上がってしまったことが敗因だったのだから、あるいは伊東軍の敗戦という運命は変えられないものだったのかもしれない。

主力である伊東軍三千が大壊乱して討たれはじめた以上、五百の相良軍が持ちこたえられるはずもなかった。それどころか、恐慌をきたした伊東軍の兵士たちが四方を逃《に》げ惑《まど》い退路も進路も塞いでしまい、相良軍は進退することすらできない有様となった。大将も副将も討ち取られてしまったのだから、伊東軍を統制できる者はもう残っていなかった。

瞬時に、相良軍五百は、釣《つ》り野《の》伏《ぶせ》の挟撃《きょうげき》の死地に飛び込んでしまった形になっていたのだ。

「あれが、島津義弘……!? 容赦《ようしゃ》もなく、三人を一瞬で討ち取った!?」

「あの女、タイ捨流剣法の奥義《おうぎ》を究《きわ》めて以前よりもさらに強くなっている!? 丸目《まるめ》のやつ、相良の仇敵《きゅうてき》である島津に奥義を伝授するとは!」

「どういうことだ、義陽？」

「タイ捨流の開祖は、かつて相良家の家臣だった丸目蔵人《くろうど》！ 各地の修羅にタイ捨流を伝授しているとは聞いていたが……短期間でここまで奥義に精通できる姫武将がいたとは。島津義弘は正真正銘《しょうしんしょうめい》の武神だ」

良晴は、九州の武士たちの異質さを、この戦場ではじめて実感していた。こんなにもあっけなく総大将も副将もことごとく討たれてしまうものなのだろうか？ 姫武将が、これほど躊躇《ちゅうちょ》せずに自らの剣で敵を討てるものなのだろうか？　俺が知っている、本州での合戦とはまるで違《ちが》う！

しかし時すでに遅《おそ》し。

相良軍もまた、伊東軍の敗残兵たちの波に飲み込まれている。

五百の兵、そして相良義陽の生命はいまや風前の灯《ともしび》となっていた。

（そうだ。ここは九州だ。このままでは義陽が討ち取られてしまう！　それだけはさせるか！）

俺が義陽に撤退《てったい》を決意させられなかったためだ。もしかしたら勝てるんじゃないかと自分を過信していた。どこかで九州の修羅たちを舐《な》めていた。甲斐宗運にも申し訳が立たないと良晴は歯ぎしりしながら、単騎《たんき》で島津義弘めがけて特攻《とっこう》をかけていた。

島津義弘は、修羅の国の姫武将だ。戦場においては、上杉謙信のような慈悲《じひ》はない。十中十、死ぬだろう。だが、なにを置いても義陽を守らなければならない、なぜかそう思った。いつもの「女の子は必ず守る」という良晴の性分《しょうぶん》や主義とは別に、もっと根源的なところで、良晴は突き動かされていた。理屈《りくつ》ではなかった。

「義陽、俺が殿《しんがり》をやる。伊東軍の総大将が浮かれちまったのは、俺が歴史を変えて相良軍を戦場へ連れてきたせいだ。退路を開いて逃げろ！」

「良晴⁉　きみの責任じゃない、主力部隊の伊東軍が大将を討たれて総崩《そうくず》れになったことが敗因だぞ！　寄り合い所帯である連合軍の弱点が出てしまったのだ。相良軍は、戦に勝っていた！」

「こら、馬鹿《ばか》っ！　ついてくるな！」

「行かせない！　私はなぜか、きみを守らなければならない気がする！」

「それはこっちの台詞《せりふ》だって！　いいから肥後へ逃げろっ！」

「ダメだ！　きみが捕《と》らわれれば、きみが生き延びられる可能性はなくなってしまう。でも私が一緒《いっしょ》ならば、ともに生き残る可能性がある！」

「義陽？　どういうことだ？」

「私は、いつ死んでも悔《く》いはないと覚悟している他《ほか》の修羅とは違う。言っただろう？『生きてこそ』主義だ。生き残らなければ志も己《おのれ》の生きる意味も見つからないままに終わるからな。だからこそ常に、生き残るための策を弄《ろう》している」

義陽は槍《やり》を捨て、馬を下りた。

甲斐宗運仕込みの軍法を仕込まれている相良軍五百は、「ここで潰走《かいそう》しても追い打ちをかけられて全滅《ぜんめつ》するだけ」とよく理解していた。

義陽もまた、家臣団や領民に慕《した》われていた。だから五百の兵たちは総大将と運命をともにする覚悟《かくご》を決め、義陽とともに全員で武具を捨てていた。九州の修羅としてはあるまじき行為《こうい》ではあるが、総大将を置き捨てて逃げて恥《はじ》をさらすよりも、降参することで島津の義陽に対する心証をよくするほうがいい、そう判断したのだ。

それほど、彼らは義陽を救いたかった。

「降参する。打ち首にするならしろ。ただし、この人は無関係な旅人だ。兵士たちと一緒に、赦免《しやめん》してほしい」

相良義陽は、場慣れしている。島津兵たちに縄《なわ》を打たれて捕らわれながらも堂々とわるびれない態度で、良晴をかばい続けていた。

良晴もまた「違う！　俺が義陽をそそのかして参戦させたんだ、義陽は人吉城に帰還《きかん》するつもりだったんだ！　それが本来の歴史だったんだ！」と、必死で義陽をかばった。

「相良義陽、久しぶりだな。惰弱《だじやく》な伊東家などとの約束を律儀《りちぎ》に守ったのが貴様の命取りだった。そして、義陽の隣《となり》に転がされている貴様はいったい誰だ？」

凜とした、姫《ひめ》武将の声。

良晴が顔をあげた。

「俺は、相良良晴だ。未来から来た、織田家の家臣だ」

伊東軍を葬《ほうむ》り去り事実上日向を征服《せいふく》したばかりの武神・島津義弘は、汗《あせ》ひとつかいていなかった。

信奈にも匹敵《ひってき》する、いやそれ以上に鋭《するど》く激しく燃える瞳《ひとみ》の持ち主だった。

「男のほうのサガラヨシハルか。妹の家久が上洛《じょうらく》した際に世話になったそうだな。妹から噂《うわさ》は聞いている。だが、おかしなことを言う。未来から人間が来られるはずがない。人間の生とは、この今現在の一瞬がすべて。過去も未来も、人の心が生む幻《まぼろし》にすぎない」

戦場で無造作に敵を斬り捨てていた時のあの狂気《きょうき》じみた闘気《とうき》は、戦いを終えた義弘の身体《からだ》からは感じられなかった。

それどころか、敵味方の死骸《しがい》の山を眺《なが》めながら、義弘はその大きな目に涙《なみだ》を浮《う》かべて、唇《くちびる》を噛《か》みしめてさえいた。

運命を呪《のろ》うこともなく、まだ見ぬ平和な世界を夢想して信仰《しんこう》や奇跡《きせき》に逃げることもなく、修羅の国の姫武将に生まれた悲しみと苦悩《くのう》のすべてを己の意志で背負い、そして背負ったからには己の役割を迷わずに遂行《すいこう》する。そう覚悟した者の目だった。

島津兵の誰もがこの姫のためならば死ねると思い定められるはずだ、と良晴は思った。

「もう一人のサガラヨシハル。貴様は、天岩戸《あまのいわと》とやらを開く奇跡を起こしたというが、私は信じない。くだんの奇跡が起きたその時、薩摩では桜島《さくらじま》の噴煙《ふんえん》が天を覆《おお》い貴様の手品を邪魔《じゃま》したのだ。これも稲荷《いなり》神の加護だろう」

敵味方の将兵の亡骸《なきがら》を見つめていた時には潤《うる》んでいた義弘の視線が、良晴のほうに向いた時には再び凍《い》てついていた。

斬られる、もはや逃げ場はない、と良晴は身構えた。

「この島津義弘は奇跡もあやかしも神秘もいっさい信じない。人は、今現在をしか生きられないし、今現在を生きねばならない。遠く流れ去った過去も、いつか到来《とうらい》するであろう遠き未来も、人の心の弱さが生む逃げ場所だ。過去には行けないし、未来は永遠に訪《おとず》れない。人には、今この一瞬の生があるのみ。貴様は、死ねばぱらいそへ行けるなどと抜《ぬ》かす南蛮《なんばん》の宣教師同様に、私をたばかり惑わせに来たらしい。今、この場で斬る」

「詐欺師《さぎし》として斬られるのは納得《なっとく》いかないな。俺が未来から来たという事実は、あくまでも事実だ。嘘《うそ》じゃないし、ぺてんでもない」

「私は信じはしないが、ほんものの未来人だとすれば、なお、生かしてはおけない。貴様にとってはこの世界はすでに過ぎさりしはずの過去、貴様の手で改変されるべき間違った世界なのかもしれないが、ただ一度きりの命を賭《か》けてこの世界を今生きているわれらにとっては貴様の介入《かいにゅう》こそ南蛮宣教師よりも許しがたい傲慢《ごうまん》だ」

一理あるかもな、と良晴は素直《すなお》に思った——。

「それは悪だ！　歴史を作るのは！　われら、この世界に生まれ落ちて手探《てさぐ》りで今を生きている人間だ！　千里眼を持つ自称未来人などではない、そのような者の手は借りぬ！　われら島津家は四百年の長きにわたり、この九州で血を流して戦い続けてきた！　貴様のようなどこの誰とも知れぬ旅人《たびびと》に、われらの運命を弄《もてあそ》ぶ資格などない！」

良晴は、目をしばたたいていた。

島津義弘という姫武将そのものが、一個の強烈《きょうれつ》な意志の結晶体《けっしょうたい》だった。

信奈にも強固な意志があり、良晴の予言を禁止して自分自身の意志で自らの運命を切り開くという覚悟があった。しかし島津義弘は、より強烈に思い定めていた。日ノ本の人間の運命は、日ノ本の人間が決めるのだ、と。

頑迷《がんめい》だが、爽《さわ》やかな潔癖《けっぺき》さがたしかにそこにあった。

これが島津義弘か、と良晴は自分の立場も忘れて感嘆《かんたん》していた。

「島津義弘。どうやら、いかなる弁明も説得もきみには通用しないようだな。いい目つきをしている。それは英雄《えいゆう》の目だ。俺は、きみのその強固な意志と覚悟に負けたのかもしれないな」

「私を褒《ほ》めているのか？　だが、礼など言わぬぞ」

「義陽は助命してやってくれ。きみの言うように俺が介入しなければ、義陽は参戦しなかったんだ。あるべき歴史に、道筋を戻《もど》してくれ」

「貴様の指図は受けぬ。相良義陽を斬《き》る斬らないは、私が決めること」

島津義弘が、すっ……と腰《こし》の大太刀《たち》を抜き放った。

やめろ！　良晴を殺すな、彼は修羅《しゅら》ではない！　と相良義陽が叫《さけ》んでいた。

「島津義弘！　未来人だからって、なぜ私たちの世界に介入する資格がない、と言い切れる？　未来人であろうとも今の世に生まれてきた人間であろうとも、同じ日ノ本の人間だ！　彼は私たちとなにも変わらない！　それどころか、私たちと良晴とは、数百年の長い長い時間を経《へ》て血と心とでつながっている！」

「相良義陽。自分の家族も親族もいっさい信じない貴様が、突然《とつぜん》なにを言っている？　家族の血こそが九州の修羅を呪う忌《い》まわしいもの、と毛嫌《けぎら》いしていたのではなかったのか」

「わからない。自分でも、自分がなにを言っているのかわからない。ただ彼は、わが家臣でもないのにこの敗戦の責任を負って殿となって討ち死にしようとしてくれた。私を生き残らせるために。その行為に、信義に、私は相良家第十八代当主として応《こた》えなければならない！」

「相良家が十八代目で途絶《とだ》えるとしても、か？」

「私は相良良晴とまだ出会ったばかりで、彼の人となりは詳《くわ》しく知らない。しかし彼は、自分自身の時代へ帰るという選択肢《せんたくし》を捨ててまで、私たちの世界に留《とど》まって生きることを選んでくれた人だ。それなのに、歴史に介入する資格がないだなんて。その言葉だけは取り消せ、島津義弘！」

義陽？　生き延びるための策はどうなったんだ？　きみが今叫んでいるその言葉は、演技で考えだしたものじゃない。相良家当主としての仮面を脱《ぬ》ぎ捨てたきみ自身の思いをそのまま言葉にしている、なぜなら今きみは感情を剝《む》き出しにして涙ぐんでいる、と良晴は驚《おどろ》いていた。

良晴は（信奈の天下布武《ふぶ》を見届けられなくなるという悔いは残るが、これほどに俺の志を、俺の心を理解してくれる人に会えたんだ。それだけでも、俺は報《むく》われた）と思った。

島津義弘は「わかった。その言葉は取り消す。私が、愚《おろ》かだった」と頰《ほお》を赤らめ、声をあげていた。

良晴は再び感嘆していた。こんどは、島津義弘に。

（義陽の情と理が伝わった。伝わると同時に、即座《そくざ》に、詫《わ》びた。爽やかだ。武辺ばかりじゃない姫武将だ）

「よかろう。異例中の異例だが、お互《たが》いをこれほどにかばい立てする二人の男女をともに殺すは不本意。貴様らの意志を汲《く》み、どちらか一人は助命してやろう。だが、二人ともに助命する甘さは薩摩隼人《はやと》として決して許されるものではない」

良晴は、これまで何度も死地に陥《おちい》り、奇跡的に命を拾ってきた。五右衛門や犬千代、半兵衛や光秀たち、多くの姫武将に命を救われてきたのだ。すべての実を拾うと豪語《ごうご》しながら、ほんとうはこの俺が彼女たちに救われてきたんだな、と良晴は気づいた。そして、旅の終わりは、命の終わりは唐突《とうとつ》なものだった。織田家とは無関係な、九州で果てることになった。だが、戦国の世というものはこういうものだ。出会ったばかりの姫武将とはいえ、相良義陽の命とひきかえならば、悪くはない。殺戮《さつりく》の修羅として生きてきた甲斐宗運がおそらくは希望を、未来を見出《みいだ》した無垢《むく》な少女。俺と同じ名を持つ姫武将。これもなにかの縁《えん》だったのかもしれない。

良晴は、覚悟を決めて顔をあげた。

甲斐宗運との約束を、信義を違《たが》えるつもりは、なかった。

「ならば、斬る相手は俺だ。俺が未来人かどうかは、些末《さまつ》な話でしかない。戦場に捕らわれた、男と女。当然、男が死ぬべき場面だ」

「待て、良晴！　潔《いさぎよ》すぎるぞ！　今、私が思わず叫んでしまった言葉は突発《とっぱつ》的な事故、ちょっとした間違いだ！　ここからが策だ！　私に交渉《こうしょう》させろ！」

「義陽。今きみの命を見捨てて命乞《いのちご》いすれば、俺はもう相良良晴ではなくなる。命長らえたとしても、それは生ける屍《しかばね》だよ」

島津義弘がうなずいていた。

「そうだ。よくぞ言った。貴様もひとかどの武士だったと認めよう。辞世の句を詠《よ》め」

「そんなもの詠めないよ俺は。やってくれ」

「待てと言っているだろうに！」

「一撃《いちげき》で貴様がいるべき場所へ帰してやる、相良良晴」

天地を割るかの如《ごと》き猿叫《えんきょう》とともに、義弘は構えていた日本刀の切っ先を、良晴の首元めがけて振《ふ》り下ろしていた。

巻ノ三　大友宗麟《おおともそうりん》の王国

相良良晴《さがらよしはる》が肥後《ひご》に漂着《ひょうちゃく》して相良義陽《よしはる》と出会い、木崎原《きざきばる》の合戦に参戦し島津《しまづ》軍と戦っていたその前後——。

黒田官兵衛《くろだかんべえ》とフロイスが乗った外交使節船団は、無事に豊後《ぶんご》最大の貿易都市・府内《ふない》の港へと到着《とうちゃく》していた。

ともに海外貿易を重視する「経済大名」として活動してきた大友家と織田《おだ》家の関係は、良好である。南蛮からの輸入品の多くは、博多《はかた》、長崎《ながさき》、府内《ふない》といった九州の貿易港を経由して、堺《さかい》へと運ばれるのだ。堺を貿易の拠点《きょてん》とする信奈《のぶな》としては、日《ひ》ノ本《もと》最大の南蛮貿易活動を取り仕切っている大友宗麟には（相手は銭《ぜに》。銭に頭を下げるのよ）とばかりに低姿勢で臨んできたし、移り気な大友宗麟のほうも、織田家と堺は誰《だれ》よりも貴重な取引先なだけにやはり丁重に接してきたのだった。

それだけに、府内に着いた黒田官兵衛一行は大勢の重臣や商人たちに出迎《でむか》えられ、賑々《にぎにぎ》しく歓迎《かんげい》された。

派手に爆竹《ばくちく》が鳴らされているのは、明《みん》の商人たちも府内に大勢定住しているからだろうか。あるいは宗麟の趣味《しゅみ》か。

「シメオンさん。この町の風景はまるで」

「相変わらず、町の半分はまるで南蛮《なんばん》の都市のようだな。しかも、残りの半分はすっかり明の町並みだ。南蛮人だけじゃない。明に朝鮮《ちょうせん》、呂宋《ルソン》に柬埔寨《カンボジア》に暹羅《シャム》。ありとあらゆる国から海を渡《わた》ってきた商人たちが、この府内に集まっているのさ」

「ヨーロッパでは、ノブナさまよりもオオトモさまのほうがはるかに有名で、ジパングの西側にブンゴという国名を記《しる》した地図まで作られていると聞きますが、ようやく納得できました」

久しぶりの九州はいい！　とやる気満々の官兵衛が「フロイス。あっちが明の商人を中心とした唐人町《とうじんまち》。向こうの桜町《さくらまち》には、豊後の商人たちの豪邸《ごうてい》が集まっている。あの高い教会が建っているあたりが南蛮町だ。ちなみにあの教会はデウス堂と呼ばれている。安土《あづち》のセミナリオに並行する形で、新たにコレジオ（大学）も開設されたそうだ。羅馬《ローマ》教皇のもとに派遣《はけん》する使節団の人材を育成するためさ」と軍配をかざして府内の名所を紹介《しょうかい》していると。

白髪《しらが》頭の大柄《おおがら》な老将が、御輿《みこし》のような乗り物に担《かつ》がれて、官兵衛たちの前に現れた。自力では歩けないらしいが、歴戦の猛将《もうしょう》であることは疑いない。

「織田家の皆《みな》さま、ようこそおいでくださいました。わしは大友家家臣、立花道雪《たちばなどうせつ》と申します。昔、稲妻《いなずま》に打たれて死にかけたことがありまして、片足が不自由で御輿に乗っておりますが、ご容赦《ようしゃ》」

この御輿に乗った老将こそ、大友家最強の武人、立花道雪だった。

稲妻に打たれて半身不随《はんしんふずい》になってもなお生き延びたその異常な生命力、常に戦場の最前線に突出《とっしゅつ》して敵将の首を追い求める統率力、兵士たちに「親父《おやじ》のためなら死ねる」と慕《した》われる人徳、大友宗麟への揺《ゆ》るがぬ忠誠心、なにをとっても完全無欠の名将として九州全土の修羅たちに尊敬され畏怖《いふ》されている名将だ。

ただ、惜《お》しいことに、すでに老体だった。

本来は引退して当然の道雪ではあるが、大友家が九州六ヶ国に覇《は》を唱えていた栄光の時代は過ぎさりつつあり、島津と龍造寺《りゅうぞうじ》が急激に台頭していた。それ故《ゆえ》、道雪は老骨に鞭打《むちう》って最後の奉公《ほうこう》とばかりに宗麟に仕えているのである。

「むふー！　道雪じゃないか。ぼくだ。黒田官兵衛だ。このシメオンも一時は御輿に乗っていたが、有馬《ありま》の湯で回復したぞ！」

「おお。南蛮人のもとで妙《みょう》な南蛮の学問を学んでいた、いつぞやの播磨《はりま》小僧《こぞう》ではないか⁉」

「うわーん！　小僧じゃない！　シメオンは姫《ひめ》武将だっ！　あと、播磨って言うな！」

「相変わらず耳が痛くなる大声じゃな。よもや、お前が織田家の外交官に出世していようとは？」

「失敬だな。道雪ほどの大声は出さないぞ！」

「して、相良良晴どのは？」

「相良良晴は遭難《そうなん》した！」

「なっ、なんじゃとお？　たいせつな使者を遭難させて、そのまま放置してきたのか？　この、馬鹿者《ばかもの》！」

「問題ない、生きているはずだからこれから別働隊を出して捜索《そうさく》する！　彼を待っている時間はない、すぐに大友宗麟に謁見《えっけん》させてくれ！」

しかしキリシタンの宣教師を引き連れておるのではなあ、と道雪がフロイスの顔をちらりと覗《のぞ》き込んで深いため息をついた。

「わしはな、播磨小僧」

「播磨言うな！　官兵衛もしくはシメオンと呼べ！」

「官兵衛。わしはこれ以上、姫さまのもとに仕える宣教師を増やしたくないのじゃ。姫さまご自身がキリシタンに入信されて以来、大友家中は完全に分裂《ぶんれつ》してしもうた。親キリシタン派と、反キリシタン派にじゃ。姫さまが政庁をこの府内から日向《ひゅうが》寄りの丹生島《にゅうじま》へ移してそこに難攻不落《なんこうふらく》の城塞《じょうさい》を築いたのも、キリシタン追放を唱える島津の北上を防がねばならぬからじゃ」

申し訳ありません、とフロイスが面《おもて》を伏《ふ》せた。

「まあいいから案内しろ。フロイスはガスパールとかいう宣教師の暴走を止めるために来たんだ。いわば諸君の味方だ！」

「おお。それはかたじけない。てっきりガスパールの応援《おうえん》に来たと思っておったが、わしの誤解であったか！」

「今日は、宗麟は府内にいるのだろう？」

「だが、問題の宣教師・ガスパールも侍《はべ》っておるぞ。これまでの宣教師はキリシタンの教えや貿易の話を語るだけで、軍事問題には決して口を挟《はさ》まなかったわい。しかしやつは違う。大友家の軍事顧問《こもん》に就任し、日向に神の国を建設せよなどと姫さまに吹《ふ》き込みはじめおった！　肥前《ひぜん》では言葉巧《たく》みにキリシタン大名の大村純忠《おおむらすみただ》をかどわかし、長崎の地をドミヌス会に寄進させようとしておる！　龍造寺の侵攻《しんこう》から守ってやる、と囁《ささや》いているのじゃ。いずれこの府内も奪《うば》われるかもしれん！」

「長崎の港が、ドミヌス会の領土になるかもしれない、だって⁉」

「そのとおり。今では、ポルトガルの船団が長崎の港を守備しておる！　ガスパールが九州に来てから、突然《とつぜん》このような流れになったのじゃ」

　フロイスが「ザビエルさま……」と思わず天を仰《あお》いだ。

「ガスパールさまは長崎を植民地化するつもりです、シメオンさん。貿易拠点としてのみならず、ジパングにおけるポルトガルやイスパニアの軍事拠点として運用しようとしているのでは」

「ふむ。なんのために？　軍事拠点をひとつやふたつ設けたところで日ノ本全土を武力侵《しん》略《りゃく》するなどとうてい無理だということくらい、ガスパールも承知しているはずだ」

「九州の戦乱状態を利用して次々と拠点を増やしていくおつもりではないでしょうか」

「シム。キリシタン大名と反キリシタン大名との対立を煽《あお》れば煽るほど、ガスパールにとっては思う壺《つぼ》ということだな」

「はい。ゆゆしき事態です。聡明《そうめい》なノブナさまがこのことを知ったら、もしかしたらキリシタンは禁教処分を受けるかもしれません……」

「禁教までは行かなくとも、織田信奈は魂《たましい》の救いを説くことを仕事とする宗教者が武装することを絶対に許さないからな！　叡山《えいざん》を焼こうとしたり本猫寺《ほんびょうじ》を武装解除させたのもそのためだ。このままガスパールを放置しておけば、いずれは織田信奈と九州のキリシタン大名たちとの戦いになるかもしれない」

「ジパングのためにもそれだけは避《さ》けねばなりません、シメオンさん。それにそうなれば、この国にキリシタンの教えは永遠に根付かなくなります」

　あれではもはや布教者ではなくて侵略者じゃ、かつて姫さまにキリシタンの教えを伝えたあの高潔なザビエルなどとはまったくの別者よ！　姫さまは大馬鹿者じゃあ！　と道雪は鋭《するど》く尖《とが》った髭《ひげ》をぶるぶると震《ふる》わせながら吠《ほ》えた。

あまりの大声に、御輿を担いでいた小姓《こしょう》と侍《さむらい》たちが耳を押さえてぐらりと揺れた。

「このシメオンが考えていたよりも事態の進行が速いな。フロイスはザビエルの直弟子《じきでし》なんだ。このシメオンも二人の対決に参戦して援護《えんご》してやろう！」

「頼《たの》むぞ官兵衛！　南蛮貿易で国を富ませるのはよいが、土地を南蛮人に奪われたり神社仏閣を破壊《はかい》されるのはかなわん！　姫さまは元来、戦《いくさ》がお好きではない。修羅《しゅら》の国の大名として謀反《むほん》人や敵国と戦い続けねばならぬ己《おのれ》の境遇《きょうぐう》に怯《おび》えておられるのだ。かつて、南蛮から来たザビエルがそんな姫さまの心を癒《い》やされた。だが今はその心の隙《すき》に、ガスパールが入り込んでいるのじゃ」

「宗麟は乙女《おとめ》。ガスパールは若い男らしいな。もしかしてそういう手を用いて宗麟の心を奪ったのか？」

「いや。そこはさすがに宣教師。色仕掛《いろじか》けは用いておらぬ。姫さまとて、宗教者が色欲《しきよく》などを見せれば激怒《げきど》なされるわい。元来は潔癖《けっぺき》でかつ聡明なお方じゃからな。その上、豊後国主の座を狙《ねら》う男どもに悩《なや》まされてきたせいか、極度の男嫌《おとこぎら》い。じゃが、やつはもっとおぞましい手法で姫さまの心を侵食《しんしょく》しておる」

会えばわかりますシメオンさん、とフロイスが怯えながらうなずいていた。

府内の中心部に、宗麟の「第二の住居」となっている壮麗《そうれい》な大友館《やかた》はあった。

和洋折衷《わようせっちゅう》形式の、巨大《きょだい》な宮殿《きゅうでん》である。

外部は和式だったが、門を潜《くぐ》ればほぼ完全な南蛮式の館だった。宮殿内にはマリア像を飾《かざ》っている礼拝堂や、南蛮式の噴水《ふんすい》公園など、異国情緒《いこくじょうちょ》溢《あふ》れる建築物で溢れかえっていた。

庭園では、使者を迎《むか》えるために少年少女で結成された聖歌隊が賛美歌を歌っている。

だが、見た目の壮麗さとは裏腹に館のあちこちに微妙《びみょう》な緊張感《きんちょうかん》が漂《ただよ》っているのは、キリシタン政策を巡《めぐ》る家中の対立が影《かげ》を落としているためだろう。

石畳《いしだたみ》の大広間に官兵衛とフロイスを案内した立花道雪が「姫さまのおなり！」と大音声《だいおんじょう》で呼ばわると、「ぱおおん」と獣《けもの》が咆哮《ほうこう》した。官兵衛にとっては耳慣れぬ叫《さけ》び声だった。

豊後の女王・大友宗麟は、巨大な異国の獣に乗って現れた。

それは、日ノ本には生息していない「象」だった。

長い鼻、大きな耳、雄大《ゆうだい》な肉体。

なんだこれは？　とさしもの官兵衛が震え、道雪が「姫さまの奇行《きこう》はどんどん派手になるばかりじゃ」とまたため息をついた。

「久しぶりね、黒田官兵衛。いえ、ドン・シメオン。織田信奈のもとでやっと才能を発揮できたんだってね。この象は柬埔寨《カンボジア》国王からもらった獣よ。私が飼っているの」

色白で面長《おもなが》の顔立ち、黒くて長い睫《まつげ》。

修道女のような南蛮の外套《がいとう》に細い身体《からだ》を包み、その腕《うで》にきらめくロザリオと黒光りを放つ種子島《たねがしま》をともに抱《かか》えた大友宗麟は、愁《うれ》いを帯びた瞳《ひとみ》で象の背中から官兵衛とフロイスを見下ろしていた。

まるでシヴァの女王、とフロイスが声を漏《も》らしていた。

「なんだいその動物は。危ないじゃないか宗麟！」

「ねえシメオン。もう、私を宗麟と呼んじゃダメよ。私は正式に洗礼を受けたんだもん。私の洗礼名は、ドン・フランシスコ。あのザビエルさまの名前をいただいたんだから。もっとも、私は自分を宗麟と呼ぶけれどもね。だって、音の響《ひび》きが気に入っているから！」

大人びた顔立ちの姫だけれど、意外と幼い子供のような声、とフロイスは驚《おどろ》いた。

織田信奈にも匹敵《ひってき》する高い知性と、童女のように不安定で繊細《せんさい》な感情とのアンバランスさが、その表情にも表れていた。

一見、気の強そうな鋭い視線の奥に隠《かく》れた瞳が、あらぬ方向を彷徨《さまよ》っているかのように絶え間なく揺らいでいる。

他人を恐《おそ》れておられる、とフロイスは宗麟を気の毒に思った。

「おみやげの茶器はありがたくいただいておくね、シメオン」

象が鼻を伸《の》ばしてきて、官兵衛の手から献上《けんじょう》品の茶器を器用に取り上げ、宗麟のふくよかな胸元《むなもと》にぽんと置いた。

くそっ宗麟めまた胸が成長している！　もはやフロイスを超《こ》えている！　どうしてこの

シメオンの胸はいつまでたっても竹中半兵衛《たけなかはんべえ》並みなんだっ？　と官兵衛が地団駄《じだんだ》を踏《ふ》んでいるが、小さいほうがいいです、とフロイスは思った。

「シメオン。お礼に南蛮渡《なんばんわた》りのかぼちゃをあげる。はい。どぎつい橙色《だいだいいろ》だけれど美味《おい》しいよ？」

宗麟が、象の鼻の上にお気に入りの野菜「かぼちゃ」をぽんと投げた。かぼちゃは「柬埔寨《カンボジア》」がなまって「かぼちゃ」と呼ばれるようになった野菜で、ポルトガル船が宗麟に献上することで日ノ本に伝わった新しい食材である。

象は器用に鼻を使って官兵衛の手許《てもと》に、かぼちゃを運んできた。

「うわっ怖《こわ》い!?　このかぼちゃ、どうして人の顔みたいに目鼻口をくり抜《ぬ》かれているんだ？　食べ物で遊ぶなよ宗麟！」

「どうして？　かわいいでしょ？」

「病《や》んでるよっ」

「宗麟はね、これからこのかぼちゃを豊後名物として大々的に売り出すんだー。かぼちゃのお化けの着ぐるみも作ってるんだよ？　ご当地の着ぐるみがたくさん集結したという安土祭りに参加したかったなあ」

よく見ると町や宮殿のそこかしこに、緑色と橙色の妙な人面野菜がぶら下げられたり飾られたりしている。もしかしてこれ、ぜんぶかぼちゃなのか、と官兵衛は呆《あき》れた。宗麟はなにかに凝《こ》りだすと徹底的《てっていてき》に凝る面がある。

「ところで相良良晴はどうしたの？　せっかくの未来人との対面を楽しみにしていたのに。ざーんねん」

「航行途中《とちゅう》、長宗我部《ちょうそかべ》にちょっかいをかけられたんだ。ちょっとばかり遅《おく》れているが、後から来るさ」

「ふうん。シメオンが来たのだから、まあいいかあ。織田信奈からの注文は、言われなくてもわかってるよ。毛利《もうり》を背後から攻《せ》めろ、でしょ？　上杉謙信《うえすぎけんしん》、武田信玄《たけだしんげん》、毛利の三大勢力に同時攻撃《こうげき》されている織田家の運命は風前の灯《ともしび》だもんね。この宗麟が、天下盗《と》りの戦いにおける最後の鍵《かぎ》を握《にぎ》っちゃったんだよね」

得しちゃった、と宗麟が笑った。

「そうだ。きみは、相変わらず行動は遅《おそ》いけれど話は早いな！」

「当然、宗麟だってタダではそんな面倒《めんどう》な真似《まね》できないよね。合戦なんて宗麟はきらーい。そもそも日向の合戦でとうとう宿敵の伊東《いとう》家を打ち倒《たお》した島津が邪魔《じゃま》だしね。毛利との合戦をはじめれば、肥前の龍造寺が空《あ》き巣狙《すねら》いをやるかもしれない。危険だよね。織田信奈は大盤振《おおばんぶ》る舞《ま》いしてくれるよね。なにがもらえるのかな？　薩摩《さつま》と大隅《おおすみ》と日向が欲《ほ》しいな、宗麟は」

「ちょ、ちょっと待て！　伊東家を、倒したって？　島津が？」

「そう。伊東家は十倍の兵力差があったのに島津に倒されて滅亡《めつぼう》しちゃった。生き延びた伊東家の連中は、この豊後に逃《のが》れてきたよ。現世に絶望したのか、乱世に倦《う》んだのか、キリシタンになる者も続々だよ！」

しまった、一歩遅かったのか、と官兵衛が頭をわしゃわしゃとかいた。

「でもだいじょうぶだよ、シメオン。宗麟には、ガスパールさまからいただいた『国崩《くず》し』があるから！　島津には負けないよ？」

不吉《ふきつ》な名じゃわい、豊後の国が崩れねばよいが……とぼやきながら道雪が小姓たちに命じて、その新兵器を大広間へと運ばせてきた。

「またはじまった。年寄りは愚痴《ぐち》っぽーい。見て、シメオン！」

南蛮兵器に目のない官兵衛は、「国崩し」を一目見て「むふー」と心を奪われ、その巨大な筐体《きょうたい》にへばりついていた。

「国崩し。南蛮の最新大砲《たいほう》だな!?　これは大きい！　やはり本場の兵器は違《ちが》うな！　シメオンが設計して鉄甲《てっこう》船に乗せた大筒《おおづつ》よりもさらに大きい！」

「重すぎて、和船に載《の》せるのは無理だけどね。島津が種子島を量産して火力で攻めるなら、宗麟はこの国崩しを丹生島城に装備して鉄壁《てっぺき》の要塞《ようさい》にするの。かのコンスタンティノープルのような難攻不落《なんこうふらく》の要塞にね。百年でも千年でも籠城《ろうじょう》できるような完全防備体制を敷《し》くの。だから、宗麟は本城を海に浮《う》かぶ丹生島へと移したの。コンスタンティノープルはウルバンの大砲によって陥落《かんらく》したけれど、宗麟の島では逆をやるの。ウルバンの大砲が宗麟の要塞を守るんだよ？」

フロイスは立ちくらみを覚えていた。

種子島は、宣教師がジパングに伝来させたものではない。南蛮商人の船が偶然《ぐうぜん》種子島に漂着《ひょうちゃく》した際に、わずかばかりの鉄砲《てっぽう》を日ノ本の人間に売り与《あた》えたのがきっかけだった。

その南蛮商人たちは、よもやこの国の人間たちがそれからわずか数年で膨大《ぼうだい》な数の種子島を自国生産することになるとは想像もしていなかったろう。

だが明らかに、ガスパールは宣教師でありながらジパングの内戦に積極的に介入《かいにゅう》している！

「どうしたんだフロイス？　お腹《なか》でもすいたのか？」

「シメオンさん。ソウリンさま。大砲は、宣教師が扱《あつか》ってよいものではありません！」

「そんなことないよ？　信仰《しんこう》と合戦とは表裏《ひょうり》一体だってガスパールさまも言っているよ？　宗麟は平和が好きだから、なんの抵抗《ていこう》も受けずにさくっと日向をキリスト教国に改造したいんだけれど、相手が応じないのなら戦わないといけないよね。そもそも、織田信奈だって叡山を焼いたり本猫寺と戦ったりして仏教勢力を倒してきたじゃん。一緒《いっしょ》だよ？」

「同じではありません。ノブナさまは、宗教者の武装を解除するために第六天魔王《てんまおう》の汚名《おめい》を被《かぶ》ってまで戦ってきたのです。それがジパングの戦乱を終わらせるための道だと信じて。

ソウリンさま。このジパングの国内で、キリシタンと反キリシタンの戦争など、起こしてはなりません！」

それでは泥沼《どろぬま》のような宗教戦争になってしまいます、ヨーロッパの各地で新教徒と旧教徒とが相争っているのと同じことに、とフロイスは言いかけ、だが言いだせない自分を恥《は》じた。

「イヤ。宗麟は自分の王国を築きたいの。宗麟はね、大友家の嫡子《ちゃくし》として生まれてきてから、ただの一日も安心して過ごせたことがなかった。いつもいつも裏切りに怯えていた。修羅《しゅら》の国は、親も家臣も弟でさえも裏切り者ばかり。だからもう二度と謀反や廃嫡《はいちゃく》といった怖い目にあわないように、『大友家』ではなく『宗麟』の王国を築かなければならないの」

そのために、家臣団や民《たみ》がキリシタンになるかならないか、宗麟の王国の住人になるかならないか、踏み絵をするんだよ。踏まない者は敵なんだよ、と宗麟は官兵衛からもらった茶器を手で回しながらつぶやいていた。

「なにを言ってるんだ宗麟。きみは忠誠無比の家臣に恵《めぐ》まれている。大友家には、半身不随《はんしんふずい》になってもなおきみのために戦い続けてきた立花道雪をはじめ、多くの優《すぐ》れた家臣がいる。なぜ、彼らの忠節を信じられないんだ？　きみが信仰にすがることじたいはきみの自由だから止めないが、まつりごとと混同してはダメだ！　まして、キリシタンに改宗するかどうかを自分への忠誠心を試《ため》す踏み絵にするだなんて！　人がなにを信仰するかは、その人間自身が決めるべきことだぞ」

「……父上に愛されて思いきり甘やかされて育ってきたシメオンには、わかんないよ」

「むふー⁉　なんて棘《とげ》がある言い方⁉　やっぱりシメオンと宗麟は友達じゃなかったんだ、うわああん！」

「あー。悪かったわよ。宗麟は心根はよい子だけれど口が悪いの。知ってるでしょ？　いいかげん、すぐに泣くのやめてくれる？　うざいから」

「ぜんぜん心根のよさが感じられないっ！」

「日向南部は島津の兵に次々と占領《せんりよう》されちゃってる。でね。日向北部は、伊東家から宗麟がもらっちゃった。亡命を認めてもらうかわりに旧領をくれるんだって。動かないとね。日向に出兵して島津と決戦しないとね。これって、神の国を日向に造る好機だよね。織田信奈が日向よりも大きなご褒美《ほうび》をくれるというのなら、話だけは聞くけどぉ」

「……立花道雪。いつの間にこうなっちゃったんだ、宗麟は？　前任者のトーレスがドミヌス会のジパング支部長だった頃の宗麟は、こうじゃなかった。キリシタンと協力して、病院を設立したり学問所を設置したり、善政を敷いていたはず。それがいまや、すっかりキリシタン王国のために戦う英雄《えいゆう》になってしまっている！」

すまぬ播磨小僧《こぞう》。おお、姫《ひめ》さま。わしらの力が及《およ》ばなかったばかりに……と道雪は顔を伏《ふ》せて震《ふる》えていた。

大友宗麟は、血塗《ちぬ》られた運命のもとに生まれてきた。

大友家は、九州最大の勢力である。

修羅の中の修羅、修羅たちの頂点に立つ家柄《いえがら》である。

その大友家の嫡子として生まれてしまった宗麟は、いずれは大友家の家督《かとく》を継《つ》いで修羅の国・九州で数々の強敵と戦わねばならなかった。

宗麟は幼い頃《ころ》から知性は高かったが、修羅が激突《げきとつ》し命を奪《うば》い合う合戦に耐《た》えられるような強い性格の少女ではなかった。家督を継ぎたくはなかった。できれば、禅寺《ぜんでら》にでも入って信仰の道に埋没《まいぼつ》したかった。だが、聡明《そうめい》すぎる宗麟は既存《きそん》の仏教に対する信仰心すら、抱《いだ》けなかったのだ。

宗麟は、合戦にも信仰にも、自分の居場所を見いだせなかった。

そして、さらに宗麟の運命は暗転した。

宗麟の父が、戦嫌《いくさぎら》いの宗麟ではなく、宗麟の腹違《はらちが》いの「弟」に家督を譲《ゆず》ろうとしたのだった。つまりは後妻がかわいくなったのだろう。

大名家の、骨肉相食《あいは》む家督争い。

織田信奈も、武田信玄も、まだ幼い伊達政宗《だてまさむね》でさえも経験した試練だった。

だが九州の修羅の家系である大友家は、これらの諸家とは比べものにならない悲劇に見《み》舞《ま》われた。九州は、それほどに厳しい。

宗麟はただ廃嫡されるだけでなく、最悪の場合は父に殺されるかもしれなかった。毎日毎晩、幼い宗麟は自分の父親の影《かげ》に怯《おび》えた。

その事件は、起きるべくして起きた。

宗麟が父親に左遷《させん》されて本城を追い出されてから、まもなくのことだった。宗麟の廃嫡に反対していた宗麟派の家臣団が本城で謀反《むほん》を起こした。

宗麟の父も、腹違いの弟も、その弟の生母も、ことごとくが彼らの手で殺されたのだ。

この事件を豊後では「二階崩《にかいくず》れの変《へん》」と呼ぶ。

謀反を起こした家臣団は、みな誅殺《ちゅうさつ》された。

幸運にも左遷されていたために生き延びた宗麟は「長子相続の掟《おきて》」に基づいて宿老たちに迎《むか》えられ、大友家の家督を継いだ。

この大事件以後、ひとつの疑惑《ぎわく》が、九州全土で囁《ささや》かれるようになった。

廃嫡されることを拒絶《きょぜつ》した宗麟自身が、自分を支持する家臣を動かして自分の父と義母と弟を殺させたのだ、と。

そう。

「父殺し」の疑惑を背負ったまま、宗麟は幼くして大友家の家督を継ぎ、豊後の国主となった。心に深い傷と迷いを負ったまま、いつ果てるともない戦いに次ぐ戦いの日々を生きねばならなくなった。

名将・立花道雪は宗麟の精神の異変に気づき、「このままでは姫さまのお心は一年ももたぬ」と焦《あせ》った。

殿方《とのがた》と恋《こい》をさせるか。いや、父に廃嫡されかけ弟に家督を奪われかけ家臣たちの凄惨《せいさん》な謀反を目《ま》の当たりにした宗麟は、男性不信に陥《おちい》っている。

禅に救いを求めていただくか。だが宗麟はまれに見る知性の持ち主で、しかもその知性を捨て去ることのできない「俗《ぞく》」な部分、いわゆる「我」を多分に生まれ持っている。父親に嫌われたのもこの「我」の強さゆえだ。禅譲《ぜんじょう》によって静かな「悟《さと》り」の境地に至るのは不可能であろう。

九州統一という野望に目覚めさせ、合戦に埋没させることで苦悩《くのう》を忘れていただくか。しかし、宗麟は血生臭《ちなまぐさ》い合戦を嫌っている。臆病《おくびょう》ゆえに敵から身を守るための合戦はするが、合戦そのものに生きがいを感じられるような少女ではない。戦場に出ても、気乗りしている時は勇敢《ゆうかん》だが、突如《とつじょ》として気鬱《きうつ》で塞《ふさ》いでしまう。これも不可能である。

しかし、そんな宗麟の不安定で壊《こわ》れそうな心を支えた出会いが、あった。

南蛮から海を越《こ》えて九州へと渡《わた》ってきた痩《や》せた宣教師、ザビエルとの出会いだった。

宗麟は当初、キリスト教の神も救済も天国もなにもかもを信じなかった。

聖書に書かれていることはただの物語にすぎないと、その知性が信仰を、あるいは思考の放棄《ほうき》を否定したのだ。

だが、長旅によって痩せ衰《おとろ》えた身体《からだ》に鞭《むち》を打って迫害《はくがい》を受けながら日ノ本の大地を歩き続けるザビエルという人間の内面に、臆病な自分には生来欠けているなにかを見出《みいだ》したらしかった。

そのザビエルを呼び出して謁見《えつけん》した時、宗麟は、ザビエルからある言葉を伝えられた。

その言葉がなんであったかは、宗麟以外の誰《だれ》も知らない。

ある種の励《はげ》ましの言葉ではなかったか、と道雪は推測している。

姫さまが名君となって九州六ヶ国の覇者《はしゃ》にまで成長した原動力は、ザビエルの言葉ではなかったかと。

それ故《ゆえ》に、姫さまはキリシタンを保護しついには自ら入信されたのだと。

だが、それもあくまでも推測である。

真相はすべて、宗麟だけの胸の内にある。

彼女がほんとうに「父殺し」なのかどうかも含《ふく》めて——。

「シメオン。フロイス。この先は、ガスパールさまと交渉《こうしょう》して！　今はガスパールさまが宗麟の軍事顧問《こもん》だから。いわゆる軍師ってやつ？　彼は軍事にも歴史にもすごく詳《くわ》しいの。

とっても頼《たよ》れる人なんだよ～。私の父上なんかよりも、ずっとずっと頼りになるよ。ただ、キリシタン王国の女王は独身を貫《つらぬ》きなさい、処女を守りなさいって小うるさいところが玉に瑕《きず》かな？　そろそろ旦那《だんな》さまが欲《ほ》しいのにぃ」

「待て、宗麟！　織田家と大友家との外交交渉は、きみと直接やる！　宣教師をこの軍事同盟の件に関与《かんよ》させるつもりはない！」

「そっちになくても、こっちにはあるから。今からお昼寝《ひるね》と懺悔《ざんげ》の時間なの。また夜にね、シメオン。ごちそうを準備しておくからね～」

宗麟は大あくびをしながら、象の耳をつまんだ。

象が、ぱおっと一声鳴いて、大広間から退室していく。

「官兵衛。フロイスどの。あのとおり、いまや姫さまは軍事をガスパールに委《ゆだ》ねてしまっておられるのじゃ。姫さまは日向の地を奪い、日向にある神社仏閣をすべて破却《はきやく》し、自分を決して裏切らない民だけを集めてキリスト教の王国を建国するという夢に憑《つ》かれておる。八幡神《はちまんじん》への信仰深い年寄りのわしには、悪夢としか思えぬ」

立花道雪の言葉に、フロイスが痛ましげにうなずいていた。

「じゃが、わしにも大いに責任がある。わしが諫言《かんげん》すればするほど、姫さまは意固地になられるお方。かつて姫さまは、凶悪《きようあく》な猿《さる》を飼って家臣を襲《おそ》わせ遊んでおられたことがあった。やめなされ、武士に恥《はじ》をかかせてはなりませぬと忠告したが聞いていただけなかったので、わしはその猿が自分を襲ってきた際にすかさず鉄扇《てっせん》で殴《なぐ》り殺した。ところが、姫さまはこんどは柬埔寨《カンボジア》からあの象とかいう怪物《かいぶつ》を連れてこられた。あれは扇《おうぎ》では殺せぬ。さりとて姫さまの御前で太刀《たち》を抜《ぬ》けば謀反人になってしまうわい」

主《あるじ》も家臣もどっちもどっちだ、九州侍《さむらい》は激しいなと官兵衛は呆《あき》れた。

キリシタン趣味《しゅみ》についても同じじゃ。われら家臣団がキリシタンに肩入《かたい》れしすぎぬようにと執拗《しつよう》に諫言しすぎたのじゃ、と道雪は肩を落としている。

「ソウリンさまは、ジパングの中にもうひとつの国を造ろうとしておられます。ソウリンさまというよりも、ガスパールさまが、と言い直したほうがいいかもしれませんが。彼は、摂津《せっつ》と美濃《みの》とが違《ちが》う国だという意味での国ではなく、ジパングとはまったく異なる新しい国を、日向に造るつもりです。おそらくは長崎を越えるヨーロッパ勢力の一大軍事拠点《きょてん》とするために。あたかも、いにしえの十字軍がイスラムの地を軍事占領して新たなキリスト教国家、ラテン王国やアンティオキア公国を築いたように——」

道雪が「なんじゃと、十字軍？」と大声をあげていた。

耳が痛いと官兵衛が文句を言ったが、道雪はわれを忘れていた。

「十字軍！　その面妖《めんよう》な言葉、豊後では知れ渡っておる！　ひとつは島津の家紋《かもん》、修羅たちがなによりも恐《おそ》れる強悍《きょうかん》と武勇の証《あか》し『丸十字』！　そしてもうひとつはガスパールが日向平定のために編成したキリシタン軍団の名称《めいしょう》。『百合《ゆり》十字軍』じゃ！」

つまり「十字紋には十字紋」とばかりに島津を挑発《ちょうはつ》しているんだな。いったい何者なんだガスパールは？　ただの宣教師じゃないと官兵衛が舌打ちした。

「やむを得まい、姫さまのご命令じゃ。ガスパールのもとへお連れしよう。じゃが、くれぐれも心を奪われぬように注意せよ。特に官兵衛。おぬしはおっちょこちょいじゃ、かの者の言葉に惑《まど》わされぬよう用心せいよ」


大友宗麟の軍事顧問に就任していたドミヌス会ジパング支部長ガスパールは、大友館《やかた》の片隅《かたすみ》に狭《せま》くて粗末《そまつ》な一室を与《あた》えられていた。

「久しぶりだねルイズ・フロイス。そしてドン・シメオンくんとは初対面ということになるかな」

ガスパール・カブラル。

自称《じしょう》ポルトガル出身の青年宣教師。

ポルトガルとインドを股《また》にかけた貿易商人として富を築く一方、その富を世界各地の宝具・神具・聖遺物を収集することに注ぎ込んできた在野の学者でもあったというが、その経歴はすべては自己申告であり、ドミヌス会入会以前のほんとうの履歴《りれき》は謎《なぞ》に満ちている。

彼はその謎めいた過去と東方の古代文明に精通した博識ゆえに、ゴアでドミヌス会に入会した時から「東洋に深入りしすぎた異端者《いたんしゃ》」「カタリ派にしてグノーシス主義者」「錬金《れんきん》術師《じゅつし》にして占星術師《せんせいじゅつし》」という悪評を立てられていた。

また彼は、布教活動よりも王国と結託《けったく》しての植民地獲得《かくとく》に奔走《ほんそう》するドミヌス会内部の過激派、コンキスタドール派閥《はばつ》に属していた。彼らは清貧さと無償《むしょう》の布教活動を重視するドミヌス会の中では少数派だが、イスパニア王室やポルトガル王室とつながりを持っている。ガスパールの組織内における急激な出世の陰《かげ》にはこの派閥の後押しがあったらしい。

インドから東南アジアにまで到達《とうたつ》したドミヌス会の関心は、東アジア最大の帝国《ていこく》「明」への布教に集まっている。

しかし、儒教《じゅきょう》をはじめとする東洋系の宗教が完全に浸透《しんとう》している明では、キリスト教の布教はほとんど不可能だった。かつて「景教《けいきょう》」と呼ばれて中国にそれなりに根付いていたキリスト教の分派も、あるいはカトリックの勢力も、明の時代にはすでにほとんど消滅《しょうめつ》してしまっていたのである。

ドミヌス会創始メンバーの一人であるザビエルも、明への布教活動がままならぬままに、インドで没《ぼっ》している。

ザビエルの死後、ガスパールが属するコンキスタドール派は、黄金の国ジパングにヨーロッパ勢力の軍事拠点を築き、フィリピン方面軍の艦隊《かんたい》とジパングの陸軍とによって明に武力介入《かいにゅう》することで強引に布教活動を行おうという野望を抱くようになっていた。

いずれにせよ、統一政権さえ樹立されれば世界最強の軍事国家たりえるジパングこそが、東洋布教における最大の鍵《かぎ》となっている。

だが、実のところガスパール自身は、そんな単純にして粗野《そや》なコンキスタドール派とは一線を画したところにいる。

彼にはもっと壮大《そうだい》な計画があり使命感があった。

それ故だろう。

立花道雪たち大友家臣団があれほど恐れている南蛮人《なんばんじん》の青年宣教師ガスパールは、官兵衛の目には涼《すず》やかな聖人に見えた。

野望に燃える瞳《ひとみ》も持たず、水面のように静かな表情。相手に対していささかの敵意も闘《とう》気《き》も発しない微笑《びしよう》。粗末で飾《かざ》り気のないいでたち。草食動物を思わせる、しなやかで長い髪《かみ》。

十字架《じゆうじか》上にかたどられている、あの「神の子」にどこか似た男だった。

だが、フロイスは違った。部屋に入るなり、フロイスは「ガスパールさま。この部屋は……やはりあなたは噂《うわさ》されていたように、異端者なのですね。あなたはカトリックの正統な聖職者ではなく、錬金術やカバラ、占星術に耽溺《たんでき》しているお方です」と声を震《ふる》わせていた。

「フロイス。私は、魔術師《まじゆつし》ではないよ。ローマ帝国の崩壊《ほうかい》によって永遠に失われた古代の叡智《えいち》の断片《だんぺん》を収集しているだけだ。人類の黄金時代を蘇《よみがえ》らせるためにね。私の本業は、学者だよ」

ビードロ製のフラスコやレトルト。

壁際《かべぎわ》にうずたかく積み上げられた、無数の古書。

磨《みが》きあげられ加工された、数々の「石《ピエドラ》」。

測天儀《アストロラーベ》。

床《ゆか》に描《えが》かれた、五芒星《ごぼうせい》。

千利休《せんのりきゅう》とともに南蛮の錬金術を学んだ官兵衛にとっては、さほど奇異《きい》な部屋には見えなかった。実に南蛮の学者の部屋らしい、と思った。

「私の予想通り、東の果ての黄金の国ジパングには大いなる古代の叡智の残照が実在した。やまと御所《ごしょ》に伝わる三種の神器《じんぎ》。あるいは未来人相良良晴の召喚《しょうかん》も、ジパングが起こした奇《き》跡《せき》そのものと言っていい。未来の時空へと連なる穴が空に開いた、天岩戸《あまのいわと》開きの奇跡を見たかい？　ヨーロッパではあれほどの奇跡はもう二度と起こせないだろう」

「なぜあのような恐ろしい真似《まね》をしたのです、ガスパールさま。海に眠《ねむ》っていた神器を引き上げて、言葉巧《たく》みにレオンさまを誘導《ゆうどう》し、戦場で追い詰《つ》められた信奈さまに使わせようなどと！」

「相良良晴には、静かに未来へと帰ってもらいたかった。私にとってはとりわけ不都合だったからね。もっとも、その結果むしろ相良良晴のジパングにおける重要性が増してしまったのだから、あの戦いは私の完敗だった」

フロイスは確信していた。ガスパールが、単に知的好奇心《こうきしん》から幾多《いくた》の術に手を出しているのではなく、教会が封《ふう》じ去ったはずの禁断の知識を確固とした意志を持って掘《ほ》り返そうとしていることを。

それに、なによりも、ガスパールは明らかに異端であり異人だった。

その証拠《しょうこ》は、他《ほか》ならぬ彼自身の「顔」にあった。

「どういうことだい。この宣教師の顔がどうしたんだ、フロイス？」

「そうでした。シメオンさんはあのお方と会ったことがないので、お気づきにならないのですね。ガスパールさまの『顔』は……これは、生きてこの世界にいてはならないはずのお方の顔です。いかなる方法で、その顔を手に入れたのですか、ガスパールさま!?　信仰《しんこう》の奇跡などではありえません。悪魔《あくま》的な手段を用いなければ、その『顔』を手に入れることはかないません」

「信仰の奇跡だよ」

「違います。ガスパール・カブラルさま。いえ、ガスパール・コエリヨさま。ドミヌス会ではジパングに元軍人のフランシスコ・カブラルさまを新たな支部長として送り込む予定でした。ところがそのカブラルさまがジパングへの航海中に突然《とつぜん》消息を絶ち、代わりにあなたが急遽《きゆうきよ》支部長に。あなたはカブラルさまの魂《たましい》をジパングへとお連れすると称《しよう》して船上で『カブラル』の名を継《つ》ぎました。ですが……コンキスタドール派の陰謀《いんぼう》を、私はどうしても感じてしまいます。カブラルさまはかつては海賊《かいぞく》まがいの野蛮《やばん》な冒険《ぼうけん》者でしたが、ザビエルさまと出会ってドミヌス会に入会してからはそれまでの生き方を悔《く》い改められた敬虔《けいけん》な布教派の一人でした」

「フロイス。私がカブラルどのを暗殺したという噂は、根も葉もない誹謗《ひぼう》にすぎないよ。私はただの学者だ。しかも、毒薬は私の専門外でね。軍人あがりの屈強《くっきょう》な彼を、私ごときが狭い船室内で殺せるはずもない」

「ですが、あなたのその顔を見れば、誰《だれ》だって疑ってしまいます！」

「カブラルは典型的な人種差別主義者で、理性的で優秀《ゆうしゅう》なジパングの人々をはじめから東洋の猿《さる》だと見下していた。そのような態度では、誇《ほこ》り高いこの国の人間の心は動かせない。彼のような傲慢《ごうまん》な男が予定通り最高責任者としてジパングへ渡《わた》っていれば、ドミヌス会とキリシタンのこの国における活動は十年は遅《おく》れていただろう。それでは時間切れになる。彼が姿を消し、私がこの顔のおかげで急遽支部長の座に繰《く》り上がったのも、神のご意志」

「いいえ。コンキスタドール派と、あなた自身の暗躍《あんやく》の成果です、ガスパールさま。その証拠にあなたは、こうしてオオトモさまの軍事顧問《こもん》に就任しているではありませんか！すでに宣教師の分を越《こ》えています！」

「誤解だ、フロイス。私はジパングの兵を率いて明に攻《せ》め入ったりはしない。そのようなことをしても世界の運命はよき方向には変えられない。私がドミヌス会に入り、さらにはコンキスタドール派に接近したのは、どうしてもジパングへ渡りたかったからだよ。インドで、ザビエルから私は聞かされていた。ジパングに、織田信奈という幼くも得がたい姫《ひめ》がいると。その姫にとっては世界には東洋と西洋の区別もなく、ヨーロッパ人と自国人との区別もなく、それどころか神と人との区別すらないのだと。いつかアレクサンドロス大王のような英雄《えいゆう》に育つだろうと。私は、その織田信奈のもとに辿《たど》りつきたかったのだ。彼女を『東洋のキリスト教国家』ジパングの女王として育成するために。そう、私には明の布教や東アジアにおける植民地経営などという些末《さまつ》な野心よりも、崇高《すうこう》で偉大《いだい》な目的がある」

「……その顔も、あなたの偉大な目的のために、手に入れられたのですか。文字通り、手段を問わずに」

「そうかもしれないね。この顔を見て、きみのように怯《おび》える者ばかりではないよ。神の奇跡だ、とありがたがり涙《なみだ》を流す人も大勢いるからね。特別な顔を持つということは、便利なものだよ」

「オオトモさまの心の隙間《すきま》に、その顔を用いて入り込んだのですね！」

フロイスは、まるで幽霊《ゆうれい》を見るような目でガスパールを見ている。

官兵衛にはしかし、信仰心がない。あえてキリシタンになったのは、錬金術や電磁気学といった未知の南蛮文化を積極的に摂取《せっしゅ》するためだ。だから、「異端」の嫌疑《けんぎ》をかけられている宣教師を前にしても恐れなど抱《いだ》かなかった。

この世界にいてはならない顔って、いったいなんのことなんだ？　ごく普通《ふつう》の南蛮人の顔じゃないか？　むしろ我欲《がよく》から解脱《げだつ》した聖者のように見えるけれど？　と疑問を感じながら、官兵衛はガスパールが差し出した椅子《いす》にお尻《しり》を下ろして直談判をはじめた。

「やいガスパール。フランシスコ・カブラル失踪《しっそう》とやらの件はわれわれには無関係だから、今は置いておく。大友宗麟に妙《みょう》なことを吹《ふ》き込んでくれたそうじゃないか。日向に神の国を建設するだって？　それは困る！　織田信奈は今、東西の戦国大名たちに包囲されている。毛利の進撃《しんげき》を阻《はば》むためには、大友宗麟に毛利を攻めてもらわねばならないんだ」

「シメオンくん。私は、織田信奈にジパングの女王になってもらいたいと願って動いている。本来、私自身が勾玉《まがたま》を織田信奈に献上《けんじょう》して、そのまま織田家の軍事顧問に就任するつもりだった。南蛮文化とキリシタンを『異物』『異人』として排除《はいじょ》する手合いとは真逆の感性を持ち、かつイングランドのエリザベス女王に勝《まさ》るとも劣《おと》らない主君としての高い能力を誇る彼女以外に、ジパングの女王たる資格を持つ者はいないからね」

残念ながら大友宗麟さまは織田信奈と同等に優秀な人ではあるがおかわいそうな生《お》い立ちのために誰よりもお心が弱いお方、常に家臣と一族の裏切りに怯えておられるお方。ジパングの頂点に君臨してはお心がもたない。織田信奈と共闘《きょうとう》することではじめてその才を存分に生かすことが可能なお方、とガスパールは静かに微笑《ほほえ》んだ。

「ザビエル亡き後に残されたドミヌス会の連中はわかっていない。この極東の島国ジパングこそが世界の運命を担《にな》っているということを。世界最強の軍事国家となる力を秘めたジパングをキリスト教国家として統一することで、人類の歴史は一変する。いにしえに起きたあの東西文化の混合が、再び起こる。アレクサンドロス大王が世界征服《せいふく》の冒険に出たことによって、西方のギリシア文明と東方のペルシャ文明を融合《ゆうごう》したように。東西文明の融合こそが、人類の黄金時代を取り戻《もど》す唯一《ゆいいつ》の道なのだ。なんとしても――『鎖国《さこく》』はさせない」

鎖国とはなんだ？　この男は時々妙な言葉を使う。まるで未来を知っているかのような口ぶりだ、と官兵衛はあやしんだ。

「だったら、なぜ勾玉をレオンに贈《おく》って、自らは九州に引き返したんだ？」

「私にとっても予想外の事態が起きた。先代貴久《たかひさ》公なきあと、貴久公の娘《むすめ》である四姉妹《しまい》による新体制を固めた島津が、あまりにも急激に強くなりすぎた。あの四姉妹は、大航海時代にジパングを巻き込もうとしている南蛮人とキリシタンを九州から追放するつもりだ。今ここで島津の北上を阻止《そし》しなければ、大友宗麟さまは滅《ほろ》びる。九州におけるヨーロッパ勢力の拠点《きょてん》はすべて島津に焼き払《はら》われる。いずれ織田信奈が九州へ到達《とうたつ》した時には、もう手遅《ておく》れだろう。フロイス。私が異端《いたん》かどうか、コンキスタドール派かどうかなどという小さな議論をしている余裕《よゆう》はもう残されていない」

官兵衛は「きみが異端かどうか、織田信奈と日ノ本にとって敵なのか味方なのか。それはきみの言葉ではなく、このシメオンが判断する！　タロットを一枚ひけ！」とカードの山を机の上に置いて、ガスパールに迫《せま》った。

「その一枚が、きみの未来を示すカードだ。ごまかしは利《き》かないぞ！」

「ひけばいいのかな？　それでは、このいちばん上のカードをひこう」

「言っておくが、すり替《か》えのようないかさまは通じないぞ。きちんと対策しているからな！」

「承知しているさ。ジパングの小さな軍師殿《どの》」

ガスパールは、無造作に山のいちばん上に積まれたカードを指でつまんで、机の上に裏返して置いた。

そのカードを見た官兵衛は、自分の目を疑っていた。

「……白紙!?　なにも描かれていない!?　そんな馬鹿《ばか》な。カードの中に、描き忘れられた『抜《ぬ》け』が一枚紛《まぎ》れ込んでいたというのか？」

ガスパールは、「残念だがシメオンくん。私の未来を読むことは、誰にもできない。タロットを用いようが、占星術《せんせいじゅつ》を用いようが、不可能だ。たとえあのノストラダムスでもね」と答えていた。

「どうして⁉　なぜだ。お前にはどのような未来もない！　『死神』のカードすら出てこないだなんて。そんな人間がいるはずがない！」

「なぜならば私は未来を生きていないからだ。私は常に過去を生きている。人類の黄金郷は過去にあった、未来には天国はない、と信じている。いにしえの過去には、人類の精神と社会は美しく調和され、適度な節度と自由度を保ちながら統一されていた。しかし、バベルの塔崩壊《とうほうかい》や大洪水《こうずい》の神話として語り継《つ》がれている大いなる災厄《さいやく》が、その理想郷を破壊《はかい》した。その結果、人類は無数の民族と無数の国家と無数の文明とに分裂《ぶんれつ》した」

「それはあくまでも旧約聖書の物語だろう？」

「いや。バビロニアで。アッカドで。ギリシアで。アステカで。マヤやインカで。あるいは台湾《フォルモサ》で。世界各地で私はさまざまな民族から大洪水の神話を採集した。聖書をはじめとする多くの神話は、神話という形で『歴史的事実』を語っているのだよ。世界の秩序《ちつじょ》は時間とともに乱れていくものなのだ。この法則はいかなる学問と知識をもってしても覆《くつがえ》せない。楽園は過去にこそあり、未来には黙示録《もくしろく》に預言された破局だけが待っている」

　相良良晴は彼自身の未来世界が破滅《はめつ》の危機に瀕《ひん》していることを忘れているか、あるいは平和な国にたまたま生まれたために知らないだけなのだよ、とガスパールは悲しげな声でつぶやいていた。

「なぜきみが世界の未来を知っている？　相良良晴のように天岩戸を潜《くぐ》ったのか？　きみ

は過去から来たのか、それとも未来から来たのか？」

「天岩戸開きのような大がかりな奇跡を起こさずとも、過去や未来は、見ることができる。この埃《ほこり》まみれの狭《せま》い部屋に、いながらにして」

「どうやって？　見せてみろ！」

危険ですシメオンさん！　とフロイスが官兵衛の肩《かた》を揺《ゆ》すったが、官兵衛のとめどない好奇心はすでに爆発《ばくはつ》していた。

「この『プラトン立体』を用いる。別名を『人手によらずに切り出された石』と呼ぶ。すべての面が同じ面積の正三角形から為《な》る完璧《かんぺき》な正二十面体だが、これは自然石だよ」

「自然石だって？　これがっ？　人が加工したようにしか見えないぞ？」

「それ故《ゆえ》に世界にふたつとない貴重なものだ。だからこそ私の『観測術《プレビジオン》』に用いることができる。ジパングの小さな軍師殿。見るがいい。未来の映像が、この石の奥から浮《う》かび上がってくるさまを――」

官兵衛は息をのんでいた。

ガスパールが取り出してきた石の内部に映し出されていた映像は、あの織田信奈が完成させたばかりの安土城の天主が紅蓮《ぐれん》の炎《ほのお》をあげて燃えている光景だった！

「これは!?　どういうことなんだ、ガスパール!?」

「私たちが見ることができるものは、断片《だんぺん》的な映像だけだシメオンくん。まるで閃《ひらめ》きのように、プラトン立体は自ら選んだ場面を唐突《とうとつ》に映し出す。映像と映像の隙間は、知識と推論で補完する他《ほか》はない。だが、きみもどうやら相良良晴経由ですでに知っていたようだね。織田信奈の夢の結晶《けっしょう》、天下布武《ふぶ》の象徴《しょうちょう》、安土城がまもなく炎上《えんじょう》するという未来を」

シメオンが知っているのは「本能寺《ほんのうじ》が炎上する」という未来だ。だが本能寺が炎上して織田信奈が殺されれば、織田政権が地上から忽然《こつぜん》と消滅《しょうめつ》すれば、当然、織田信奈の居城である安土城もその後の戦乱の中で炎上するだろう。同じことだ……未来人の相良良晴と、世界の過去から未来までを見通せるらしいガスパールとが、まったく同じ結論を予言した。もう間違《まちが》いない。官兵衛は織田信奈が背負わされている逃《のが》れがたい運命に震《ふる》えた。

「この歴史に何者の介入《かいにゅう》もなければ、織田信奈はまもなく滅びる。織田政権は崩壊《ほうかい》し、ジパングは大航海時代の世界に入門することができない。千年に一人の英雄の資質を持つ織田信奈を欠いたジパングに、そのような体力も気力も志も残らない。ただ、ありあまる黄金と純銀と世界最大の軍事力をもてあますだけだろう。この国のサムライたちはその力に振《ふ》り回されて迷走したあげく、ついには消耗《しょうもう》しきって鎖国するだろう。ごく一部の解放区を除いて、南蛮《なんばん》や明との関《かか》わりをいっさい断つのだ。それでこの国には、しばらくの平和が保たれることになる。最高の手ではないが最善の手だよ。そういう、運命だ」

ノブナさまが、討《う》たれるのですか？　ほんとうですかシメオンさん？　とフロイスが尋《たず》ねてきた。

官兵衛は「他言無用だが、ガスパールが今語った未来予想は、途中《とちゆう》まではほぼ事実だ」とうなずいた。

「そんな⁉ そんなことって。ヨシハルさんはそのことを？」

「そうだ。最初から知っている。知っているからこそ、相良良晴は織田信奈の運命を変えるために戦い続けているんだ」

相良良晴がなにか深い悲しみを抱いて人知れず苦しんでいることには気づいていた。しかしまさかそんな――フロイスは、相良良晴と織田信奈の行く手に異なる未来が訪《おとず》れますように、とただ祈《いの》った。祈ることしかできない自分の無力さを嘆《なげ》きたくなった。

ガスパールは「これが傷つけば観測術《プレビジオン》は使えなくなるのでね。貴重なものなんだ」と「石」に羅紗《らしや》を被《かぶ》せた。

「ジパングが鎖国を選ぶことはこの国の人々の自由だ。だが私はジパングの、そして世界の未来を知っている。織田信奈が横死した結果、東西文明の分裂は解消されないままに終わる。数百年の時間を経《へ》て、東西文明は結局激突《げきとつ》する。再び、ヨーロッパ人がジパングに訪れるのだよ。しかもその時には、決定的な軍事力の差が生まれている。南蛮軍は木の船ではなく、無敵の鉄甲《てつこう》船団を率いてやってくる。永遠の鎖国など不可能。ジパングは、ただ自分の国の時計の針だけを一時止めたにすぎない。世界は、止まってはくれない」

「馬鹿な。鉄甲船なら、織田信奈こそが発明者のはずだ！　今は重すぎて外海は航行できないが、いずれは技術革新によって」

織田信奈の天才が生みだした閃きの数々は闇《やみ》に葬《ほうむ》られる。鉄甲船など、彼女の死後、わずか数年で忘れ去られる。ローマ帝国《ていこく》が崩壊したヨーロッパ中世において、教会が古代の叡智《えいち》を封印《ふういん》したために文明が衰退《すいたい》し、暗黒時代が訪れたことはきみも知っているだろう？ジパングの人々は彼らほど愚《おろ》かではないから、衰退はしない。だがゆるやかに停滞《ていたい》するのだよ。相対的に言えばそれは衰退と同じだ、とガスパールは言った。

「織田信奈が運命通りに死ななければ、日ノ本は大航海時代の世界に入門し、東西文明の融合を起こす起爆剤《きばくざい》になる。その時こそ、人類の歴史はお前の意図通りに改ざんされ、大洪水以前の世界、つまりすべての人類が共存していた過去の理想郷へと一歩近づく。それ故にお前は、お前が見た未来を改ざんしてでも織田信奈を生存させたいというのか？」

「グラーシアス。それが、私がジパングに来た最大の理由だ。シメオン、きみは頭の回転が実に速い。私が出会ってきたジパングの智者《ちしゃ》の中でも、きみの理解力はとびぬけている」

竹中半兵衛ほどじゃない、と官兵衛はぶっきらぼうに答えた。

「しかし、だったらお前は相良良晴と協力し合うべきだ。だって、織田信奈の運命を変えるという目的が完全に一致《いっち》しているじゃないか！　なぜ相良良晴を未来へ帰そうとした？」

「一人の王が多くの側室を持つジパングの人には理解しがたい話だろうが、ヨーロッパでは純潔が尊ばれる。ゆえに異邦人《いほうじん》の王にすぎない織田信奈が世界に認められる英傑《えいけつ》になるためには、正式にカトリックの洗礼を受けてキリスト教国家の王となることはもちろん、『処女王』でなければならない。イングランドのエリザベスのように。それでこそキリスト教国家の偉大《いだい》な女王として人々に崇《あが》められ受け入れられる。恋愛《れんあい》は御法度《ごはっと》なのだ——いやそれ以前に、彼女と相良良晴の身分違いの恋《こい》を、このジパングの人々が許さないだろう。このままでは、彼女を救いに来たはずの相良良晴のために彼女は破滅する」

大友宗麟にも純潔を強《し》いているのはそれが理由か？　あいつは寂《さび》しがり屋なんだ。孤独《こどく》に生きるなんて無理だぞ。ひどいじゃないか、と官兵衛は憤慨《ふんがい》して机を叩《たた》いた。

「宗麟さまの場合は少々事情が違う。あのお方は、心のお弱いお方。男にいちど溺《おぼ》れれば、たちどころに堕落《だらく》してしまう。それでは織田信奈を支える副将にも親友にもなれない。相良良晴と出会わせてしまえば、彼に心を奪《うば》われる可能性もある。それは、なんとしても避《さ》けたい」

相良良晴はほんとうに厄介《やっかい》な存在なのだよ、とガスパールは笑った。

「彼は本来、この世界に存在していないはずの特殊《とくしゅ》な人間だ。不確定要素である未来人がこの世界に存在している限り、私の観測術《プレビジオン》と干渉《かんしょう》活動は常に妨《さまた》げられる。ここにいるはずのない彼の未来を、私の術は正確に予測できない。つまり彼の行動によって歴史がどのように改ざんされるかも予測しきれないということだ。しかも最悪なことに、相良良晴は織田信奈と恋に落ちてしまった。この恋が、結局は織田信奈を破滅させるだろう。運命は、たとえその道筋を変えたところで、最終的には定まった目的地に人を運んでいく——」

「いや。それはお前自身の考えにすぎない、ガスパール。相良良晴は、そうは考えない。運命は変えられると相良良晴は信じている」

「それこそ彼自身の単なる願望だよ。運命を変えるには、チェスや将棋《しょうぎ》でいう『詰《つ》み』に追い詰められている状態からその劣勢《れっせい》を覆すかのような、理詰めの行動が必要だ。未来を知り得てなお、冷静にそのような行動をなせる人間は、私しかいない。彼は、感情を最優先して生きている少年。その行動に利害も理屈《りくつ》もない。私にとってはもっとも厄介な不確定要素だ。だから私は、織田信奈が破滅する前に相良良晴を未来へ送り返そうとした」

「わからないな。だったら、刺客《しかく》を放って相良良晴を直接殺さないのはなぜだ？　どうしてご丁寧《ていねい》にも、生かして帰そうとする？」

「彼はほんとうに厄介な存在だといったろう。私の観測術《プレビシオン》に弱点があるためだ。未来人という本来この世界には存在しえない者に、『殺害』という最大級の強度を誇《ほこ》る行動で私自身が干渉すれば、この世界の運命と彼の運命とが完全に重なり合ってしまい、私の観察術《プレビシオン》の精度は永遠に狂《くる》ってしまう。未来が予知できなくなる。だから、彼を元の世界に戻《もど》そうとした。『相良良晴がいない世界』という、本来の世界の形に戻そうとしたのだよ。彼が記憶《きおく》を失って織田家から去った時には、これで私の活動を阻《はば》む者は消えた、と安心していたのだが……彼の生命力と意志力は、信じがたいしぶとさを誇るらしい」

官兵衛はむふー！　と小さな鼻を鳴らして、胸を張った。

「それを知って安心した。ガスパール。三種の神器《じんぎ》が発動できるのはあの一度きりだ。もう神器には力が残っていない。二度と、天岩戸《あまのいわと》は開けないぞ！」

「ああ。不意打ちの手品に用いられる種は一度きりだろうね。だから今回は、十種神宝《とくさのかんだから》のひとつを用いた」

「長宗我部が使った槍《やり》だな。やはりあれは、お前が⁉」

「小早川隆景《こばやかわたかかげ》は慎重《しんちょう》な智者だ。出所を気取られぬようにする手間がかかったが、私が村上《むらかみ》水軍経由で小早川隆景に入手させた。相良良晴を殺したくはないが大友と織田に同盟されるのも防ぎたいと板挟《いたばさ》みになって悩《なや》む彼女の心に、ごくわずかな隙《すき》があった。そこにつけいった。おそらく、私が背後にいることにまだ彼女は気づいていないだろう」

「それも計算通りということか⁉」

「相良良晴が大友宗麟さまに出会えば、宗麟さまの運命もまた彼によってねじ曲げられてしまい、私は相良良晴に敗れるかもしれない。ジパングのクィーンは処女王でなければならないと信じる私はあくまでも知識と信仰《しんこう》のみを与《あた》えるが、相良良晴は姫《ひめ》武将に男としての愛を与える。後先も考えずに。あれは乙女《おとめ》にとっては強烈《きょうれつ》な武器だ。だから遭難《そうなん》させた。だが、相良良晴を『遭難死』はさせない。それでは彼を私が殺害したのと同じ効果をもたらしてしまうからね。ゆえに私は――」

「ただ豊後入りを邪魔《じやま》するために遭難させただけじゃなかったのか⁉」

「――そうだ。シメオンくん。遭難先を私の意図したある地点へと誘導《ゆうどう》することで、私は相良良晴を『はじめから生まれなかった』ことにした。いずれ、彼は地上から消滅する。現在からも、未来からも。そもそも生まれなかったことになるのだからね。この方法ならば、相良良晴はもはや世界に影響《えいきよう》を与えられなくなり、私の観測術《プレビジオン》は狂わない」

「はじめから？　生まれなかったことに？　それは、いったいどういう理屈でそうなるんだ？　まさか、相良良晴の先祖を皆殺《みなごろ》しにして血統を絶やすとでも？」

「それでは相良良晴が生まれてくるという運命をなかったことにはできないよ。運命とは確率のようなもので、進む進路を大きく変えて一時的には運命を変更《へんこう》したかのように見えても、最終的には当初予定されていた目的地へ辿《たど》りつく。過程を大きく改ざんしても、数百年の時間を経れば結局は同じ結果が出る。たとえば今川義元《いまがわよしもと》を生かしたからと言って、今川家の子孫の家系図が大きく狂うということにはならない。逆に、相良良晴の祖先となる候補者を次々と殺しても相良良晴を消すには至らない。人が生まれてくるという大いなる運命は、その道筋のどこかで干渉されても世界が長い時間をかけて帳尻《ちようじり》を合わせてしまうからね」

「じゃあ、いったいどうやって彼を消すというんだっ？」

「相良良晴が生まれてくるという『運命』を『消す』。運命には、理論的に交わり合うはずがないもうひとつの運命を激突させればいい。その起こりえるはずのない矛盾《むじゅん》を起こすことで、相良良晴の存在は消滅する。その時、きみの頭からも織田信奈の心からも、相良良晴の記憶は消え失《う》せる。彼によって改ざんされたこの世界は、『相良良晴がいなかった世界』へと収束する。現れなかった相良良晴に代わって、この私が織田信奈の軍師になっている世界にね」

ガスパール。お前はいったい何者なんだ⁉ 官兵衛は、手にしていたタロットカードを床《ゆか》の上に落としていた。

「シメオンさん！ あまりにも話し込みすぎです！ あなたもすでに、彼の言葉に心を奪われつつあります！ 彼はあなたの知的好奇心《こうきしん》をくすぐって、次々と深みに引き込んでいるのです！」

「そうは言われてもフロイス、相良良晴が消滅《しょうめつ》すると知っちゃ聞き流せない！」

「シメオンさん。ガスパールさまはおそらく、ノブナさまにジパングの軍隊を率いさせて、神の名の下《もと》に異教徒の国・オスマン帝国との大戦争を起こすつもりです！ 文字通りの十字軍戦争を！ ヨーロッパには、東方世界に強大なキリスト教国を総《す》べる王〝プレステ・ジョアン〟が存在し、いずれヨーロッパ諸侯《しょこう》とともに異教徒と戦ってくれるという東方救世主伝説があります。ヨーロッパに大航海時代が訪れた理由のひとつは、大海を冒険《ぼうけん》してこのプレステ・ジョアンを探索《たんさく》することでした。今ではそのような王は実在しなかったことがわかっていますが、ガスパールさまはノブナさまをそのプレステ・ジョアンに仕立てて、伝説を現実のものにしようとしているのです」

「プレステ・ジョアンか。織田信奈がキリシタンになり日ノ本をキリスト教国家化すれば、たしかに、その伝説は実現するかもしれない」

「実現すれば、東からジパングが、西からヨーロッパ諸侯がオスマン帝国を挟撃《きょうげき》するという前代未聞の世界大戦となります。ガスパールさま。あなたが言う東西融合《ゆうごう》事業とは、大戦争を引き起こしてオスマン帝国世界にキリスト教文化を強引に融合させ、イスラム圏《けん》とキリスト教圏を同化するということですね？」

「そこまでは言っていないよ。ずいぶんと私を恐れているのだねフロイス。きみには私が悪魔《あくま》に見えるかもしれない。しかしはるかなる未来を知れば、私の行動が正しいことがわかるはずだ。人類は戦争兵器に関しては格段に進化するが、四百年後の未来でも宗教対立は終わらない。むしろ、宗教抗争《こうそう》はさらに激化していく。その間違った人類の歴史を修正できる機会は、織田信奈がジパングに現れた今しかない」

　ヨシハルさんはノブナさまを大海へと連れ出してあげたいと祈り続けて奔走《ほんそう》してきました。しかし、決してそのような底なしの宗教戦争にノブナさまを引きずり込もうなどとは考えていなかったはずです、とフロイスはけんめいに説いた。

「ノブナさまが海へ出たい理由は、まだ見ぬ世界の冒険と、そして海洋交易です！　イスパニアやポルトガルとの植民地獲得《かくとく》戦争や、まして武力で異教徒を攻《せ》める十字軍遠征《えんせい》などではなかったはずです！　そもそもノブナさまはヨーロッパにさきがけて宗教と武力とを完全に切り分けようとされている英邁《えいまい》なお方！　あのお方を、十字軍という過去に引き戻してはなりません」

官兵衛は、ガスパールが単なる予言者ではない、と思いはじめていた。彼はあたかもプラトン立体で未来を予知しているかのように振《ふ》る舞《ま》っているが――。

「フロイス。今はとにかく、相良良晴の安否だ。シメオンがあいつの名を忘れていないということは、まだ消滅していないということだろうけれどさ」

しかしオスマン帝国《ていこく》と織田信奈を戦わせようとは、また途方《とほう》もない話だねそれは。ジパングにそのような海軍力はないよとガスパールが静かに笑った。

「極東に突如《とつじょ》、強大な軍事力を持ったキリスト教国が出現すれば、そしてその軍事力をもってノブナさまが大船団を率い海を渡《わた》れば、必然的にそうなります！　土地を至上のものとみなすジパングのサムライは伝統的に陸軍を重視し海軍を軽視してきましたが、ノブナさまは例外です。ジパングには倭寇《わこう》の系譜《けいふ》を汲《く》む剽悍《ひょうかん》な海賊《かいぞく》たちや南海貿易に乗り出している商人たちがいます。彼らを組織化すれば、精強な海軍を結成することは不可能ではありません」

「賭《か》けをしようフロイス、シメオンくん。相良良晴の干渉を排除《はいじょ》するために動いた私の二度目の挑戦《ちょうせん》、その結果はいずれ出る。相良良晴が消滅すれば、きみたちはこの私と共闘《きょうとう》してともに織田信奈の死の運命を変えるために動いてくれないか。だがもしも相良良晴がまたしても生きて私と大友宗麟さまの前に辿りつければ、私は完全敗北を認めて相良良晴の志のために共闘すると誓《ちか》ってもいい。もっとも、それはまず不可能なことだが」

巻ノ四　島津《しまづ》四姉妹《しまい》

木崎原《きざきばる》の戦後処理は、南肥後球磨《ひごくま》の領主・相良義陽《さがらよしはる》の助命降伏《こうふく》と、その条件としてもう一人の「相良良晴《よしはる》」の斬首《ざんしゅ》。

島津義弘《しまづよしひろ》はそう即決《そっけつ》したはずだった。

しかし、義弘が良晴を斬《き》る寸前に、相良義陽が彼女を思いとどまらせた。

「良晴を斬り殺すのならば、私も自害する！　そして私がここで死ねば、相良家は甲斐宗《かいそう》運《うん》おじさまのものになる！」

相良義陽が良晴に殉《じゅん》じて自害しようがするまいが、なぜそこまで義陽が良晴をかばうのか、島津義弘にとっては問題ではない。

だが、相良家が持つ南肥後の領土が甲斐宗運の手に入ってしまうのであれば、これは島津家にとってゆゆしき事態だった。

北肥後の阿蘇《あそ》家は南の相良家と共同戦線を張ることでかろうじて独立を保っている小大

名だ。戦場で負けを知らない無敵の修羅《しゅら》・甲斐宗運を擁《よう》しながらも阿蘇家が飛躍《ひやく》できなかったのは、もともとの国力が弱く連戦や長期遠征に耐《た》えられないからだ。

だが甲斐宗運が相良家の領土を併合《へいごう》するとなれば、話はまったく違《ちが》ってくる。大友宗麟《おおともそうりん》との決戦を前に、肥後一国が甲斐宗運の軍配のもとに島津家に立ち向かってくる。それは、容易ならぬ敵となる。

「それはどういうことだ相良義陽。私をたばかるのか？」

「私と宗運おじさまとが、誓紙《せいし》をお互《たが》いの国の神社に奉納《ほうのう》したことは知っているだろう？」

「あれは、不戦の誓いではなかったのか」

「おじさまはそう信じているし、実際にお互いの誓紙の中で不戦を誓っている。だが、おじさまに無断で私はもうひとつ、自分の誓紙の中に『遺言《ゆいごん》』を書き足して八代《やつしろ》の神社に奉納した。仮に私が婿《むこ》を取らず、世継《よつ》ぎも産まないうちに死ねば、その時は不祥《ふしょう》の妹・徳千代《とくちよ》には相良家は任せず、名ばかりの当主とし、相良家の采配《さいはい》のいっさいを隣国《りんごく》の甲斐宗運に任せる。もし徳千代までもが子を成さずに死ねば、その時は甲斐宗運自身を相良家の当主とすると」

嘘《うそ》だ！　由緒正《ゆいしょただ》しき相良家の当主ともあろうものが、隣国の宰相《さいしょう》に自分の家と国のすべてを託《たく》したというのか？　いくら血族嫌《ぎら》いの貴様でもありえない話だ！　と島津義弘は戸《と》惑《まど》った。

だが、相良義陽は「ほんとうだ。宗運おじさまは、私にとって誰《だれ》よりも信頼《しんらい》できる同志だからな」と微笑《ほほえ》んだ。

「お前が良晴を斬れば、私も死ぬ。島津家は、相良家を併合して肥後一国を束ねた甲斐宗運と戦うことになる。宗運おじさまはきっと、島津家を討《う》ち果たすまで進撃《しんげき》をやめない」

島津義弘は、甲斐宗運との決戦を恐《おそ》れる武将ではなかった。むしろ、無敗の戦績を誇《ほこ》る甲斐宗運と堂々と野戦で決着をつけ、彼に生涯《しょうがい》初の黒星をつけてみたかった。木崎原で「釣《つ》り野伏《のぶせ》」戦術の完成を見た義弘は今こそ、その手応《てごた》えを感じている。

だが、これは島津家全体の方針に関《かか》わる問題だ。

島津家の家長は長姉の島津義久《よしひさ》であり、二姉の義弘はあくまでも武人として義久を補佐《ほさ》する立場だ。彼女個人の意志で独断的に甲斐宗運との決戦になだれこむことは許されない。

「……その言葉がまことならば、もはや私の一存では決められないな。時間が惜《お》しいが、島津四姉妹《しまい》を招集して会議を開き、姉妹全員で貴様らの処遇《しょぐう》を決定するしかない。全員の意見が一致《いっち》するまで会議は続く。いったん決定した事項《じこう》は、全員の意見が等しく覆《くつがえ》らない限り決して取り消すことはできない。貴様ら二人も、当事者として会議に出席させる。会議の結論によってはその場で首を盗《と》る」

さすがは相良義陽。生き残りのための策はちゃんと弄《ろう》していたのだな。後先考えずにわが島津と激突《げきとつ》するような愚《おろ》か者ではなかったと島津義弘は言い捨て、「この者たちを薩摩《さつま》へ。内城に護送する」と小姓《こしょう》たちに命じていた。

「だが相良義陽。織田《おだ》家の使者・相良良晴と貴様とは、いったいどういう関係なのだ？　貴様と織田家とにはなんの交流関係もなかったはずだ。なぜ、その男とそこまでかばい合う？」

「彼とは昨日、会ったばかりだ。彼が乗った船が、八代の港に遭難《そうなん》してきた」

「……ならば、貴様とはそもそも無関係な男ではないか。私にはわからないな。なぜそやつを切り捨てて生き延びようとしない？　その男をかばってお前まで死ねば、相良家の嫡流は断絶するのだぞ。私には理解できない」

「相良家の嫡流とやらが断絶しようがしまいが私には関係ないが、もしかしてこれが恋《こい》というものなのかもしれないな。ふふ」

島津義弘の頰《ほお》がみるみる赤くなった。

義弘は武芸一辺倒《いっぺんとう》の堅物姫《かたぶつひめ》武将だ。恋、という言葉を聞いただけで、舞い上がってしまった。

「な、な、なんだと？　こ、こ、恋？　噂《うわさ》の天岩戸《あまのいわと》開きとやらに貴様も乗せられているのか？　まままっ、まったく不埒《ふらち》な！」

「ふん。ただの冗談《じょうだん》だ。なにをそううろたえている」

さすがは島津家の「武」を代表する武神。戦《いくさ》一筋に生きてきた義弘は、その手の話にはいっさい免疫《めんえき》がないらしい。

合戦中には決して見せない、激しく動揺《どうよう》する表情を、見せた。

「織田家の相良良晴。私はあくまでも貴様を処断するように姉者に意見するから、そのつもりでいろ！　『天下の女たらし』と噂されるお前を島津家に関わらせると、風紀を乱され武力を削《けず》られる、そんな予感がする！」

義弘が「昨日会ったばかりの男のためにお家を……理解できない」と赤くなってつぶやきながら馬を駆《か》って走り去った後。

間一髪《かんいっぱつ》で斬首を免《まぬか》れた良晴は、義陽の周到《しゅうとう》さに感心していた。

「生き残るための策というのは宗運と交《か》わし合った誓紙のことだったのか。宗運自身も知らないんだろう？　大胆《だいたん》なことをするなあ」

「ふふ。生きてこそ、だからな。相良良晴、きみは島津義弘を前にしてもずいぶんと潔《いさぎよ》かったが、あれでは潔すぎるぞ。島津義弘は、自分を斬れと言われればためらわずにきみを斬る修羅だ。むしろ殺さねば礼を失するのだから。この九州では、きみは命がいくらあっても足りないぞ？」

「いつもの俺なら、もう少し生き汚《ぎたな》いところを見せるんだけれど。ここできみを身代わりにして生き延びたら、たとえ命を長らえても俺自身が人間として終わってしまうからな。

あの甲斐宗運とも約束したんだ。俺の命に替《か》えても、きみを死なせないと」

「ありがとうと言っておこう。だが、恋人で主君である織田信奈《のぶな》のもとに生きて戻《もど》らなくていいのかな？　ふふ」

「捕《つか》まったのが俺一人なら、信奈のもとへ帰還《きかん》するためにどんな手でもひねりだすところだけどな。俺たちと相良兵五百人はこれからどうなるんだろう？」

「島津四姉妹は、性格も考え方もそれぞれ異なる。しかも四姉妹会議では全員の意見が一致しない限り結論は出せない。だから私にも読めないが、少なくとも兵五百の命についてはだいじょうぶだ。さすがに、投降した捕虜《ほりょ》を皆殺《みなごろ》しにするほど島津家は悪辣《あくらつ》ではない。それに、あえて私を斬首して宗運おじさまの兵力を倍増させる愚《ぐ》は避けるはずだ。全身が武でできているような義弘はともかく、島津家当主の義久は武力一辺倒の姫武将ではない。ただ、次々と謀略《ぼうりゃく》を練ってくる三姉の歳久《としひさ》は要注意だな」

「縛《しば》られたまま四姉妹会議の行方《ゆくえ》を見守るしかないのか。捕虜の俺たちにはそうそう発言できる機会はないだろうが、その少ない機会を有効に生かそう」

「ああ。ただし九州では、『自分を犠牲《ぎせい》にして誰かを救う』という考え方は即《そく》、死に直結する。次は二人とも生き延びる道を考えてくれ。良晴」

「わかった。なんの代償《だいしょう》もなく全員揃《そろ》って肥後へ帰してもらえるという甘い夢は見ないほうがいいだろうな。落としどころをどうするか、だ」

「もうきみにもわかっただろうが、義弘は武断と義の武将。決して利害では動かない。説得できる突破口《とっぱこう》になりえるとすれば、利害調整役の三姉・島津歳久か、あるいは島津家存続の全責任を背負っている長姉の島津義久だ」


薩摩島津家の本城・内城。

現在の鹿児島《かごしま》中心部の高台に位置し、桜島《さくらじま》を一望できる要所に設けられていたが、戦闘《せんとう》集団島津家らしく、豪奢《ごうしゃ》な造りはいっさい見られない。無骨で簡素な、戦闘のための拠点《きょてん》要塞《ようさい》だった。

島津義弘からの戦勝報告に、内城の兵士たちは沸《わ》き立っていた。

木崎原の合戦で、ついに宿敵・伊東《いとう》軍を完全撃破《げきは》！

さらに、肥後の相良義陽を捕虜に！

だが、織田家からの使者・「相良良晴」がなぜか相良軍に紛《まぎ》れ込んでいたために、事態は意外かつ容易ならぬ外交問題に発展しつつある——。

しかも厄介《やっかい》なことに、相良義陽がなぜか良晴をかばっていて、良晴を斬れば自分も自害し肥後の相良領をあの甲斐宗運に委《ゆだ》ねる、と言いだしたのだという。

ここに島津家は、「三州平定の悲願を達成するべく日向《ひゅうが》へさらに進撃して『神の国』建設をもくろむ大友宗麟と激突するか、それとも盟友相良義陽を失い復讐《ふくしゅう》の鬼《おに》と化した甲斐宗運と肥後で雌雄《しゆう》を決するか」という重大な決断を迫《せま》られることとなり、内城の大広間に「島津四姉妹」が集結したのだった。

「みんな、どうしよう？　総大将の相良義陽に切腹を命じる？　それとも軍師の相良良晴を斬首する？　畿内《きない》を支配している天下人の織田家とこの島津家が今後どう接するか、これは甲斐宗運問題以上に重要だよ。はあ。こんな時、項羽《こうう》さまならどうなされるかなあ。やっぱり捕虜全員を無慈悲《むじひ》に穴埋《あなう》めかな？　穴埋めしちゃう？」

悪人こそ我が師匠《ししょう》なり、という口癖《くちぐせ》を持つ島津家当主、長姉の島津義久。

戦闘民族島津家に生まれながら、戦はあまり得意ではなく、できれば薩摩から一歩も離《はな》れたくないというひきこもり癖《へき》の持ち主。一方では人を安心させる不思議な徳のようなものがあり、姉妹と家臣たちには抜群《ばつぐん》に慕《した》われていた。

だが、修羅の国の国主としては自分は少々お人好しすぎるのではないかという反省のもとに、義久は自分の寝室《しんしつ》に世界の大悪人たちの肖像《しょうぞう》を飾《かざ》っては毎日拝み、「宇喜多直家《うきたなおいえ》さまならばあの者は毒殺かそれとも銃殺《じゅうさつ》か」「項羽さまなら当然、捕虜は穴埋め。町は焼き討ち大炎上《えんじょう》」「足利尊氏《あしかがたかうじ》さまなら、問答無用でやまと御所《ごしょ》を真っ二つに分断して日《ひ》ノ本《もと》全土を戦乱の渦《うず》に。三種の神器《じんぎ》はぜんぶ強奪《ごうだつ》」「松永久秀《まつながひさひで》なら茶器に火薬を仕込んで爆破《ばくは》」と頭の中で数々の悪事を企《たくら》んでいる。

もっとも、その悪事が実行に移されることはまずない。

常に、妹の義弘が止めるからだ。

この会議でも、そうなった。

「またはじまった。待ってくれ。捕虜の穴埋めはいけないぞ姉者!」

すでに木崎原で良晴の前に登場した二姉・島津義弘。

島津家内で武神と崇《あが》められている英断と義の姫武将。義久の片腕《かたうで》として主に軍事面で島津家を支えている。

敵に対しては厳しいが、長姉の義久にはめっぽう弱い。

義弘は内城に着いてからも相変わらず、「未来人」と称する異質な存在である良晴を警戒《けいかい》していた。甲斐宗運は修羅《しゅら》であり同じ武人だからどれほど強くとも恐ろしくはないが、自称未来人はなにをしでかすかわからない、と信じている。

「えー。ダメ? 義弘ちゃん?」

「はあ。ダメに決まっているだろう。姉者の徳が失われる。いくら修羅の国とはいえ、戦場で堂々と戦う敵を討つのと、降伏《こうふく》した捕虜を皆殺しにするのとではまるで違《ちが》う。やつらが反乱でも企んだというのなら話は別だが」

「私は、この世に並ぶ者のない悪人だと九州の修羅たちに恐れられたいんだけどね」

「せっかくの徳を自ら捨ててどうする。修羅どもに恐れられるのは私の役目でいい」

「そんな。義弘ちゃん。いつまでもあなたに悪役を押しつけてはいられないよ。すでにもう『武神』とか呼ばれちゃってるのに。歳久ちゃん調べによれば、武闘派《ぶとうは》の姫武将って、男に恐《おそ》れられるから祝言《しゅうげん》をあげられなくなるんだよ。戦ばかりして、いったいいつ運命の殿方《とのがた》を見つけるの？　花の命は短いもの。婚期《こんき》を逃《のが》しちゃうよ、義弘ちゃん」

「わわわ私の婚期などどうでもいいっ！　ここは相良良晴を斬《き》って織田家と断交すべし、と私は思う。この未来から来たと言い張る男は、日ノ本の歴史に干渉《かんしょう》しすぎている。薩摩の未来をどう狂《くる》わされるかわからない」

「義弘ちゃんが旦那《だんな》さまを見つけてくれないと、私も申し訳なくて婿《むこ》を取れないんだよ～」

「姉上は島津家の当主なのだから早く世継《よつ》ぎを産んでくれ。ただし、近頃《ちかごろ》流行の恋というやつはダメだ。恋は修羅を弱くする！　昨今、島津家内にも恋に恋する姫武将が増えている。家久《いえひさ》など典型例だ。これも、ふぬけた未来の恋話を広めてまわっている相良良晴の責任だ！」

「でもねえ。愛のない祝言なんて、いまいち気が進まないの。私が愛してやまない義弘ちゃんが男だったらよかったのにね……」

「しゅ、祝言をあげる姉と妹がいるかっ！」

「せめて義弘ちゃんが弟だったら、二人の赤ちゃんを授かれたのにね」

「祝言をあげる姉と弟もいないぞ」

「待って義弘姉さん。織田家との断交云々はともかく、相良良晴の扱《あつか》いは慎重《しんちょう》にしなければ。この男を殺せば相良義陽も自害するのでしょう。そうなれば誓紙の遺言《ゆいごん》によって義陽領を手に入れた甲斐宗運が肥後一国の兵力を束ねて島津へ攻《せ》めてくるわ。でも伊東を倒《たお》した今、われらの目下の敵は大友宗麟。こちらが動かなくても日向を狙《ねら》う大友宗麟のほうから仕《し》掛《か》けてくるはずよ。他《ほか》の方法を考えましょう」

三女の島津歳久は外交、諜報《ちょうほう》、軍師を務めている。いわゆる参謀《さんぼう》格で、最前線には立たないが裏方として島津家を支えている「頭脳」だった。

優秀《ゆうしゅう》な姉妹《しまい》たちと家臣団を徳で束ねる当主。

九州に勇名を轟《とどろ》かせる武神。

天才肌《はだ》の幼い戦闘狂《せんとうきょう》。

他の三人の姉妹があまりにも華々《はなばな》しいのに対して、いつも裏方役の歳久はやけに影《かげ》が薄《うす》い。

眉《まゆ》と瞳《ひとみ》が力強く目鼻立ちがくっきりとしていて「薩摩美人」と称《しょう》される義久たち他の姉妹に比べて、顔立ちも一人だけ京風で薄かった。

いや、なによりも歳久は、島津家の娘《むすめ》とは思えぬほどに胸が薄かった。

義久と義弘は島津家代々の姫の体質を受け継《つ》いでいて巨乳《きょにゅう》である。腰《こし》つきも安産型だ。

末っ子の家久も、きゃしゃな身体《からだ》だが胸はそれなりにある。

それなのに、なぜか歳久だけがいまだに童女のような身体つきのままなのだった。

そのため、家中では歳久は「影が薄い、胸が薄い、幸《さち》が薄い」「あの子供のような小さな尻《しり》ではお子を産む時に苦労なされる、おかわいそうに」などと言われていた。

「それにしても、相良良晴ってほんとうに猿《さる》みたいなブサイクな男だわ。こんなつまらなそうな殿方に心を奪《うば》われるだなんて、織田信奈もたいした女じゃないわね。九州へ攻めてきたら、釣り野伏《のぶせ》にかけて種子島《たねがしま》の餌食《えじき》にしてあげましょう。織田信奈は、相良良晴と子作りに励《はげ》んできたのでしょう？　すでに生娘《きむすめ》じゃないのでしょう？　じゃあ、もういつ死んだって悔《く》いはないわね。決して、私が殿方に縁《えん》がないからって織田信奈を嫉《ねた》んでいるわけではないわよ？」

周囲からなにかにつけ「薄い薄い」と言われ続けてきたせいか、歳久の毒舌ぶりは四姉妹随一《ずいいち》だった。

義久と義弘は「歳久ちゃん。胸が薄いからってそこまで殿方に厳しくあたらなくても」「そうだ。殿方の趣味《しゅみ》と武辺とは別物だぞ。お前はその毒舌を直さねば婿を取れないぞ歳久」と顔を見合わせたが、歳久は「胸の話はやめてって言っているでしょう！　胸が桜島大根のように無駄《むだ》にでかい姉さんたちには、男のほんとうの愚《おろ》かさはわからないのよ！」と顔をひきつらせて吠《ほ》えた。

「あーっ？　相良さぁ、こんなところでなにをしとう？　相良義陽の家臣になっとったのか？　織田信奈はどうしたんじゃ⁉」

遅参《ちさん》して今ようやく室内へ駆《か》け込んできた末っ子の島津家久は、軍法担当の「島津の鉄砲玉《てっぽうだま》」。

まだ幼いが、戦術の天才。

わずか三百の兵で三千の伊東軍と決戦するという危険な役目を買って出た義弘が木崎原で用いた、必殺の玉砕《ぎょくさい》戦術「釣り野伏」を考案したのも家久である。

島津家の純粋培養《じゅんすいばいよう》教育を受けた家久は物心ついた時から種子島を縫《ぬ》いぐるみ代わりに抱《だ》

っこして育ち、戦争に勝つことしか頭にない戦闘狂の少女――となるはずだったがそこはお年頃《としごろ》の姫、恋《こい》に目覚めてしまった。

しかし薩摩には、恋する相手がいない。

「幼いお前には恋はまだ早い」とお堅《かた》い義弘が睨《にら》みを利《き》かせているからだった。

義弘は、毒舌で幸薄い歳久には早くいい婿を見つけてあげようとなにかと世話を焼いているのだが、まだ年の若い、ほとんど子供と言ってもいい家久に対しては逆だった。かわいい末の妹だった。幼い家久に恋をさせればとんでもない相手と駆け落ちしかねない。

家久は、伊勢参《いせまい》りにかこつけて恋物語の聖典「源氏《げんじ》物語」の舞台《ぶたい》・京を観光したことがあり、その時に信奈の命を受けた良晴の接待を受けていた。

今日その家久に首根っこを摑《つか》まれた良晴は、「面目ない」と鼻の頭をかいた。

「妙《みょう》なところで再会したな。俺は大友家への使者として船で豊後《ぶんご》へ向かっていたんだが、いろいろあって義陽のもとに流れ着いたんだ」

「そいで、おいの釣り野伏に引っかかって捕《と》らわれたんか。相良さぁは阿呆《あほう》じゃな！　未来人なら、島津の新戦術といえども見抜《みぬ》けるはずど！」

「見抜いたけど、きみの姉さんの島津義弘の強さは尋常《じんじょう》じゃなかったんだ。俺の未来知識でどうにかできる武将じゃなかった。頭ではわかっていたはずなんだけど、実際に体験してみないとわからないものだからな、武将の強さってのは」

ふふふ、と家久が小鼻をぴくつかせて喜んだ。

「そういうことか。さすが義弘の姉者じゃ！　島津に負けたからには降参しておいの家臣になれ、相良さぁ！」

「俺が？　家臣？　お前の？」

「おう。ここは九州じゃどん。しぶとか相良義陽のことじゃ。小細工を弄《ろう》しておるじゃろうが、このままでは相良さぁは首を刎《は》ねられるど。おいは都で相良さぁの世話になり申した。こんどはおいが、おまいの命ば救わにゃならん」

待て家久、と義弘が目をいからせた。

「それはいけない。この男は、主君であり天下人の織田信奈に手を付けるような狼《おおかみ》だ。まだ幼いお前が、こんな危険な男を家臣として飼い慣らせるはずがない。危なすぎる。早々に処分すべきだ」

「では義弘の姉者。相良さぁをおいの婿にすっど。それでよかか？」

「むむむ婿ッ!?」

「おう、婿じゃ。相良さぁを島津の一門に加えれば、文句もありもさんじゃろ？」

「じょっ、冗談《じょうだん》ではない！　相良良晴！　貴様ッ、まだ子供の家久を都でその毒牙《どくが》にかけていたというのかっ？　家久を伊勢参りに旅立たせるのではなかった！　もう甲斐宗運のことなどどうでもいい、貴様だけは殺す！」

「違う、誤解だ！」

言われてみれば相良良晴は「主《あるじ》に手を出す」といういちばんやってはならないことをやらかした大悪人だよねえ、未来人だからこの国の道徳とかお構いなしなんだよね、と膝《ひざ》を打ちながら義久が笑った。

「悪人をわが師としている私としては、飼って手本にしたいところだよねえ」

「姉上まで？　こやつは織田家の重臣にして相良義陽の軍師！　島津家に弓引いて敗れた捕虜《ほりょ》！　もっと真面目《まじめ》に考えていただきたい！　つまり、敗軍の将として斬首《ざんしゅ》すべし」

歳久も「家久ったら京かぶれしてしまったみたい。いけないわ」と渋《しぶ》い顔をしている。

「家久、あなたは相変わらず愚かね。目を覚ましなさい。こいつはさんざん織田信奈の身体に溺《おぼ》れてきた嫌《いや》らしい猿よ。あなたのお子さまな身体では満足できずにどうせ浮気《うわき》するに違いないわ」

「んにゃんにゃ！　相良さぁはまだ織田信奈と結ばれていねえど」

「嘘《うそ》に違いないわ。男はみんな猿なんだから。例外はないわ」

「でも」

「家久！　私に意見するつもり!?　そもそもあなたが考案した釣り野伏だって、こちらの伏兵《ふくへい》を事前に敵方に察知されれば囮《おとり》軍が全滅《ぜんめつ》するという致命的《ちめいてき》な欠陥《けっかん》がある戦術でしょう。それがまがりなりにも成功したのは、私が事前に偽《にせ》情報を敵軍に撒《ま》くという下準備を行ってあげたからでしょう？」

家久は、毒舌で自分に対して手厳しい歳久を苦手にしている。

歳久に叱《しか》りつけられると、身体が震《ふる》えてきて、言い返せなくなる。

家久が考案した釣り野伏によって、島津は長年の宿敵だった伊東に完勝した。ようやく歳久に褒《ほ》められる。そう期待していただけに、落胆《らくたん》は大きかった。

「……は、はい……」

大きな目に涙《なみだ》を浮《う》かべながら、家久はうつむいてしまった。

良晴は京で、家久のこんな姿を見たことがなかったし、想像もできなかった。家久は「おいは優《やさ》しい姉たちに愛されとる」とにこにこ顔で自分の姉たちを自慢《じまん》していたはずだった。

島津の捕虜という立場も忘れて、思わず歳久に口を挟《はさ》んでいた。

「いくら姉でも言い過ぎだろう。今日の戦《いくさ》のいちばんの功労者は家久だろう？　たしかに釣り野伏は一種の玉砕戦術で危険きわまりない戦い方だけど、天才じゃなければこんな戦術は閃《ひらめ》かない。家久を褒めてやっても」

「なによなんなのよこの猿は。敗軍の捕虜が島津家のことに口出ししないで頂戴《ちょうだい》！　あなたみたいなうさんくさい男が相良軍の即席《そくせき》軍師を務めていたのだから、勝って当然だわ！　それにわずか三百の島津軍を実際に指揮したのは義弘姉さんでしょう。家久は戦っていないのよ」

おいが自分で総大将を務めるはずじゃったのに、義弘ねえが許してくれなかった、と家久が涙声で漏《も》らした。歳久と視線を交《か》わすことはできず、うつむいて震えている。

実直な義弘は、こういう姉妹間の気まずい雰囲気《ふんいき》にどう対処していいのかわからないらしく、咳払《せきばら》いをした。

「じゅ、十倍の敵にあたる囮役だからな。幼い家久に任せるのは危険だと判断したのだ」

「ま、まあまあみんな。せっかくの戦勝祝いの席なんだから、今日くらいは仲良く」

義久が手を叩《たた》いて、宴《うたげ》の料理を次々と運び込ませる。

「姉上。戦勝祝いは、相良家のこの二人の処置を決めてからだ」

良晴が敵将である家久のことをやけに気にかけているせいか、その隣《となり》で義陽がなぜか頬《ほお》を膨《ふく》らませていた。

「おい。まさか家久の婿《むこ》になると言いださないだろうな、良晴？　相手はまだ子供だぞ？」

「そんな真似《まね》をやらかせば、信奈が俺を追討《ついとう》しに九州まで攻めてくることになるよ。だが、それで義陽を助命できるという条件を引き出せるのならば、受けざるを得なくなるな」

「ダメだっ！　もしかして子供か？　子供が趣味なのか？　未来人特有の病《やまい》、露璃魂《ろりこん》ってやつなのか？　きみは裏切り者だ、鬼《おに》以下の鬼畜《きちく》だ！」

なぜか激怒《げきど》した義陽に、みぞおちを蹴《け》られてしまった。

悶絶《もんぜつ》しているうちに、知恵《ちえ》者の歳久が策を閃いたらしい。

「猿の祝言ねえ……そうだわ！　姉さんたち、聞いて。やはり目下の敵は九州最強の軍事力を誇《ほこ》る大友宗麟に絞《しぼ》るべきよ。だからまず、厄介《やっかい》な甲斐宗運に相良領を奪わせない。その口実を絶対に与《あた》えないこと。戦上手な甲斐宗運の兵力が倍増すれば、大友宗麟に迫《せま》る強敵になってしまうから。この一点がなによりも最優先されるわ。逆に、相良領を確実にわれら島津のものにしてしまえば、甲斐宗運は北肥後に釘付《くぎづ》けになる」

家久は、歳久が策を具申しはじめると黙《だま》ってしまった。なにか口を挟めばまた叱責《しっせき》される、と身体が覚えているらしい。

「歳久ちゃん。相良義陽を生かして帰順させ、島津家に従属させるということ？　でも相良良晴はどうするの？」

「二人とも助命するなど甘い。九州の修羅《しゅら》のやることではないぞ歳久。どちらかの首は盗《と》らなければ、木崎原で私とともに戦って散った勇者たちにも面目が立たない」

「忘れたのか？　良晴を殺したら私も死ぬと言っているだろう？　良晴を助命するならば、島津家に従属してあげてもやぶさかではないぞ？」

義陽が歳久につっかかったが、歳久は「ふん。相変わらず生き汚《ぎたな》い女狐《めぎつね》ね」と取り合わない。

義久が「悪人の松永弾正《だんじょう》さんなら、今は帰順を誓《ちか》っても後日必ずや島津を裏切るよね～」と扇子《せんす》を扇《あお》ぎ、義弘は「われらとの戦に敗れた者がなにを言うのか！」と切れた。

「姉さんたち。この女が書いた誓紙《せいし》の内容を思いだして。相良義陽が後で島津を裏切ろうが裏切るまいが、甲斐宗運に相良領を譲《ゆず》るという遺言《ゆいごん》を無効にしてしまえばそれでいいのよ」

「というと？」

「どういうことだ、歳久？」

「ふふふ。やはり、胸にばかり栄養がいった女たちはダメね。まず相良義陽を助命し従属させ、相良領に島津の兵を駐屯《ちゅうとん》させて実効支配する。そして――問題の誓紙には、相良義陽が死んだ際、『婿』も『世継《よつ》ぎの子』もいなかった場合に限り遺言が有効になるという条件があるでしょう。だから、先に私たちの手で相良義陽に婿を取らせてしまえば――」

「なんてすばらしい悪謀《あくぼう》なのかしら、歳久ちゃん！　伊達《だて》に祝言《しゅうげん》の相手を見つけられない怨念《おんねん》を日々煮《に》えたぎらせているだけのことはあるわね～！」

「義久姉さん、そういう言い方はやめて頂戴！　私と釣《つ》り合いの取れる男が薩摩にも大隅《おおすみ》にも見当たらないというだけよ！」

「すごいよ歳久ちゃん。相良義陽に祝言をあげさせちゃえば、後で相良義陽が裏切りを企《たくら》んだ時に、毒殺しようが切腹させようが」

「そうか。その時にはすでに誓紙は無効だ！　甲斐宗運が相良領を併合《へいごう》する名分はなくなる！」

「ええ。そういうことよ義弘姉さん。この場で相良義陽が島津家への従属と祝言を承諾《しょうだく》すれば、五百の相良兵と二人の相良ヨシハルをすべて助命。拒否《きょひ》すれば二人は斬首、切腹。われらは甲斐宗運との予定外の決戦に及《およ》ぶことになるわ。でも相良義陽は拒絶《きょぜつ》できない。だって、拒絶すれば相良良晴の首が飛ぶのだから。ほら、相良義陽の顔色が青くなってきたわ」

義陽は唇《くちびる》を嚙《か》みしめて、ぶるぶると震えていた。

「冗談だろう？　私はどこの誰《だれ》だかわからない見知らぬ男を婿に取らされるなんて絶対に嫌だぞ！　島津歳久！　お前は真の外道《げどう》だ！　それでも独身の乙女《おとめ》なのか？　女心をなんだと思っているのだ⁉　こんな悪魔《あくま》のような謀略《ぼうりゃく》をしれっと思いつくお前は、きっと一生独身だな！」

「黙りなさいっ！」

「私は絶対に祝言なんてあげないぞ！　家族を増やすなんて冗談じゃない！　それも、よりによって島津家の男だなんて……考えただけでも身震《みぶる》いする」

「ええ。そうねえ相良義陽。あなたが家族というものを忌《い》み嫌《きら》い、婿取りを拒否していることは知っているわ。自分を捕虜にした島津家の男に強引に嫁《とつ》がされるなんて最悪の恥辱《ちじょく》でしょうね」

「わかっていながら！」

「だから祝言の相手は――相良良晴にしてあげるわ」

義陽が「えっ」と声をあげると同時に、家久がぴくっと反応して顔をあげた。

「私と、良晴を？　どうして？」

「ふん。お互《たが》いに得になる話でしょう？　本来は九州屈指《くっし》の名族であるあなたとこの猿《さる》とでは身分が釣り合わないけれど、同じ姓《せい》を持つ同族と言い張って押し通せば問題ないわ。こんな猿のなにがいいのかわからないけれど、あなたはこいつを守りたい。私たちは大友に全力を注ぎたいから今は甲斐宗運と戦いたくない。受けない手はないでしょう？」

ダメだ義陽。承知したら例の誓紙は無効になる。後で二人とも殺されるかもしれないぞ、と良晴は止めた。

だが、義陽は「……わかった。今を生き延びなければ、未来はないのだから」とついに頭《こうべ》を垂れてこの帰順条件を承諾した。

「義陽⁉　いいのか？　せっかくの誓紙が無効になっちまうんだぜ？」

「良晴、すまない。後で殺されるよりも今この場で殺されるほうが絶望的だからな。策を巡《めぐ》らすことにかけて、私よりも島津歳久のほうが上手だったということだ。兵を率いれば義弘のほうが私よりも圧倒的《あっとうてき》に上だし、戦術を練らせれば家久のほうが上。きみが言ったとおりだったたな。私は負けるべくして負けた。私一人、島津も一人ならば、互角《ごかく》に戦えたかもしれないが」

「あの～。私は？　相良義陽さん？　長女の義久は、あなたに勝っている点がないの？　私、当主なのに。ひどいよ」

「ああ。島津義久。お前は、私よりも胸が大きいな」

「それだけっ!?」

義陽は、島津へ従属を決意した。そして同時に、良晴と祝言をあげることも認めたのだ。

「……義陽」

「ふふ。四姉妹《しまい》の結束、か。一人きりの私が勝てる相手ではなかった。良晴？　相良家は、いずれ島津に飲み込まれる運命だったのだろう？」

そうだ、相良家は島津に降伏《こうふく》する。そういう運命だった、だが俺のために敗北が早まってしまった、と良晴は頭を下げた。

「ごめん。俺の知識が、まるで力にならなくて。島津四姉妹と薩摩隼人《はやと》たちが強すぎた。上下の連携《れんけい》が完璧《かんぺき》な上、姉妹四人全員が揃《そろ》えば知勇兼備《けんび》だ。欠点がない」

「いいのだ。先のことはその時に考えよう良晴。今は、とにかく生き延びよう。生きて、いずれ島津家から再び独立する機会が到来《とうらい》する時を待とう。きみのような猿面《づら》の下品な男が婿というのがどうにも納得《なっとく》いかないが、ま、まあ、同じ相良姓とはいえ幸いにも同族ではないしな。不本意だが我慢《がまん》してやる。初夜の光景を想像すると少し吐《は》き気がしてきたが」

「俺の人生はいずれにせよ詰《つ》んだ気がするな。いつかきっと信奈が俺を討伐《とうばつ》しに鉄甲船《てっこう》でやってくるんだ……痛い痛い痛い！　どうして頬をつねるんだよっ？」

「馬鹿者《ばかもの》！　私のご褒美《ほうび》の罵倒《ばとう》を聞き流して、他《ほか》の女の話をするなっ！　しかも人生が詰んだ、とはどういうことだっ？　これからお前の妻になる私に対して、失礼ではないか！」

「今の罵倒がご褒美だったのかよっ⁉」

「当然だ！　私の家臣はみな、私に罵倒されると随喜《ずいき》の涙を流して喜ぶのだぞ？」

「なんとなくわからないでもない。俺もきみと過ごしているうちにそうやって調教されていくのかなあ～」

「そうだな。このままではお前はうざいので、私の下僕《げぼく》としてきちんと調教してやろう。まずは私を義陽さまと呼べ。寝室《しんしつ》では、三つ指を突《つ》いて土下座だ。うん。これはこれで新しい人生のはじまりになるかもしれない。私の責任ではないしな。織田信奈に恨《うら》まれるのは島津だ。織田信奈の怒《おこ》る顔が見てみたいな、ふふふ」

「義陽がけっこう乗り気に見えるのはなぜなのだろう」

「の、乗り気なわけがあるか！　すべては相良家を守るためだ！」

　急転直下の決定。

　祝言など決して受けるはずのない義陽が、相手が良晴と聞かされるや否《いな》や、受けた。

　家久が、思わず涙目《なみだめ》になって立ち上がっていた。

歳久に対しては決して反抗《はんこう》できない家久だが、今日だけは黙っていられなかったらしい。釣り野伏戦術で伊東・相良連合軍を破ったにもかかわらず、歳久には認められず、戦場にも立たせてもらえず、京の都で出会って友となった相良良晴まで奪《うば》い取られたのだから。

「んにゃんにゃ⁉　な、な、なんで？　相良さぁはおいの婿にすっど！」

「いいえ。家久にはまだ祝言は早いわ。これは島津家の軍略の一環《いっかん》なのだから、島津家の謀略担当である私の意見に従って頂戴。私は決して、妹が自分より先に婿を取ることに嫉《しっ》妬《と》して邪魔《じゃま》しているわけではないのよ」

「……歳久ねえはそんなに、おいが嫌いか……？」

そうね。恋《こい》も知らないくせに安易に祝言をあげるだのなんだのとその場の感情で口走る、そういうお子さまなところが気に入らないわ、と歳久はそっぽを向いた。

「義弘ねえ！　歳久ねえを止めて！　止めて！」

「いや家久、これは妙案《みょうあん》だ。もうひとつ、この祝言には深い意味がある。相良良晴をこういう形で奪い取って織田信奈を挑発《ちょうはつ》するわけだな、歳久。相良良晴を島津に引き抜《ぬ》かれれば、気位の高い織田信奈はわれらに激怒し、大友と島津との間で和睦《わぼく》を斡旋《あっせん》しようなどとは二度と考えなくなる。大友が毛利《もうり》を攻めるる可能性《せ》もなくなるが織田信奈も九州へは派兵できない。このまま毛利と決戦するしかなくなるからだ。となると――いまや伊東家を倒して三州統一を果たしたわれら島津に、全九州統一の好機が到来する」

「ええ、そうよ義弘姉さん。大友と島津への和睦要請《ようせい》なんて、断固拒否するのよ。九州のことは九州のわれらが決めること。天下人の権威《けんい》なんて知ったことではないわ。われらはやまと御所《ごしょ》に、なかんずく恩義ある近衛《このえ》家に忠誠を誓う名門中の名門。出来星大名で、しかもキリシタンバテレンとつるんでいる売国奴《ばいこくど》の織田家に従うつもりなんてないわ」

「よく言った歳久！　家久、私たちがいずれお前にもっといい婿《むこ》を探してやる。お前には祝言はまだまだ早い。それに、婿探しならば先に毒舌で胸の薄《うす》い歳久のほうを片付けねば」

「だから、胸の話はしないでって言っているでしょう、姉さん！」

「んにゃんにゃ。もう、おい一人で反対できる雰囲気《ふんいき》じゃないど……」

「早く承知しなさいよ、家久！　それとも私の献策《けんさく》を蹴《け》るつもり？　あなた、まだ子供のくせに京でいちど世話になった程度の関係の相良良晴と本気で祝言をあげたいの？　友だから命を助けたいだけでしょう、だったらなにも問題ないでしょう？」

「はい……承知……します……」

義久が、落ち込む家久の肩《かた》をぽんと叩《たた》いて「まあまあ。家久はよくやってくれたよ。はい、ちんこだんごをあげる」と薩摩川内《せんだい》名物のだんごを下賜《かし》した。

ちんこだんご!?　と良晴が耳を疑い、義陽が「『しんこだんご』がなまっているだけだぞ」と釘《くぎ》を刺《さ》した。

なんだ今一瞬《いっしゅん》良晴が見せたいやらしい顔は。私はほんとうにこんな猿の嫁にされるのか？　やはり後悔《こうかい》しはじめてきた、と義陽は屈辱《くつじょく》と羞恥《しゅうち》に顔をゆがめた。

「これで織田信奈も完全失恋《しつれん》だね。歳久って人の恋路《こいじ》を邪魔させたら天下一だよね～。寝室に飾《かざ》っている悪人の肖像画《しょうぞうが》の中に、歳久の肖像画を入れたくなっちゃった。それじゃあ、『悪は急げ』っていうし、明日《あした》の朝一番にさっそく祝言ということで！　家臣団に準備させないとねっ」

祝言話を斡旋するのが好きらしい義久が、扇子《せんす》で良晴を扇《あお》ぎながら笑った。

「お二人さん。島津家にようこそ。うちはね、謀反《むほん》さえ企まなければけっこういいところなんだよ～。毎日のように死兵と化して前線で戦わされる合戦仕事と、歳久の小姑《こじゅうと》のようにねちねちした嫌《いや》みな毒舌と、桜島の噴煙《ふんえん》が煙《けむ》たいのがちょっとばかり辛《つら》いけどね。うふふ」

「私はまだ生娘《きむすめ》よ、小姑じゃないわよ義久姉さん！」

「だが、裏切りの兆候を見せれば宿老であろうが功労者であろうが問答無用で殺す。それは忘れるな。特に男のほうの相良良晴。もしも貴様がもじょか（かわいい）家久に手を出したりすれば、即座《そくざ》に首と胴《どう》を切り離《はな》してやる。いいな」

なおも良晴を警戒《けいかい》している義弘は目を細めながら、良晴へ向けてすさまじい殺気を放っていた。

家久はしかし、いろいろなことが納得いかないようで、無言で大広間の片隅《かたすみ》に座ったままま動かなかった。

良晴はそんな家久が心配になったが、義弘がいよいよ警戒しているため、家久に声をかけることもできなかった。

「明日の朝一番か。突然《とつぜん》すぎて実感がないな、良晴」

「まあそう深く考えるな義陽。だって生き延びるための、形だけの夫婦《ふうふ》だろう？　まさかほんとうに夫婦になるわけでは」

「そうなったらきっと織田信奈に殺されてしまうな、良晴は」

「信奈に許されるかどうかはわからないが、今この場で二人揃って処刑《しょけい》されるよりは、明日生きられるという可能性が残るだけずっといい。これからも島津家にはいろいろと無理難題を命じられると思うが、支え合って生き延びよう」

「ああ。ともあれ、生き延びてこそだ。だが良晴？　ほんとうに、私と祝言《しゅうげん》をあげてしまってていいのか？　きみは天下の女たらしだろう？　私のような高貴で美しい姫を前にして、形だけだから、で済むのかな？」

「うーん。義陽が相手だと、あまり妙《みょう》な気持ちにならないんだよな。小早川《こばやかわ》さんや謙信《けんしん》が相手だったら、思わず信奈を心の中で裏切ってしまいそうになるときめきを感じるんだけど、なんでだろうな」

「待て。それは、私を女性として見ていない、ということか？　まったくもってきみは呆《あき》れるほどに失礼だな！　この肥後の太陽と呼ばれる私のどこに不足がある？　ああそれともあれか。私が美しすぎて、いやらしい目で見ることができなくてついつい観音像にひれ伏《ふ》すかのような崇高《すうこう》な気持ちになって手を合わせて拝んでしまいたくなる、ということか？　なかなかかわいいやつだ」

「まあ、きみはそういう性格だから。俺は夫になるというより下僕にされてお仕えさせられる、という未来がはっきり見えるんだよなあ」

「よくわかっているじゃないか。家族はいらないが、下僕ならいくらいても重宝するからな。しかし子作りは困るな、子作りは……私が子供を孕《はら》まされて産まされるだなんて、想像しただけでぞっとする。ほんとうに私を襲《おそ》わないだろうな？」

今、二人はたしかに窮地《きゅうち》に陥《おちい》っている。だが義陽には悲壮《ひそう》感がなかった。むしろ、逆境の中に希望を見出《みいだ》して生き抜こうとしている。これが修羅《しゅら》の国・九州を生き延びてきた義陽の強さなのかもしれない。

良晴は（宗運の影響《えいきょう》か、修羅の空気に当てられたのか、今回の俺は生きることをあきらめるのが少し早すぎた。義陽と一緒《いっしょ》に、生きるだけ生き抜こう）と考え直した。

（なかなか大友宗麟のもとに辿《たど》りつけないどころかどんどん遠ざかっているが、義陽を生かすためだ。俺自身も、いつ死んでもいいという覚悟《かくご》はしているが、信奈を本能寺《ほうのうじ》の運命から回避《かいひ》させることができたと確信できるまでは生きる努力をするべきだ。そのためなら、今は義陽との祝言もやむを得ない。義陽と力を合わせて、島津と大友を和睦させる努力を続けよう。それで信奈も窮地を脱出できるはず──)

そう、心の中で義陽との祝言を受け入れかけた、その時だった。

ドクン!

突如《とつじょ》、良晴の心臓が爆発《ばくはつ》しそうになった。

(えっ? 結果として信奈を裏切ったことになって、良心の呵責《かしやく》で心臓が痛みだしたのか? いやっ違《ちが》う! そういうレベルじゃねえ! どうしたんだ、なぜいきなり俺の身体《からだ》に異変が? やべえ、全身の力が抜けていく!?)

なにがなんだかわからないが、俺は、今、死ぬ、と良晴は声をあげようとした。しかしその声も、出ない。喉《のど》に力が入らないのだ。

「良晴? どうした、良晴!?」

「相良さぁ? 息をすっど!」

「ええ? どうしたのかな? 相良良晴の身体が、透《す》けて見えるよ?」

「馬鹿《ばか》な。姉者、目の錯覚《さっかく》ではないのか?」

「いけないわ。今こいつが死んだら義陽も追い腹を切ってしまうわ! まだ問題の誓紙《せいし》は無効になっていない。せめて祝言が成立するまで、生かしておかなければ!」

義陽と島津四姉妹の声も、次第《しだい》に小さくなっていく。

（いきなり発病したのか？　わからない。俺の身体に今までそんな兆候は、なかった……はず……半兵衛《はんべえ》……十兵衛《じゅうべえ》ちゃん……信奈……）

急激に、良晴の意識が薄れていった――。


視界が、暗転した。


「捜したでござる、相良氏《うじ》！　一大事でござるぞ！」

意識を回復した時、良晴は内城の一室を与《あた》えられて寝《ね》かされていた。

島津家の薬師《くすし》の見立てでは「海での遭難《そうなん》、当家との合戦、四姉妹《しまい》会議と続いて疲労困憊《ひろうこんばい》しておるのじゃろう。しばらく眠《ねむ》ればすぐに起き上がる」とのことだった。

それ故《ゆえ》、四姉妹と島津家の家臣たちは相良家の島津家への従属を急いで既成事実《きせいじじつ》化するべく、良晴と義陽の祝言の準備に動きだしていた。

義陽は「良晴が仮病を用いて義陽となにか企《たくら》んでいるのかもしれない」と歳久に警戒されて別室に移され、良晴を看病すると言い張った家久も「危険だ」という理由で自室から出してもらえない。

良晴は狭《せま》い寝室に押し込められ、一人きりで寝ていた。

しかし「ただの疲労ではないでござる」とただ一人、良晴に迫《せま》る危機の正体を知っている者が城内にいた。

今こうして良晴の寝室に忍《しの》び入り、天井《てんじょう》からぶらさがっている蜂須賀《はちすか》五右衛門《ごえもん》だった。

「五右衛門？　どうして薩摩に？」

「拙者《せっしゃ》は実は、豊後行きの船に乗っていたでござる。忍《しの》びらしくけはいをけち、みかたにもけどられぬかげのものにょとちて。ちゃがらうぢのこぶねににょらなかったのはいっちょうのふかく」

「あーそうだったのか。後半の台詞《せりふ》がよたっていて心許《こころもと》ないが、だいたい理解した。俺が遭難した時に颯爽《さっそう》と出てきてくれたらもっとよかったんだけど」

「あの時はあまりに船足が速くて追いつけなかったでござるよ。面目ない」

「しかし、島津の捕虜《ほりょ》となっている俺をよく見つけたな」

「偽《にせ》サガラヨシハルが肥後に漂着《ひょうちゃく》して島津と戦い敗れたと聞いて、急いでさちゅまへ」

黒田《くろだ》官兵衛《かんべえ》たちは無事に豊後に到着《とうちゃく》し、大友宗麟との交渉《こうしょう》に入っておりますぞ、と五右衛門はかみながら豊後の情勢を伝えた。東西の秘教に精通した謎《なぞ》の宣教師ガスパールが面《めん》妖《よう》な未来予知の術を操《あやつ》ることや、そのガスパールが信奈を東方の救世主〝プレステ・ジョアン〟すなわちプレスター・ジョンとして育成しようともくろんでいることを、良晴ははじめて知った。

「信奈をオスマン帝国《ていこく》にぶつけて世界大戦を起こそうとしているかもしれないって？」

「それはフロイスどのの意見でちゅので、やつの真意かどうかはわかりかねますが。なかなかはらのそこをみちぇぬおにょこでござる。けいれきもなまえもかおもにせものくさく、いったいなにものなにょか、まったくわかりまちぇん」

「大友宗麟との交渉は成功しそうか？　島津と大友との激突《げきとつ》を回避させないと、毛利の進《しん》撃《げき》を止められない」

「隣《となり》に侍《はべ》る南蛮《なんばん》宣教師がとんだ食わせ物ゆえ、相良氏の舌先三寸でひめぶちょうをたばかるちからがなければむずかしいでござる。ちかち、いまはちょれどころではないでござる」

「……もう知っているだろうが、夜が明ければ俺は相良義陽と祝言をあげさせられる。島津家が相良家を従属させるための政略結婚《けっこん》ってやつだ」

「それがまずいのでござる相良氏。明朝祝言をあげてしまえば、相良氏はこのちぇかいからきえてなくなりまちゅぞ！」

「え？　世界から？　俺が？　消える？　どういうこと？」

五右衛門は訴《うった》えた。あの南蛮宣教師が黒田氏に向けて「相良氏消滅《しょうめつ》計画」の内容を語っていたのでござる、拙者もこの耳でしかと聞いたでござると。

「俺を消滅させる計画？」

「それ故、相良氏が義陽との祝言を已《や》むなしと心中で決断した時、いっちゅんきえかけたのでござる！　すでにさがらうぢは、きえはじめておりまちゅ」

「どういうことだ、それは？　俺が義陽と祝言をあげたら、この俺が消えるだって？　理《り》屈《くつ》がわからないんだが」

枕元《まくらもと》に音もなく下りてきた五右衛門は、胸元《むなもと》から一体の藁人形《わらにんぎょう》を取り出してきて、良晴に見せた。

「なんだい、これ？」

「拙者と相良氏が契約《けいやく》を交《か》わした際、相良氏の髪《かみ》の毛を注入した人形でごじゃる」

「藤吉郎《とうきちろう》のおっさんが流れ弾《だま》に当たって死んだ直後のあれか。あの時はおっさんがいきなり死んじまって動揺《どうよう》していたし、そもそもずいぶんと古い話で、よく思いだせないな。いったいなんなんだい、この人形は？　特殊《とくしゅ》な力でもあるのか？　持っていると、俺の居場所がわかるとか？」

「相良氏。お忘れか。蜂須賀流忍術《にんじゅつ》は、あやかしの力に頼《たよ》らぬでござるよ。信濃の戸隠流《とがくし》とは違うでござる」

「ああ、そうか。五右衛門の忍術とは己《おのれ》の五体のみを凶器《きょうき》となすもの、だったな」

「人形じたいはただの契約の証《あか》しにござる。ただ、長らく相良氏の髪を込《こ》めているために、ちゃがらうぢのぶんしんのようなものになっているでごじゃる」

「魂《たましい》がこもったというか、人間の頭髪《とうはつ》を使ったお菊人形《きくにんぎょう》みたいなものか」

その藁人形がさきほどから急激に縮みはじめているでござる、と五右衛門が言いだした。

「言われてみれば、最初に見た時はもっと大きかったような気もする」

「相良氏の存在そのものが、消えはじめているのでござる。それゆえに、にんぎょうもちぢみだしているのでござる！」

「……俺が消えるって、だから、どういう理由で？」

「相良氏は、あの邪法《じゃほう》を操る南蛮宣教師の策略にはまったのでござるよ」

五右衛門は、何度もかみながらガスパールが施《ほどこ》した「相良良晴消滅計画」の全貌《ぜんぼう》を説明した。

「どうやら相良氏は、あの戦《いくさ》は弱いがなかなかにしたたかで生き汚《ぎたな》いひめぶちょう、さがらよしはるのちょっけいのしそんなのでござる」

良晴は「俺が、義陽の直系の子孫！」と声をあげ、跳《は》ね起きていた。

「それじゃあ義陽は、俺の遠いご先祖さま？　義陽は生涯《しょうがい》独身を貫《つらぬ》くと言っていたが」

「やけに懐《なつ》かしく感じたり、親近感を抱《いだ》いたりしませんでしたかな」

「うーん。どちらかというと妹の徳千代ちゃんのほうが、初対面の他人という感じがしなかったけれどもな……でも徳千代と義陽は姉妹なんだから、同じことかな？」

「会えるはずのない先祖と子孫とが奇跡《きせき》的に出会ったために、お互《たが》いの血がちゅよくひかれあっているのでごじゃる」

「五右衛門。俺は一応横浜《よこはま》で暮らしていたんだけど、先祖は九州出身なんだ。とはいえ、うちが肥後相良家の末裔《まつえい》の家柄《いえがら》だなんて聞いたことがないし、そもそも相良宗家の直系はたしか江戸《えど》時代に断絶しているはずだ。やむを得ず他家から養子をもらってお家を存続させたはずだぞ」

「うにゅう。宗家の直系が絶えても、子孫の血は分家筋に流れて栄えておりまちゅでちょう?」

「それもそうだな。俺がほんとうに肥後相良家の末裔だったとしても、子孫だなんて威張《いば》れないくらいの分家の分家レベルなんだろうが、もしかしたらもしかするかもな。でも、あの家族嫌《ぎら》いの義陽が子供を産む未来ってのが想像できないなあ」

　そんな未来があるのなら、その未来に行き着いてみたい、と良晴は願った。

「ところで相良氏。横浜とはどこのことでちゅかな?」

「この時代で言えば相模《さがみ》国の東端《とうたん》だよ。『みなとみらい』って町だ。海沿いの巨大《きょだい》な埋《う》め立て地でさ。親父《おやじ》も建築技師として開発に関《かか》わったんだ。ところが、俺が暮らしていた未来感覚溢《あふ》れる高層マンション群と横浜駅の間は開発が進まず青い雑草まみれの空き地だらけで、夜になるとたぬきが出そうな殺風景っぷり。開発されたビル群とのギャップがすごくて。つくづく町ってのは人間が造るものなんだなあって」

「未来語だらけで難解な上に、いろいろと初耳でござるな。相良氏は畿内《きない》のひとことばかりおもっていまちたじょ」

「関西人ならもっと漫才が上手だよ……いや、ちょっと待てよ。ということはこの世界は、俺が生まれた世界と直接つながっているひとつづきの世界の過去だということか？　俺の習った歴史には姫《ひめ》武将はいなかった。天下布武《ふぶ》を掲《かか》げた武将は織田信奈ではなく男の織田信長《のぶなが》だった。だからここはもしかしたら俺の世界に限りなく近い並行世界かもしれないと思っていたが、そうじゃないのか。今まで深く考えたことがなかったが」

相良氏。今の問題はそこではないでござる、その話は竹中《たけなか》氏がいる時に。今は南蛮宣教師の企みへの対応でござる、と五右衛門が話を戻《もど》した。

「ガスパールは俺と義陽を会わせるために、十種神宝《とくさのかんだから》とかいうものまで持ち出して俺を肥後へ送ったのか。だが、それがどうして俺の消滅につながる？」

五右衛門いわく。ガスパールの計画では二人を会わせさえすれば、互いの血ゆえに互いに強く惹《ひ》かれ合って、家族の情愛が生まれる。平和な世界であれば二人の関係はそれで安定するが、ところが修羅《しゅら》の世界・九州では途切《とぎ》れることのない合戦と策略が渦巻《うずま》いている。

しかも、相良家の仇敵《きゅうてき》・島津はとてつもなく強い。たとえ未来人の相良良晴が加わったとしても、往年の力を失った伊東家と組んでいる時点で相良家の不利は動かない。

相良家が嫡流断絶の窮地《きゅうち》に追い詰《つ》められれば、まだ世継《よつ》ぎを産んでいない相良義陽は誰《だれ》かと祝言《しゅうげん》をあげて子を残そうとするはず。

だがしかし、一族の内紛《ないふん》によって家族というものに嫌悪感《けんおかん》を抱いて育った相良義陽は、ただ家名を存続させるために婿《むこ》を取れるような姫ではない。だからこそこれまでは「世継ぎを産む」という姫としての責務を果たそうとしなかったのだ。

「ゆえに彼女が伴侶《はんりょ》に選ぶ相手は、相良義陽自身が惹かれる殿方《とのがた》――」

「義陽が好意を抱く男性、か。甲斐宗運は義陽にとっては父親のような存在だし、妻子もいる。宗運にとっても義陽は娘《むすめ》のようなものだ。しかし、相良家に仕える家臣は身分の掟《おきて》により夫にはできない。相良家の一族でない限り」

「ところが義陽の婿になる資格を持つ相良一族の多くは謀反《むほん》を起こし、宗運に討《う》たれておりまちゅ」

「生き延びた者も、相良家の血をひいているという理由で義陽から遠ざけられているだろうしな。妹の徳千代でさえああいう扱《あつか》いなんだから。となると、義陽が選ぶであろう相手は」

「今までの相良家の内紛とは無縁《むえん》な殿方。その上、姓《せい》が同じなら、どーぞくといいはれるので、はんたいできるかちんもおりまちぇん」

「って、つまり俺じゃないかっ⁉」

「というわけでござる。二人揃《そろ》って島津家に捕《と》らわれるという計算外の要素が加わりまちたが、けっかはがすぱあるのもくろみどおり」

「……うーん。義陽はどうして俺を婿に指定されて、拒絶《きょぜつ》しなかったんだろう？　いや、さんざん罵倒《ばとう》はしてくれたが、本気では拒絶しなかった。むしろ意外とすぐ認めてしまって」

「好かれているのでござろう。また適当なことを言って惚《ほ》れられましたかな？」

「まさか。だってご先祖さまだろう？」

ところがこれは最悪の流れなのでござる。相良氏《うじ》が義陽と夫婦《ふうふ》になってしまうと、大きな矛盾《むじゅん》が生まれるでござる。『相良氏の遠い先祖が相良氏ご自身である』という矛盾が、と五右衛門はゆっくりと縮み続けている人形を握《にぎ》りながら言った。

「この人形が消え失《う》せる時、相良氏も消え失せるでござる」

「四百年前の俺のご先祖、つまり義陽の夫が、他《ほか》ならぬこの俺自身。これはたしかにありえない矛盾だ。相良良晴という人間の存在が無限に循環《じゅんかん》しちまっている。この矛盾を世界が解決するためには、矛盾する要素を消去するしかない……」

「さよう。未来世界を生きてきた相良氏と、今この世界を生きている相良氏」

「いずれの俺も、相殺《そうさい》されて世界から消えるということか⁉　それが、はじめから俺をいなかったことにする、というガスパールの言葉の意味か！」

「御意《ぎょい》でござる。相良氏がこの世界の姫たちにやけに愛されるという強みを、さがらうぢのじゃくてんとしてりようしたのでござる」

「くそっ。頭の切れるやつだな。しかも、未来予知の術まで持っているなんて。俺に勝ち目はあるんだろうか？」

直接相良氏を殺すとその未来予知の術に不都合が起こるので、やつも搦《から》め手でしか来られないために相良氏は今までどうにか生き延びてこられたのでござる、幸運といえば幸運、と五右衛門。

「あやつを信頼《しんらい》している大友宗麟の説得は困難でござる。それこそ、さがらうぢでなければ」

しかしこのままでは明朝、義陽と祝言をあげた時点で相良氏は完全に消滅するでござる、と五右衛門は赤い瞳《ひとみ》をぎらつかせながらつぶやいていた。

「まずいな」

さらに。正式に祝言をあげなくても、義陽と契《ちぎ》りを交《か》わせば同じ結末になります。ゆえに相良氏が信奈姫を恐《おそ》れて祝言を拒絶しても、義陽と契れば同じこと。というかそれ以前にたとえ頰《ほお》にでも『接吻《せっぷん》』された時点で終わりでちゅぞ、と五右衛門が脅《おど》してきた。

「ゆえにあの南蛮《なんばん》宣教師は、すぐに結果が出る、と豪語《ごうご》しておりまちた」

頰に接吻で終わりってのは厳しいな、接吻しようとしなくたって事故でしてしまう場合だってあるだろうに、と良晴はうなった。

「……義陽を殺せば、相良氏は生き延びられますぞ。四百年の時間は、過去におきたささいなむじゅんを、なかったことにしてしまいまちゅ。さがらいちぞくのべつのものから、さがらうぢはうまれてきまちゅ」

四百年もの時間があれば、一時的に歴史が狂《くる》っても少々の矛盾は解決される。義陽が子を成さずに死んでも、義陽に近しい相良家の人間の血統からいずれ相良良晴は生まれてくる。たとえば義陽の妹・徳千代の血筋から。そういうふうに世界は時間をかけて『人の誕生』にまつわる運命の帳尻《ちょうじり》を合わせてしまう、五右衛門はそう言っているらしい。

「拙者《せっしゃ》のお役目ゆえ一応勧《すす》めてみましたが、むろん相良氏の答えはいつもどーりでちゅな？」

「ああ。俺の命と義陽の命、どちらかしか選べないというのならば答えはひとつだ。しかも、義陽は俺のご先祖さまなんだろう？　殺せるわけがないよ」

「では、相良氏が消えますか。天下布武はどうするのでござる？　ほんにょーじのへんは？」

今回ばかりはご自分のお命も「すべての実」のうちに数えるべきですぞ相良氏。「最初から生まれなかったことになる」ということは、己の志をこの世界の人々に残していくことすらできないということ。相良氏は最初から、誰とも出会わなかったことになるということ。信奈の姫さまや竹中氏、黒田氏たちの記憶《きおく》から永遠に消えてしまってよいのですかな？　と五右衛門が目を細めた。

むろん実際には早口言葉のようにかみかみであるが、つきあいの長い良晴には聞き取れる。

「あっ、そうか。ただ戦死するのとはわけが違《ちが》うのか!?　最初からいなかったことになれば、俺が今まで語った言葉も俺の行動も俺が戦国で過ごした時間も、すべてみんなの記憶から消えてしまう。本能寺の変はもう回避《かいひ》できなくなる!?」

「で、ござる。本能寺の変はガスパールが回避させようとするでしょうが、ちゃがらうぢはみなからわすれさられ、おだのぶなはいきのびても〝しょじょおう〟にされ、がすぱーるのやぼうにりようされるでちょうな」

「……信奈を十字軍国家の傀儡《かいらい》なんかにしてたまるか！」

「しかも。ガスパール一人の力では、結局は本能寺を回避できぬ気がしますぞ。やつのころには、さがらうぢのような〝あい〟がありませぬからな」

良晴は、愕然《がくぜん》とした。

激しく動揺《どうよう》する感情をなんとか落ち着かせて、そして、再び口を開いた。

「……となると、いいぜここで消えても悔《く》いはない、とは言えないな。俺は自分がこの戦国の世に生きたという証《あか》しと記憶がみんなの心に残ると思えばこそ、木崎原で島津義弘に斬首《ざんしゅ》されかけても悔いはなかったんだ……」

門がうなずく。

おお。冷静になるまでの時間が速い。ずいぶんと打たれ強くなられましたな、と五右衛門がうなずく。

「いかがいたします。今更《いまさら》あの南蛮宣教師を殺したところで相良氏の消滅《しょうめつ》をとめられるわけでもありまちぇんが」

「相手が誰であれ暗殺はなしだぜ。しかしこの事態はまずいぞ。義陽を生かし、俺自身も消えないで生き延びる方法はないのか、五右衛門？」

「島津絡《がら》みでなければ、義陽本人に事情を打ち明けて説得すればちゅむもんだいでござるが」

拙者が手引きしますので内城から脱走《だっそう》しまちゅか？　と五右衛門が誘《さそ》い、良晴は「義陽と俺だけならともかく、五百の相良兵が捕虜《ほりょ》になっている。とても無理だ。そんな真似《まね》をやらかせば、あいつらは全員殺される。義陽も承知しない。あの子は一族の内紛を経験したために他人に心を閉ざしているが、ほんとうはとても優《やさ》しい子なんだ」と首を振《ふ》った。

「島津四姉妹《しまい》を翻意《ほんい》させて祝言を取りやめにしなければならないな。だがこれは四姉妹会議で決定されたことだ。四人全員を説得して、全員に祝言の取り消しを申し出てもらわなければならない」

「難題ですな。そもそも相良氏は今、この部屋に監禁《かんきん》されております」

「俺は末っ子の家久とは京で会ったことがあるが、あとの三人は今日出会ったばかりだ。

説得するにもどうすればいいのか」

「しかも期限は明日《あした》の明け方。すでに日が暮れているでござる。あと半日もござらぬ」

「こちらは俺と五右衛門だけだ。できるだろうか？」

「いえ。拙者は闇《やみ》に潜《ひそ》む忍《しの》び。姿を出さぬほうがよろしいでしょう。かえってあやしまれまちゅからな」

「そうだな。その上、かみかみだからな。薩摩人と意思疎通《いしそつう》できるかどうかさえ微妙《びみょう》だ」

「いいい、いししゅちょーくらいできるでおじゃるっ！」

「おっ。五右衛門の『おじゃる』は久しぶりに聞いたな。おじゃると言えば、都にいたよな、おじゃる弁を駆使《くし》するお歯黒の麻呂《まろ》が」

　ほっほっほ。どうやら麻呂の力を必要としているようでおじゃるな相良良晴。

「そうそう。これだよ。まったりした麻呂弁だよ。九州の南の果ての薩摩で麻呂弁が聞けるとは……って、こっ、この声は近衛のおっさんっ!?　まさか？　なんでまた関白《かんぱく》が薩摩にっ？」

　五右衛門が「拙者が気配を察知できぬとはいったい何者!?」と驚《おどろ》き、天井《てんじょう》の上へと飛んで張り付いた。

と同時に寝室《しんしつ》の扉《とびら》がすっ……と音もなく開いて、畏《おそ》れ多くもかしこくも、やまと御所《ごしょ》の貴族たちの頂点に立つ関白・近衛前久《さきひさ》が颯爽《さっそう》と姿を現したのだった。

「ほっほっほっ。久方ぶりじゃな、相良良晴。豊後へ行ったはずのそちが、なぜまた島津の捕虜になったのでおじゃるか？」

「ちょ。ほんものの近衛前久⁉　あんたがなんでまた薩摩の内城にいるんだ？　しかもこの時期に。もしかして織田政権を見限って都落ちしたのか？」

「違うでおじゃる！　織田信奈より島津家へ送られし使者とは麻呂のことでおじゃる！　関白を使い走りにするとはとんでもない女でおじゃるが、こうして薩摩まで来てやったのでおじゃる！　言うまでもなく、島津家を大友宗麟と和睦《わぼく》させるためでおじゃる！」

ああ、そういえばそんな話もあった、と良晴は思いだした。

東西から挟撃《きょうげき》されている今、これ以上織田家の武将を九州へはやれないはず。いったい誰《だれ》を薩摩へ向かわせるんだろうと疑問だったが、信奈が薩摩への使者として送り出した者は公家《くげ》の近衛前久だったのだ。

「島津家はもともと近衛家が九州に持っていた所領を管理していた武士どもの末裔《まつえい》。いわば麻呂は島津家の主筋《しゅうすじ》。ゆえに織田家の田舎侍《いなかざむらい》の言うことなど聞かぬ島津も、麻呂にだけは頭があがらぬでおじゃる。内城に着くなり大歓待《かんたい》されてしもうたぞ。あの島津義弘などは麻呂を一目見るなり興奮と感激で真っ青になって倒《たお》れておったわ。ほっほっほっ。これでこそ高貴なる関白。武家はみな、ああでなければならぬ」

「島津義弘は純粋《じゅんすい》そうだからなあ。頑固《がんこ》とも言うけど」

「大友家に取り憑《つ》いた南蛮宣教師の好きにさせておいては九州、ひいては日ノ本の危機。やまと御所も危《あや》うくなるでおじゃる。ゆえに麻呂は相良良晴、今回ばかりはそちを助けるでおじゃる」

「ありがたい。島津に命じて、今すぐ俺と義陽を解放させてくれ！　義陽と五百の相良兵を人吉《ひとよし》城に帰還《きかん》させたら、俺は即座《そくざ》に豊後へ向かう」

「いや、それは内城に到着《とうちゃく》してすぐに頼《たの》んだが、捕虜を無償《むしょう》で解き放ったりはしない、とすげなく拒絶《きょぜつ》されたでおじゃる。修羅《しゅら》の世界は厳しいでおじゃる。麻呂を主筋として尊敬することと、武門の掟《おきて》とは別だと、譲《ゆず》らぬ。大友との和睦斡旋《あっせん》も難航しておるでおじゃる」

「やはり畿内《きない》のように甘くはないか……」

しかし、方法がひとつだけ残っているでおじゃる、と近衛が笑った。

「幸いにも、島津四姉妹はみな、独身の乙女《おとめ》。四姉妹を男として口説くのでおじゃる。惚《ほ》れさせるのでおじゃる。修羅の国の武士としての掟や武家の利害をも動かす力、それは乙女の恋心《こいごころ》でおじゃる。一晩のうちに四姉妹の心を奪《うば》ってしまうのでおじゃる！」

「く、口説く!?　そんな。宇喜多直家じゃあるまいし!?」

「日数があれば他の手も考えられるでおじゃるが、今夜のうちに全員を心変わりさせるにはそれしかないでおじゃる」

「しかも一晩で、四人？　どう考えても無理だよ？」

「そち一人では不可能な話であるが、この麻呂が手伝うでおじゃる。相手は四人。互いに二人ずつ分担して四姉妹を今夜のうちに全員口説いてじまうでおじゃる。猿面《さるづら》のそちには、格式にうるさい名門島津家の乙女を口説くのは難しいが、そこはこの雅《みやび》な麻呂が実力でそちのブサイクな猿面の不利を補ってやるでおじゃる。ほっほっほっ」

近衛がお歯黒まみれの歯を剝《む》き出しにしてまた笑った。

「えええ。あんたが？　女の子を？　口説く？　どうやって？」

「絶対に無理でござる。お歯黒の麻呂に余計な真似をされれば逆効果でござる。ころちておきまちゅか、ちゃがらうぢ」

「まあ待て待て五右衛門！　これでも関白だぜ？」

「しかし相良氏《うじ》。この男、女を口説くには不気味すぎるでござる。けちょーもくちょーもまるでよーかいでござる」

「とはいえ、平安《へいあん》時代はこういうのがイケメンすなわち美男子だったんだぜ？」

「ほっほっほ。これこれ、公家流の雅な美を解せぬ哀《あわ》れな忍《しの》びよ。こう見えても麻呂は都では飛ぶ鳥を落とす勢いの『乙女殺し』でおじゃるぞ。昨今はおそろしい織田信奈が目を光らせておるのでおとなしくしておるが、乙女を口説かせれば本気を出した麻呂の右に出るものはおらぬでおじゃるぞ？」

「絶対に、嘘《うそ》でござる」

「しかし五右衛門。このすさまじいまでの自信には、たぶん根拠《こんきょ》があると思うぜ？　それがはたしてどういう根拠なのかはさっぱりわからないが」

「貴《とうと》い血筋と関白の座を利用して、無理矢理に手込めにしているにちがいないでちゅぞ。ころちまちょう」

「これっ！　麻呂を誰だと心得ておる。さような無粋《ぶすい》な真似はせぬわ！」

近衛前久は、麻呂に任せよ！　二人がかりで今宵《こよい》四人の姉妹を口説いて腰砕《こしくだ》けにしてしまえば万事解決でおじゃる！　礼には及《およ》ばぬぞえ女難に悩《なや》む若者を救うのも『乙女殺し』で名をはせた貴族の長としての務め、と一方的にまくしたて、またしても自信たっぷりに笑って見せた。

殺したいこの笑顔《えがお》、と五右衛門が震《ふる》えているが、良晴が「まあまあ」と止めた。

「俺は信奈に殺されたくないし、島津家の姉妹をそんな目的で口説いたりしないよ。そういうのは抜《ぬ》きで祝言《しゅうげん》の決定を覆《くつがえ》してくれと頼んでみる。だが、近衛のおっさんのやり方には口出ししない。ただし家久には俺が説得にあたる。あいつはまだ子供だしな。それでいいだろう？」

五右衛門は「疎漏《そろう》な策でござる。修羅の国の姫《ひめ》武将が色恋に惑《まど》って意見を変えるとは思えまちぇんな」と目を釣《つ》り上げている。

「まあまあ。おっさんの策にはいろいろと問題があるけど、座して消滅を待つよりはなんでもいいから動くべき時じゃないかな五右衛門？　とにかく、この状況《じょうきょう》を動かさないとな」

「それはそうでござるが、絶対に失敗するでござる」

「これっ『おっさん』とはなんじゃ相良良晴！　他《ほか》に道はないでおじゃるぞ！」

「まさか関白の権威《けんい》をかさにきて、忠誠無比の義弘を強引に押し倒したりしないだろうな？　口出しはしないと言ったが、そういう悪麻呂との共謀《きょうぼう》は俺は絶対にごめんだぜ？」

「無粋な。心を摑《つか》めばよいのでおじゃる、そもそも相手はみな、おぼこい処女ども。さような荒々《あらあら》しい口説き方は逆効果でおじゃるぞ」

「それなら安心だが、どどどどうして全員処女だってわかるんだよ？」

「瞳《ひとみ》を見ればわかる。麻呂は宮中に名高き『乙女殺し』であるぞ。われらが一晩で二人ずつ説得できれば、明け方の祝言決行前に決定を覆せるでおじゃる。麻呂一人で片付けてもよいが、いかに麻呂といえども一晩で四人を口説くにはちと時間が足りぬしの。さあ、どうするでおじゃる？」

　どうにもお歯黒の麻呂の口からこの手の話を聞かされることが我慢《がまん》できないらしい五右衛門が、「せせせ拙者《せっしゃ》の瞳を覗《のぞ》き込んだら斬《き》るでござる！」と目を両手で塞《ふさ》ぎながら天井《てんじょう》裏《うら》に隠《かく》れてしまった。

ごめん五右衛門。後で埋《う》め合わせはする、と良晴は合掌《がっしょう》した。

「相良良晴。この高貴な藤原《ふじわら》氏の血の魅力《みりょく》と、雅な麻呂言葉そしてお歯黒白粉《おしろい》でいかなる姫の心もわがものにできようぞ……と言いたいところでおじゃるが、相手は風流よりも武辺を尊ぶ修羅の姫武将たちであるから、この公家姿ではちと辛《つら》いでおじゃるのう」

「そりゃあ、まあ。たぶん」

「うむ。そこで今回の麻呂は、『武士流』で姉妹を口説くでおじゃる。素朴《そぼく》に、ありのままの姿で、飾《かざ》らぬ率直な言葉で口説きつつ説得するでおじゃる。風雅《ふうが》を知らぬ田舎の姫武将にはそのほうが有効でおじゃる。麻呂もこの雅な化粧《けしょう》を今宵だけは落とさねばならぬのう」

「化粧を落とす？」

「相良良晴。そちは日頃《ひごろ》、お歯黒お歯黒と麻呂をおちょくっておるが、真実の麻呂の姿に驚くがよいぞ、ほっほっほっ。そちのようなブサイクな山猿が麻呂の養子になって関白になろうなどとうてい無理な話と知るがよい」

天井から頭を出して「頭がどうかしているでござる」とぼやく五右衛門と「真実の姿？」と首をひねる良晴の前で、近衛前久ははじめてそのお歯黒と白粉、眉墨《まゆずみ》を綺麗《きれい》に拭《ふ》き取って素顔《すがお》を見せた。結っている長い髪《かみ》の毛もはらりと腰元《こしもと》まで下ろした。

その近衛前久の素顔を見た五右衛門が舌をかみ、良晴が悔《くや》しさと衝撃《しょうげき》のあまり猿となった。

「フ。人前で化粧を落としたり公家言葉を封《ふう》ずるといった野蛮人《やばんじん》の真似など金輪際したくはなかったが、これが私の真の姿だ。どうかな乱波《らっぱ》くん、そして哀れな猿面の相良良晴。高貴な藤原家の血をひく貴族の王は、たとえ化粧を落としても美しい。おそらくきみの未来では、今の私のような姿形を持つ男こそが美の化身と崇《あが》められているのではないかな」

「うにゅう？　こここれはっ⁉　び、美形でござるっ？」

「嘘だろおおおおお、おいっ⁉　なんだこの苦み走った渋《しぶ》いイケメンは？　しかも人を斬ってきた雄《おす》特有の、野獣《やじゅう》の香《かお》りがする！　朝倉義景《あさくらよしかげ》をはるかに超《こ》えているっ！」

「相良良晴。あのような、自ら姫武将になりおおせる夢を抱《いだ》いていた軟弱者《なんじゃくもの》と、関東を舞《ぶ》台《たい》に上杉《うえすぎ》謙信とともに太刀《たち》を振《ふ》るって戦った私を同列で語るな。失敬な」

私は先の将軍足利義輝《よしてる》とともに塚原卜伝《つかはらぼくでん》や上泉信綱《かみいずみのぶつな》のもとで殺人剣《けん》を習得した男。松永三好《みよし》が放った柳生忍《やぎゅうしの》びを斬り殺した経験も数知れずだ。このような血生臭《ちなまぐさ》い男臭さを消し去る風流な公家化粧をすることでようやく殺気を押さえられるのだ、と近衛はぶっきらぼうに口走った。

とんでもねえ凄腕《すごうで》だ。武器は蹴鞠《けまり》だけかと思っていたが、剣の達人ってのは自称《じしょう》じゃなかったんだ、と良晴は震えた。

「もっとも、比叡山《ひえいざん》で私が織田信奈と斬り合ったという京童《きょうわらべ》の噂《うわさ》は嘘だがな。私は仮にも藤原家の氏長者《うじちょうじゃ》だぞ。どれほど敵対していてもわが剣で女は斬らん」

「お前は昔、叡山を煽《あお》ったり杉谷善住坊《すぎたにぜんじゅぼう》を雇《やと》ったりして信奈を暗殺しようとしてたじゃねーか⁉」

「ふん。女を殺すなどといった究極の汚《よご》れ仕事は、忍びや僧兵《そうへい》のやるものということだ。風雅な貴族の長がやることではない」

こいつが誇《ほこ》り高い貴族でなければ、信奈はどこかでこいつの剣に暗殺されていたかもな……と良晴は信奈の幸運児ぶりに安堵《あんど》した。

「しかしこんなイケメン、戦国時代に来てはじめて見た！　今までの麻呂姿はなんだったんだ？　わざと滑稽《こっけい》な麻呂を装《よそお》っていたのかっ⁉　そもそもなんの意味があるんだこいつが実は超絶《ちょうぜつ》イケメンだったという今更《いまさら》の展開にっ？」

「ふん。今宵はもう時間がないし、ブサイクな貴様が私の養子になって藤原家を継《つ》ぐなど決してありえないとそろそろ知らしめておかねばならぬからな。もっとも、織田信奈には私の素顔については言うな」

「なんで？」

「私にはわかるが、あの女は、私のような美しすぎる男を生理的に嫌《きら》う。蓼《たで》食う虫というやつで、世間にはまれにそういう独特の美的感覚を持った女がいる。王政復古というわが志を覆して織田信奈の天下盗《と》りに乗った以上、そんな理由で毛嫌いされるのは困る。だがまあ、素朴な島津四姉妹ならば問題はない」

近衛が「かっ」と目を見開いた。まぶしい。美の化身となった近衛の背中から、後光が射《さ》している。黒い瞳からはまばゆい光が飛んでくる。

「うにゅ。目を開けて直視できないでござるっ」

「アッー！　俺にはその気はこれっぽっちもないはずなのに、なぜか近衛に見つめられるだけでときめいてしまう!?　いったいどういうことだ!?」

「圧倒的《あっとうてき》な美を前にした人間の生理的な反応だ。拒否《きょひ》しても無駄《むだ》だ、私も気持ちが悪いがあきらめろ相良良晴」

「むきいい、この屈辱《くつじょく》ううう！」

近衛はうろたえる二人を「ふん」と鼻で笑った。

「愚《おろ》か者め。ほんとうに美しいのは化粧をして公家言葉を用いている時の私だ。都人の美的感覚から見れば、今の私の姿は滑稽きわまる。貴様ら戦国の武士たちが、風流な王朝文化の美というものを忘れてしまっているだけなのだ」

「贅沢《ぜいたく》言ってんじゃねえ！　要《い》らないってんなら顔を交換《こうかん》してくれ！」

「さ、相良氏、情けないでござるよ！」

「相良良晴。私は島津の足軽どもをひと睨《にら》みして、今より貴様をこの軟禁《なんきん》状態から解放させる。貴様に友情を感じている家久を説得し、時間があれば歳久へ向かえ。私は最難関の島津義弘の心を陥落《かんらく》させる。身体《からだ》までは奪わんから安心しろ。相手が処女ではな。手を出すとかえって後が面倒《めんどう》になる」

いきなりラスボス退治か、すげえ自信だが今のあんたならいける！　と良晴は思わずうなずいていた。

五右衛門は天井裏に隠れ、「おそろしい……おそろしいでござる……」と怯《おび》えていた。

素顔に戻《もど》った近衛前久は「面倒だ」と部屋の扉《とびら》を蹴破《けやぶ》ると、槍《やり》を構えて集まってきた島津兵の足軽たちを一喝《いっかつ》した。

「だっ、誰《だれ》だこの男前は？」

「馬鹿《ばか》な？　相良良晴であるはずがない！」

「かかか身体が熱くなってきた？」

「あ、あ、あ。なにかに目覚め……うほっ!?」

「なんという高貴な殿方《とのがた》！　われらにご命令を！」

相手が男でも容赦《ようしゃ》ないな。度を超した美しさは武器なんだな、と良晴はうらやましいやら気持ち悪いやら。

「無礼者め。私が誰だか見忘れたか！　藤原家の氏長者、関白・近衛前久である！　関白が貴様らに命じる。わが莫逆《ばくぎゃく》の友・相良良晴を監禁《かんきん》することはまかりならぬ。城内で自由に歩かせろ！」

「関白さまっ？　あなたさまが!?」

「なんということだ！」

「承知いたしましたああ！」

「姫たちには事後報告いたします！」

「相良どのが関白さまの莫逆の友だったとは！　ささ、どうぞどうぞ！」

「相良良晴、うらやましい！」

「死ね、死んでしまえ、相良良晴！」

かつて織田家と敵対していた頃《ころ》にこいつが麻呂姿をさっさと封印《ふういん》していたら信奈は第一次織田家包囲《ほうい》網《もう》にあっけなく倒《たお》されていたかもしれないと良晴は思ったが、当の近衛前久は「あさましや。素顔を大勢の人前でさらすとは、私はなんという恥《はじ》さらしな真似《まね》を」と忌々《いまいま》しげに舌打ちしていた。俗人《ぞくじん》とは美的感覚がまるで違《ちが》うのだろう。近衛の目には信奈も決して美人には見えていないんだろうなあ、と良晴は気づいた。

「ふん。真に高貴なる血と美の前にはさしもの薩摩隼人《はやと》たちも無力なもの。さあ朝日が昇《のぼ》る前に片を付けるぞ、相良良晴」

「まだ子供の家久を近衛に口説かせるわけにはいかないし、家久ならば俺の話を真剣《しんけん》に聞いてくれるはずだ。もっとも、姉さんたちとうまくいっていないことが意外だったが……だいじょうぶかな、あいつ」

近衛前久の美男力で監禁状態を脱《だつ》した良晴は、丁重な薩摩武士の案内で家久の部屋へと通されていた。

短い間だったが、良晴と家久は、京の都でともに過ごしたことがある。

家久は目を赤く腫《は》らして、布団《ふとん》に潜《もぐ》って眠《ねむ》っていた。

「ええっ？　さささ相良良晴？　な、なぜわたしの寝室《しんしつ》にっ？　身体はだいじょうぶなのっ？」

良晴が夜這《よば》い？　んにゃんにゃ⁉　と目覚めた家久は大慌《おおあわ》てで起き上がり、「いいいきなりよよ夜這いだなんて、激しすぎぃ！　わわわたし、まままだ心の準備が！」と畳《たたみ》の上に次々と日本刀を突《つ》き立てて、臨戦態勢に入った。本州弁になっているのは、驚《おどろ》いて興奮しているからだ。年若い家久は四姉妹のうちただ一人、本州弁を使いこなせないのだが、興奮するとなぜか薩摩弁が抜《ぬ》けることがある。

「ごめんごめん。夜這いじゃないよ。明朝の義陽との祝言《しゅうげん》を止めてもらいたくて、頼《たの》みに来たんだ」

「んにゃんにゃ⁉　なんじゃ。ち、違うなら違うと早う言え！」

「言ったよ？　きみはすぐに合戦準備に入るからなあ」

家久が伊勢《いせ》参《まい》りと京見物の旅に出た時の詳細《しょうさい》は彼女自身の筆による「家久ちゃん上洛《じょうらく》日記」に詳《くわ》しく書かれているが、戦闘狂《せんとうきょう》なれど根が陽気で奔放《ほんぽう》な家久は、良晴にとっては妹分のようなものだった。

京ではじめて家久と会った時のことを良晴は少しだけ思いだしていた。あの時、家久は「ここが源氏《げんじ》物語の都。もしかして、おいにも素敵な恋《こい》の出会いが……」と目を潤《うる》ませていたのに京の町人たちから「ぶぶ漬《づ》け」を出されて「んにゃんにゃ！」と立腹し、一人で合戦をはじめようとしていたのだった。信奈から家久の接待役を任されていた良晴が、そんな家久のもとに駆《か》けつけて、あわてて制止したのだ。

※

「きみが薩摩のチート一族・島津四姉妹中戦闘能力最強の島津家久ちゃん、軍法戦術担当の鉄砲玉《てっぽうだま》か。でも、ぶぶ漬け出されたくらいで合戦準備とは、好戦的すぎるよ」

「うむ。相良さぁ、おいが島津家久ござんで。お見知いおきを」

「甥《おい》が、誤算で？　尾美氏？　伊尾木？」

「『わたしが島津家久よ、以後お見知りおきを！』って言ったのっ！」

「怒《おこ》った時だけ、なまりのない言葉がしゃべれるようになるんだな」

「これでも本州弁にうんと合わせてやっとう。この程度の薄《うす》い薩摩弁もわからんのんか、おまいは？」

「ごめん。昔、幕末を扱《あつか》った大河ドラマで薩摩弁は聞き慣れていたつもりだったんだけどな。あれはネイティブじゃないからな。ガチの薩摩弁は外部の人間には聞き取れないらしいし」

「おまいこそ意味のわからん言葉を次々と。都人の連中はおいを見ただけで鬼《おに》呼ばわりしとうし。これでも薩摩では美人だとちやほやされとったのに、ちっと自信がなくなってきた……やはりおいはいくさびと、薩摩隼人じゃった。恋などする資格はなか。よろしい、ならば合戦ぞ！　おいは合戦が好きじゃ！　夜《よ》討《う》ちが好きじゃ、朝《あさ》駆《が》けが好きじゃ、種子《たね》島《が》《しま》の硝煙《しょうえん》の香りが好きじゃ、一騎《いっき》討《う》ちが好きじゃ、釣《つ》り野伏《のぶせ》が好きじゃ、捨《す》て奸《がまり》が好きじゃ、九州にキリシタンバテレンの王国を築こうとする売国の輩《やから》どもを殲滅《せんめつ》する一心不乱の大合戦を思い浮《う》かべただけで胸が躍《おど》るど！」

「いやだから、とりあえず地面に大量に突き立てている日本刀の数々をしまおうね？　恋ができないから合戦だなんて、都ではとおらない修羅《しゅら》の理屈《りくつ》だからね？」

「のう、相良良晴？　家久って、もじょか？」

「もじょ？　もしかして『喪女《もじょ》』のことか？　知らなかった！　戦国時代にすでに『喪女』という痛ましい言葉があったとは！　やばい！　姫《ひめ》武将の風習のせいで婚期《こんき》を逃《のが》す娘《むすめ》さんがたが続々と生まれているせいか？　すでに合戦準備をはじめている家久ちゃんをこれ以上怒らせたら接待が台無しになる！　というより京の都が灰燼《かいじん》に帰《き》す！」

「なにを騒《さわ》いどる、相良良晴？」

「だいじょうぶだ家久ちゃん！　きみは、ぜんぜん喪女じゃないよ！」

「んにゃんにゃ！（涙）」

良晴はこの時知らなかったが、もじょとは、薩摩弁で「かわいい」の意味。

都人に鬼扱《おにあつか》いされている家久は、おそるおそる「家久はかわいいか？」と良晴に聞いてみたのだった。それを全力で否定されたので、気位の高い家久はすっかり涙目になってしまった。

「うう〜。都ではじめて出会ったおのこに、面と向かってかわいくないと言われとう！　屈辱ぞ！」

家久は涙目で震《ふる》えながら、すぐさま、日記に書き込んだ。

『織田家家臣団その壱《いち》。相良良晴。傍若無人《ぼうじゃくぶじん》で失敬なサル面冠者《づらかんじゃ》。武力推定十三、外交力

三十、魅力《みりよく》五、内政力・統率力不明。このおいをかわいくないと言ってのけた無礼者ぞ。これよりこの生き恥を雪《そそ》ぐべく都で挙兵し、こやつの首を盗る！』

ちなみに良晴は家久の日記を覗《のぞ》き見しなかったので、良晴自身は日記の内容を知らない。

家久の「殺す」宣言！　良晴危《あや》うし！　しかし。

「へえ。薩摩の女の子は、んにゃんにゃって叫《さけ》ぶのか。かわいいなあ」

「……か……」

家久はかあっと頬《ほお》を赤らめ、（最初からそう言え）と唇《くちびる》を尖《とが》らせて、日記に書き込んだ物騒《ぶっそう》な一文を墨《すみ》で塗《ぬ》って取り消した。

そして、余白にこっそりと書き書きした。

『少々勘違《かんち》がいばしとった。おいをかわいいと言ってあっけらかんと笑ってのけるおのこははじめてぞ。今源氏と呼ばれるのは伊達《だて》ではなか』

島津家が生みだした最強の戦闘マシーン・島津家久の戦場におけるターゲット殺傷能力は、戦国時代随一《ずいいち》、いや日ノ本の戦史上最大の異常さを誇《ほこ》る。つまり良晴はからくも命拾いしたのだが、本人は「島津家久ちゃんか。清純で凜々《りり》しい顔立ちとほんわかした薩摩弁とのギャップが、やけにかわいいじゃねーか」とときめいていて、ぜんぜん気づかなかった。

「に、二度言わなくてもよか！」

この時ばかりは良晴の女の子好きの性分《しょうぶん》が、自らの命を、そして京の都を救ったのだった。

※

「相良さぁ、あれからさほど日は経《た》っていないのにずいぶんと懐《なつ》かしか」

「ああ。こういう形で再会するとは俺も思ってなかった。島津家の捕虜《ほりょ》とは、格好がつかないな」

「おいもあの頃から比べると、本州弁がうまくなったど」

「そうか？」

「そうじゃ！　しかし大好きな『源氏物語』はあれから読んでなか。戦《いくさ》で忙《いそが》しうて、そんな暇《ひま》がなかった。辛《つら》か～。乙女心《おとめごころ》が涸《か》れて、干ぼしになるぅ～」

歳久の前では緊張《きんちょう》して怯《おび》えていた家久だったが、こうして二人きりになると以前となにも変わっていなかった。良晴は（よかった）とつい笑ってしまった。

「そうか。釣り野伏を考案したのは家久だったな。俺の黒星続きの戦歴に、決定的な負けをつけてくれたなあ。きみはやっぱり、戦の申し子。天才だな」

「んにゃ。天王寺《てんのうじ》で雑賀孫市《さいかまごいち》に撃破《げきは》され、木津川口《きづがわぐち》では織田信奈の鉄甲船《てっこうせん》に粉砕《ふんさい》され、東国では武田騎馬隊《たけだきば》を率いて伊達政宗《だてまさむね》に捕《と》らわれ、手取川《てとりがわ》でも上杉謙信に撃破されて撤退《てったい》。黒星続きの相良さぁに勝ってもたいして自慢《じまん》にならんど？　あははっ」

そう考えると当たり前だが俺は藤吉郎のおっさんの足下《あしもと》にも及《およ》ばないなあ、やはり太閤《たいこう》秀吉《ひでよし》は偉大《いだい》な戦国武将だった、と良晴は頭をかいた。

「明朝の義陽との祝言を止めてほしいのには、理由があるんだ」

「……ま、まさか、祝言の相手はおいでなければいかん、と？　ち、ちくとだけ、か、考えさせてくれんか……その、あの」

「実は義陽と祝言をあげたら俺、この世界から消えてしまうんだよ」

「んにゃんにゃ!?」

良晴は、「どういうことじゃ？」と首をひねっている家久にかんで含《ふく》めて詳しく説明した。

「相良義陽が、良晴のご先祖さま!?」

「ご先祖さまと子孫が結ばれたら、その子孫自身が自分のご先祖ということになってしまい、世界の秩序《ちつじょ》とでもいうべきものが乱れる。未来語だと、因果律とでもいうのかな？だから、そうなったら子孫のほうはこの世界から自動的に消去されるらしい。つまり俺が」

「相良さぁがさっきいちど消えかけて卒倒《そっとう》したのは、それが原因ど？」

「島津軍と戦って死ぬならば覚悟《かくご》の上のことだし後悔《こうかい》もなかったが、存在そのものが消《しょ》滅《めっ》してしまうと俺がこの世界でやってきたことのすべてが消えてしまう。みんなの記憶《きおく》からも消える。それは俺としては悔《く》いが残るんだよ。俺が戦国の世でやってきたことすべてが無意味になってしまうからな」

そんなのは嫌《いや》じゃ！　と家久が唇を震わせながら叫んでいた。

「相良さぁ。京ではほんに世話になり申した。おいは相良さぁを友と思うちょる。こんどは、おいが相良さぁを守るど」

「ありがとう！　義弘と義久は、近衛のおっさんが説得してくれる。ちょっとやり方に問題があるが、時間がないから勘弁《かんべん》してほしい。家久が俺に加勢してくれるなら、俺とともにこれから歳久を説得してくれないか。それで、ぎりぎり間に合う」

歳久という名を聞いたとたん、家久は「びくっ」と小さな肩《かた》を震わせて目を伏《ふ》せた。

家久がこんな怯えた表情をするなんて、信じられない、と良晴は思った。

「……歳久ねえは、おいを嫌《きら》っとる。おいが顔を出さないほうが、よか」

「歳久が、きみを嫌ってる？　そんなはずはない。考えすぎだよ。たしかに歳久は口は悪いけれど、家久は家族から愛されて育てられてきた子だよ。こうして話せばわかるよ。そういえば姉妹四人とも目つきがそっくりで笑えるよな。みんな鷹《たか》みたいな鋭《するど》い視線の持ち主でさ、ははっ」

「……違《ちが》う。歳久ねえは、今日もおいを褒《ほ》めてくれんかった。釣り野伏を完成させて伊東軍を破った今日こそは褒めてくれると信じとったのに。おいには戦のことしかわからん。でもう、これ以上なにをどう努力すればいいのか、それすらわからんようになった。おいはどれほどがんばっても、歳久ねえに叱《しか》られてばかりじゃ。う……うぅ……」

良晴は、自分が消滅の危機に陥《おちい》っていることを、忘れた。

種子島で心臓を撃《う》ち抜かれたような衝撃《しょうげき》を受けた。

あの家久が自分で自分の細い身体《からだ》を抱《だ》き、うずくまってなにかから隠《かく》れようとしていたからだ。

嘘《うそ》だろう、と目を疑った。

触《ふ》れたら壊《こわ》れてしまいそうな痩《や》せた家久の肩に、良晴はそっと自分の手を乗せていた。

「家久。だいじょうぶだ。いったいなにがあったんだ？　もしよかったら、教えてくれ」

「……申し訳なか。相良さぁ、今はそれどころではなか」

「いや、いい。俺は、目の前でそんなふうに泣いている女の子に『俺の命を助けてくれ』と繰《く》り言《ごと》を漏《も》らすようなことはしない」

それに——それに。

その先の言葉を、良晴は家久に伝えられなかった。

家久は知らない。歳久たちもまだ知らない。

良晴が知っている歴史では、島津四「きょうだい」のうち、最年少の島津家久が、誰《だれ》よりも早く散ってしまうことを。

まるで生き急ぐかのように合戦に次ぐ合戦を繰り広げて、戦国の歴史に輝《かがや》く武功と伝説だけを残して、若くして死んでしまうことを。

しかも、その死因は、いまだに謎《なぞ》だった。毒殺されたとも急病で倒《たお》れたとも言われる。

ただ、わかっていることは、必殺の「釣り野伏」戦術を完成させた島津家は怒濤《どとう》の進撃を続けるが、ついに九州を統一できない。宿敵・大友宗麟を滅《ほろ》ぼせない。

北上作戦を開始し、大友宗麟を倒す寸前。

その土壇場《どたんば》で、本州から「天下人」がやってくる。本能寺で倒れた織田信長ではなく、織田政権を継《つ》いだ木下《きのした》藤吉郎——豊臣《とよとみ》秀吉が。

家久は「戸次川《へつぎがわ》の合戦」で秀吉軍の先鋒《せんぽう》隊を完全粉砕し、長宗我部《ちょうそかべ》信親《のぶちか》、十河存保《そごうまさやす》たち名だたる武将たちを討《う》ち果たすが、雲霞《うんか》の如《ごと》き秀吉本隊の大軍勢が九州に上陸すると豪族《ごうぞく》国人たちがいっせいに離反《りはん》。戦線を維持《いじ》することが不可能になり、決戦することもかなわず撤退に追い込まれる。

凄惨《せいさん》な撤退戦が続く中、島津家はついに秀吉に降伏《こうふく》し、家久は秀吉陣営《じんえい》に出頭。

その直後に、家久は突然《とつぜん》死ぬ。

死因は、わからない。秀吉方による毒殺とも言われる。しかし、医学が発達していない戦国時代の毒殺には証拠《しょうこ》が残らない。

良晴は、目の前にいる少女・家久と、自分が知っている天才武将・島津家久とは別人でまったく異なる運命のもとに生きている、となんとなく信じていた。あまりにも彼女は明るく、幼かった。そのような不運な結末など家久の前途《ぜんと》にあるはずがない、と思っていた。だが、玉砕《ぎょくさい》戦術を考案してまで合戦にのめり込む今の家久を――歳久に愛されていないと怯えて泣いている家久を見て、はじめて、二人の家久が良晴の中でひとつになった。

家久の謎に満ちた最期《さいご》。目の前に秀吉の大軍が迫《せま》っていながらあれほど自滅《じめつ》的な合戦にのめり込んでいった家久の生き様。九州統一の悲願が破れた直後のあっけなさすぎる死。良晴は、その陰《かげ》に、自分の姉に怯える家久の心の傷を見つけたような気がした。家久は、姉たちに褒めてもらうために、認められるために、愛されるために、命を捨てがまって戦わなければならないのではないか――そう、思い詰《つ》めているのではないかと。

(京で出会っていなければ、あの合戦とまるで無縁《むえん》な、恋《こい》に恋する女の子の家久を知らなければ、先に俺自身の問題を解決しようとするところだが。だが、家久は俺の友だ。放《ほう》ってはおけない)

この土壇場でまた目の前の実を拾いに行くつもりか、と五右衛門に叱られる気がしたが、五右衛門は案外笑ってくれるかもしれない、とも思った。

「家久。言いたくないのなら、言わなくてもいいんだ。今夜は、俺がついている」

このままでは相良さぁの命はあとわずかじゃ、それでもおいの泣き言を聞いてくれるのか、と家久が涙声《なみだごえ》で返事をした。

「ああ。気にするな。俺よりもお前のほうが心配だよ。そっちの仕事は、近衛前久のおっさんにぜんぶ任せた」

んにゃ。話す。急いで話すから、話し終えたらおいのことは忘れて急いで歳久ねえのもとへ祝言《しゅうげん》を止めてくれと説得しに行ってくれ相良さぁ、と家久がはなをすすった。

「わかったよ。行くと約束する。ほら、鼻をかめ」

「……ちんっ！」

頭をそっと撫《な》でていると、家久はやっと落ち着いてくれた。

そして、話しはじめた。

「……歳久ねえは、おいの身体に流れる血を嫌っとるんじゃ」

「血？　きみたちは血がつながった実の姉妹《しまい》だろう？」

「相良さぁには黙《だま》っとったことがある。おいは、三人の姉者とは母親が違うど。おいだけが、父上の愛妾《あいしょう》の子じゃ。本来ならば、他家へ養子に出されるべき立場じゃ。身分の低い母親から生まれた光源氏《ひかるげんじ》が臣籍《しんせき》降下させられて帝室《ていしつ》から外されたのと同じように――」

※

戦国時代の島津家は長らく一族同士で対立して内戦を続けていたが、四姉妹の祖父・島津日新斎《にっしんさい》が島津家中興の祖となり、種子島《たねがしま》で鉄砲《てっぽう》を入手し全日ノ本に魁《さきが》けて鉄砲の自国生産に踏《ふ》み切った四姉妹の父・島津貴久《たかひさ》の代にいたってかつての島津の旧領「薩摩・大隅・日向」の三州統一は目前となった。

島津家は名門だが、長年の内紛《ないふん》によって混迷してきた一族である。

ゆえに、戦国武将というよりも優秀《ゆうしゅう》な教育家だった日新斎は、嫡男《ちゃくなん》・貴久と孫の四姉妹たちに一族の和を説いて熱心に教育した。

毛利元就《もとなり》が、あの「三本の矢」の逸話《いつわ》を準備してまで三兄妹《きょうだい》に家族の和を説いたのと動機は同じだったが、島津は内紛をお家芸にしてきた家系だけに、日新斎は四姉妹の教育には細々《こまごま》と気を配った。それぞれの個性を尊重し、欠点をあげつらうよりも彼女たちの優《すぐ》れた特性を育てようとした。

日新斎は、幼い四姉妹をこう評した。

長姉の義久には「三州の総大将たるの材徳自ら備わり」。

次姉の義弘には「雄武英略を以《もっ》て傑出《けっしゅつ》し」。

三姉の歳久には「始終の利害を察するの智計《ちけい》並びなく」。

末妹の家久は「軍法戦術に妙《みょう》を得たり」。

事実、そのとおりとなった。

義久、義弘、歳久はそれぞれ大将として、軍事を司《つかさど》る武神として、謀略《ぼうりゃく》を極《きわ》めた軍師として、若くして頭角を現した。

ただ、一人だけ歳《とし》が離《はな》れた家久は、三人の姉と比べれば成長が追いつかない。

幼い家久に軍法戦術を教え込む家庭教師として抜擢《ばってき》された武辺者の男武者・新納《にいろ》武蔵《むさし》が、その子鬼《こおに》のような見た目とは裏腹に心は乙女《おとめ》、薩摩には珍《めずら》しい風流人だったことも原因だったかもしれない。

新納武蔵は、家久をかわいがった。このような幼い姫《ひめ》に殺伐《さつばつ》とした戦働《いくさ》きの知識ばかりを詰め込むのは姫の将来のためによくない、と悩《なや》んだ。だから戦術を教えるかたわらで、「源氏物語」の講釈《こうしゃく》などをして風流趣味《しゅみ》に目覚めさせてしまった。

家久は次第《しだい》に「島津家末っ子の不出来な道楽娘《むすめ》」と家中で囁《ささや》かれはじめる。

ある日。

父・貴久から休暇を与《あた》えられた四姉妹が揃《そろ》って馬追いに興じていた時のこと。

その事件は起こった。

三人の姉は見事に愛馬を乗りこなしていたが、幼い家久は馬術が苦手で、また馬が大きすぎることもあって何度もすっころびそうになった。

「んにゃんにゃ！」

「だいじょうぶ、家久？」

「妹よ。そんなことでは困るぞ」

敬愛する姉たち——義久と義弘に笑われ、家久は思わず「ううう」と目に涙を浮《う》かべた。

長姉として義久がそんな家久になにかを言おうとしたが、なぜか言葉に詰まった。

この時、口が悪いことで知られる三姉の歳久が、乗馬に悪戦苦闘《あくせんくとう》している家久を眺《なが》めながら、やけに早口でつぶやいた。

「仕方ないわ。家久の乗っている馬は、私たちの馬とは母親が違うものね。人間だって同じことだわ。姉妹のうち一人だけ出来が悪いからといって気にする必要はないわよ、家久」

家久は、この言葉をかけられた瞬間《しゅんかん》から、歳久に怯《おび》えるようになった。

絶対に、聞きたくない言葉だった。

四姉妹のうち、上の三人は貴久の正妻が産んだ娘だった。

しかし、年の若い家久だけは、違った。

家久は、貴久が老いたのちに、側室に産ませた子だったのだ。

だから、家久だけが、三人の姉と歳が離れていて、幼い。

身体も小柄《こがら》で、義久や義弘とは比べるべくもない。

姉たちはすでに戦場に出て姫武将として活躍《かつやく》していたが、家久はまだ遊びたい盛《さか》りの子供だった。

軍法戦術の講義よりも、都の風流話や恋話を聞いているほうが楽しかった。

家久はそんな出来の悪い自分が、「島津四姉妹」の一人として数えられていることに、ずっと違和感《いわかん》を抱《いだ》いていた。

（おいは、義久ねえたちとは生まれが違う。母上はまこと好きじゃ。じゃどん、もしかしておいだけが不出来なのは、島津本家の血が薄《うす》いせいかもしれん……）

感受性の強い家久は子供ながらに、そんな迷いを抱き、いつか家臣団の誰かに指摘《してき》されるのではないかとずっと怯えていた。

だがまさか、実の姉の口からその言葉を聞かされるとは、考えたこともなかった。たとえ母親が違《ちが》えども、姉たちは自分を妹として溺愛《できあい》してくれている、と信じていたからだ。

だが、それはただの思い込みだった。

ほんとうは自分は、姉に愛されていなかったと、思った。

まだ幼い心に、生涯《しょうがい》消えない傷を、受けていた。

気がつけば、家久は唇《くちびる》を嚙《か》みしめて馬上で泣いていた。

声はあげなかった。いや、あまりの衝撃《しょうげき》と恐怖《きょうふ》で喉《のど》が凍《こお》り付いてしまい、声をあげることができなかった。

自分の顔から、血の気がひいていくのがわかった。

呼吸をすることさえ、できなかった。

「……家久？」

歳久が、なにか恐《おそ》ろしいものを見るかのような視線で、家久を凝視《ぎようし》している。

義弘は馬を駆《か》って家久に駆け寄り、「どうした家久？　息をしろ！」と背中を撫でた。それでも家久が「……あ……あ……」と呼吸を止めたまま馬上で震《ふる》えているので、あわてて背中を平手で叩《たた》いた。

「けほ、けほっ！」

「家久、息を吸え！」

この光景を呆然《ぼうぜん》と眺めながら義久はしばらく逡巡《しゆんじゆん》していたが、意を決したように口を開いた。

目に涙を浮かべながら、歳久を、叱《しか》りつけていた。

「馬も人も、血筋だけですべてが決まるわけではないわ！　家久は私たちの妹でしょう、歳久！　家久に謝りなさい！」

「……悪かったわ。少し言い過ぎたみたいね。今日のことは忘れなさい、家久」

しかし、家久の歳久に対する恐怖心《きようふしん》は、決してぬぐうことができないものになった。

歳久個人に対する恐怖心というよりも、「姉たちと血筋が違う、母が違う」という劣等《れつとう》感と負い目が、家久の頭から離れなくなってしまった。

馬追い事件ののち、家久は、人変わりしたように軍学に没頭《ぼつとう》するようになった。

この事件について、以後、四姉妹は決して他人に語ることはなかった。

※

「じいさまは、おいには軍法戦術の才があると言うてくれた。ならば合戦に生き合戦に死んで、島津家の悲願・三州統一をおいの軍才の力で達成する。そうすればきっと、歳久ねえにおいは褒《ほ》めてもらえる。おいはあの日、そう心に決めた」

大将が自ら囮《おとり》となって十倍の敵軍の中に突《つ》っ込んでいく「釣《つ》り野伏《のぶせ》」。家久独自の玉砕《ぎょくさい》戦術志向は、「島津家のために戦って死ぬ」という前提のもとに生まれたものらしい、と良晴ははじめて理解した。

「こんなおいでも、姉たちは姉妹として扱《あつか》ってくれる。恩は返さにゃならん。戦って勝つ才しか、おいにはない。だからおいは、自分を戦場から逃さぬために『戦場から退いた者は死罪』『戦場で敵の首を盗《と》らなかった者は死罪』という軍法まで作った。討《う》ち死に上等の戦術『釣り野伏』も考えだした。もしもしくじれば、大将のおいが責任を取って討ち死にすればよか、と覚悟《かくご》した上じゃった。じゃどん……」

歳久ねえは、認めてくれなかった。

釣り野伏を具申した席で、こんな粗雑《そざつ》な玉砕戦術で島津の兵児《へこ》たちを無駄死《むだじ》にさせることは許されない、とおいを叱りつけた。

私が事前に敵軍の情報を撹乱《かくらん》する策を付け足してあげないと、これは戦術として完成しないわ、と。

おい自身が大将の役目を務めるという話は、義弘ねえに止められた。

お前は未熟だ、私でなければこの困難な大将役は務まるまい、と。

「じゃが、それでもおいの戦術を用いて島津軍が日向の伊東軍を粉砕《ふんさい》すれば、おいはきっと歳久ねえに褒められると思うちょった。それも、甘い夢物語にすぎんかった」

木崎原ではおいのちっぽけな、女々《めめ》しい夢のために、敵味方の武士が大勢死んだ。釣り野伏のせいじゃ。もう、どうしていいかわからん。三州では足りんのか。九州全土を統一すれば歳久ねえは褒めてくれるじゃろうか？　おいを、愛してくれるじゃろうか？　あとどれだけ戦えばいい？　どれほど敵味方の血を流せば？　いくら戦っても、おいの身体《からだ》に流れる血を入れ替《か》えることはできん。この血を入れ替えねば、きっとおいは島津の妹にはなれん。せめて、自ら戦って死にたか。戦って島津のために死ねば、姉たちもおいをほんとうの妹だと認めてくれるかもしれん。

あの家久が、声を殺して泣いていた。

良晴は、家久の痩《や》せた背中をそっと抱《だ》きしめていた。

家久が合戦にのめり込み続け、そして九州統一の夢が泡《あわ》と消えると同時に四人のきょうだいのうち誰《だれ》よりも早く命を散らしてしまう未来。その原因は、家久自身の血への負い目、血筋ゆえに姉たちに愛されていないという痛ましい想《おも》いにあった、そう確信していた。

「相良さぁ」

「ああ。聞いてるさ。言いたいこと、言いたかったけど言えなかったことを、ぜんぶ今ここで吐《は》き出しちまえ」

「おいは、歳久ねえを恨《うら》んではおらん。出陣《しゅつじん》を認めてくれなかった義弘ねえも恨んでおらん。じゃどん、姉たちの役に立ちたか。愛されたか。島津家の姉妹《しまい》として認められたか。だから、大友との決戦ではたとえ軍律を無視してでもおいが先陣を切って、囮となり魁けて死ぬ。そうでなくては、おいのために木崎原で釣り野伏の囮役を買ってくれた家臣たちにも、顔向けできん」

「死に急ぐな。家久。ここは戦国時代だぜ。死ぬのは簡単だ。でもお前、姉たちに愛されなかった、という後悔《こうかい》を抱《いだ》いたまま死んでいいのか？　きっと、最後の瞬間に悔《く》いが残るぞ」

「……じゃどん。生まれ持った血筋は、どうしようもなか！」

「血筋なんて関係ない。俺を見ろ。未来から来た得体の知れない氏素性《うじすじょう》もない俺が、乏《とぼ》しい未来知識とはったりの度胸と生き汚《ぎたな》さだけで織田家の中国方面司令官にまで立身した。御所《ごしょ》から、筑前守《ちくぜんのかみ》の官位までもらっている。使い道はないけどな。それに、天下人の信奈と、恋《こい》に落ちた」

血筋なんて人間には関係ないし必要もないし意味もない、自分の人生を決めるものは自分自身の意志だ、自分自身の行動だ、きみの姉さんたちだってきみを他《ほか》の姉妹と区別したりなんてしていないはずだ。姉さんたちを信じろ。

「家久。きみを苦しめているものはほんとうは、きみの姉さんたちじゃない。きみ自身の心に巣くっている、血筋への負い目だ」

「違う」

「違わない。俺にはわかるよ。なにしろ、血筋だなんて言いだしたら俺はこの戦国日ノ本の最底辺だから。もっとも、この九州でご先祖さまが見つかって、少々立場が変わったけれど。ちらりと、信奈から逃《に》げだそうと考えたこともある。俺が隣《となり》にいる限り、信奈の悪評の元凶になるわけだから。でも、もう逃げないことにした。信奈は血筋や家柄《いえがら》なんて関係ない、と言ってくれた。きみの姉さんたちだって、本心ではそう思っているはずだ」

家久はやっと顔をあげて、良晴と視線を合わせてくれた。

「はは。相良さぁはまこと光源氏のようなおのこじゃ、もっとも顔は猿《さる》じゃな」

「そんなに猿に似てないと思うだけどなあ」

「……相良さぁ。おいは、ほんとうは」

「ほんとうは？」

頬《ほお》を染めながら、家久はくちごもった。

「……ほんとうは死ぬ前にただ一日でもいい、恋がしたか……」

「だから、京の都を見物に来たんだろう？　源氏物語の舞台《ぶたい》となった聖地を巡《めぐ》りに。下鴨《しもがも》神社参りに、鞍馬山《くらまやま》での源氏物語講座。楽しかったよな」

「楽しかった」

「家久は茶の湯がわからないもんだから、接待役の十兵衛ちゃんに白湯《さゆ》を頼《たの》んだりしてな」

「い、今は、多少は茶をたしなんどる！」

「やっと元気が出たな。俺は今から、歳久に会ってくる。馬追い事件の話をきちんと聞き出してくるよ。きっと、家久と歳久の間で、誤解がある」

「んにゃんにゃ？　そんな暇《ひま》が相良さぁにあるか!?　嫌《いや》じゃ。このまま相良さぁが消えてしもうたら、おいは悲しいど！」

ぎゅー、と家久に抱きしめられた。

幼くてもやはり島津家の姫武将である。家久は小柄できゃしゃなのに、意外と力が強かった。

良晴は逃げだせなくなって、困ってしまった。

「おいおい。離《はな》してくれないかな。どんどん時間が……」

「おいのことよりも、相良さぁの祝言《しゅうげん》を止めろ、という話をせにゃならんど。約束せんのなら、部屋から出さん！」

「ああ、わかった。約束するよ」

そちらの話はすぐに歳久に「あなたが消えようが消えまいが知ったことじゃないわ」とけんもほろろに打ち切られるだろうから、約束は守れそうだ、と良晴は思った。

「はあ？　明朝の祝言を中止しろ？　イヤよ。あなたが得体の知れない理屈《りくつ》で消えようが消えまいが私の知ったことではないわ。そもそも、相良義陽との祝言であなたが消える理屈が納得《なつとく》できないわ。どうせまた祝言を引き延ばしてその間に小細工しようとしているのでしょう？　相良義陽は狡猾《こうかつ》な女狐《めぎつね》だもの。消えるのなら勝手に消えて頂戴《ちようだい》」

ほぼ予想通りの反応。この話は三分で終わった、と良晴は茶をいただきながら苦笑《くしよう》した。

ここは歳久の寝室《しんしつ》。

眠《ねむ》い目をこすりこすり、歳久は歯ぎしりしながら二杯《はい》目の茶を準備している。

「あなたが近衛前久さまのご友人だと発覚しなければ、絶対にこの夜中に乙女《おとめ》の寝室へ乱入してきた猿を生かしてはおかないところだけれど。まったく、わけがわからないわ。貴《とうと》い血筋の近衛さまと猿とを掛《か》け合わせて、織田信奈はいったいなにを考えているのかしら。

あなたがあの九州の名家・相良義陽の子孫という話も眉唾《まゆつば》よ。いかにも、織田信奈との祝言のためにでっちあげた後付け話臭《くさ》いわね」

「そう。そっちがむしろ本題なんだ。その血筋という言葉、できれば家久の前で使わないでほしいんだけど」

歳久は、よほどあわてたのだろう。

手にしていた茶碗《ちゃわん》を落としていた。

「い、い、家久の話がどうしてでてくるのよっ⁉」

「馬追い事件のこと、聞いちまってな」

「誰によ、誰にっ？　まさか家久自身？　あなた、正攻法《せいこうほう》では美しい棘《とげ》で理論武装している私を口説けないからって、そんな搦《から》め手で攻《せ》めてくるつもり？　卑劣《ひれつ》だわ！」

「え？　俺はきみを口説きに来たんじゃないよ？」

「嘘《うそ》おっしゃい！　畏《おそ》れ多くも近衛前久を名乗るまるで別人の偽者《にせもの》が城内に侵入《しんにゅう》して、こともあろうにお堅《かた》い義弘姉さんに夜這《よば》いをかけて半殺しにされたばかりなのよ！　その偽者も、相良良晴の祝言を中止しろ、と義弘姉さんを言いくるめに来たそうよ！　あれはあなたのお仲間でしょう？」

俺自身の延命工作はこれで万策《ばんさく》尽きた、と良晴は嘆息《たんそく》した。

「……こ、近衛のおっさん……あまりにも別人すぎて、本人だと信じてもらえなかったのか……生真面目《きまじめ》な義弘なら、ありそうなことだ……」

「完全に失神してしまったから、朝まで目覚めないわね。鹿島《かしま》神道流の達人だったそうだけれど、戦場仕込みの義弘姉さんのタイ捨流剣法《しやりゆうけんぽう》にはかなわなかったわ。もっとも、偽者はすさまじい実力者で、鹿島神道流の奥義《おうぎ》・一の太刀《ひとつたち》を繰《く》り出されていたら義弘姉さんといえどもあやうかったらしいけれど」

「しかも、恋の勝負のはずが剣術対決になっている⁉　義弘らしいといえばらしいけれど、近衛のおっさんも一の太刀を繰り出して本気で殺しに行くことは躊躇《ちゆうちよ》したんだろうな……口説きに行ったはずなのに相手の女の子を討《う》ち果たしていた、じゃ意味ないしな……だが、島津義弘はどれほどの達人であろうとも手心を加えて勝てる相手じゃない」

近衛のおっさんはどうも能力はあるんだけどいまいち判断が軽率なんだよなあ。まああれで岩倉具視《いわくらともみ》のような真の知恵者《ちえ》だったら今頃《いまごろ》近衛政権が実現していたはずなんだし仕方ないが、と良晴は寝込《ねこ》んでいるであろう近衛前久を思って合掌《がつしよう》した。

これで俺はいよいよ追い詰《つ》められて王手をかけられたが、今更《いまさら》あんなに傷ついている家久をほっぽり出して歳久に命乞《いのちご》いするような真似《まね》はできない。いずれにしても家久と歳久が和解しない限りは歳久が家久の意見に賛同するわけもなく、結局俺は助からないのだからこれでいいんだ。

良晴は茶を一気に飲み干して「おかわり」と声をあげていた。

「いいこと相良良晴。私は三州統一、そして九州制覇《せいは》にわが知謀《ちぼう》のすべてを捧《ささ》げているの。恋などにうつつを抜《ぬ》かすわけにはいかないわ、帰りなさい」

「義弘も義久も、ずいぶんきみに婿《むこ》を斡旋《あっせん》したがっていたようだけれど」

「あの二人は、自分が少しばかり胸が大きくて女らしい身体だからって油断しているだけよ！　よもや自分が私より婿取りに苦労するなどとは想像したこともないんだわ！」

「いや、待ってくれ。きみはどうしてそこまでして自分の知謀を島津家のために捧げなきゃならないんだ？　家久のように血筋に負い目を抱く立場じゃないだろう？」

「そ、それは、私があんな心ないことを言って家久を戦闘狂《せんとうきょう》にまで追い込んでしまったから……なわけがないでしょう！　薄《うす》い胸のせいよ、すべては！　なにもかも私のこの平らな胸が悪いのよ！　薩摩の男どもの視線は常に、二人の姉の豊かな胸元《むなもと》に釘付《くぎづ》けよ！　どうして私だけ？　幼い家久よりも小さいって、どういうこと？　桜島のように噴火《ふんか》して盛り上がってくれないかしらっ」

歳久の戸惑《とまど》う表情の中に、良晴は、可能性を見つけた。

歳久は家久を嫌っているわけじゃない。胸のことでは恨みがありそうだが、それはありとあらゆる乙女に対して抱いている恨みだから家久個人とは関係がなさそうだ。

「馬追い事件の時の発言を、きみは後悔しているんだね」

「知ったような顔で言わないで頂戴、失敬な男ね！　どうしてあなたにそんなことがわかるの？　あなたと私は今日会ったばかりの他人じゃない！」

「でも、家久とはもともと友達なんだ。あいつはほんとうに純真で、心根の爽《さわ》やかな女の子だ。その家久が、ほんとうに姉に嫌《きら》われて邪険《じゃけん》にされていたはずがない。つまり……」

「黙《だま》りなさい！　家久を罵倒《ばとう》したことを私は後悔なんてしていないわ！　幼くて無能な妹に軍法戦術担当を押しつけて苦労させていることに、一応は姉として責任を感じているだけよ！　あの子の考える戦術はいちいち、自分を最前線に押し立てて敵兵に殺させるような自爆《じばく》まがいの危険なものばかり。あんなものをそのまま採用していたら、味方のほうから先に死んでいってすぐに大将役が不足してしまうわ」

「家久の身を案じているんだね」

「違《ちが》う！　別に私は、家久を討ち死にさせたくないと言っているのではないわよ？　私が手を入れて欠点を補ってあげないと、釣《つ》り野伏《のぶせ》なんて無茶な戦術が成功するはずはない。私が木崎原の合戦の際に相良軍を偽《にせ》情報で追い返そうとしたのも、少数の囮《おとり》を突出《とっしゅつ》させる釣り野伏はひとたび敵軍に挟撃《きょうげき》されれば無効どころか味方の全滅《ぜんめつ》を招く戦術だからよ」

「でも、俺はきみの偽情報を未来知識で見抜《みぬ》いたぜ？　それでも島津が勝った」

「それは義弘姉さんがとてつもなく強い武神だからよ！　あれが家久だったら、あなたたち相良軍に蹂躙《じゅうりん》されて殺されていたわ！　ほんとうに、余計な真似を！　消えるなら消えて頂戴！」

「なら、馬追い事件について話してくれ。明け方の祝言とともに俺は永遠に消えるよ」

「……おかしな男ね。自分の命乞いより、家久のほうが大事だなんて」


歳久がしぶしぶ語ったところによれば、「馬追い事件」の真相は、ひたすらに歳久個人の感情の暴走が原因だったという。

当時の家久が風流趣味《しゅみ》に走った不出来な妹だったことは周知の事実だ。

四姉妹《しまい》での馬追いの前日、歳久と義久は、家久を巡って少しばかり口論となった。

このまま放置していては家久はダメな姫になるわよ、いちどぴしゃりと言ってあげて反省させないといけないわ、と歳久は説いた。

だが義久は「まだ子供だし、長い目で見てあげようよ」とおおらかに家久をかばった。

歳久は「同じ妹なのに、姉さんは家久ばかりかわいがるわね」と納得がいかなかった。

だいいち、自分より幼い家久のほうが胸があるとはどういうことなのか。

なぜ、二人の姉と同じ血をひいているはずの私が平らで、母が異なる家久のほうが胸という乙女にとってとても重要な部分において姉たちと似ているのか。

それらの不満が、あの時、不意に口をついて出てしまったのだという。

しかし今ではあれでよかったと思っている。なぜなら、家久が目を覚まして合戦に興味を向け、まがりなりにも島津家の姉妹らしい働きをはじめたのだから。

「そもそも、家久の母親が私たちの母と異なることは、変更不可能《へんこう》な事実でしょう。そんなことで落ち込まれても、それは私の知ったことではないわ。この修羅《しゅら》の九州は、そういう甘ったれたお姫さま根性《こんじょう》では生きていけないわよ。義久姉さんは気が優《やさ》しいから家久に説教なんてできないし、義弘姉さんは鷹揚《おうよう》すぎるし。だから小姑《こじゅうと》のような罵詈《ばり》雑言《ぞうごん》を吐くのは私の役目よ。家久に感謝してもらいたいくらいだわ」

「でも。理屈はわかるしきみのような立場の人間も必要だが、家久がかわいそうすぎるだろう。家久はあの日からずっときみに怯《おび》えているんだよ。家久にあの発言を謝罪して仲直りしてくれないかな」

「お断りよ」

「どうして」

「また家久のさぼり癖《ぐせ》が出たらどうするの。それに、私は憎《にく》まれ役なんだからこれでいいのよ。家長の義久姉さんが憎まれたらいろいろと問題でしょう？　あの人、戦国大名の家長らしく悪人になりたいなりたいって背伸《せの》びしているけれど、そもそも向いてないから。義弘姉さんは天性ああいう性格で、憎まれ役なんてやろうとしたってできない人だし」

「家久はきみを憎んだりしていないよ。ただ、きみに愛されたいだけだ」

「……」

歳久はしばらくうつむいて、手にした茶器を撫《な》で続けていた。

良晴は、待った。

歳久の話はもっともらしく聞こえるが、矛盾《むじゅん》があった。

(馬追い事件は、四姉妹の父・島津貴久存命の頃《ころ》の話のはずだ。天才とはいえ、幼かった家久が軍法の才能を開花させるにはそれなりに時間がかかったはずだし、どう考えてもつい最近の話じゃない。まだほんものの子供だった家久の胸が、膨《ふく》らんでいたはずがない)

それに、そんな些末《さまつ》なことよりもなによりも、家久を罵《ののし》る時の歳久の表情が、まるで嬉《うれ》しそうではなかった。妹を罵倒することで暗い喜びを感じている姉、というふうにはまるで見えなかった。むしろ、家久を罵るごとに、歳久自身もまた傷ついているかのような――。

「……あなたは馬鹿《ばか》だわ相良良晴。私と家久の仲をとりもってどうなるのよ。そんなに、義陽と祝言《しゅうげん》をあげて消えたいの?」

「もちろん消えたくはないが、俺は家久の泣き顔を見てしまった。放《ほう》っておけないんだ。時間が残されていないのなら、なおさらだ。それに、祝言を中止しようという家久の意見にきみが乗ってくれる光景を想像できない。お互《たが》いにお互いを警戒《けいかい》して相手に怯えているような、今のままじゃね」

私は家久に怯えたりしていないわ、と歳久は忌々《いまいま》しそうにつぶやいた。

「あなたはずいぶんと私を買いかぶっているようだけれど、私は島津家の領土を広げることしか頭にない女なの。不出来な妹を罵倒するくらい、私にとっては息を吐《は》く程度のことでしかないのよ。さっきも言ったけれど、私はあなたとは今日が初対面なのよ。勝手に私の人格を決めつけないでもらいたいわね」

「いや。俺はきみという姫《ひめ》武将がどういう人なのかを知っている。きみの未来を。俺が消えちまったらこの会話もきみの記《き》憶《おく》から消えるから、未来の話をしてしまうよ」

「やめなさいよ。私の未来を告げないで頂戴！」

「島津歳久。きみの未来は、きっと今、きみが思い描《えが》いているとおりになる。家久の、未来も」

「……」

「運命には、不《ふ》可抗力《かこうりよく》の要素も大いにある。だが、自分自身の意志と行動との結果として必然的に辿《たど》りつく運命もある。きみは島津家一の智将《ちしよう》だからもう予想がついていると思うが、俺が知っている未来では、島津家の九州統一は間に合わない。戦国時代は急速に、終《しゆう》焉《えん》へ近づいている。本州に、巨大《きよだい》な天下人勢力が出現する。いくら薩摩隼人《はやと》の一族といえども、もう戦術とか策略でどうにかなる相手じゃない。島津家の悲願は夢に終わる。だから、家久は」

「……やめて！　その先を言ったら、殺すわよ！」

「家久は、きみたち四姉妹のうち、誰《だれ》よりも早く」

「お願い！　言わないで！　私、聞きたくない！」

歳久は、恐怖《きょうふ》に憑《つ》かれたように目を見開いて、耳を塞《ふさ》いでいた。

強引に未来を教える。少々荒《あら》っぽいやり方だが、俺が消えればこの忌《い》まわしい会話も歳久の記憶からすべてなくなる。今回だけは、だから、許される。でもいい気分にはなれない……と良晴は思った。そして、やはり俺はまだ消えたくない、とも。

俺が消えれば、戦国日ノ本の未来を知っている人間は、あのガスパールだけになってしまう。ガスパールが姫武将たちの運命に干渉《かんしょう》する時、彼女たち自身の心を、生き様を、志を尊重するだろうか？　とりわけ、ガスパールの野望に立ちはだかる強敵である島津家の四姉妹に対して？

きっと、しない。

だから前言は撤回《てっかい》する。

俺は、やっぱり、生きたい。

島津歳久の、この透《す》き通った涙《なみだ》を見てしまっては、悔《く》いが残る。

なぜなら、島津歳久の人生の結末は——。

「相良良晴！　なによその哀《あわ》れみに満ちた目は？　黙りなさい！　私のせいだというの？　私が、あの子を罵倒して追い詰めたから、そんな悲惨《ひさん》な未来を招くと、そう言いたいの？」

「そうは言っていない。俺はきみを尊敬している。哀れんじゃいないよ。きみは島津家の姉妹たちを守るために、一人ですべての罪を背負って切腹してしまう、そんな人だよ」

「私が？　姉妹の罪を被《かぶ》って、切腹？　そんな愚《おろ》か者ではないわよ、私は！　生き延びてこそ策を練れるのでしょう？　死んでしまえば島津家を守ることすらできないわ！」

「いや。きみは姉妹のためならば望んで切腹するよ。島津歳久とは、そういう人間だ」

「……卑怯《ひきよう》だわ。そんな話を、私に打ち明けるだなんて」

「ごめん。でももしかしたら、馬追い事件の時だって。きみは誰かをかばって、あるいは自分以外の人間を傷つけたくがないために、自ら罪を背負い込んである種の犠牲《ぎせい》になったのかもしれない」

「そこまで口にしたのなら、教えなさい！　相良良晴！　島津四姉妹は——たった一人でも、生き延びられるの、この修羅の世界を？」

「ああ。きみが救った。自分の命とひきかえに。知恵《ちえ》者のきみは天下人の恨《うら》みをわざと一身に背負い、最後には自ら切腹することで、島津家を守りきった」

「でも……それでも、家久は……あの子は」

良晴は、心の痛みを押し隠《かく》しながら、伝えた。

「家久は、きみがずっと恐《おそ》れているとおりの結末を迎《むか》える。きみよりも、ずっと早く……」

歳久が、思わず息をのんだ。

身体《からだ》が、小刻みに震《ふる》えていた。

もう、愚かな妹を罵倒する姉の役周りを——演技を続ける余裕《よゆう》は、なくなっていた。

「私はいい。でも家久は、まだ子供でしょう……なんとか……できないの……あなた、未来人なんでしょう？」

「なんとかするために、こうしてあがいているわけだよ。だが、現実は厳しい。木崎原の勝敗すら俺には変えられなかった。俺一人の力なんて、その程度のものなんだ。俺一人じゃ、未来は変えられない。誰かが、協力してくれないと」

歳久が良晴の未来予言を信じたひとつの理由は、木崎原の合戦直前に相良軍へと放った忍《しの》びが偽者《にせもの》だと見破られ、相良軍が島津軍の横っ腹へ突進《とっしん》してきたことにあった。自分が仕掛けた計略を相良軍に見破られたと知った歳久は、心臓が止まりそうになった。見破った者は、未来人・相良良晴だと聞いた。智力で見破ったのではなくただ「未来」を知っていただけだ、と良晴は言ったという——。

だがその良晴をもってしても、容易に運命は変えられないという。

「……どうすれば……いいの……？」

上目遣《うわめづか》いで怯えている歳久の表情は、家久にそっくりだ、と良晴は気づいた。

「だんだんわかってきた。きみは家久が自分を恨んでいると疑って恐れているんじゃない。

自分が焚《た》きつけた結果、家久が合戦にのめり込んでいった果ての未来が、智者であるきみには見えているんだ。だから、家久を恐れている。家久を傷つけている自分を恐れている。それで、素直《すなお》に接することができないんだ。家久の戦術を認めないのも、策を付け足すのも、命を捨てて戦おうとしている家久を戦場で死なせたくないからだ」

あなたの言葉がすべて偽《いつわ》りだったら生かしてはおかないわ。今の予言はすべて他言無用よ。私以外の誰かに漏《も》らしたら即座《そくざ》に殺す、と歳久が唇《くちびる》をかんで良晴をにらみつけてきた。

「わかってる。悪かった。今回ばかりは、時間がなかったんだ」

「相良良晴。私に言い訳している暇《ひま》はないわ。義久姉さんの部屋に四姉妹を全員集めなさい。あなた次第《しだい》では、あなたが野次馬根性丸出しで知りたがっている答えが見つかるかもしれないわ」

「四姉妹全員を集めて、馬追い事件の真相を明らかにしろと？」

「ええ。義久姉さんと二人きりになれればあの人はすぐに答えてくれると思う。でも、四人全員がその場に集まらないと、あなたの持ち時間はなくなってしまう。これは賭《か》けよ。義久姉さんが、家久に向かって真相を告白する勇気を奮ってくれるかどうか――」

「きみは、義久を信じているんだね」

「ええ、そうよ。『三州の総大将たるの材徳自ら備わり』。あの人は、島津の長姉だもの。決断するまではおみくじをひいたりして悩《なや》むけれど、ひとたび決断してしまえばあれほど勇敢《ゆうかん》で度量の大きな人を私は知らないわ」

義久という名を口にすると同時に落ち着きを取り戻《もど》した歳久は、誇《ほこ》らしげに微笑《びしょう》していた。

「もしも答えが見つかったら、即座に義久姉さんと義弘姉さんに祝言の取り消しを依頼《いらい》することね。それで二人を説得できるはず。あなたは、ぎりぎりで間に合う。生きられるわ」

馬追い事件で姉妹《しまい》間に生じたわだかまりを良晴が解決すれば、義久と義弘もその恩義に免《めん》じて祝言を撤回するはずだ、と知恵者の歳久は良晴に教えてくれているのだった。

「急がないとほんとうに時間切れになってしまうわよ、相良良晴。もう、夜が明けはじめているわ」

しかしこの時良晴は、もう一人、このまま放ってはおけない人の顔を思い浮《う》かべていた。

「相良義陽も、呼んでいいだろうか」

島津義久の寝室《しんしつ》は、「悪人博覧会」の様相を呈《てい》していた。

「みんなようこそ。私の悪人修行《しゅぎょう》も本格的になってきたでしょう？　わざわざ悪人の皆《みな》さんにまつわる貴重な肖像画《しょうぞうが》やお宝の数々を見に来てくれてありがとう」

なんだこれは。ほんとうに乙女《おとめ》の寝室なのか？　なんという趣味《しゅみ》の悪い部屋なのだ、と良晴に連れてこられた相良義陽が顔をしかめていた。

そこはまさに、悪の王国！

壁《かべ》一面に、人相の悪い奸雄《かんゆう》たちの肖像画がずらりと飾《かざ》られている。

義久を除く島津の三姉妹も、この「悪人博覧会」と化した義久の部屋のまがまがしさは苦手らしく、一様にげんなりしていた。

「こちらの壁は天下三大悪人だよ。悪人こそわが師なり！

まずは、奸悪無限！　日ノ本で最初に、鉄砲《てっぽう》を暗殺に用いた男！　通称《つうしょう》・姫武将殺し！　裏切り上等、宇喜多直家！　爽《さわ》やかな笑顔《えがお》でしょ？　みんな騙《だま》されるよね～。

こちらは美濃《みの》の蝮《まむし》！　京山崎の油売りから身を起こし、主《あるじ》を追放し愛妾《あいしょう》を寝取《ねと》り、まんまと美濃一国を手に入れた斎藤道三《さいとうどうさん》！　若い頃は美男子だったそうだけれど、老いてからは悪行が人相に出ていてそれはもう極悪《ごくあく》なこと。素敵だよね～。渋《しぶ》いおじさまだよね～。こんな主君に私はなりたいな。

三大悪人のトリは、女の身でありながら奈良《なら》の大仏殿《だいぶつでん》を焼き払《はら》い！　足利将軍を襲撃《しゅうげき》して室町《むろまち》幕府を滅《ほろ》ぼし！　主君の三好一族を片っ端《かたっぱし》から毒殺！　一人で『天下三大悪行』の三冠《さんかん》達成！　残る悪事はやまと御所《ごしょ》の焼き討ちだけだと囁《ささや》かれていた松永弾正！　意外にも異国情緒《じょうちょ》溢《あふ》れる美人！　でも、体型は私にそっくりだよね？　この大きな胸とそそる腰《こし》つきで男たちを惑《まど》わせてきたらしいよ。これって私にも悪女の才能があるってことだよね。えへ」

無理だ姉上とは性格が違《ちが》いすぎる、と義弘が困ったように咳払《せきばら》いした。

「向こうの壁には伝説級の歴史上の悪人物！　朝敵、足利尊氏に平将門《たいらのまさかど》！　そして私の枕元《まくらもと》には別格扱《あつか》いの天下一悪人、第六天魔王《てんまおう》織田信奈！　叡山をまるっと焼き討ち！　浅井朝倉を黄金髑髏《どくろ》に！　上京焼き払い事件という暴挙ざんまい！　本猫寺《ほんびょうじ》を相手に兵糧《ひょうろう》攻めと大銃撃戦《じゅうげきせん》！　いやあ切った張ったの合戦でだいたいの揉《も》め事を片付けちゃう九州の修羅《しゅら》とは悪の濃度《のうど》が違うねえ、悪人になるためには本州の武将を見習わないとねっ」

島津義弘が頰《ほお》を赤らめて恥《は》じながら、良晴に「姉上は人がよすぎるので、無理をして悪人修行をしているのだ。決してこういう悪事を働きたくてうずうずしているわけではない」と弁明したが、良晴は「信奈も道三も弾正も、ここまで言われるような悪人じゃないよ……宇喜多直家のおっさんはともかく」と人の噂《うわさ》の恐ろしさのほうに身震《みぶる》いした。

「義久。信奈をはじめとして、彼らはみな室町幕府の体制が崩壊《ほうかい》した戦乱の世に新しい秩《ちつ》序《じょ》をもたらすために戦ってきたんだよ。それが結果的に下克上《げこくじょう》とか悪とか呼ばれてそしられる原因になったわけで、決して根っからの悪人ってわけじゃあないんだ。もちろん人としての欠点も悩みもそれぞれ抱《かか》えていたわけで、聖人君子じゃあないけども」

「おっ。いいこと言うじゃない、相良良晴。それよ、それ。私も彼らのそういう世間の評判を恐れない確固とした意志の強さに憧《あこが》れて見習いたいの。私ってほら、気が弱いでしょう。優柔不断《ゆうじゆうふだん》だし、世間の評判を気にするし、合戦ひとつはじめるにもおみくじに頼《たよ》らないと決断できないしね……早く勇猛《ゆうもう》な義弘に国主の座を譲《ゆず》って隠遁《いんとん》したいよ、あたしゃ。隠遁したら龍伯《りゆうはく》と名乗るんだ」

姉上が隠遁したら私も揃《そろ》って隠遁する、私は本気だ。だからすでに『惟新《いしん》』と名乗っていると義弘が言いだしたので、義久は「わかってるよう」と唇を尖《とが》らせた。

「あれ？　唯一《ゆいいつ》、悪とは無縁《むえん》そうなお狐《きつね》さまが枕元に鎮座《ちんざ》している。へえ。稲荷《いなり》神を産土《うぶすな》神《がみ》として祀《まつ》ってるんだな」

「そりゃあ島津家は開祖さま以来、お狐さまに守られた家柄《いえがら》だからね〜。お家の危機が到来《とうらい》した時には稲荷神さまが狐の姿で救いに来てくれるという言い伝えが島津家にはあってね。まあただの伝説だろうけど、当主としてお狐さまへの日々の油揚《あぶらあ》げ献上《けんじよう》は欠かさないんだよ」

良晴は、ふと狐顔の青年貴族を思いだしていた。

「狐かあ……なにか懐《なつ》かしいような」

「それできみ、島津四姉妹を全員集合させた上に相良義陽まで連れてきて、こんな深夜になんの用事なのかな？　まさかほんとうに、夜の悪人観賞会？　それとも、明朝きみが義陽ちゃんと祝言《しゆうげん》をあげたら消えちゃうって話？」

「それもあるけれど、とにかく馬追い事件のことだよ。あの時の真相を、家久にきみ自身の口から語ってほしいんだ」

家久が「相良さぁ？　祝言を止めるのではなかったんか？　そんなことをしている時間はもうないど？」と良晴の背中に張り付いて怯《おび》えはじめた。

「だいじょうぶ。義久は必ず、ほんとうのことを語ってくれるから。歳久からのお墨付《すみつ》きだ」

「ええ？　こんな切羽《せっぱ》詰《つ》まった時に、家久ちゃんの話をしにきたの？　相良良晴、きみには関係ないでしょう？」

「関係大ありだよ義久。俺は都で家久を接待して友達になったんだぜ」

「命乞《いのちご》いをしに来たんじゃないの？　義弘ちゃんから、事情は聞いたよ？」

私はあの偽《にせ》近衛さまの言葉はいっさい信じていないがな、一応は姉上に伝えた、と律儀者の義弘が腕組《うでぐ》みしながらうなずいた。

「ただのお節介《せっかい》焼きな性分《しょうぶん》だよと格好つけたいところだけれど、実のところ、俺にはもう時間がないからぜんぶの実を拾うために最短距離《きょり》を突《つ》っ走っているわけだよ。義陽のことも含《ふく》めて」

義陽は、まだ自分と良晴が先祖と子孫にあたるという話を受け入れることができないらしく、「急に私の子孫だとか言われても信じられないな。私はそもそも誰《だれ》とも祝言をあげるつもりなんてなかったし、子供を産むつもりもなかったのだぞ。まあ相手が良晴ならいいかな、と決意した矢先にそんなことを言われてもな」と戸惑《とまど》っていた。

「良晴。祝言をあげれば消えてしまうとはどういうことなのだ？　もしかして私と祝言をあげたくなくて考えだした詭弁《きべん》なのか？」

「だったらよかったんだけど。どうも、ほんとうなんだ」

良晴は、指先から徐々《じょじょ》に半透明《はんとうめい》化しはじめている右腕を、義陽にかざしてみせた。

「良晴!?　それは？　ほんとうに……消えはじめているのか？」

「ああ……だんだん、身体《からだ》の力が抜《ぬ》けてきている。時間切れが迫《せま》っているらしい」

「……そうか。私ときみとは、結ばれてはならない関係だったのだな。これが運命か……やはり、私には自分自身の人生など、なかったのだな」

「義陽？」

「……なんでもない。独り言だ。きみに残された時間は少ないのだろう？　急げ、良晴」

「義久。馬追い事件の真相を家久に伝えてくれ、島津家の家長であるきみの口から」

義久は、迷った。わずかな時間だが、島津家当主としてどうするべきか、逡巡《しゅんじゅん》した。

相良良晴は自分の存在が消える寸前にまで追い詰《つ》められているにもかかわらず、いちど京で会っただけの家久とその姉妹の間の溝《みぞ》を埋《う》めようと奔走《ほんそう》していた。合戦に負けて島津家に捕《と》らわれた身だというのに。お人好しにも程《ほど》がある。悪人にはほど遠い。なにも切り捨てられない性分の相良良晴は、とうてい主君になれる器《うつわ》ではない――。

「……私は、どこかあなたに似ているのかもしれない。だから私は、お人好しな性格を捨てようと、努力してきたの。家臣ならばこのままでもいいかもしれない。けれども主君たる者は、いつかは必ず取捨選択《しゅしゃせんたく》を迫られる。私は島津家を束ねる者である以上、すべての実を拾うことなんて、無理。甘い夢にすぎないの。相良良晴」

「わかっているよ義久。それが主君に生まれついた者の運命だ。しかし、歳久が家久に抱《いだ》いている想《おも》いは、切り捨てないでくれ。そこから、いずれほころびが出る」

「ほころび？」

良晴は相変わらず、家久たちのことに夢中になっている。「どこまで人がいいのかしら」と業を煮《に》やした歳久が、小さな声でそっと義久だけに囁いた。

「義久姉さん。彼の存在が消滅《しょうめつ》すれば、彼の発言も行動もすべてがなかったことになる。私たちはみな、彼に関する記憶《きおく》を失う。この、今開かれている深夜の茶会の記憶も。そうなれば彼が予言した未来が成就《じょうじゅ》するわ、おそらく」

義久はおぼろげながら、理解した。

馬追い事件以来、家久と歳久の間に生まれた溝。

その溝は、いずれ、島津四姉妹を暗い未来へと導いていく。おそらく、その暗い未来に飲み込まれていく者は、家久と歳久の二人だろう。

「相良良晴。馬追い事件のことは忘れて、まずは自分の命乞いをしないの？　あなたは、死を恐《おそ》れないの？　自分という存在の消滅を恐れないの？」

「死は恐れない。致命傷《ちめいしょう》を負えば痛そうだけれど、それも一瞬《いっしゅん》だろう。だが、存在が消滅するのは、怖《こわ》いな。めちゃくちゃ怖いよ。俺が今まで戦国時代に残してきたあらゆる足跡《そくせき》が、ぜんぶ、消えてしまうってのは」

「ならば、相良義陽との祝言を取り消してください、と言いなさい」

「ダメだ義久。そこは、俺の譲《ゆず》れない性分でね。馬追い事件の真相を家久に伝えてくれ。それが先だ」

「なぜ意地を張るの。順番が逆になるだけでしょう？」

「今ここで語ってもらえなければ、そのまま馬追い事件の件をうやむやにされそうだからだよ」

義久が、良晴に茶を振《ふ》る舞《ま》った。

だが、良晴はその茶器を受け取れなかった――すでに、両手ともに透《す》けてしまっていた。摑《つか》むことができなかった。茶器は、良晴の手のひらをすり抜けて畳《たたみ》の上に落ちた。

「……良晴っ⁉」

「相良さぁ。身体が、消えはじめてるど⁉」

欄干《らんかん》の向こう。桜島のさらに彼方《かなた》に、朝日が昇《のぼ》りはじめていた。

「……朝になっちまったのか」

時間切れかもしれない、と良晴は思った。

胸の奥でなにかが切れたような感覚。

全身の力が抜ける。

座っていられなくなった。

「義陽。聞いてくれ」

まだ、かろうじて声を出すことはできた。

良晴の背中を支えようとしているのに触《ふ》れることができないでいる義陽に、語りかけた。

「俺は、俺が残したものすべてが消えてしまうのが、怖い。死んでも、志が伝わればそれは死ではない、そのはずだった。だから俺はこれまで死ぬことは怖くなかった。でも今はその志すら消えてしまうことが怖い。なぜ人が伴侶《はんりょ》を迎《むか》えて子を産み育てるのか、今《いま》になってやっとわかった気がする。もう遅《おそ》いけれど……俺は、どれほどの障害があろうとも信奈と契《ちぎ》って、子をなすべきだったのかもしれない」

良晴は、死に臨んで姫《ひめ》武将たちの前で泣き言など言いたくなかった。

最後は、格好よく消えていくはずだった。

しかし、義陽にだけは、みっともない泣き言を言ってもいい。なぜかそう思った。

「情けないことを言ってごめん。俺が生まれてきたこと、俺が生きてきたことのすべてになんの意味もなかった、という結末だけはイヤだ。誰も彼もから忘れられてしまうのは、怖いんだ」

「だいじょうぶだ良晴。なにも恐れることはない。きみは、私が守る。私はずっと宗運おじさまに守られる側の者だった。木崎原でもきみに守られた。こんどは、私にきみを守らせてくれ」

「……義陽？」

「まだ、朝日は昇りきっていない。あと半刻ほどの猶予《ゆうよ》がある。あきらめるな良晴。気をしっかり持て。眠《ねむ》ってはダメだぞ」

義陽は、島津義久に頭を下げていた。

「島津義久。馬追いの真相を語ってくれ。その時こそ私は、島津家に降伏《こうふく》する。お前が相良家の取り潰《つぶ》しを望むのならば、相良家十八代の歴史をここで終えても構わない。島津家の男を婿《むこ》に迎えてもいい。私は耐《た》える。良晴を、救ってくれるのなら」

「相良義陽。そんなにもあなたは、相良良晴を救いたいの？　彼と今生《こんじょう》で夫婦《ふうふ》として結ばれることはないとわかってても、なお？」

「そうだ。相良家は島津家とは違《ちが》う。一族同士の内紛《ないふん》が続き、私は一人また一人と家族を失っていった。ただ一人の妹だった徳千代は、お祖父《じい》さまが家から切り捨てた。私は、自分が生まれてきたことの意味を求めるために、宗運おじさまにすがって必死で生きてきた。

だが私は、人生の意味をなにも見つけることはできなかった。私には国盗《と》りの野望があるわけでもない。相良家にも、『三州統一』のような巨大《きょだい》な目標などもともとない。宗運おじさまのように、守るべき主《あるじ》を持っていたわけでもない。だからただ領民の笑顔《えがお》を見られればそれで満足だった。今までは」

しかし今は違う、と相良義陽は微笑《ほほえ》んでいた。触れることのできない良晴の背を撫《な》でる仕草を見せながら。

「この少年も、私と性分が似ているらしい。彼には国盗りの野望も天下への野心もない。だが私とは違い、自分が生きている意味を、彼は自分自身の力で見つけだしていた。どうやら外の世界に、人とのつながりの中に、それはあったらしい。それは宗運おじさまに籠《かご》の中で庇護《ひご》されるようになってから、私が切り捨てていたものだ」

薄《うす》れていく意識の中で、良晴はその義陽の言葉を聞いていた。慈愛《じあい》に満ちた優《やさ》しい声だった。ほんとうの義陽の声だ、と良晴は思った。

「彼との祝言を承知したのは、その相良良晴の志をともに共有したい、と願ったからなんだね。相良義陽」

「そうだ。彼とならば、家族になれるのではないか、と思った。彼は、たとえ家族になっても絶対に私を裏切らない、むしろひとたび家族となれば最後まで私を守ってくれる、そういう人だと。私は、彼の志を守りたい。祝言をあげることで彼を守れないどころか彼を消滅させてしまうのであれば、私の国を――私が愛した美しい球磨川を、人吉城を、八代の港を、相良家当主の座を、私の貞操《ていそう》を、すべて島津に差し出してでも」

「本気なんだね」

「ああ。彼が私の遠い子孫だと知った時に、すべてを理解できた気がした。一族の内紛を繰《く》り返す呪《のろ》われた相良家の血をひく子孫の中に、私が求めてやまなかったものが、あったのだ。相良家の血は、忌《い》まわしいものではなかった。人の運命は、血筋によって定まっているものではない、と良晴が私に教えてくれた。彼の志を守ることができた時はじめて、私は自分の生きる意味を見出《みいだ》した、とおじさまに胸を張って報告できる。そう思う――ただし」

「ただし？」

「徳千代だけは島津にはやらん。あれは私の不祥《ふしょう》の妹だ、私だけの妹だ。私は、なにを差し置いてでも妹の命だけは守らなければならないのだ。だから徳千代以外のすべてを、貴様らにくれてやる。徳千代にだけは、手を出すな！　出さないでくれ！」

島津四姉妹《しまい》のもとに義陽を同席させてよかった。やはり義陽は妹の徳千代を誰よりも愛していたんだ、その愛情を表に出せないなんらかの理由があっただけなんだ、と良晴は胸を詰まらせていた。

相良家を取り潰しはしないよ、徳千代の命も相良家の領地も安堵《あんど》するよ。好きでもない殿方《とのがた》を婿として押しつけたりもしない。同じ乙女《おとめ》だもの、そんなことはできないよと義久は答えていた。

「私は、あの馬追い事件のために、家久ちゃんも歳久ちゃんも傷つけた。だから、このまま死ぬまで悪人になりきらなくちゃいけなかったはずなのに。やっぱり、悪人にはなりきれなかったみたい。あなたたち二人のサガラヨシハルには、負けたよ」

島津義久は、馬追い事件の経緯《けいい》を、家久に言って聞かせた。

「歳久ちゃんがあなたを責めた言葉。あれは歳久ちゃんが言うべき言葉ではなかったの。ほんとうは、長姉である私が言うはずだった」

※

義久、義弘、歳久。

三人の姉妹は、年が離《はな》れた末っ子の家久を溺愛《できあい》していた。

母親の身分が異なることなど、三人は意識したこともなかった。

義久たちは、家久を都でも持て囃《はや》されるような文武両道の姫武将として育成したかった。

自分たち三人の姉はおそらく三州統一・九州平定という島津家の修羅《しゅら》としての運命に青春

を捧げなければならないだろう。だからせめて末っ子の家久にだけは、違う世界を見せたかった。九州の外の世界。都の華《はな》やかな世界。

いつか、都の満開の桜の木の下に、麗《うるわ》しい姫に育った家久を立たせて京の人々を感嘆《かんたん》させてみたい。薩摩に島津家久という愛らしい姫武将ありと天下に知らしめてみたい。そう願っていた。

とはいえ、武将としての英才教育も施《ほどこ》さねばならない。

ただ溺愛しているだけでは家久は惰弱《だじゃく》な姫として育ってしまい、戦場で散ってしまう。

そこで、小柄《こがら》だが全身が筋肉達磨《だるま》のように精悍《せいかん》な男武者、新納武蔵を家久に家庭教師としてつけた。

勇将・新納武蔵は島津家に忠義一徹《いってつ》、槍《やり》を取らせれば家中随一《ずいいち》の腕前《うでまえ》、分厚い腹の筋肉が槍をもはじくという鉄壁《てっぺき》の防御《ぼうぎょ》力、そして意外にも鬼《おに》みたいな風貌《ふうぼう》をしているのに「源《げん》氏《じ》物語」に精通した薩摩一の風流人でもあったのだ。

筋肉は熊《くま》！　心は乙女！

そんな相反するふたつの才を持つ新納武蔵ならば、家久の教育役には最適だった……はずだった。

だが、新納武蔵は幼い家久をこれまたわが娘《むすめ》のように溺愛することになった。純朴《じゅんぼく》でまっすぐな家久には、天性、人に愛される素質のようなものがあったらしい。

顔に似合わぬ乙女心を刺激《しげき》された新納武蔵は「この愛らしい幼い姫を戦漬《いくさづ》けにしてしまうのはあまりにも哀《あわ》れ……」と惑《まど》って、必要以上に「源氏物語」の風流の世界を家久に教えたのだった。

義久たち三人の姉妹も、家久には甘い。心中は新納武蔵と同じである。「これでは困る」とやんわりと釘《くぎ》を刺《さ》してはいたが、新納武蔵を強くとがめることはできなかった。

家久は、風流趣味《しゅみ》に走った、典型的な大名家の末っ子として育った。

しかし薩摩は、戦闘《せんとう》民族・薩摩隼人《はやと》の国である。

ついに、どこからともなく「家久は不出来の妹」という噂《うわさ》が家中に立った。

「やはり母親が違うから、上の姉たちと比べて島津の血が薄いのだろう」

そんなふうに悪評を立てられるようになった。

この噂が姉妹の父である島津貴久のもとにまで届いたため、家久の家中における立場は微妙《びみょう》になった。

もともと、四人目の姫である。本来は島津本家に留《とど》まる理由はない。よほど有能でない限り。

このままでは家久は養子に出されるかもしれない。

それは困る！　義久と歳久、そして義弘は、急いで三者で会議を開いた。

「……どうすればいいのだ……くっ、私には妙案《みょうあん》が浮《う》かばない。なにが母親が違う、だ！

そんな無礼なことを抜《ぬ》かすやつは手打ちにしてやる！」

武辺者の義弘は、ひたすらに家久を案じて激怒《げきど》していた。

「まあ待って義弘姉さん。家久本人に、軍学を学ぼうという意欲を出させないといけないわ。日新斎お祖父さまがおっしゃっていたように、家久に軍法戦術の才能があることを証明しなければ」

「そうだね歳久ちゃん。才能さえ証明できれば、養子の話も立ち消えるし、家久ちゃんをそしる人もいなくなるものね」

「なるほど。私はどうも血の気が荒《あら》くて……面目ない」

「義弘姉さん。なにごとも姉妹で分担よ。こういうことは私と義久姉さんに任せて」

策を練ることに長《た》けた歳久が中心となって、義久と二人で「対策」を立てた。

日時を決め、四姉妹で馬追いを行う。

姉妹のうちの誰《だれ》かが、馬をたとえにして家久に厳しい言葉——家中で囁《ささや》かれている言葉を伝える。

家久は血筋が違う、島津の血が薄い、だから三人の姉に及《およ》ばないのだ、と。

家久のやる気を目覚めさせ、軍法の才を開花させるために。

心にもない冷たい台詞《せりふ》を家久に伝えて、家久に嫌《きら》われねばならない。気が重い役目だが、これまで三姉妹が家久を溺愛してきたことがそもそもの原因なのだから、誰かがやらねばならなかった。

「うむ。武辺の話にもっていくのならば、やはりこの武神・義弘が」

「義弘姉さんは芝居《しばい》ができない人だから却下《きやつか》よ。すぐに、嘘《うそ》だとばれてしまうわ。姉さんのことだから、家久がかわいそうだとぽろぽろ泣きながら言うんでしょう」

「……うう……泣いてしまうかもしれない……すまない。ぐすっ」

「義弘ちゃん。私が家久ちゃんに言うよ。悪人入門修行《しゆぎよう》の一環《いつかん》として。島津の長姉たる者、あえて悪人として振《ふ》る舞《ま》わなければならない時もあるからね。それが今だよ」

義久が、珍《めずら》しく迷うことなく決断した。

「私は家督《かとく》を継《つ》ぐ長姉なのだし、性格的にもいちばん差し障《さわ》りがないよ」

「だいじょうぶなのか姉上？　そもそも姉上に悪役は似合わないと思うのだが……私とは違う意味で、無理があるような気がする」

「義弘ちゃん。辛《つら》い仕事だけれど、これも次の島津家当主となる者の試練だよ」

「しかし、今しばらく家久の様子を見たほうがよいのではないだろうか？　私たち三人の姉とは違って、大器晩成型なのかもしれない」

「いいえ義弘姉さん。人口が少ない島津は、慢性《まんせい》的に兵力が足りない。だから一時の戦には勝利しても、どうしても勝ちきれなかった。兵力差を覆《くつがえ》す『軍法』が島津には欠けているの――そして、その欠けているものを島津軍にもたらせる人間は、お祖父さまから軍法

を気長に待っている時間はないの」

尾張の織田信奈が台頭してきた今、天下は急激に統一へ向かいはじめている。家久の成長
「姉さん。残酷《ざんこく》なようだけれど、生まれてくるのが遅《おそ》かった家久は私たちよりずっと幼い。

「歳久、それならいよいよ家久を信頼《しんらい》して待つことも」

の天才と称《しょう》された家久だけよ」


だが、その馬追いの当日。

義久は、土壇場《どたんば》で躊躇《ちゅうちょ》した。

家久は乗馬が苦手で、ずっと悪戦苦闘《あくせんくとう》していた。その仕草のすべてが、かわいかった。

そんな愛してやまない家久を前にして、予定していたはずの台詞が、喉《のど》から出てこなかったのだ。

『仕方ないよ。家久の乗っている馬は、私たちの馬とは母親が違《ちが》うからねえ。人間だって同じことだよ。姉妹のうち一人だけ出来が悪いからといって気にする必要はないよ、家久』

何度も寝室《しんしつ》で練習してきたその「悪人」の台詞を、どうしても義久は家久に言い放つことができなかった。

だが、誰かが言わなければ、家久は不出来の妹として島津家を追われる。

それなのに、どうしても、声を出すことができなかった。

家久を傷つけたくなかった。

義久が（どうしよう。どうしよう。身体《からだ》が石のように固まって、なにもできないよ、私）と金縛《かなしば》りにあったように硬直《こうちょく》しているその時。

そんな姉に代わって、三女の歳久が、義久が言うべき台詞を咄嗟《とっさ》に自ら口にしていたのだった。

義久が家久に抱《いだ》かれるべき恨《うら》みを、歳久は迷うことなく自ら背負ったのだ。

しかしこの時、「血筋」の件に触《ふ》れられた家久の混乱と驚愕《きょうがく》は、三姉妹の予想をはるかに超《こ》えていた。

義久も歳久も義弘も、知らなかった。三姉妹は、想像したこともなかったのだ。なぜなら、三姉妹は一度たりとも、そんなことを気にしたことはなかったのだから。家久を、そんな目で見たことがなかったのだから。

家久が内心、自分一人が姉たちとは母親が違うということに、心の奥でずっと悩《なや》み苦しんでいたということに。もしかしたら姉たちにもそのように思われているのではないかという疑惑《ぎわく》をけんめいに否定し、ひたすら三人の姉の愛情を信じてまっすぐに生きてきたということに。

私たちが浅はかだった。家久に生涯《しょうがい》消えない傷を与《あた》えてしまった、と義久が気づいた時には、もう手遅《ており》れだった。

義久は家久をかばわなければ、と思った。だがその時にはもう、義弘が呼吸に詰《つ》まって苦しんでいる家久のもとに駆《か》け寄って励《はげ》ましていた。また、遅れた。また、なにもできなかった。

義久は不意に心に浮かんできた言葉を、叫《さけ》んでいた。それは、家久を陰《かげ》で誹謗《ひぼう》する家臣たちに言いたかった言葉だった。

その言葉を、自分をかばってくれた妹の歳久に、放っていた。

「馬も人も、血筋だけですべてが決まるわけではないわ！　家久は私たちの妹でしょう、歳久！　家久に謝りなさい！」

今、私はほんものの悪人になった、こんな最悪の形で、と義久は自分の決断力のなさ、勇気のなさを悔《く》いた。

「……悪かったわ。少し言い過ぎたみたいね。今日のことは忘れなさい、家久」

そして歳久は、すべての罪を、一人で背負った。

その日の夜の、義久の寝室。

ごめんなさい、ごめんなさいと泣き止《や》まない義久の背中をそっと抱《だ》きながら、歳久は微笑《ほほえ》んでいた。

「姉さん。これでよかったのよ。戦国乱世は、急激に終焉《しゅうえん》へと向かっている。いつか島津家が滅亡《めつぼう》の危機に立たされる時が来るかもしれない。その時のために、島津家内には一人、嫌われ者が必要なの。いざという時に、すべての罪を被《かぶ》せて切り捨てられる存在が」

知略に長けた歳久は、島津家の未来に厳しい運命が待ち受けているであろうことを、すでに予感していたらしい。

「義久姉さんは島津家の和を守るために、決して欠けてはならない人。義弘姉さんは、島津家の武を貫《つらぬ》くために必要な人。幼い家久は言うに及ばずよ——私が、適任だわ」

静かに微笑む歳久は、まるで、自分自身の運命を受け入れたかのような、そんな優《やさ》しい表情を浮かべていた。

「歳久ちゃん。あなたはまさか、私たち姉妹のために、自分一人を犠牲《ぎせい》にするつもりなの？　今日のようなことを、ずっと重ねていくつもりなの？　私たちを守るために、一人ぼっちで死んでしまうつもりなの？」

「……姉さんに説明してもたぶん伝わらないわ。私が今考えていることは、教えない。私自身の心の内にしまっておくことよ」

「ダメだよ！　そんなこと、絶対にさせない！　あなたには私たちよりも早く婿《むこ》を取らせて、子供を産ませるわ！　一人ぼっちにはさせない！　姉より先に妹が死ぬなんて、そんなこと、絶対にダメだよ！」

「ほら。またあなたは泣きはじめて。ダメね、姉さんは。島津家に危機が訪《おとず》れるとしても、それはまだ未来の話よ、子供みたいに泣かないで」

「約束しないと、今日のことの真相をぜんぶ家久ちゃんに教えるから！　ほんとうの悪人は私だったって、家久ちゃんに打ち明けるから！」

はいはい。約束するから、それだけはやめて頂戴《ちょうだい》。家久がせっかくやる気を出したのだから、また甘やかして元に戻《もど》してしまっては意味がないわ。その上、完全に元に戻すことはもうできない。もう、あの子の心は傷ついてしまったのだから――。

「覆水盆《ふくすいぼん》に返らずよ。すべては私一人がやったこと。これで家久が軍略家としての才を開花させられるのならば、帳尻《ちょうじり》は合うわ。三姉妹総出であの馬追いを企《たくら》んでいたと打ち明けたら、家久は立ち直れなくなるかもしれない。いいわね、姉さん」

※

「家久ちゃん、ごめんなさい。それが、真相なの。本来ならば、妹を叱《しか》るのは長姉である私の役目。私に勇気がなかったばかりに、あなたにも歳久ちゃんにも辛い思いをさせてしまったの……」

家久は、義久の言葉を信じたかった。

自分は三人の姉たちに「血の薄《うす》い妹」と思われていたわけではなかった、ともう一度信じたかった。

義久ねえが、嘘をつくはずがない。

しかし、もしかしたら優しい義久ねえは歳久ねえをかばっているのかもしれない。

歳久の言葉に怯《おび》えて過ごすうちに、いつの間にかそんなふうに姉たちを疑ってしまうようになった自分を恥《は》じながら、家久は、戸惑《とまど》った。

「……姉者の言葉を素直《すなお》に信じられぬおいは、島津の姉妹《しまい》ではなかったのかもしれん……」

「家久ちゃん。待って！」

「家久。私の話も聞け。私は作り話も芝居もできないたちだからな。この件についてはふがいない私には口を挟《はさ》む資格がないと黙《だま》っていたが、やめた。私だって、お前の姉だ」

ほぼ無言で会議の成り行きを見守っていた義弘が、口を開いていた。

※

馬追い事件のあの時、義久が言葉に詰まって家久を叱責《しっせき》できなかったあの時。

義弘は、咄嗟の機転を利《き》かせることができなかった。

歳久に先を越《こ》され、義弘がただ呆然《ぼうぜん》として傍観《ぼうかん》しているうちに事態は急展開した。

義弘は、息を詰まらせて馬上で震《ふる》えている家久の背を必死に叩《たた》きながら、自分を責めていた。

私には、武芸以外のことはわからない。常に、姉と妹に遅れる。それはいつものことだし、それでいいと思っていた。

しかし、家久を叱責する役目は、島津家の武を担当する私が本来やるべき仕事だったのだ、と手遅れになってからようやく気づいた。

家久が武芸をおろそかにしていることを叱りつけた者が私ならば、家久はこれほどに傷つかなかったはずだ。もっとも武に無縁《むえん》な歳久がその役割を担《にな》わざるを得なかったために、家久は軍法を学ばないことを叱られているのではなく、自分自身そのものの存在を否定されたかのように受け取ってしまったのだ。

三人の姉妹の誰《だれ》もが、家久がこれほど自分の「血」について悩んでいたとは、気づけなかった。その意味では三人はともに過《あやま》ちを犯《おか》した。しかし、私が家久に「もっと武芸に身を入れろ」ともっと早く叱責していれば、こんな事態にはならなかった。

数日後。

義弘のもとを、家久の態度の急変からおおかたの事情を察した新納武蔵が訪れた。

家久の家庭教師役を務める、小柄《こがら》な薩摩隼人《はやと》である。

「義弘さま。お嬢《じょう》さまを猫《ねこ》かわいがりして、武をおろそかにさせた責任はこのわしにあります。家久さまの愛らしさに、目が曇《くも》り申した！　そのために、四姉妹の皆《みな》さまがこのような思いを……切腹いたします！」

新納武蔵は小刀を己《おのれ》の腹に突《つ》き立てたが、しかし、鋼鉄のように堅《かた》い腹筋がその刃《は》を阻《はば》んでしまった。

新納武蔵は背《せ》丈《たけ》こそ低いが、すさまじく鍛《きた》え上げられた肉体の持ち主だったのだ。

「やや。しまった⁉　なまくら刀であったか⁉　義弘さま、わしの首を刎《は》ねてくだされ！」

「早まるな。お前はもう一度腹を切った。二度も死ぬ必要はあるまい。なにか私に報告すべきことがあるから来たのだろう？」

「……あの馬追いの日の夜から、家久さまは軍学を本気で学んでおられます。しかしその表情の悲壮《ひそう》なことといったら……わしは、なにか悪い予感がいたしました。そして、その予感は的中いたしました」

「お前は乙女《おとめ》よりも乙女らしい風流人だからな。私とは違い、家久の微妙《びみょう》な表情から感情を読み取ることができるのだろう。まだまだ死なれては困る。だが、悪い予感とは？」

「家久さまは、己の討《う》ち死にを前提とした玉砕《ぎょくさい》戦術を、考えだされました。以前から、そのような考えは頭の片隅《かたすみ》にあったのでしょう」

「玉砕戦術？　修羅《しゅら》の戦《いくさ》は己の命を捨てることからはじまるが、しかし、そのような過激で極端《きょくたん》な戦術は聞いたことがない」

「これから島津の戦はますます激しくなります。三人の姉のために、自分を種子島《たねがしま》の鉄砲《てっぽう》玉《だま》のように使い捨てるおつもりなのです、家久さまは。それが血の薄い末っ子の役割だと、覚悟《かくご》してしまったようです。これまでは、義弘さまたち三人の姉に愛されているという思いが、その衝動《しょうどう》を押しとどめていたのかもしれませぬ」

新納武蔵は、家久が記《しる》した「釣《つ》り野伏《のぶせ》」戦術の手引書を、義弘に手渡《てわた》していた。

幼い家久が書いたとは思えない、理論整然とした、実戦のための書だった。

義弘にも、すらすらと読めて、その全容が容易に把握《はあく》できた。

お祖父《じい》さまがおっしゃっていたとおりだった。家久は軍法の天才だ、と思った。しかし、あまりにも過激だった。まるで自分の命を投げ捨ててしまうかのような戦術だった。

「大将自らが囮《おとり》となって、十倍の敵と戦い、敗走する。追撃《ついげき》してきた敵軍を、伏兵《ふくへい》と、反転した囮軍とが挟撃《きょうげき》して討つ。一言で言えば、それが釣り野伏です。勝っても負けても囮軍の兵士のほとんどは負傷し、あるいは死にます」

「武蔵。これは……」

「ここまでしないと修羅の国・九州では大勝利を収めることができない。島津と伊東は日向を巡《めぐ》り百五十年も戦い続けていまだに決着がつかない。大将も兵も命を捨てがまらなければ、三州統一も九州平定も果たせない。果たせねば、島津はいずれ本州から来る天下人に飲み込まれる。家久さまのお言葉です。あの姫《ひめ》さまは、まさしく、戦の天才です」

「家久自身が、この囮軍を率いて総大将として伊東と戦うというのか？」

「あえて三百の兵で最前線に突出《とっしゅつ》し、十倍の伊東軍をおびき寄せ、釣り野伏戦術にて撃滅《げきめつ》する。それが、家久さまの立てた戦術です。自分は死ぬが、これで百五十年の争いに決着がつく、島津家の悲願・三州統一が果たされる、と」

「ならぬ。家久はまだ子供だ。こんな自殺のような真似《まね》をさせられるか！」

「どうしても家久さまはご自分で兵を率いられるおつもりです。なぜならば、この囮軍はたとえ勝利できてもほとんどが傷つき倒《たお》れるからです。負ければ全滅《ぜんめつ》、勝っても兵の半ばは死にましょう。家久さまご自身が考えた戦術によって。それを後方から見ていられる家久さまではありません」

「だが、三百の兵は集まらない。このような狂気《きょうき》じみた戦術、足軽たちも騎馬《きば》武者たちも、誰も納得《なっとく》するまい」

「いえ。すでに、三百の志願兵が集まっております。義弘さま」

新納武蔵に案内されて、屋敷《やしき》の裏手の河川敷《かせんじき》に馬を進めた義弘は目を見張った。

死兵となった三百の薩摩隼人が、集結していた。

「義弘さま」

「おいたちが軽口を叩いて、家久さまを不出来の妹と呼んだばかりに」

「家久さまは、戦場で命ば捨てがまる覚悟をされてしもうた」

「おいたちが間違《まちが》っとった」

「命を捨ててでも、姉たちの役に立ちたいのじゃ。けなげなお方じゃ」

「じゃどんこのまま、恋《こい》も風流も知らぬままに幼い家久さまを死なせはせん」

「おいたちは」

「日ノ本最強の薩摩隼人じゃ」

「合戦に生き合戦に死ぬは、おいたち薩摩男児の役目じゃ」

「戦場で、家久さまに命ば捧《ささ》げる、必ず守る。必ず勝つ」

野猿《のざる》のような強悍《きょうかん》な叫《さけ》び声をあげながら、男たちは槍《やり》を構えて立ち上がっていた。

家久が家臣たちにどれほど愛されていたか、義弘は知った。

義弘は、「ひとつだけ条件がある」と男たちに伝えていた。

「姉より先に死ぬ妹など、断じて認めない。私は、家久を死なせたくない。伊東との決戦ではこの私が総大将を務める。戦場で敵中に突出して槍を振《ふ》るうのは私の役目だから。諸君。それでよいというのならば、私とともに戦って、そしてともに死のう」

みなが、うなずいていた。

木崎原での開戦直前。

作戦会議の席で、家久は「おいに大将をやらせてくれんのかっ!?」と義弘の横暴とも言える横槍《よこやり》に憤慨《ふんがい》し、さらに歳久から「この戦術は穴だらけだわ。敵がただ伊東軍だけならばいい。でも、肥後から相良軍や甲斐宗運軍が伊東に加勢したらどうなるの。島津の伏兵のさらに背後から、敵の援軍《えんぐん》が襲《おそ》ってくることになる。肥後勢の動きを封殺《ふうさつ》するには、私の計略が必要ね」と駄目出《だめだ》しされ、「おいは姉上たちの役に立てぬのか」と肩《かた》を落とした。

この会議で歳久が必要以上に家久に厳しかったのは、ひとつには馬追い事件の芝居《しばい》の真相を家久に悟《さと》らせないためだった。だがなによりも、歳久もまた家久が自分の死とひきかえに釣り野伏を考案したことに気づいていた。会議前夜、義弘から釣り野伏の手引書を見せられた時、歳久は唇《くちびる》をかんで無言で泣いた。

義弘は、「私には武しかない。お前の知恵《ちえ》が必要だ。ともに力を合わせれば、家久を、そして家久に命を捧げた薩摩隼人たちを全滅の危機から救うことができる」と歳久の手を取り、「必勝の策を練ってくれ」と頼《たの》み込んだのだ。

そして、歳久は釣り野伏を補完する策を、次々と閃《ひらめ》いた――北肥後の阿蘇家に対しては龍造寺《りゅうぞうじ》家を動かし、九州最強の修羅・甲斐宗運の動きを封《ふう》じる。南肥後の相良義陽に対しては、偽《にせ》使者を使って情報を攪乱《かくらん》し、決戦場に辿《たど》りつかせない。相良義陽は血族に対しては厳しいが、甲斐宗運を絶対的に信頼《しんらい》している。甲斐宗運は自分が参戦できない以上、島津と伊東との決戦に義陽を巻き込ませたくはないはずだ。必ず止める。信義を重んじる義陽はそれでも出撃するだろうが、甲斐宗運からの使者と偽《いつわ》って間者を紛《まぎ》れ込ませれば、義陽は最終的には宗運の意志を尊重して軍を途中《とちゅう》で止めるはずだった。

その必勝の諜報《ちょうほう》戦は、しかし、未来から来た相良良晴によって予期せぬ形で失敗に終わり、相良軍五百が戦場に到着《とうちゃく》し、家久の釣り野伏戦術は崩壊《ほうかい》しかけた。もしも圧倒《あっとう》的な武名を持たない家久が総大将だったら、薩摩隼人たちは最後の一兵までその場に踏《ふ》みとどまって戦い続けたであろうが、圧倒的な兵力を誇《ほこ》る相良軍と伊東軍の挟撃を受けてついには蹂躙《じゅうりん》されたかもしれなかった。

最後の最後には、義弘の武名が、武神・島津義弘を討ち取れるという喜びと興奮が伊東軍の総大将たちの判断力を失わせ、土壇場《どたんば》での逆転勝利を呼び寄せたのだ。

荒《あ》れる作戦会議をまとめ、家久の戦術、歳久の策略、そして義弘の武のすべてを等しく信頼して、三人の妹に決戦を託《たく》した長姉・義久の決断がこの勝利をもたらしたのだ、と義弘は思った。

三州統一は果たされ、そして、家久は生き延びた。

囮兵を志願した薩摩隼人三百のうち、半ばが帰らぬ者となったが、半ばは生き残った。

戦場のあちこちに倒れた敵味方の戦死者の亡骸《なきがら》を眺《なが》めながら、義弘は彼らの冥福《めいふく》を祈《いの》り、同時に、彼らの奮戦によって家久が生き残ることができたことを感謝していた。

「義弘さま！」

「姉より先に死ぬ妹など、認めない！」

「われらはそのお言葉、戦場にて死する最後の最後まで忘れませぬぞ！」

やはりこの戦をも生き延びた新納武蔵が、「九州に新しい時代が訪《おとず》れましたぞ。義弘さま。島津の戦は、変わりましたぞ」とうなずいていた。

※

「これが、私が知っていることのすべてだ。お前の血を蔑《さげす》んでいる者など島津家にはいない。歳久も、義久の姉上も、家臣たちもだ。だからわれらは、伊東家に勝つことができた。百五十年停滞《ていたい》していた島津の歴史、九州の歴史を、やっと動かすことができた。だが家久、私だけは違う。私は、お前を叱《しか》りたい。私がお前を叱らねばならなかったのだ」

義弘は、家久の肩をそっと抱《だ》いていた。

「愚《おろ》か者め。姉より先に死ぬ妹など、私は断じて認めない」

義弘に抱きついた家久の喉《のど》からは、言葉にならない声が溢《あふ》れていた。

「……はい。姉さん」

歳久が義弘の言葉にそう返事を返していたのは、自分と家久に訪れる未来を、良晴から知らされていたからだろうか。

次は、歳久が家久を抱きしめる番だった。

「……歳久ねえ。おいが、阿呆《あほう》じゃった。歳久ねえを疑っとった」

「いいのよ。あなたには、私の知略を見破る頭脳なんてないのだから」

「仕方なか。歳久ねえの口が悪いのは、芝居じゃなか。嫁《よめ》にいけんど」

「家久。ひとつだけ、約束して」

「歳久ねえより先に婿《むこ》を取るな、ちゅうのか？」

「違うわよ。馬鹿《ばか》ねほんとうに。家久？」

「おう？」

「一日でもいい。私より、長く生きて」

未来を知らない家久には、その言葉の真の意味は、わからなかった。

おう、と朗《ほが》らかに白い歯を見せて、笑った。

「あれ～？　なんだかさあ、結局、私だけいらない姉だよね？　いいよいいよ。三人でいちゃいちゃしていればいいよ。私は必ずや真の悪人になってみせるから」

義久が、つまらなさそうに唇を尖《とが》らせている。

「……うらやましい姉妹《しまい》だな……内紛《ないふん》に明け暮れていた、かつての島津家とは違うはずだ」

相良義陽は、いつの間にか自分の顔を照らしている朝日に目をしかめていた。

夜が明けていた。

「……良晴。きみに触《ふ》れられるぞ」

義陽が、声をあげた。

良晴の身体《からだ》の感覚が、蘇《よみがえ》っていた
「はっ？　ほとんど寝落ち寸前だったが、俺はまだ生きている？」

「ああ。きみは消えていない。助かったのだぞ。島津四姉妹が、きみと私の祝言《しゅうげん》を取り消そう、と決断してくれたからだ」

「途中から視界が真っ暗になっていたけれど、会話は聞こえていたよ。よかったな、家久！　これでよくわかったろう。お前は天下一、九州一の愛され妹だ。もう拗《す》ねるなよ！」

「おう！　相良さぁのおかげじゃ！　これで祝言も正式に中止じゃな、おいの婿になれ！」

「ちょっと待て、島津家久!?　なぜ良晴がお前の婿にならねばならないのだ？　私はこいつのご先祖さまとして、絶対に許可しない！」

「んにゃんにゃ？　恋敵《こいがたき》がいなくなったと思ったら、姑《しゅうとめ》が現れたど!?」

すべては、一件落着したかのように思われた。

「相良良晴。きみの恩は、この島津義久、三日ほど忘れないよ。私は悪人だから、三日で恩を忘れるけどね。義陽との祝言は取り消してあげるよ」

「三日で恩を忘れるのは、悪人じゃなくて猫《ねこ》だぜ？」

「あー本猫寺《ほんびょうじ》は嫌《きら》いなんだよね～。島津家ではキリシタンもにゃんこう宗もぜんぶ禁止なんだよね～。そーゆー手合いを弾圧《だんあつ》するって悪人らしいじゃない？」

「そういうふうに形から入るのは意味ないと思うぜ？　きみは悪人にはなれないよ」

「どうしてええぇ？」

「今だって結局、家久に秘密をぜんぶしゃべっちゃったじゃないか」

「それはだって。家久ちゃんに対して悪人になりきるなんてやっぱり無理なんだもんっ！」

「相良さぁ、よかった！　次は大友家との和睦交渉《わぼくこうしょう》じゃな!?」

「祝言取り消しも致《いた》し方ないわね。良晴は島津姉妹の仲違《なかたが》いなんかに首を突《つ》っ込んで思いきり遠回りをしていたはずなのに、結局、最短距離《きより》を走ったんだわ。ほんとうに、悪運が強い男だわ。それとも、無欲《むよく》なように見えて途方《とほう》もない欲張《よくば》りなのかしら？」

しかし、これで大団円、というわけではなかったのである。

ただ一人、頑固一徹《がんこいってつ》な姫《ひめ》武将がこの場にいた。

武神・島津義弘だ。

義弘は、怪異《かいい》も奇跡《きせき》もいっさい信じない。

信奈をさらに頑固にしたような、究極の現実主義者なのだった。

「相良良晴。貴様には礼を言う。あいがとさげもした――しかし、それとこれとは話が別だ。貴様と相良義陽の祝言は予定通りこれから執《と》り行う。決して、取り引きはしない」

ええええええ？　と全員が声をあげていた。

「島津義弘。なんと空気が読めない女なのだ？　貴様は馬鹿か？　この私が、島津家ごときの茶番劇にほんの少しだけ感動してやったというのに、すべてぶち壊《こわ》しだ」

「義弘ねえ、やめてやめて！　祝言を止めて！」

「……義弘姉さん。相良良晴が消えかけていた姿を見たでしょう？　義陽と祝言をあげれば彼が消滅《しょうめつ》するという話は、嘘《うそ》ではないのよ」

「目の錯覚《さっかく》だ、歳久ほどの智《ち》者《しゃ》までそんな怪異を信じるなんて。みんな、唐突《とうとつ》にやってきた近衛さまの接待に続いて徹夜《てつや》までしたことで、疲《つか》れ切っていたのだ」

「義弘ちゃん？　武神って、基本的に融通《ゆうずう》が利《き》かなくて空気読まない人が多いのかなあ？　三国志《さんごくし》の関羽さんもそんな調子で、最終的にはえらいことになったというよ～？」

「姉上。どうも私のかわいい家久が、相良良晴に懐《なつ》きすぎている気がする。野放しにすると家久を取られそうで心配だ。しかし嫉妬《しっと》深《ぶか》くて独占欲《どくせんよく》が強くて支配欲の塊《かたまり》のような相良義陽と祝言をあげさせれば籠《かご》の中の鳥にできる。安心だ」

「姉さん。まさかそんな理由で？　愚かにも程《ほど》があるわ！」

「と、歳久。私はそこまで妹に夢中というわけではないぞ！　人間が丸ごと消えるなんて嘘だ、信じない、というのが理由の九割だ！　家久が心配だというのは、い、一割くらいだ」

「ほんとうはどうなのかなあ、義弘ちゃん？　お姉ちゃんにならら、ほんとうのことが言えるよね？　言ってくれないとお姉ちゃん、悪い人になっちゃうよ？」

「うう……九割方、家久が心配なのだ。だいいち相良良晴は相良義陽の子孫を自称《じしょう》しているだけの馬の骨だ。私は怪異を認めない。未来人というのはかわいそうな相良良晴がそう思い込んでいるだけの錯覚だから、彼が相良家の子孫という可能性もありえない。由緒《ゆいしょ》ある島津家の婿になどなれない。最初から身分違いなのだ。家久がかわいそうだ。さりとて、家久に男と駆《か》け落ちされたら私は悲しみのあまり死んでしまう」

「い、妹が好きすぎて、なにかこじらせているよ〜義弘ちゃん？」

「待ってくれよ？　そんな理由で俺はこの世界から消滅するのかああ〜!?　これは女難だ、女難の相が復活しているんだ！　前鬼《ぜんき》助けてくれ！」

良晴は「またまた俺の身体が透《す》けはじめたっ!?」と叫《さけ》びながら、義陽の腕《うで》の中に突っ伏《ぶ》していた。

「良晴、前鬼とは誰《だれ》だ？　歳久、なにか策を考えだせ！　胸が薄《うす》く幸《さち》も薄い貴様のたったひとつの特技だろうに！」

「うるさいわね黙《だま》りなさいよこの女狐《めぎつね》！　あなたこそ策を弄《ろう》しなさいよ！」

「ええい。要は良晴に嫁がいないのが問題の根幹なのだ。こうなったら今すぐ良晴に私以外の嫁を押しつけなければ。忌々《いまいま》しいが家久を良晴の嫁に……って、なぜ私がこんな屈辱《くつじょく》的な策を!?　ふざけるなっ」

「だから相良良晴は、島津家から嫁は取れないわ！　彼が相良家の人間だという確証がないから、格式の問題で無理なのよ！　そもそも家久を嫁に出すのは、義弘姉さんが断固として許さないわ！」

「確証はある、現に消えかけている！　そうだ歳久、お前が良晴の嫁になれっ！　当然この私を姑として敬い、へりくだり、下僕《げぼく》のように仕えるという条件つきだがな！」

「ひゃうっ？　どどどどうして私がここの猿《さる》のよよよ嫁にっ？」

「どうして顔を赤くするのだっ？　まさか、お前まで!?」

天井裏《てんじょうウら》にいつの頃《ころ》からか張り付いていた五右衛門が「相良氏《うじ》。こんなことで消されたら意味のなさすぎるご生涯《しょうがい》でござる。義弘を殺しまちゅか」と視線で合図してきたが、良晴は当然首を横に振《ふ》って却下《きゃっか》。そもそも、五右衛門の忍術《にんじゅつ》をもってしても島津義弘は殺せるような相手ではないし、無駄《むだ》だった。九州の修羅《しゅら》として生きてきた義弘は、上杉謙信のような手加減は決してしない。こんどこそ五右衛門が殺されるかもしれなかった。

　そして、その視線でのやりとりを義弘がめざとく察知した。

（まずい！　五右衛門、逃《に》げろ！）

（しかし、逃げれば相良氏が消滅するでござるよ）

義弘が「天井に誰かいるのか？　くせ者かっ？」と刀の柄《つか》に手をかけて立ち上がりかけたその時。

「ほっほっほ。口説き作戦失敗の汚名《おめい》を雪《そそ》ぐために、近衛前久、華麗《かれい》に復活でおじゃる！　やはりこの雅《みやび》な公家《くげ》姿が麻呂《まろ》にはいちばん似合うでおじゃる！」

頬《ほお》や瞼《まぶた》を真っ赤に腫《は》らしながら、それでもお歯黒眉墨白塗《まゆずみしろぬ》りの公家化粧《けしよう》を再び施《ほどこ》した関《かん》白《ぱく》・近衛前久が、ほとんど這《は》うように義久の寝室《しんしつ》へと乗り込んできたのだった。

「かっ、関白さまっ!?　その痛ましいお姿は？　くせ者の仕業《しわざ》ですかっ？　近衛さまに暴力を振るうとは、なんという悪党なのだ！　この義弘がそやつを引っ捕《と》らえて一刀両断に！」

近衛家への忠誠心溢れる義弘が緊張《きんちよう》しながらほとんど土下座するようにかしこまり、近衛は「あーそれは無理な話じゃ。気にするでない。そちに説明しているとまた無駄に時間が流れるでな」と心底疲れ果てたような表情で義弘を制した。

「……真相を教えてそちに切腹されても、話がこじれるだけでおじゃる」

「ほう。関白・近衛前久さまか、このお方が。雅で素敵《すてき》な御仁《ごじん》だ、さすがは公家社会の頂点に君臨する貴公子。まるで光源氏ですな」

　義陽はさっそく、あざとく下手に出て近衛を恭《うやうや》しく扱《あつか》いはじめた。

「ほっほっほっ相良義陽、そなたからは以前からずいぶんと御所《ごしょ》にたくさん献金《けんきん》してもらっておったのう。そなたの忠義心まことに天晴《あっぱ》れであるぞ。相良家のことは麻呂に任せよ。島津に吸収合併《がっぺい》させて相良家を断絶させるようなことは麻呂が阻止《そし》してやろうぞ」

「ふふ。ありがたき幸せ」

「うわっあざとい。相良義陽。ほんとうにあざとい女だわ。この私よりも早く、近衛さまに取り入るだなんて。あなた今、間髪《かんぱつ》入れずに取り入ったわね？　そういえば足利幕府から修理大夫《しゅりだいぶ》の官位をもらって『義』の一文字を拝領した時の手腕《しゅわん》もあざとかったわね！」

「ふん。高貴なる私は高貴なる都人と親密に交際するべき人間というだけのことだ。あざといあざといと、島津歳久。胸の薄い貴様にだけは言われたくないな」

「胸は関係ないでしょう！」

　あの面倒臭《めんどうくさ》い近衛前久を手玉に？　肥後にいながらにして都の御所や幕府と良好な関係を築いていたとは。義陽の意外な才能を見た、と良晴は感心した。

「……近衛さまが私の寝室に……松永弾正なら、毒入りの茶を勧《すす》めて一服盛るところだけど……どうしようかなあ」

「これこれ。島津義久よ。悪事を企《たくら》む者が、ぺらぺらと考えていることを口にしてどうするでおじゃる。そもそも今は相良良晴の話でおじゃる」

「んにゃんにゃ！　近衛さま、お久しぶりじゃな。相良さぁを助けてくれんか？　義弘ねえを説得して、説得して！」

「そうだ、おっさん。なんとかしてくれ！　口説き作戦大失敗の帳尻《ちょうじり》を合わせてくれよ！　義弘はあんたの命令なら聞くはずだ！」

「いえ。近衛さまのご命令といえど、相良良晴を島津家の姫の婿《むこ》にするなど言語道断。なにがなんでも最初に決めたとおり、相良義陽と祝言をあげさせます」

これは近衛のおっさんにも無理なのか？　俺は詰《つ》んだのか？　と良晴がまたしても透けてしまった手のひらを見つめて苦り切っていると、近衛が「ひとたび織田信奈の野望に乗った者として、責任は果たすでおじゃる」とうなずいた。

「……これだけは嫌《いや》でおじゃったが、もはややむを得ないでおじゃる。最後の切り札を切るでおじゃる。近衛家と藤原氏の偉大《いだい》なご先祖さまよ、お許しあれ！　藤原家の貴《とうと》い歴史を麻呂の代で大きく変えてしまうことを！」

近衛は、目を釣《つ》り上げて大見得を切った。

「聞け。島津四姉妹《しまい》よ。とりわけ、律儀《りちぎ》すぎる義弘よ。相良義陽も聞くがよい。麻呂はずっと逡巡《しゅんじゅん》しておったが、このたびの薩摩下向では使者としての任務を果たせず、さらに麻呂を尊敬する相良義陽の天晴れな態度に心打たれ、今ここに決意した。相良良晴を、麻呂の猶子《ゆうし》とすることを」

義弘が「猶子⁉　つまり相良良晴を、近衛さまのご養子に⁉」と絶句し、家久が「んにゃんにゃ⁉」とさかりがついた猫《ねこ》のような声をあげ、相良義陽が「猶子ですと？　本気なのですかっ？」と首を傾《かし》げた。

「うむ。ご先祖方にはいと申し訳ないが、麻呂はこたびの薩摩下向での失点を回復する責を負う。麻呂は、相良良晴が、由緒正《ゆいしよただ》しい九州の名族・相良家十八代目相良義陽のまことの子孫であると確信した。良晴と義陽の性格と容姿はまるで似ておらぬどころか正反対だが、祝言《しゆうげん》が迫《せま》るとともに良晴の身体《からだ》が消えはじめたことは事実。相良家は、もとはと言えば藤原南家乙麻呂《おとまろ》流の流れを汲《く》むれっきとした藤原家の一族。その昔、遠江《とおとうみ》の相良庄《しよう》から九州に移住し、武士化したのでおじゃる。すなわち、義陽の子孫である良晴は、限りなく血は薄いが強引に解釈《かいしやく》すれば藤原家の末裔《まつえい》といえなくもないでおじゃる」

おいおい近衛のおっさん？　そんなことを言いだしたら未来の日本は源《みなもと》、平《たいら》、藤原、橘《たちばな》の末裔で溢《あふ》れかえってることになるぞ？　と良晴が呆れたが、義陽に「馬鹿者《ばかもの》！　棚《たな》からぼた餅《もち》が落ちてこようとしているのに口を慎《つつし》め」と口を塞《ふさ》がれてしまった。

「であるから、相良良晴が麻呂の猶子となっても、血統的には問題ないのでおじゃる！

さて麻呂は、これまで長年にわたり御所と近衛家に忠義を尽《つ》くしてくれた島津家から、わが猶子・良晴に嫁《よめ》を取らせたいと思う。さすれば、島津家は関白近衛家と縁続《えんつづ》き、両家は一体となるでおじゃる。せっかくの相良良晴を、相良義陽にくれてやってもよいのかな？」

「んにゃんにゃ!? 京の都でも相良さぁと近衛さまは互《たが》いにどつき漫才《まんざい》に興じたりして妙《みょう》に仲がいいとは思っとったが、まさか相良さぁが近衛さまの猶子になるとは驚《おどろ》いたど！ということは相良さぁが、次の関白になるんか!?」

「ほっほっほ。そういうことじゃの。こやつが相良義陽の子孫と判明せねば、ありえない話であったがの」

「織田家の草履《ぞうり》取りから、関白に!? 相良さぁの立身出世ぶりは、すごか！」

家久の隣《となり》では、歳久が「この猿が？ 関白に!? 織田信奈がそういう無茶を主張しているという噂《うわさ》は聞いていたけれど、まさかほんとうになるだなんて!?」と放心していた。

「ありがとう関白さま。これで相良さぁの命ば助かったど！ そいでは、おいが相良さぁの嫁に」

「ままま待ちなさい家久！ あなたはまだ子供よ！ ここは二人の姉さんたちに早く嫁《とつ》げ早く嫁げと心配されてきたこの私が！ 姉孝行のために、そして島津家のために、犠牲《ぎせい》になってあげるわ！」

「んにゃんにゃ!? 突然《とつぜん》なにを言いだすと？ ずるいど、歳久ねぇ!?」

「あ～あ～。家久ちゃんと歳久ちゃん。せっかく仲直りしたと思ったのに、短い蜜月期《みつげつ》だったねえ。この二人をケンカさせたくはないし、ここは長姉であるこの義久ちゃんが島津家を代表して相良良晴のお嫁さんになるべきだよね」

「ええっ？　どうしてこういう時だけおみくじに頼《たよ》らず即断即決《そくだんそっけつ》なのっ？　義久姉さんはほんものの悪人になりさがろうというのっ⁉　私に早く婿を取らせたいと言い続けてきたのはなんだったのっ⁉」

「だって歳久ちゃん。あなたがまとめた報告書によると相良良晴は無類のおっぱい好きだとか。義弘ちゃんは立候補しないから外すとして。残る三姉妹のうち、いちばん大きいのが誰かは言うまでもないよね？　見ればわかるよねえ？」

「んにゃんにゃ！　相良さぁが出世したとたん嫁になろうとか、二人ともずっこいど！」

「まあまあ家久ちゃん。こういう時にでしゃばってこそ、悪人になれるってものだよ？　それにそもそも家久ちゃんは無理だよ〜。義弘ちゃんが絶対に認めないから〜」

「なんてことなの。私にしつこく婿取りを斡旋《あっせん》し続けてきたくせに、どうしてこの人がここで割り込めるの？　もしかして義久姉さんは真の悪人だったのかもしれないわ。俺には誰も選べない、だから胸の大きさで勝負をつけようなんて言いだしたら相良良晴、あなたを殺すわよ！」

「こうなったら槍《やり》で戦って生き残った者が相良さぁの嫁ぞ！」

「駄目《だめ》だよ〜家久ちゃん。姉妹同士で殺し合ってはいけないよ？　そうだ、おみくじでお嫁さんを決めない？　わが島津家は、摂津《せっつ》の住吉《すみよし》大社で狐火《きつねび》に守られながら初代忠久《ただひさ》公がお生まれになったことからはじまる、稲荷《いなり》神に守られた一族。これほどの一大事となれば、お稲荷さまが決めるべきだよ～」

「また義久姉さんはおみくじに頼って。優柔不断《ゆうじゅうふだん》なのよ。ゆるいのはその胸だけにして頂戴《ちょうだい》！」

この間、近衛前久は「くっ。相良良晴を巡《めぐ》って島津の姉妹が争っておるでおじゃる。麻呂が島津義弘に半殺しにされて寝《ね》ているうちに、相良良晴はこの三姉妹の心をがっちり摑《つか》んでいたようでおじゃる！　麻呂は、麻呂は悔《くや》しいでおじゃる。屈辱でおじゃる」と歯ぎしりしていた。

相良義陽は「どうも納得《なっとく》いかないが、良晴を救うためならば致《いた》し方あるまい」と腕組《うでぐ》みして考え込んでいる。「嫌だ」とは言いだせないが、本音はどうにも嫌らしい。

当の良晴は「いや待って。三姉妹いずれと祝言をあげても、怒《おこ》った信奈がいずれ俺を殺しに来るという結末は同じだから。近衛のおっさん、関白ってそんな軽く扱えるものじゃないだろう？　だいいちそんなことをしたら俺は二度と織田家に帰参できない。他《ほか》に方法はないのか？」と困惑《こんわく》しきっていた。

「近衛家の猶子にしてもらう。義陽との祝言は島津家が納得しないから中止。しかし俺は島津家の姫《ひめ》とも祝言をあげない。まあちょっと俺にだけ都合がよすぎるが、その線でなんとか手を打ってくれよ」

「麻呂だって織田信奈の怒《いか》りは買いたくないでおじゃるが、物事というものはいったんこうなるとなかなか収まりがつかぬものでおじゃる」

「あんたが三姉妹を不必要に煽《あお》ったからだろう⁉」

「しかしこれでもかと煽らねば、島津四姉妹は義陽との祝言を取り消さぬでおじゃる」

「……ついさっきまで泣きながら抱《だ》き合っていた姉妹が、一匹《いっぴき》の猿を巡ってこのように言い争うとは。やはり姉妹とは醜《みにく》いものだな、相良良晴。私が徳千代を追放したのは正解だったようだ。戦国の姫大名には、やはり、家族は不要だったのだな……フッ」

「義陽も、呆《あき》れて黄昏《たそが》れていないで！」

三姉妹はしばらくもみ合っていたが、「私は相良良晴が近衛さまの猶子になろうが、義陽との祝言をやり遂《と》げさせる。すでにいちど決めたこと、武士に二言はない」とまったく意見を変えていない島津義弘が目を見開いて立ち上がったので、気をのまれていっせいに静かになってしまった。

「そもそも主《あるじ》は主、家臣は家臣。近衛家と島津家との一体化などもってのほかだ。それでは下克上《げこくじょう》ではないか。姉上たちは驚きのあまり動転しているが、私はいささかも揺《ゆ》るがない。相良良晴、相良義陽。立て。式場ではすでに支度《したく》が調《ととの》っている。祝言の時間が来た！」

恐《おそ》るべきは、島津義弘の生真面目すぎる頑固《がんこ》さだった。

「それに、ようやく和解できたばかりだというのに三姉妹がこんなふうにいがみ合う姿を私は見たくない。三人で奪《うば》い合うくらいなら、誰《だれ》も相良良晴を婿に取るべきではない。みなそれぞれに互いを思いやって遠慮《えんりょ》するべきだ。家族は不要と言い張ってきた己《おのれ》の主張を変えてまで良晴を婿に取ると決断し、その命を救おうとしてきた相良義陽にくれてやれ。そうではないか？　姉上。歳久。家久」

「じゃどん、そいでは相良さぁの命ば救えんから騒《さわ》ぎになっとうど？」

「ははは。家久。お前はまだ幼い。人間の生に過去も未来もなく、ゆえに未来人などいない。相良良晴本人がそう思い込んでいるだけだ。まして彼の身体が消えかけたなど、気のせいだ」

「……ほんとうに相良良晴が消滅《しょうめつ》しても、目の錯覚《さっかく》だ、と言いそうね義弘姉さんは。どうすればいいのかしら」

「うーん。この徹底《てってい》した現実主義を貫《つらぬ》いたことで、義弘ちゃんは自らを武神の域にまで高められたんだろうしね。どうしようもないよね～」

万策尽《ばんさくつ》きた近衛前久は「素顔をさらしても玉砕《ぎょくさい》、切り札の猶子話を持ちかけても失敗。相良良晴が消える理屈《りくつ》を説いても怪異《かいい》は信じぬという鉄壁《てっぺき》の一言で論破される。もう麻呂には打つ手がないでおじゃる」と敗北を宣言。

義陽は「冗談《じょうだん》だろう？」と激怒《げきど》した。

「義久！　歳久！　この頑固女を今すぐ殺せ！　無理なら幽閉《ゆうへい》しろ！　こやつが人の話を聞かないせいで、良晴が消えてしまうではないか！」

「いやあ。あなたも木崎原で見たよね？　義弘ちゃんは薩摩最強の武神だもの、捕《と》らえるなんて無理だよう。私たちのほうが返り討《う》ちにあっちゃうよう」

「そうよ。釣り天井《てんじょう》を仕掛《しか》けたって毒矢を放ったって無理だわ。どうやら、戦場では無類の力の源となってきた義弘姉さんの頑固さが今回は悪い目に出てしまったようね」

「んにゃんにゃ！　相良さぁの身体が、またまた消えはじめてるど？」

「……身体の向こうの壁《かべ》まで透《す》けて見えている⁉　良晴！」

良晴は、「さすがにこんどこそ終わった」と絶望した。

しかし、意外なことから、事態は急変した——。

この時、義久の寝室《しんしつ》に、使者が飛び込んできたのだ。

「阿蘇の甲斐宗運が進撃《しんげき》を開始しました！　相良義陽はすでに島津に降《くだ》った。この上は相良領を併呑《へいどん》し、そのまま島津と決戦すると喧伝《けんでん》しながら街道を進んでおります！」

宗運おじさまが⁉　義陽は声を失い、義弘は「龍造寺が宗運を釘付《くぎづ》けにしているのではなかったのか？」と使者に問いただした。

そうよ。ありえないわ、宗運は龍造寺で手一杯《ていっぱい》のはず、と歳久も使者の言葉をにわかには信じられなかった。

「いえ。相良軍が木崎原で島津に降伏《こうふく》したと知った甲斐宗運は、対陣《たいじん》していた龍造寺陣営に夜襲《やしゅう》をかけて総大将の陣へ飛び入り、『俺はこれから南へ出兵して島津軍を皆殺《みなごろ》しにする。だがこれ以上俺の邪魔《じゃま》をするならば北へと進撃し、龍造寺一族をことごとく殺し尽くす。肥前《ひぜん》を焼き払《はら》い、生きとし生ける者を一人残らず殺す。人だけでなく、犬も熊《くま》も殺す』と脅《おど》したそうです。宗運は主家への謀反《むほん》を企《たくら》んだ自分の息子《むすこ》三人を殺した修羅《しゅら》の中の修羅です。この男は狂《くる》っていると恐れおののいた龍造寺軍は、夜明けとともに撤兵《てっぺい》してしまいました。この出兵は島津に頼《たの》まれてやったまでのもの。島津のために甲斐宗運を相手に皆殺しの戦《いくさ》をはじめる義理はない、と言い残して」

ありえない。躊躇《ちゅうちょ》なく相良領へ進撃してくるなんて。甲斐宗運は、相良義陽と不戦の誓《せい》紙《し》を交《か》わし合っていたはずよと歳久が漏《も》らし、使者が「宗運は、主の阿蘇家に絶対服従の身。宗運は、相良が滅《ほろ》びれば阿蘇も滅ぶとこの出兵をいちどは拒否《きょひ》したのですが、主君から阿蘇家と相良家とどちらがお前の主なのだと責められて、やむを得ず自ら誓紙を池へと沈《しず》め出陣を決断したそうです。その時の宗運は、自らの主君をも殺しかねない鬼《おに》の形相だったそうです」と伝えた。

これまで両者の緩衝《かんしょう》地帯となっていた相良領が島津の手に落ちたことで、甲斐宗運と直接対決することになった。でも、私たちの予想よりも宗運の行動が早すぎる。祝言《しゅうげん》どころではなくなったね、と義久が表情を一変させてうなずいた。

「姉上。伊東が捨てていった広大な日向領をわれらはまだ確保しきれていない。今、多くの兵を日向各地に派遣《はけん》している以上、手許《てもと》には宗運と決戦できる十分な兵力もない。急いで迎撃《げいげき》して、肥後国内で食い止めねばならない。もしも薩摩まで侵攻《しんこう》されれば、大友が一気に日向へと南下してくる！」

「わかっているよ、歳久ちゃん。宗運は雌雄《しゆう》を決するならば私たちの迎撃態勢が整っていない今しかないと読んで、奇襲《きしゅう》に賭《か》けたんだよ。島津が新たに併合《へいごう》した南肥後と日向の支配体制を整えてしまえば、阿蘇家はもう国力差で島津に圧倒《あっとう》されてしまって勝機はないからね」

「これは歳久の責任ではない。私のような武にすべてを捧《ささ》げた者であっても、甲斐宗運の非情ぶりに驚《おどろ》くばかりだ。あいつは、ほんものの修羅だ」

「相良義陽。良晴と五百の兵を返すから、急いで領内へ戻《もど》り、甲斐宗運の進撃を水際《みずぎわ》で阻《はば》んで。日向に散っている島津の兵が戻ってくるまで、なんとかして時間を稼《かせ》いで」

義陽は、甲斐宗運と不戦の誓紙を交わしている。

その約束が破れる時が、義陽が死ぬ時だ。

良晴は、「それじゃ義陽は板挟《いたばさ》みになる！」と抗議《こうぎ》の声をあげた。

「時間を稼いでくれればいいんだよ。宗運と正面から戦えとは言わない。ねばってくれれば必ず後詰《ごづ》めを出すよ。それにね、こう言うのもなんだけど相手は九州無敗の修羅。相良家の兵力だけで戦って勝てる相手でもないし」

「しかしだな。二人は、父と娘《むすめ》のような関係なんだ。義陽！　抵抗《ていこう》してくれ！」

「……いいのだ、良晴。武家が降伏するとは、こういうことだ。ここで当主の命令に逆らえば、私も相良家の家臣団も島津家中に居場所がなくなる。戦に敗れ帰順した新参者として、けじめはつけねばならないからな。私には土地勘《とちかん》があるし、木崎原では降伏を許されて五百人の家臣の命を救われた。相良軍こそこの戦の先鋒《せんぽう》にふさわしい。それに宗運おじさまが私と戦う決断をしてくれたおかげで、きみはかろうじて生き延びられただろう？　ほら、きみの手に触《ふ》れることができる、と良晴の指に自分の指を絡《から》めながら、義陽は笑っていた。

その笑顔《えがお》があまりに美しかったので、良晴は、予感せざるを得なかった。

（降伏して新たに仕えた島津家と、不戦の約定を交わし合った甲斐宗運との板挟みになった義陽は、戦場で死ぬつもりじゃないのだろうか。俺が知っている、史実のとおりに）

「なんたること。九州騒乱《そうらん》を止めるはずが、どんどん騒乱が加速しておるでおじゃる！　忠義心溢《あふ》れる相良義陽は、やまと御所《ごしょ》にとってはたいせつな姫大名。麻呂が甲斐宗運のもとに直談判《じかだんぱん》に行って叱《しか》りつけるでおじゃる！」

近衛の言葉を、義久が「はいはい。宗運に無言で殺されちゃうから関白さまはじっとしていてくださいね」と困り顔で流した。

家久は「二人を戦わせるなんて、残酷《ざんこく》すぎるど」と義久たち三人の姉に抗議したが、「それは躊躇せず相良領へ進撃をはじめた甲斐宗運に言って頂戴。だいじょうぶ。後詰めが到《とう》着《ちゃく》するまで戦わず陣を堅《かた》く守っていればいいのよ」と歳久が家久を諭《さと》したので、家久も不承不承納得した。

「相良さぁ。ほんとうに、だいじょうぶなんか？　おいは、悪い予感がすっど……」

良晴はそんな家久の頭をそっと撫《な》でながら、「こんどこそ義陽の運命を変えてくる」とうなずいていた。

巻ノ五　響野原《ひびきのはら》

南肥後《ひご》、八代《やつしろ》の山中。

深夜の白木妙見社《しらきみようけんしや》。

良晴《よしはる》と義陽《よしはる》が、二人きりでこの社《やしろ》を訪《おとず》れていた。

五百の兵とともに帰還《きかん》を許された相良《さがら》義陽は休む間もなく、御船《みふね》城から八代攻略《こうりやく》のために出陣した甲斐《かい》宗運《そううん》軍と戦わねばならなかった。

人質として島津《しまづ》のもとに留め置かれるべきだった相良良晴をも、島津義久《よしひさ》は義陽のもとに返還《へんかん》している。

これでは義陽は島津を裏切るわけにはいかず、かといって甲斐宗運と戦えば信義を破ることになる――修羅の国・九州でもまずありえない、苦しい板挟み状態だった。

今、白木妙見社に預けていた不戦の誓紙を、義陽は手にしている。

出陣を目前にして、二人はお互《たが》いのことを語り合った。

たわいもない少年時代、少女時代の思い出や、この白木妙見社で幼かった頃《ころ》の義陽がよく遊んでいたことなどを。

「良晴。きみが、島津四姉妹《しまい》の馬追い会議に私を呼んだ理由はよくわかった。私自身のわだかまりを捨てて徳千代《とくちよ》を受け入れろ、そう言いたかったのだろう？　きみは。しかし、事情を知らないきみの口から私自身に直接ずけずけとものいいをすることを柄《がら》にもなく遠慮した。だから、ああいう形で」

「そうだな。信奈《のぶな》のもとに流れてきた頃の俺は、後先考えず相手の心を推《お》し量る余裕《よゆう》もなかったから、ずいぶん無神経な発言を繰《く》り返してきたもんだ。きみと徳千代ちゃんの間には、俺にはうかがい知れない事情があるようだしな。ほんとうならばその事情を俺自身が探《さぐ》ればよかったんだが、その時間も余裕もなかった」

「島津四姉妹が仲違《なかたが》いして会議が決裂《けつれつ》するという危惧《きぐ》はなかったのか？」

「なかったよ。ちょっとしたすれ違《ちが》いからの姉妹ゲンカはどこの家にもあるしな。俺ん家《ち》の相良妹軍団だって、いつもひどいもんだよ」

「彼女たちを信頼《しんらい》しているのだな。正直に言えば私は、あの四姉妹がうらやましい。だがしかし、生まれてくる家は自分では選べないからな。相良家の姫《ひめ》としてこの世に生を受けたのも、私の運命というやつだろう」

良晴。きみは木崎原《きざきばる》の合戦の未来を知っていたな。ならばその続きも知っているのだろう。この先、私はどうなる？

境内《けいだい》に腰掛《こしか》けた義陽は、命よりもたいせつにしていた誓紙を開きながら、その言葉を口にしていた。

「……島津に降った後、相良義陽は島津の命令で甲斐宗運と戦う。それがきみの運命だ。響野原には布陣《ふじん》しちゃダメだ。あそこは山間《やまあい》の谷地、しかも川に退路を塞《ふさ》がれている死地だ」

「響野原、か。きみは馬鹿《ばか》だな。討《う》たれるには最高の悪所を私にわざわざ教えるとは。やはり私は、宗運おじさまに討たれるのだな」

「だいじょうぶだ。未来は決して確定していない。たしかに回避《かいひ》するのは困難だけれども、ある程度は流動的なんだ。回避できる。回避する、運命を克服《こくふく》する、という強い意志を抱《いだ》いてくれ！」

どうかな。私を巡《めぐ》る状況《じょうきょう》は、すべてがその「運命」の一点に集約されつつあるらしい、と義陽は笑った。

「もし私が倒《たお》れても、相良良晴。きみがいてくれれば、島津は相良家を取り潰《つぶ》しはしないだろう。万一の時には徳千代を頼む。敵となった宗運おじさまには、さすがにもう頼めないからな。ただし徳千代には相良家は継《つ》がせるな。相良家の十九代目はきみが継げ」

「なんだって？」

「遠慮《えんりょ》するな、きみはもともと相良家の子孫だ。織田《おだ》家の重臣であるきみならば島津とうまく折り合いをつけ、この戦乱の時代を乗り切り相良家を守ってくれる。つまり、徳千代の命を」

「義陽。その言葉は、まるで遺言《ゆいごん》じゃないか」

「なあ、良晴。きみもこの戦国の世を選んだのであれば、迷うことなく子を成して相良妹軍団とやらに加えろ。大勢のきょうだいを育てろ。一族の内紛《ないふん》など起こらない相良家を、新しい家族を築くがいい。その時こそ、きみは完全にこの世界の人間になれる。きみ自身の迷いも望郷の念も、もう会えない母上への想《おも》いも、きみは克服することができるだろう」

良晴は、息をのんでいた。

義陽の表情から、あの冷たく険しい張り詰《つ》めた緊張感《きんちょうかん》が、嘘《うそ》のように消えてしまっていたからだった。

どこまでも優《やさ》しく、そして、妹の徳千代に瓜二《うりふた》つの表情——。

「きみは死ぬつもりなのか、義陽？」

「さあ、どうだろうな。ただ、これだけは言える。私はやっと、私自身が生まれてきた意味を見つけられた気がする。きみに礼を言う、相良良晴」

「その透《す》き通った笑顔。俺は以前、見たことがある。竹中半兵衛《たけなかはんべえ》が病《やまい》で倒れる直前に、そんな笑顔を、俺に」

「時は過去から未来へ流れる。命も過去から未来へとつながる。すべての実を拾えないなら、私は迷わず未来を選ぼう」

「そうじゃない、義陽。すべての実は、拾える。一人では無理でも、二人、三人、四人と多くの人間の意志を重ねれば」

私が生き延びれば、きみと祝言をあげることになる。きみは消える。きみがこの世界でなしてきたことすべてが無になる。みな、きみの志を忘れる。一方、私が消えればきみは生き残る。私の思い出はきみや徳千代の中に残る。どちらがいい？　迷うまでもない、と義陽は良晴の手を取って、笑った。

「あきらめないでくれ！　二人とも生き延びれば済む話だ。あと一人じゃないか。義弘《よしひろ》さえ説得できれば、祝言は取り消せるんだ。もっとも、彼女には悪意がないぶん説得が難しいわけだが、悪意のない彼女が相手だからこそ必ずどうにかできる。死んだらそこで終わりだろう？　生き延びてこそなんだろう？」

「良晴。きみのお母上は、きっと優しい人だったのだろうな。いちど会いたかったな」

「え？　……母さんは……徳千代に、どこか似ていた。明るくて朗《ほが》らかで、優しい人だったよ」

今のきみにそっくりな笑い方をする人だったとは、恥《は》ずかしくて、言えなかった。

そのためらいを、良晴はすぐに後悔《こうかい》することになった。

「ふふ。やはりな。すべては運命だったらしい」

「それは、どういうことだ？」

義陽は返事をせず、本堂の向かいに屹立《きつりつ》する神木を見上げていた。

良晴も思わず、その義陽の視線の先を追っていた。

ふと良晴が気づくと、義陽は手にしていた誓紙《せいし》に火を付けて、燃やしてしまっていた――。

「九州の外の世界を、いちど、見てみたかった。私は、相良家に捕《と》らわれた籠《かご》の中の鳥だ。自分自身の人生を生きたことがなかったからな」

「義陽!?　その誓紙を燃やしてしまっていいのか!?」

「ああ、これでいい。あとは私が討ち死にすれば、きみとの祝言は不可能になるな。これで、きみは生き延びられる」

「それはダメだ！　俺にもう一度だけ、機会を与《あた》えてくれ！　木崎原での失態は二度と繰り返さない、次こそは俺が軍師として――いや、一兵卒でも兵糧《ひょうろう》部隊でも斥候《せっこう》でもなんでもいい！　俺も戦場へ！」

「ふふ。甲斐宗運おじさまにきみが勝てるとは思えないな。人吉城《ひとよし》の時のような僥倖《ぎょうこう》はないぞ。戦場でおじさまと戦わせれば、きみは問答無用で殺されてしまう」

良晴は反論できなかった。悔《くや》しいことに、あの殺戮《さつりく》機械と化したかのような修羅《しゅら》の中の修羅・甲斐宗運と戦場で槍《やり》を交える武力が、良晴には圧倒的《あっとうてき》に足りなかった。

「そんな顔をするな良晴。あの人ときみとの武力差は、きみの責任ではない。それぞれの生《お》い立ちが違いすぎる」

「義陽。俺には宗運と渡《わた》り合える武力がなくても、島津家には――」

「なあ、良晴？」

「え？」

「私と結ばれたらきみが消滅《しょうめつ》してしまうとは、ずいぶん残酷な運命もあったものだな。最後に、別れの接吻《せっぷん》でもしてやろうか？」

「あ、いや。ダメなんだ。きみと接吻しただけでも、俺は消えるそうだ」

「なんだそれは？　つまらんな……私はよほど不運な星の下に生まれたらしい」

「ご、ごめん。アメリカ人は家族同士で頬《ほお》に接吻するくらい普通《ふつう》なのにな。日本人とは習慣が違うから問題ないんだろうか」

「い、いや、ただの冗談《じょうだん》だ。本気にするな。それでは、私はもう行くぞ」

　良晴は、ようやく理解した。義陽はもしかしたら、俺と祝言《しゅうげん》をあげることで新しい人生――相良家を守るために一人きりの当主として人吉城で一族の謀反《むほん》に怯《おび》え続けるこれまでの人生とは違う生き方をはじめられる、と希望を抱いていたのかもしれない。たとえきっかけは島津に命じられたからであっても、なぜか、祝言の相手が俺ならば構わない、と思っていてくれたらしい、と。相良家の当主と、同じ日に生まれた庶子《しょし》。その生まれゆえに相容《あいい》れない徳千代との関係も、変えられるはずだった、と。

「待てよ、義陽。きみはもしかして」

「はあ。良晴。お人好しもいいかげんにしておけ。気が進まないだろうが、きみが守るべき人たちに、優先順位を付けろ。九州の片隅《かたすみ》にいる南肥後の小大名と、戦国の世を平定しようと駆《か》ける天下人。どちらが日《ひ》ノ本《もと》にとって、民《たみ》にとって、未来にとって大事なのだ？　それともきみの織田信奈のために、きみはこの戦国の世に来たのではなかったのか？　それともきみの織田信奈への想いは、この程度で揺《ゆ》らぐものだったのか？」

「……それは。それは違う。信奈を放置するつもりはない。それでも俺は」

「きみは織田信奈の家臣にして恋人《こいびと》なのだろう。ならばさっさと大友宗麟《おおともそうりん》に会って、織田信奈の危機を救え。肥後の田舎《いなか》大名にすぎない私にこれ以上かかずらわって日数を無駄《むだ》にするな、馬鹿者《ばかもの》め！」

「今俺の目の前に、『死』の運命に向かいつつある姫武将がいるというのに、順位をつけることはできない！　こんな苦境に追い込まれているきみを見捨てられるはずがないだろう？　それにきみは俺の母親のような存在じゃないか」

「いーや、私はきみの母親ではない。熊鍋《くまなべ》に入れて煮込《にこ》むぞ」

「母親ではないけれど、それに近いじゃないか。先祖と、子孫だ」

「近くはない。なぜなら私ときみとは、血がつながっていない」

「つながっているからこそ、結ばれれば俺は消えてしまうのだろう？」

「いや。正確に言えば今から、私ときみとは、血がつながらなくなる——というよりも、『もともとつながっていなかったことになる』。そしてそれこそが、正しい歴史だ」

「なにを言っているのかさっぱりわからないよ、俺は頭が悪いからな。とにかく！　俺を置いて行くな、義陽！」

「子を成さない私ではなく、徳千代こそがきみの直系の先祖であるべきだ！　それが本来の運命だ、ということだ。運命は、収まるべきところに収まるのだ」

「義陽⁉　そうか。俺が一瞬《いっしゅん》照れて、きみに言うべき言葉をためらったばかりに⁉」

「さようなら、相良良晴。きみは織田信奈との夢に生きろ。きみに会えて、楽しかったぞ」

立ち上がった義陽。彼女を押しとどめようとする良晴。その良晴のみぞおちに、何者かの拳《こぶし》が食い込んでいた。

不意をつかれた良晴は気を失い、突如軒下《とつじょのきした》から躍《おど》り出てきて良晴を失神させた蜂須賀五右衛門《はちすかごえもん》の背中に担《かつ》がれていた。

ご苦労だった、と義陽がうなずく。

「忍《しの》びよ。相良良晴はわが相良家の後継者《こうけいしゃ》。この合戦には参戦させない。島津陣営《じんえい》に持ち帰るなり、大友宗麟に届けるなり、好きにするがいい。島津の者たちは私が時間を稼《かせ》げば私に後詰《ごづ》めを出せると信じていたが、出せまい。宗運おじさまと軌《き》を一《いつ》にして、大友宗麟が全軍で日向《ひゅうが》へ進撃《しんげき》してくるはずだからな。宗麟自身はたしかに優柔不断《ゆうじゅうふだん》だが、良晴を消すためにこのような搦《から》め手の策まで弄《ろう》してきた南蛮《なんばん》の軍師は四姉妹《しまい》の想像を上回る切れ者だ。もう時間はないぞ」

「もうひとりの相良氏《うじ》。拙者《せっしゃ》、わが主《あるじ》を敗戦から守るためにあえてこのようなまねをいたちまちた。しかしほんとうに、これでいいのでござるか？　こうかいは、ござらぬのか？」

相良氏は常に、戦場では男は女のために死ぬ役目、その逆はない、と言っておりまちたぞ？　と五右衛門が疑問を投げかけたが、義陽は「それは男の勝手な言い分だ。女とて男のために死ねる。とりわけ自分の子孫の、自分の子のためなら、ためらわない」とつぶやいていた。

「『私はこの戦《いくさ》で死ぬ代わり、子孫が繁栄《はんえい》しますように。良晴と徳千代が生き残りますように』」

「もうひとりの相良氏。その祈《いの》りはきっと、北斗《ほくと》の神に、妙見尊に届けられまちょう」

「良晴を消滅させないためにここで自害してもよかったのだが、それでは島津の命令通りに宗運おじさまと戦ったことにならないし、足止め役を放棄《ほうき》したことになる。それに……死ぬ時はおじさまに討たれたいと、私は最初から決めていたから。おじさまに命を救われたあの日から」

「お立場、お察しいたす。ですが、相良氏は目覚めれば必ず戦場にかけつけまちゅぞ。ぜったいに」

「いや。わずかな手勢で駆けつけても、宗運おじさまは決して突破《とつぱ》させない。九州最強の修羅はそれほど甘くはない。だから、これでお別れだ」

五右衛門の姿は、良晴を背負ったまま、音も立てずに消えていた。

だが義陽にはまだもう一人、最後の挨拶《あいさつ》をしなければならない相手が残っていた。

徳千代、いつまで隠《かく》れている？　最初からそこにいるのはわかっている、と義陽は社《やしろ》の森の中に潜《ひそ》んでいた徳千代に声をかけていた。

「……姉上」

熊皮で自作の鎧《よろい》を造って着込んでいる徳千代が、義陽の前に姿を見せた。

「相変わらず品のない姿だな。ずっと聞いていたのだろう？　徳千代。私ではなくお前が、良晴の先祖になるのだ」

「え？　そんなはずはないよ！　良晴くんは、姉上の」

「良晴の母親は私ではなく、お前によく似ているらしい」

違《ちが》うよ。良晴くんは、今の姉上の笑顔《えがお》が母上に似ている、って言おうとしていたんだよ、でも照れて言いだせなかっただけだよ、と徳千代はまくしたてた。もう、ゆっくりと姉妹の再会の感激を味わったり、義陽の反応を探《さぐ》りながら語りかけるような猶予《ゆうよ》は、徳千代にはなかった。感情を爆発《ばくはつ》させるかのように早口で言葉をまくしたてた。

「徳千代、それだ。その暑苦しい喋《しゃべ》り方。お前と良晴はそっくりじゃないか。そのお節介《せつかい》焼きなところ、気品に欠けるが陽気な笑顔、その裏表のない愚《おろ》かさゆえに人に愛される性格、いちいち考える前に突《つ》っ走る馬鹿《ばか》なところまで。ひるがえって、高貴で利口者で嘘《うそ》つきの私は、良晴とは外見も性格もまるで似ていない。水と油のように正反対だ」

「そんなことはないよ！　姉上はただ、相良家当主としての仮面を被《かぶ》っているだけだよ！　あたしは知っているよ。幼くして相良家の当主となり、一族の謀反によって一度は人吉城を追われた姉上は、謀反人には容赦《ようしゃ》しないという仮面を被らなければならなかった。だから冷酷《れいこく》な主君を演じてきたの。でも、それはただの演技。だって甲斐宗運さんの粛清《しゅくせい》から、あたしや多くの家臣を姉上は守ってくれたよね？」

「それは誤解だ、徳千代。私は、近しい者たちの謀反を食らって無様に逃《に》げ惑《まど》うなど、二度とごめんなのだ。それだけだ」

「ううん。良晴くんが教えてくれたよ。姉上はあたしを殺さなかったし、国元から追放もしなかった！　ほんとうに姉上があたしを嫌《きら》っているのなら、手許《てもと》に置き続けているはずがないって！　あたし、ほんとうは、いずれ薩摩《さつま》か日向に退去して姉上のもとから消えようと思ってたの。姉上がほんとうにあたしを邪魔《じゃま》に思っているのであれば、静かに身をひこうと。でも、良晴くんの言葉がそんなあたしの迷いを振《ふ》り払《はら》ってくれたんだよ」

「ふん。良晴はお節介でお人好しなだけだ。お前と同じ、馬鹿の血族だ。しかし私は違う。相良宗家の正嫡《せいちゃく》の血筋だからな。一族同士で相争う、冷たい血の持ち主だ。庶子にすぎないお前に情愛など……」

ちっ、私としたことが徳千代の言葉に心が揺らいだ。動揺《どうよう》したぶんだけ言い過ぎた、と義陽は舌打ちしていた。

徳千代が、青ざめていた。

「……ない、と言い切れるの？　言い切るのなら、あたし、もう姉上に二度とまとわりつかない……」

「……」

義陽は、「ない」とも「ある」とも言えなかった。

ない、と切り捨てるつもりだった。

あるに決まっている、などと感情にあかせて口走れば、徳千代を生涯《しょうがい》悲しませることになる。

ない、と言うべきだった。

そのために、最後の最後に、徳千代と会ったのだ。

それなのに、言葉が出てこなかった。

ただ、(せめて最後のこのひとときだけでも、私は相良家当主としてではなく、私自身として徳千代と語り合いたかった) という想《おも》いとともに、涙《なみだ》が溢《あふ》れてきた。

しかし、それはかなわない想いだった。義陽は、まもなく討《う》ち死にする。徳千代に、想いを残してはならないのだ。

徳千代は、「ごめんなさい。あたし馬鹿だから、ひどいことを言っちゃったね。姉上。あたしは姉上を、ずっとお慕《した》いして」と義陽の手を握《にぎ》りしめようとした――しかし義陽は、徳千代から逃げるように、神木の前につなげていた自分の愛馬へと駆け寄っていた。

「徳千代。お前が相良家の血を残して、未来の良晴に志をつなげるのだぞ。私はただ、あるべきところにすべてを返すだけだ」

「待って、姉上！　こんな結末を迎《むか》えて、姉上は幸せだったの!?」

「……まったく、愚かな妹だな。姉の破滅《はめつ》に、たいせつな妹を巻き込めるか。私のぶんまで、幸せになるのだぞ」

「えっ!?」

徳千代は、感激に打ち震《ふる》えていた。はじめて、姉上に優《やさ》しい言葉をかけられた。やっと、家族だと認められた。喜びのあまり、頭が真っ白になっていた。しかしそれは、義陽と自分が永遠に別れる時が来たということを意味するのだと気づいた時にはもう、義陽は馬上の人となっていた。

「徳千代、ここでお別れだ。私についてくるというのならば、もはやお前は戦国の九州を生き延びられる能力を持ち合わせていないと判断し、謀反人として処刑《しょけい》する。姉妹ともに子をなさずに倒《たお》れれば、相良良晴も消えるかもな。だが、私は本気だ」

それが、義陽が残した言葉だった。

置き去りにされた徳千代はしかし、あきらめなかった。

良晴の言葉が、的中していたからだ。

(良晴くんが言ったとおりだった。姉上は、あたしを嫌ってなどいない。いえ、むしろ――ずっとあたしを遠ざけてきたのには、きっとあたしにも言えない理由があるんだわ。あたしを遠ざけねばならないために、姉上は無理をしているの。だったら、あたしだってもう迷ったりためらったりしない！　最後の最後まで――)

※

相良義陽の後詰めを果たすべく薩摩・内城を出立した島津四姉妹は、日向各地に派遣《はけん》した兵の集結を待ちながら、球磨川《くまがわ》の中流域に布陣《ふじん》していた。

伊東《いとう》家が捨てていった日向国は広大だった。今、薩摩兵はその日向を全力で切り取っている。

島津四姉妹の手許に残る兵力は、二百にすぎない。

しかも、日向に派遣した兵士は、いっこうに戻《もど》ってこなかった――いや、戻れないのだ。

亡命してきた伊東《いとう》家を受け入れた大友宗麟が突如《とつじょ》、伊東家の旧領回復とそして日向における「神の国」建国を宣言し、大軍を率いて日向への進撃を開始したのだ。

歳久《としひさ》の予想よりもはるかに速い。

これまでの、優柔不断な大友宗麟には考えられない英断だった。

大友家中は親キリシタン派と反キリシタン派に分裂《ぶんれつ》している。家中の対立を押さえ込んで出兵に踏《ふ》み切るまでに、少なくともあと一ヶ月はかかるはずだった。

四姉妹は、急ぎ日向へ向かうか、あるいは甲斐宗運との合戦をはじめている相良義陽の後詰めへ向かうか、あるいは相良義陽を撤兵《てっぺい》させて呼び戻すか、急いで決断しなければならない。早朝から、陣中で会議を開いていた。

おのれ南蛮人め、日ノ本人同士の戦を仕切らせはせぬ！　尊皇の志高き島津家は麻呂《まろ》が守るでおじゃる！　と燃えた近衛前久《このえさきひさ》が単身大友軍へと向かったが、島津家での「四姉妹攻略《こうりゃく》作戦」の無残な失敗を見る限り決して期待してはならなかった。

「義久姉さん。これでは相良義陽に後詰めは送れないわ」

「このまま私たちだけで引き返したら、相良義陽を見殺しにしたことになっちゃうよね。悪人らしい振る舞《ま》いだけれど、後味悪いよね」

「姉上。相良義陽に退却《たいきゃく》を命じるしかあるまい」

「義弘姉さん。ところが、相良軍はもう退却できないの。相良義陽としたことが、安全な山上を捨てて谷間の響野原に本陣を敷《し》いてしまった。そのため、前後から甲斐宗運軍に包囲されている」

「なんだと歳久？　どうしてそんな自殺のような真似《まね》を？　相良義陽は、甲斐宗運に軍学を教わった智将《ちしよう》だったはず!?　木崎原でも、危《あや》うく私のほうが討たれるところだったのだぞ」

わからないわ、と歳久が肩《かた》を落としているところに、家久《いえひさ》が飛び込んできた。

「相良さぁが戻ってきたど！　義陽が相良さぁを気絶させて、おいたちのもとへ送り返してきたど！」

相良義陽に参戦を拒否《きよひ》されて送り返されてきた相良良晴と、そして熊皮の甲冑《かっちゅう》を着た徳千代が、家久に案内されて陣中へ通された。

「すまない！　義陽を引き留められなかった！　こっちの熊のかぶり物を着ている子は、義陽の妹、徳千代だ」

「お願いします！　姉上に後詰《ごづ》めを出してください！　姉上を救ってもらえるのなら、あたし、島津に一生仕えます。奴隷《どれい》でもなんでもやります。だから……」

姉とは母親の異なる妹。家久は、自分と似た境遇《きょうぐう》の徳千代のために力になりたい、と願っていた。しかも、家久は三人の姉に愛されて分け隔《へだ》てなく島津の姉妹《しまい》として育てられ愛され末っ子として甘やかされてきたが、徳千代は産まれてすぐに人吉《ひとよし》城から追われ、八代の山中で過ごしてきたという。

それなのに、徳千代は姉の義陽をひたすらに慕っていた。

だから家久は、三人の姉の前に、徳千代を連れてきたのだ。

「相良義陽は死ぬつもりなんだね⁉　甲斐宗運と島津家との板挟《いたばさ》みになって進退きわまったためかな。それとも、相良良晴、きみをこの世界から消したくなかったためかな。あるいは」

義久の表情は苦渋《くじゅう》に満ちていた。後詰めを出す兵力がない。一刻も早く日向に入り、大友軍の進撃《しんげき》を阻《はば》まねばならない。しかし、「後詰めは出せなくなった。相良義陽には死んでもらうしかない」と残酷《ざんこく》な決断を下せるほど、義久は悪人に染まりきれていなかった。

徳千代の願いを、懇願《こんがん》を無視すれば、徳千代に同情している家久もまた傷つき、自分を非情の姉と恐《おそ》れるようになるのではないか――そう思うと、「義陽には死んでもらう」とはどうしても言えなかった。

「相良良晴。きみはこうして島津家にいるけれど、大友宗麟のもとには織田家からの使者が着いているはずだよ。もっと時間を稼《かせ》げると思っていたのだけれど」

「義久。大友宗麟の進撃が素早《すばや》くて、後詰めを出せなくなっていることはもうわかっている。義陽はこうなることを予想していた。大友宗麟のもとには南蛮人《なんばんじん》軍師のガスパールがいるからだ。俺が八代に流されたのも、ガスパールが長宗我部《ちょうそかべ》や小早川《こばやかわ》さんたち西国の姫《ひめ》武将を、自分の存在を気取られることなくうまく利用したためだ。無理矢理に俺と義陽を出会わせて、俺を消滅《しょうめつ》させる計画だったらしい。あいつはある程度、未来を予測できるんだ。だから、未来から来た俺は、あいつにとっては天敵なんだ」

「わが島津家も、知らず知らずのうちにその片棒を担《かつ》がされていたというわけだね。きみと義陽に祝言《しゅうげん》をあげさせていれば、きみは消滅。私たちは、ガスパールの天敵を消す手伝いをいつの間にか」

「俺が島津に捕《と》らわれたのは偶然《ぐうぜん》だが、ガスパールには運も味方しているのかもしれない」

姉上。私は未来予知などは信じないが、その南蛮人は軍師として相当に優秀《ゆうしゅう》だ。立花道雪《たちばなどうせつ》たち家臣団の武によって支えられてきたがかんじんの軍略家を欠いていたこれまでの大友家とは違《ちが》う。歳久の裏をかける知恵者《ちえ》が大友宗麟についているのであれば、いよいよ日向を捨ててはおけない。至急日向入りして戦線を立て直さねば取り返しがつかなくなる。島津家は南蛮から九州を守らねばならない、と義弘が姉に代わって言いにくい正論を口にしていた。

「義弘。大友家には、俺の仲間の黒田官兵衛《くろだかんべえ》がいる。官兵衛ならば、最悪の事態は防いでくれるはずだ。わずかでもいい。響野原に後詰めをお願いできないだろうか？」

「相良良晴。お前はなぜそこまで義陽の命にこだわる？　お前の奇妙《きみょう》な理屈《りくつ》によれば、お前と義陽が祝言をあげるとお前は消滅するのだろう？　だが私はそのようなあやしい話は信じないから、祝言は取り消さない。ならば、今こそお前が生き延びる最後の機会なのではないか。義陽が死ねば、お前はこの戦国の世界に留《とど》まれることになるのではないか？　義陽のために消えるというのならそれもいい。しかし、織田信奈はどうする？　織田信奈よりも義陽を選ぶのか？」

「祝言取り消しの件について考えるのは、義陽を救ってからだ。俺はどこまでも厚かましいんだよ」

「お前の先祖だから、義陽をかばうのか」

「むろんそれもあるが、それ以前に、義陽が女の子だからだよ。姫武将だからだ！」

義弘は、良晴の気迫《きはく》を認めて、無言でうなずいていた。

言いたいことがあるのならすべて言え、私はそのすべてを聞く、と良晴に視線で合図した。

「義陽はずっと、自分が生まれてきたことの意味を求めていた。それなのに徳千代と姉妹として暮らすことさえ、あいつは許されなかった。なぜ許されなかったのかはわからないが、徳千代を人吉城から追ったのはあいつの祖父がやったことで、あいつ自身の本意じゃない。義陽は今、俺の命を守り、俺に相良家と徳千代を託《たく》すために自ら死のうとしている。俺の代わりに死ぬことが、自分が生まれてきた意味だと信じている。だが俺は、絶対に認めない！　取り消させる！　義陽を生かして、あいつ自身の生の意味を、こんどこそ納得《なっとく》いくまで探させる！」

「相良義陽は、自分が女としてお前を愛せない運命にあると知った。だからせめて、先祖として——姉や母のような存在として、自ら捨て石になってお前を守ることでお前への愛情を示そうとしているのではないだろうか。だとすれば、好きにさせてやればいい。一世一代のわがまま、最後の最後に自分の生きる意味を見いだせた義陽は今、心安らかだろう」

「知ったことか！　俺の心はぜんぜん安らかじゃねえよ！　絶対に義陽の命をここで自己完結させねえ！」

「……その結果、お前自身がこの世界から消えてしまっても、か？」

「ああ。俺の存在がもし消えても俺の志は消えない、今はそう確信している。きっと、誰《だれ》かの心の片隅《かたすみ》に、俺が生きてきた証《あか》しは残る。だがここで義陽を見捨てて俺が生き残れば、その時、俺の志は死ぬ。信奈を生かすために義陽を見殺しにする、そんな男にはなりたくないんだ」

「相良良晴。そこまで、覚悟《かくご》したか。この時代とは関《かか》わりのないはずの、お前が」

「それでは俺はこの時代に生きる資格がない。そんなものはなくなる。誰が決めたわけでもない。俺自身が、そう決めているんだ！　俺が憧《あこが》れる男が、そうしたように」

「お前が憧れる男とは、誰だ？」

「小早川さんの兄貴、毛利《もうり》隆元《たかもと》だ。武も知も持っていない、優秀な妹たちの陰《かげ》に隠《かく》れて目立たない存在だったが、妹たちのためにいつでも笑って死ねる男だった。海賊《かいぞく》王の村上武《むらかみたけ》吉《よし》を動かして、厳島《いつくしま》の合戦を勝利に導いた男だ。そして自分の言葉のとおりに、足早に戦国の世を駆《か》けて死んでいった」

この時。本陣の外に集結していた一騎当千《いっきとうせん》の薩摩隼人《はやと》たちが、良晴の割《わ》れ鐘《がね》のような大声を耳にしていた。

毛利隆元が、妹を守るために村上水軍の男たちのもとに乗り込み、毒の盃《さかずき》を仰《あお》いだ時の言葉を、良晴は叫《さけ》んでいた。

村上武吉！　海賊ども！　俺の妹たちの必死な姿を見ただろう。幼い姫武将たちが戦乱の世を鎮《しず》めるために奔走《ほんそう》しているというのに、お前らは男として恥《はじ》を感じないのか！　海賊だの武士だの、そういう問題じゃねえ！　同じ日ノ本の人間だろうが！　いつまでも女子供に戦わせて自分はのうのうと生きていくのが男か！　まして、血を分けた妹たちを平然と修羅場《しゅらば》に送る兄など俺は我慢《がまん》できん！

俺は、戦《いくさ》も策略も幼い妹たちに任せきりの凡庸《ぼんよう》な自分を常に恥《は》じている。だから妹たちのためなら、俺はいつ死んでもいい。

俺の武器はこの命だ。

「毛利隆元は、毒を盛られて死んだのだったな」

「ああ。しかし毛利隆元の志は死んでいない。小早川さんや吉川《きっかわ》さんの中に生きている。そして、未来から来た俺が継《つ》いだ。俺は彼に会ったことがないが、村上《むらかみ》のおっさんから彼のこの言葉を聞かされた瞬間《しゅんかん》から、彼の志を継いだんだと思う。俺が消えても、きっと、すべてが忘れ去られてしまうわけではない。俺が、最後まで志を捨てなければ。島津義弘。もしかしたらきみに伝わって、継承《けいしょう》されるかもしれない」

良晴は、怯《おび》えることもおもねることもなく、笑っていた。

毛利隆元が死んでいく時にもおそらく、こんなふうに笑って死んでいったのだろう、と義弘は思った。

この少年を、ただ未来から来たと主張しているだけで私たちの世界に干渉《かんしょう》する資格のない異邦人《いほうじん》だと切り捨てていた自分の不明を、義弘は恥じた。

同時に、自分の心の中に隠していたなにかたいせつなものをたった今この少年の笑顔《えがお》に奪《うば》われたような、そんな心地《ここち》よい思いがした。

家久がずっと憧れていた恋心《こいごころ》とは、もしかしたら今の私が感じているこの想いのことなのだろうかとふと気づいて、ひどく戸惑《とまど》った。

「相良良晴。あなたは、壮士《そうし》だ。壮士たる者が、そのように頭を下げてはならない」

義弘は、頰《ほお》を紅潮させて立ち上がっていた。

膝《ひざ》をついている良晴の身体《からだ》を抱《だ》き起こし、その手を握《にぎ》りしめていた。

「あなたはあくまでも織田家の家臣であり、相良家の客将だ。島津家に降《くだ》ったのではない。私たちに助けを乞《こ》わないでくれ。ともに戦おう、と言ってくれ」

「それじゃあ。後詰めを、出してくれるのか？」

「相良良晴。あなたは家久の心の傷を癒《い》やすために奔走してくれたのに、私たちは義陽を死地へと送ってしまった。それどころか私は、姉上を押し切って義陽を見殺しにしようとしていた。馬追いの時に私は、歳久に一歩出遅《でおく》れた。今回こそは私が島津家の罪を背負おうと、先走ってしまったらしい。いやそれ以前に、今まであなたをこの国にとっての部外者と決めつけて愚弄《ぐろう》してきた。数々の無礼と失言を、許してほしい」

「失言なんてきみはしていないよ。きみは戦国史に燦然《さんぜん》と輝《かがや》く武神・島津義弘だからな。戦場で一途《いちず》に敵と戦うことが、きみの役割だから」

「そうか。戦いこそが、私の生涯《しょうがい》か」

「ああ。きみは武を持たない俺にとって憧れの存在だよ。でも、ありがとう」

「……ずるいな、その笑顔は。仕方がない。義陽を救えた暁《あかつき》には、あなたたちの祝言も取り消しそう」

「えっ？　どうして？　怪異《かいい》は信じないんじゃなかったのか？」

「ああ。信じてはいないが、忌々《いまいま》しい光景を目にしたくなくなったので……いや、なんでもない。げふんげふん」

よ、義弘ちゃん？　なにか急に性格が変わってない？　そもそも後詰めを出そうよと最終的に格好よく宣言する役目はこのお姉ちゃんなのに？　と涙目《なみだめ》になった義久が歳久をつっつき、その歳久は「相良良晴は、自分の美貌《びぼう》で姫武将を口説いてどうのこうのなどと小さなことを企《たくら》む近衛さまなどとは違い、天然なだけに厄介《やっかい》よ。もしかしたら面倒《めんどう》なことになったかもしれないわ、姉さん」とこめかみに指を当てて頭痛に耐《た》えている。

そして家久が、「んにゃ？　義弘ねえ。さっきから様子がおかしいど？　いいかげんに相良さぁから手を離《はな》すど！」と義弘と良晴の間に割り込んできた。

「な、なんだ。どうした家久？　私はただ、この壮士に礼を尽《つ》くそうと」

「んにゃんにゃ！　京での茶会以来、相良さぁの隣《となり》はおいの場所ぞ！　義弘ねえとはいえ、譲《ゆず》るつもりはなか！」

「いいい家久の、私を見る目つきが違っている!?　どうしたのだ家久？　まさか私を嫌《きら》いになったのかっ？　なぜだ、その泥棒猫《どろぼうねこ》をにらみつけるような視線だけはやめてくれ！　耐えられない！」

陣幕《じんまく》が開かれて、本陣の周囲に集まっていた薩摩隼人たちが「言うなあ相良の小僧《こぞう》！」「そこまで言われて黙《だま》って座っていられる俺たちじゃねえ、やってやるよ！」と盛り上がっている光景を見た徳千代がふと気づいた。

「し、士気は高いけれど、でも数がぜんぜん足りないよね。後詰《ごづ》めを出してくださいとはお願いしたけれど、いざとなると……これじゃ全員に討《う》ち死にを強制しているようなものだよ。どうしよう？　良晴くん？」

「そ、そうだな。これで全員となると、思っていたよりもずっと少ない」

家久が「よか！　少数で多数を撃破《げきは》するのが、島津の軍法じゃ」と自分の胸をぽんと叩《たた》いた。叩いてから、「痛いッ」と涙目になった。

歳久が「さりげなく私より胸が大きい上にしかもまだ膨《ふく》らみかけだということを相良良晴の前で主張するなんて、あざとい妹もいたものだわ」と舌打ちした。

家久は、「姫《ひめ》さま、下知を！」といっせいに立ち上がって槍《やり》を天高く突《つ》き上げた薩摩隼人たちの前に飛びだしていた。

「兵力差を覆《くつがえ》すための、おいの軍法じゃ。相良義陽はすでに島津の人間ど。おいたちは義陽に、必ず後詰めを出すと約束した！　行くしかなか！　今戦わずして、いつ戦うと!?」

「おう！　都から来た相良良晴にだけ、姫さまたちの前でええ格好させておくわけにはいかん！」

「戦国日ノ本最強は、おいら薩摩隼人ぞ！」

「甲斐宗運より先に、相良義陽の陣に！」

「おい相良良晴！　徳千代ちゃん！　薩摩名物・あくまきをやる！　食え！」

「戦前の、腹ごしらえじゃ！」

「徳千代ちゃんって、野生児って感じでもじょか～」

「みんな……ありがとう！」

良晴と徳千代は、「あくまき」を放《ほう》り投げられて受け取っていた。

「家久？　なんだいこれ？　噂《うわさ》のちんこだんご？」

「あくまきじゃ。灰汁《あく》でもち米を煮込《にこ》んだ食べ物ぞ。日持ちするので、戦場には必ず持っていくんじゃ」

「灰汁で？　あれ、意外と美味《うま》いな」

「熊肉《くまにく》と魚と木の実以外の食べ物って久しぶり！　あむあむあむ」

「炭水化物も摂《と》らないとダメだぜ徳千代ちゃん」

「遠慮《えんりょ》せず食え食え！　おかわりなら、いくらでもあるど！」

良晴は感情が激すると、大声になる。その声が、言葉が、毛利隆元の魂《たましい》が乗り移ったかのような叫びが、薩摩隼人たちの心を期せずして摑《つか》んでしまったらしい。

そのことに気づいた義久は「もう、古なじみのように兵児《へこ》たちに慕《した》われちゃってるよ。いやあ。悪人より恐《おそ》ろしいよね、彼みたいな人はね～」と苦笑《くしょう》している。

歳久が「四姉妹《しまい》の意見、全員一致《いっち》ね。結論は出たわ」とうなずく。

「一刻の猶予《ゆうよ》もないわ。姉さん、島津家の当主として、私たち全員に命令を！」

「任せて。やっと、私の見せ場だね」

島津義久が軍配を手にした。その表情が一変した。島津四姉妹の長姉の顔から、島津家の家長の顔に。修羅《しゅら》の国・九州で戦い抜《ぬ》いてきた戦国大名の表情に。

「島津四姉妹会議は終了《しゅうりょう》、ここからは戦術会議に移行！　響野原へ布陣《ふじん》して敵に包囲された相良義陽を救援《きゅうえん》するよ！　九州無敗の甲斐宗運と決戦するからね！　みんな、覚悟して！」

「承知した、姉上」

「んにゃ！」

「歳久、戦況《せんきょう》を！」

歳久が戦場付近の地図を広げ、駒《こま》を配置しはじめる。

「自軍に加え、主君の阿蘇《あそ》家から援軍を送り込まれて増強された二千の兵を率いて御船城から出撃した甲斐宗運軍に対し、八代から兵五百で進撃した相良義陽は娑婆《しゃば》神峠《がみとうげ》にいったん置いた本陣を捨てて峠を下り、川を越《こ》えて前進し、四方を山に囲まれた響野原へ布陣。甲斐宗運は夜陰《やいん》に乗じて部隊を二手に分割し、響野原の義陽を南北から挟撃《きょうげき》する形に。しかも、ただの挟撃ではないわ」

南側に配置された別働隊が、島津の後詰めを阻《はば》む壁《かべ》にもなっている。その上、あちこちに伏兵《ふくへい》・偽兵《ぎへい》が配置されている。これはおそらく「釣《つ》り野伏《のぶせ》」対策よ、と歳久は淡々《たんたん》と機械のように戦況を分析《ぶんせき》した。

「もっとも、甲斐宗運の目的はただひとつ、誓紙《せいし》の約束を破った相良義陽の首。島津には目もくれず、相良義陽の本陣を襲《おそ》うための布陣だわ。だから宗運自身は、島津とは直接接しない北側に布陣している。南側の別働隊をいざとなれば切り捨ててでも自ら義陽本陣を襲撃《しゅうげき》するつもりよ。島津という餌《えさ》に釣られない以上、あちらの伏兵に対応できたところで釣り野伏は成功しないでしょうね」

さすがは最強の修羅だ、一点の迷いもない布陣だ。しかも兵数が多い、と義弘がうなった。

「まさか阿蘇家の全力をあげて攻め寄《せ》せてくるとはな。妙だ。甲斐宗運に全兵力を預ける度量が、あの猜疑《さいぎ》心《しん》の強い阿蘇家の主君にあるとは思えないのだが。宗運の息子《むすこ》三人に謀《む》反《ほん》の疑いをかけて、父親に殺させた男だぞ」

「ともあれ宗運がこれほどの兵を率いている以上、このわずかな手勢で後詰めを入れても蹴《け》散《ち》らされるだけだね。家久！　この戦《いくさ》に勝つための戦術を！」

「おう、義弘ねえ！　こたびは、釣り野伏は使えん。宗運が一直線に義陽本陣を突く以上、総当たり戦で悠長《ゆうちょう》に敵を蹴散らしている余裕《よゆう》もなか！　とにかく一刻も早く相良さぁを義陽の本陣へ生かして届ける！　相良さぁが宗運より先に義陽のもとへ辿《たど》りつければ、こんどこそきっと義陽は連れ戻《もど》せる！　『穿《うが》ち抜き』で行くど！」

「穿ち抜きって？」

「んにゃ？　相良さぁでも知らぬことがあるのか？　縦陣を敷《し》いて、先頭に立つ大将を中央突破《とっぱ》させる。先手の兵が倒《たお》れれば、後続の兵が先手に回り、順繰《じゅんぐ》りに命尽きるまで戦って敵陣をぶち破る。逆玉砕《ぎょくさい》じゃ」

「俺のために薩摩隼人《はやと》に玉砕を強《し》いるのか？　それは、さすがに」

おいおい未来人ってのはてめえの命は惜《お》しまないくせに兵の命は惜しむんだな？　いいってことよ坊主《ぼうず》、これぞ戦国じゃねえかと薩摩の男たちがあくまきをかじりながら笑い飛ばした。

「悪い。あんたらが死を恐れないことは知っている。ただ、金ケ崎《かねがさき》を思いだしちまって、つい、な」

「んにゃ。この戦術を考えたのは、おいじゃ。言い出しっぺのおいが相良さぁの隣を駆《か》ける。先頭を切って、相良さぁを守る。失敗して破れた時には、おいも兵児たちと一緒《いっしょ》に討ち死にじゃ。あははっ」

「ええっ？　そ、それはダメだ！　相手が悪すぎる！　義弘、止めてくれ！」

「いや。家久はもう子供ではない。自分が考案した軍法戦術が敗れれば、自ら責を取って戦って死ぬ。軍師とはそういう者だ」

「よ、義弘!?」

「案ずるな。私は薩摩の武神だ。こと戦場で戦うという場面ならば、私にも考えがある。むざむざ家久を死なせはしない」

「考えとは？」

「この私も先陣を切る。家久とともに、姉妹揃《そろ》って出撃する。それでいいな、姉者？　歳久？」

歳久が「私は異存ないわ」とうなずき、義久が断を下した。

「家久。義弘。行きなさい！　甲斐宗運よりも速く駆けなさい！　相良義陽のもとへ、相良良晴を送り届けなさい！」

島津軍はわずか二百。

野猿《のざる》のような叫《さけ》び声をあげながら、その二百が、いっせいに響野原めがけて進軍を開始した。

先頭を駆けるは、相良良晴と、そして島津家久。

そのすぐ後ろに、島津義弘。

しかし、徳千代の姿はなかった。歳久が「実戦経験がない姫には敵中突破は無理よ」と押しとどめたのだ。「あなたの剣《けん》の腕《うで》は認めるわ。でもね、いくらタイ捨流《しやりゆう》を身につけているとはいえ、大勢の兵士が入り乱れる戦場では一対一の剣法だけでは生き延びられないの」と丁寧《ていねい》に説得されては、徳千代も我を通せなかった。

この時徳千代は、義陽が戦乱渦巻《うずま》く肥後の国の中で、自分を常に安全圏《けん》に留めて守ってくれていた、とはじめて気づいたらしい。

良晴に「きみは生き延びてね」という言葉を伝えて、徳千代は良晴を送り出したのだった。

響野原の南側に甲斐宗運が島津への壁《かべ》として配置した別働隊は千。

しかも、本来は宗運自身が常に率いているはずの子飼いの直属部隊の主力が、この別働隊に配備されている。むしろ宗運が今率いている北側の兵のほうが、阿蘇家からの借り物なのである。五百の相良軍よりも二百の島津軍のほうが精強で手強《てごわ》いと判断してのことだろう。

絶対に島津の後詰めを通さぬ、という宗運の決意の表れだった。

堅陣《けんじん》を敷いて島津軍を迎《むか》え撃《う》とうとしている敵兵たちの姿が、やがて、見えてきた。

左翼《さよく》のあたりが多少浮《う》き足だっているが、中央に構えているのは宗運仕込みの精鋭《せいえい》部隊だ。いささかの隙《すき》もない。そして、島津軍はその中央を突破しなければならない。

そういえば五右衛門がまた姿を消したけれど、もしかして徳千代を護衛しているのだろうか？　とふと良晴は気づいた。

「まあ、あいつは神出鬼没《しんしゆつきぼつ》。不意にいなくなるからな。いつものことか」

「相良さぁ」

馬を駆り、風のように進撃しながら、家久はあどけない笑顔《えがお》を見せていた。

「うん？　どうした？　お腹《なか》すいたなら、俺のあくまきをやるよ。ほんとうに美味いぜこれ」

「おいはここで死んでも悔《く》いはなか。姉上たちを恐れ、自分の血を恐れていたおいの心は、晴れた。相良さぁのおかげじゃ」

「家久。まだ死ぬには早すぎるぜ。いちどくらいは恋《こい》をしてみたかったんだろう？　この戦の結果がどうなろうが、死ぬなよ」

「相良さぁにも、勝敗の行方《ゆくえ》はわからんのか」

「ああ。なぜなら俺が知っている歴史では、島津は義陽に後詰《ごづ》めを出さなかったからな。いざこうしてみると、とても出せるような余裕がなかったんだろうな」

「そうか。ならば、それでよか。未来は確定しとらんと相良さぁは言うちょったな。すでに未来は半ば変わっちょる、ということじゃ」

「ああ、そういうことだ」

「相良さぁが奔走《ほんそう》してくれたからじゃ。後はおいたちが自ら戦って、新しい未来ばこの手に摑むしかなか！」

「だが、家久。お前は志を残して逝《ゆ》く側じゃない。まだそんな年齢《ねんれい》じゃない。お前は志を受け取る側だぜ。それを忘れないでくれ」

「んにゃ。相良さぁをここで失えば、おいは生涯《しょうがい》、悔いだらけじゃ。おいはもっと相良さぁと一緒に過ごしたかった。京の都には、まだ訪《おとず》れておらん名所がたくさんあるど。それよりもなによりもおいはまだ、相良さぁにたいせつなことを伝えとらん。伝える前に死なれれば、後悔《こうかい》の想《おも》いだけがずっと残るど。それは嫌《いや》じゃ」

「たいせつなことって?」

「悪いことではなか。よきことじゃ。この戦に勝てば、相良さぁを義陽のもとへ届けられれば、勇気ば奮い起こして伝える。そう決めた。だから、おいは勝つ」

おいはもう子供ではなか、姉上たちにも一人前の軍略家と認められた、と家久は白い歯をこぼした。

玉砕覚悟《ぎょくさいかくご》の縦陣構えで突進《とっしん》する島津軍二百は、「壁」となって待ち受ける宗運の別働隊千と、激突《げきとつ》した。

宗運本人は不在でも、重厚に、そして周到《しゅうとう》に組まれた鶴翼《かくよく》の防御陣形《ぼうぎょじんけい》は、いかに島津軍といえども容易に突破できるものではなかった。

兵力差は圧倒的《あっとうてき》だった。

その多数の力を頼《たの》みに、縦陣を組んで錐《きり》のように宗運軍の中央を突破しようとする島津軍を左右から押し包もうと、包囲を狭《せば》めてくる。

多勢に無勢。一人、また一人、薩摩隼人が倒れていく。

しかしその仲間の屍《しかばね》の向こうから、次々に剣士たちが「ちぇすとおおお!」と野猿の雄《お》叫《たけ》びをあげながら討《う》ち死に上等の斬《き》り込みをかける。

精鋭とはいえ、島津の壁となっている宗運軍は別働隊だ。宗運自身の不在が、少しずつ響《ひび》いてきた。

錐の如《ごと》く細い一本の線となって、削《けず》られても削られても一点をめがけて突撃《とつげき》を繰《く》り返す島津軍の猛烈《もうれつ》な速度と狂気《きょうき》に対して、鶴翼に長く伸《の》びた横陣はついに対処しきれなくなった。

わずかに、鉄壁《てっぺき》だった防御陣に、隙が見えた。

「家久さま、相良義陽を響野原にて見殺しにするという島津の歴史をわれらで変えましょうぞ!」

家久の家庭教師役を務めてきた新納武蔵《にいろむさし》が自ら槍《やり》を構えて、先頭に立ちこの壁に「穴」を開こうと斬り込んでいった。

自分の戦術によって、目の前で次々と島津の勇者たちが倒れていく。

家久は、泣きたくなった。弱音を吐《は》きたくなった。だが、義弘とそして良晴が家久の両《りょう》隣《どなり》に侍《はべ》り、無言で家久を支えている。

もう、血筋の違《ちが》いに苦しんで自殺まがいの戦いを挑《いど》む自分ではなくなった。これからは、島津四姉妹《しまい》の一人として、島津家の軍師・島津家久として、誰《だれ》に恥《は》じることもなく堂々と生きていける。

二人の前で、そう、証明したかった。

今こうして敵中に壮絶《そうぜつ》な斬り込みを続けている薩摩隼人たちにも、自分はもうだいじょうぶだ、と認めてもらいたかった。

「武蔵！　兵児《へこ》ども！　これは命ば捨てがまるための突進にあらず！　相良義陽の命ば救うための突撃ぞ！」

家久は、馬に鞭《むち》を入れ、全速力で駆けながら軍配を振《ふ》り下ろした。

自ら、最前線で無数の敵と斬り結んでいる新納武蔵の隣《となり》へと飛び込んだ。

「穿て！　穿て穿て！　穿ち抜《ぬ》け！」

姫《ひめ》さまを死なせてはならん！　死なせれば薩摩隼人の歴史も誇《ほこ》りもここで終わりぞ！

と新納武蔵が吠《ほ》え、薩摩隼人たちはついに一点を突破した。

重厚な横陣の中央に、「穴」を貫通《かんつう》させた。

島津に対する壁《かべ》となっていた宗運の別働隊は、崩《くず》れた。

一枚目の皮を剝《は》がし、穴を穿つと、別働隊の二段目三段目に控《ひか》えていた兵たちは「戦場に熊《くま》が出た！」と浮き足だっていた。

この合戦の喧騒に動揺《どうよう》した月輪熊《つきのわぐま》の群れが、山からいっせいに駆け下りてきて響野原を暴れはじめたらしい。宗運軍の何割かは、その熊たちの鎮圧《ちんあつ》に向かわねばならず、「壁」はそのぶん手薄《てうす》になっていた。

やっと運が向いてきた！　と良晴は思った。

島津軍は小さな一点を突破し、そこから一気に潰走《かいそう》させた。

突《つ》き破った壁の向こうに、相良義陽の本陣が見えた。

だがすでに、宗運自身が率いる本隊が、北からその本陣へと迫《せま》っていた。

宗運本隊は、四方から義陽本陣を包囲しつつある。

壁を突破《とっぱ》したばかりの島津軍は、本陣とはまだ距離《きょり》があった。

しかも本陣と島津軍の先頭との間には、宗運本隊から繰り出されてきた鉄砲隊《てっぽうたい》が割って入り、「壁」を破ったばかりの島津軍のこれ以上の前進を阻止《そし》しようとしていた。

「んにゃ!?　宗運のほうが速か！　間に合わないど！　しかも鉄砲が多い!?」

「私が先頭に立つ！　このまま立ちふさがる敵兵を蹴散《けち》らし、相良義陽の本陣まで道を開く！」

巨軀《きょく》を誇る名馬「膝折栗毛《ひざおりくりげ》」と一体となった島津義弘が、突進をはじめようとしていた。

「一騎《き》で？　無茶じゃ、義弘ねえ!?　種子島《たねがしま》の的じゃ！」

「ああ。私一人では無理だ。家久、鉄砲隊を繰り出せ！　背後から弾幕《だんまく》を張って私を援護《えんご》しろ！」

「義弘ねえ!?　後ろから種子島を放つって、それは無茶ど！　もしも間違《まちが》って義弘ねえに当たったら」

「家久。お祖父《じい》さまの慧眼《けいがん》は正しかった。『軍法戦術に妙《みょう》を得たり』。お前は島津家が生んだ宝だ。お前を信じている。だから、私の背中をお前に預ける」

「義弘ねえ」

「運命も未来も私は信じない。すべては人間の意志と行動の結果。そして勝敗は時の運だ。もしも流れ弾《だま》に当たって散っても、悔いはない。相良良晴！　妹を頼むぞ！」

「わかった。行け！」

義弘は、続々と前方に立ちふさがって銃撃《じゅうげき》を放ってくる宗運軍に対して、一騎で突進した。

「島津惟新《いしん》義弘、参る！」

撃て！　放て！　と家久が号令し、種子島を構えた島津鉄砲隊が弾幕攻撃《だんまくこうげき》を強行した。

現代の銃火器《じゅうかき》とは違う。戦国時代の種子島の命中精度は低い。つまりは狙《ねら》いを外す確率が高いということだ。しかし義弘はいちども背後を振り返ることなく、ひたすらにまっすぐ駆《か》けた。家久が、心の臓が止まりそうな恐怖《きょうふ》を乗り越《こ》えて、自軍の鉄砲をいっせいに撃たせた。高速で走り続けている義弘の周囲は、敵味方の銃弾が飛び交《か》う文字通りの死地となった。こんな壮絶な無茶をやる姉妹は見たことがないと良晴は呆《あき》れ、そして、うらやましくなった。

修羅《しゅら》の中の修羅・甲斐宗運自らが立ちふさがる以外に、今の武神・島津義弘を止める術はない。良晴はそう確信していた。

しかし、合戦は常に自然の中で行われている。

「んにゃっ⁉ 風向きが変わった⁉ 義弘ねえ⁉」

自らも馬上から種子島を構え、何発目かの弾《たま》を放った時、家久が叫《さけ》んでいた。

一瞬《いっしゅん》、突風《とっぷう》が吹《ふ》いた。

その風が、家久が放った銃弾の弾道を曲げて、義弘の背中を貫《つらぬ》くはずだった。

しかし、義弘を守るかのように、膝折栗毛がその巨体を折り曲げて前へとかがみ、弾はぎりぎりで逸《そ》れていた。

逸れると同時に、膝折栗毛は再び頭を起こし、前脚《まえあし》を振りあげて「弾の充塡《じゅうてん》が間に合わない」とあわてる敵兵たちの中へと突進していた。

家久が「……うう。漏《も》らした……」と馬上で脱力《だつりょく》し、義弘は愛馬の頭を撫《な》でながら刃《は》こぼれした槍を投げ捨て、太刀《たち》を抜いていた。

「またお前に救われたな。お前も荒《あら》ぶるか、膝折栗毛」

後方から義弘と家久の突進するさまをかたずをのんで見守っていた歳久は、しかしこの時、異変に気づいた。

味方を動揺させてはまずい。義久に静かに耳打ちした。

「姉さん。宗運軍の鉄砲隊の動きがおかしいわ。どういうわけか、そのすべてを島津軍に対して割り当ててはいない。旗指物などから判断するに、鉄砲隊の半ば以上が、北から義陽本陣を目指して突進している宗運自ら率いる旗本衆の背後に留《とど》まっている！」

「どういうこと、歳久ちゃん？」

「わからないわ。あれではまるで、自軍の大将である宗運の退路を断っているかのようなな——」

「歳久ちゃん。義弘ちゃんが鬼神《きしん》のような働きで次々と道を切り開いているけれど、甲斐宗運の進撃速度は異常。先に辿《たど》りつかれてしまう。間に合わないよ！」

「ええ。あるいは、誰かが間に合ってしまえばかえってまずいことになるかもしれないわ。私は最悪の手を打ってしまったかも」

「最悪の手？」

「両軍の陣の位置を鑑《かんが》みるに、相良良晴は本陣に間に合わない可能性が高かった。だから私は、もうひとつの手を打っておいたの。甲斐宗運が意識していない完全な隙《すき》をついて、もう一人の救援者《きゆうえん》を、義陽の本陣へ送った」

「え？　え？　誰？」

「でも、私の予想が正しいとすると……彼女も、義陽も、殺されてしまう」

歳久の不安は、的中していた。

相良義陽は、無人となった本陣で、刀を抜くこともなくただ座して自分の運命を待っていた。

甲斐宗運が、約定を破った自分を殺しに来るか。

それとも、相良良晴が義陽の運命を変えるために宗運軍の重厚な包囲を突破して駆け込んでくるか。

義陽は、良晴を消滅《しようめつ》させたくなかった。だから前者を——宗運を待ち望んでいるはずなのに、心の底で、良晴が陣中に飛び込んできてくれる未来を想像して泣きたくなっている自分が、おかしかった。

そして、義陽にとってずっと残酷《ざんこく》だった「現実」の答えは、出た。

現実は、戦国の九州は、おとぎ話の世界ではない。

血にまみれた黒い南蛮外套《なんばんがいとう》に身を包んだ、巨体の男——甲斐宗運が、義陽の前に現れたのだった。

相良良晴は、間に合わなかった。

これでよかったのだ、と義陽は思った。

「抗戦《こうせん》する気力もなくなったか、義陽。あの日の約束を遂《と》げに来た」

黒眼鏡で目を隠《かく》している宗運の感情は、読み取れなかった。

「せめて最後に、俺に立ち向かうことを許す。武士ならば、戦って死ね」

「いいのだ、宗運おじさま。私はおじさまに討《う》たれるために、ここに来た」

義陽は立ち上がることなく、宗運の前に指をついて頭を下げていた。

「お前は木崎原で敗れて島津に降《くだ》り、相良良晴と祝言《しゅうげん》をあげるはずだった。しかし、その祝言は相良良晴を消滅させるものだったと、お前が良晴の直系の先祖にあたるからだと、舌足らずな忍《しの》びから聞いた。相良良晴のために、死にに来たのか」

「……ああ。おじさまとの約束を破った時が死ぬ時とずっと決めていたのが理由のひとつ。良晴と私の命を天秤《てんびん》にかけて、良晴の命を選んだのがもうひとつだ。私はやっと、自分が生まれてきた意味を見つけた。私がここで死ぬことで、良晴を生かすことができる。ここまで全力で駆けてきた彼の志を、無にはしたくない」

「あの忍びは、お前を死なせたくないようだったが」

「あれは主人の癖《くせ》が移って、お節介《せっかい》なだけだ。私は良晴を生かしたいと望んだ。悔《く》いはない。だから、おじさまともここでお別れだ――今まで、私たち姉妹を守ってきてくれて、ほんとうにありがとう。宗運おじさま」

「相良良晴は、徳千代を委《ゆだ》ねられる男か？」

「ああ。そうだ」

「お前がここで死ねば、お前と良晴との直接の血のつながりは断たれる。代わりに徳千代が、良晴の直系の先祖となると聞いた。そうやって歴史が帳尻《ちょうじり》を合わせるのだと。お前は良晴のために命を失い、良晴との血のつながりすら失う。ほんとうに、それでいいのか？」

「……ふふ。あの忍びは、長台詞《ながぜりふ》が言えないくせに口が軽いな。血のつながりなど、問題ではないのだ。おじさまは私とは赤の他人だが、私を実の娘《むすめ》のように愛してくれた。家族か否《いな》かは、血の濃《こ》さなどとは無関係だ」

「そうだな。同様に、嫡子《ちゃくし》であるか庶子《しょし》であるかも、お前たち相良家の姉妹にとってはいっさい関係がない」

「……ああ。そのことがやっと理解できた。ずっとずっと、苦しかった。おじさまにも打ち明けられない秘密を、私はずっと抱《かか》えていた。でも今ならば、打ち明けられる。私はこれから死ぬのだし、徳千代を守ってくれる人を見つけることもできたからな。これはキリシタンが言うところの懺悔《ざんげ》というやつだ。私が語り終えたら、すみやかに首を落としてほしい」

俺はバテレンではない、坊主《ぼうず》だ、と宗運はぶっきらぼうに言った。


「私は、『相良義陽』ではない。偽者《にせもの》なのだ」


義陽は、告白した。

誰《だれ》にも伝えずに黙《だま》って死んでいくつもりだった。

だが、甲斐宗運を前にすると、どうしても伝えたくて耐《た》えられなくなった。

宗運おじさまならば、他人に漏らすことはあるまい、と信じていたから。

「私と徳千代は偶然《ぐうぜん》、同じ日に生まれた。片方は正室の子で、片方は側室の子だ。しかしほんとうは、ほんのわずかな時間差で、側室の娘のほうが早く生まれていた。その側室の娘が、この私だ。私は本来、相良家を継《つ》ぐ資格のない庶子だ。徳千代が、正室の娘なのだ。あの子こそが、相良家の嫡子だった。足利将軍家からいただいた『義陽』という名は、ほんとうは、あの子のための名なのだ」

お祖父さまはこの複雑な姉妹《しまい》の誕生を憂慮《ゆうりよ》された、と義陽は笑顔《えがお》で宗運に伝えようとした。しかし、どうしても笑えなかった。涙《なみだ》で視界がぼやけた。自分を見下ろしながら立ちはだかっている宗運の巨体が、仁王《におう》像のように見えた。

「お祖父《じい》さまは相良家の悪しきお家芸となっている一族の内乱を防ぐために、そしてそれ以上に『相良宗家の血』を後世へ確実に残すために、私たち姉妹が生まれるとすぐに手を打たれた。私と徳千代とを、すり替《か》えたのだ。姉の私を正室が生んだ嫡子として扱《あつか》い、妹の徳千代を庶子にしてしまった。そして徳千代を人吉城から出し、八代の山寺へ入れた……私たち姉妹は生まれてすぐに、隔《へだ》てられてしまった……物心ついた徳千代は寺での暮らしが性《しょう》に合わず、山の中で一人で暮らす野生児になっていた」

私がなにも知らずに人吉城で家臣たちにかしずかれて贅沢《ぜいたく》に育てられている間、徳千代は熊《くま》だけをお供に山の中を彷徨《さまよ》っていた。かわいそうな子なのだ、と義陽は白い指で自分の顔を覆《おお》って話し続けた。指で瞼《まぶた》を押さえても、涙は止まらなかった。

「『相良宗家の血』を後世へ確実に残すためとは、どういう意味だ？」

「聡明《そうめい》なお祖父さまは、戦国の世はあと数十年で終わる、と判断されていた。種子島《たねがしま》が日ノ本に伝来したことで、合戦は様変わりする。壮絶《そうぜつ》な火力戦の時代が到来《とうらい》して戦いに完全な決着がつく時代が来る、と。周囲を強国に囲まれた相良家はもう戦国大名として自立してやっていけなくなる。いずれ覇者《はしゃ》に滅《ほろ》ぼされるか、従属するかの二択《たく》になる、と」

「それ故《ゆえ》に、嫡子の徳千代を庶子と偽《いつわ》って寺へ？」

「そうだ。もし戦国大名としての相良家が滅びても、徳千代が生き延びれば相良宗家の純正の血だけは後世へ残すことができる。代わりに、庶子の私が嫡子と偽って相良家を相続し、相良家の家名存続のために生きることになった。奇跡《きせき》的に家名を存続させられればそれでよし。万が一私が戦《いくさ》に敗れて斬首《ざんしゅ》されても、徳千代が無傷ならば宗家の血は滅びない。お祖父さまは、相良の家名よりも血を選ばれたのだ」

「庶子ならば斬首されても構わない、ということか?」

「……家督《かとく》を継いだ直後、お祖父さまから真相を打ち明けられた時、私は自分が相良家のために生贄《いけにえ》にされた籠《かご》の中の鳥だと絶望した。なにも知らされずに八代へ捨てられた徳千代が不憫《ふびん》だった。すぐに人吉城に呼び戻《もど》して徳千代に家督を譲《ゆず》りたかった。だが、お祖父さまは『それでは徳千代がいずれ殺されることになるが、それでも構わぬか』と私を問いただした。私は、迷わず徳千代を守る道を選んだ。事実、お祖父さまが亡《な》くなると、叔父《おじ》上《うえ》たち一族の者が謀反《むほん》を起こした。もしもお祖父さまが徳千代を家から出していなければ、彼らは徳千代を担《かつ》いだはず。徳千代と私が殺し合わねばならなくなるところだった」

　私が婿《むこ》を取らず子を成さなかったのは、もしも私が相良家を存続させることができれば、その時は徳千代の直系の血筋の者に相良家を譲るつもりだったからだ。徳千代を毛嫌《けぎら》いして憎《にく》んでいるように演じ続けたのは、真相を誰にも悟《さと》らせぬためだ。悟られればまたしてもお家騒動《いえそうどう》が起きる。謀反人が徳千代を担ぎ上げれば私と徳千代は戦わねばならなかったから、と義陽は泣いた。

「私は、自分自身の人生を生きることを許されなかった自分の運命を何度も呪《のろ》った。徳千代をこの手に抱《だ》いて優《やさ》しい言葉をかけることもできない自分が哀《あわ》れだった。なにも知らされぬままに山に放《ほう》りだされた徳千代が不憫でならなかった。だから、一族に謀反を起こされて人吉城から逃《に》げだした時、私はどうしても死にきれなかった。徳千代を置いて、死ねなかった。あきらめられなかった。宗運おじさまに命乞《いのちご》いをしたのも……」

「しかし今、お前は自分の生きる意味を見つけた、と言った。だが、お前にとって偽者の相良義陽として生きることは不運と不幸と苦しみでしかなかったのではないか?」

「相良良晴に教えられたのだ。織田信奈に惹《ひ》かれた彼が天岩戸《あまのいわと》を潜《くぐ》らずにこの戦国の時代に自ら望んで留まったように、私も妹の徳千代という存在に縛《しば》られていたからこそ意味のある生き方ができたのだと、知った。偽者の私がここで死ねば、相良良晴は生き延びられる。やっと徳千代が、ほんものの相良義陽として人吉城に返り咲《ざ》くことができる。相良良晴が後見してくれれば、相良家も徳千代もきっとだいじょうぶだ。彼にならば安心して徳千代を託《たく》せる。しかも、徳千代と相良良晴の血が、直接つながる。なにもかもが、丸く収まる。収まるべきところへと。だから私がここで消えるのは、運命というものだ」

「徳千代を愛していたのか」

「愛している。血筋の違《ちが》いと、すり替わったことを負い目に感じていた私は、徳千代に素《す》直《なお》に接することができなかった。だが、今は違う。もう、遅《おそ》すぎるが……」

「相良良晴に恋《こい》していたか？」

「ああ、たぶんな。あいつとの祝言は決してあげられないと知った時、私は少しばかり自分の運命に絶望した。天に神がいるのならば、せめてひとつくらい私の夢をかなえてくれてもいいものを、と思ったぞ」

これで私の告白は終わりだ。

おじさま。本陣《ほんじん》の周辺が騒《さわ》がしくなってきた。相良良晴が本陣に辿《たど》りつく前に、私の運命を成就《じょうじゅ》させてほしい。彼は、必ず万難《ばんなん》を排《はい》してここへやってくる。私を救うために。そのために自分が消滅しても構わないと彼は本気で思っている。その前に、すべてを終わらせてくれ。

義陽が、深々と頭を下げて白いうなじを見せた。

斬《き》れ、斬ってくれ、と震《ふる》えながら小声でつぶやいた。

甲斐宗運は、「わかった」とうなずいた。

「しかしひとつだけ、俺もお前に隠していた秘密がある」

「……それは？」

「お前と徳千代がすり替えられたことを、お前の祖父から知らされていた。万が一、お前が早世した時には背に腹は替えられず、徳千代を家督につけねばならない。それに──お前が、籠の中の鳥として生きることに耐えられなくなった時、お前の祖父は、お前を外の世界へ解き放つことを認めていた。そのための後見人に、あいつは隣国《りんごく》の俺を選んでいた。やはり相良家の一族は信用ならなかったらしい。俺がしたためた誓紙《せいし》にも、俺はこう書き足している。『義陽が子を成さず死んだ場合、あるいは義陽が自らの意志で家督を放棄《ほうき》した場合、徳千代が家督を継《つ》ぎ、甲斐宗運は引き続き徳千代を後見する』と」

「嘘《うそ》だ。おじさまはもう誓紙を、池に沈《しず》めてしまったはずだ。だから証拠《しょうこ》は……」

「沈めたというのは嘘だ」

宗運は、沈めたはずの誓紙を外套《がいとう》の懐《ふところ》から取り出して、広げて見せていた。

「……それは……どうして？　どうして、捨てていない？　私はおじさまとの誓《ちか》いを破ったのに。なぜ」

「俺は、あの身勝手な爺《じじ》いの言いなりになるつもりなどなかった。相良家の内紛《ないふん》を収める際に、手際《てぎわ》よく徳千代を殺すつもりだった。徳千代を殺してしまえば、お前はその時はじめてお前自身の人生を生きられると思った。だが、お前はそれを拒否《きょひ》した。あれほど身代わりの人生を生きることに苦しんでいたにもかかわらず、お前は愚《おろ》かにも妹を守り通そうとした。その時、俺は三人の息子《むすこ》を粛清《しゅくせい》した自分が見失っていた崇高《すうこう》なものを、お前の中に見つけた。そして、お前が正しかった」

そう長くは待たせない。俺もまもなく逝《ゆ》く。

先に冥土《めいど》へ行け、相良義陽。

「俺は、女は殺さないと決めていた。できることならばお前を相良家の外の世界へと解き放ちたかった。だが、主君に逆らった謀反人と誓紙を破った者は例外だ。ここでお前を殺せなければ、俺が謀反人として粛清した三人の息子の死は無意味だったことになる。許せ」

「許すも許さぬもない。私の命は、おじさまから与《あた》えられた命だ。さあ、おじさま」

宗運は無言になり、仕込《しこ》み杖《づえ》をゆっくりと振《ふ》りあげていた――義陽の頭上へと。

そして、電光石火の速度で、その仕込み杖が振り下ろされた。

だが義陽の首は、落ちなかった。

「姉上は、やらせないよっ！」

空中から落ちてきた乱入者が、竹槍《たけやり》を構えて宗運の前に立ちはだかり、仕込み杖を受けていたのだ。

熊皮で造った手製の甲冑《かっちゅう》を着た、こんがりと日焼けした少女。

ほんものの相良義陽の名がふさわしい、明るく陽気で無垢《むく》な姫《ひめ》。「義陽」が愛してやまなかった、ずっと憧《あこが》れていた、彼女の妹だった。

「……徳千代っ⁉　お前が、なぜここに⁉」

「響野原は四方を山に囲まれた狭《せま》い谷地！　犬童《いんどう》たち熊の群れを率いて山頂から奇襲《きしゅう》をかけたの！　島津軍と宗運軍が激しく相争っている隙《すき》をついてね！　詳《くわ》しいことは島津歳久に聞いて！」

「しかし、なぜここに来るまで見つからなかった⁉」

「あたしはこの熊皮で犬童の背中に隠《かく》れちゃえるからね！　山で生き延びるための知恵《ちえ》だよ姉上！　擬態《ぎたい》っていうらしいよ⁉」

甲斐宗運は「この俺の虚《きょ》を突《つ》くか。島津歳久」とつぶやきながら、仕込み杖を投げ捨てていた。

「待ってくれおじさま！　徳千代を巻き込まないでくれ！」

「それはできない。この娘《むすめ》が、割り込んできたのだ」

「徳千代、帰れ！　愚か者め！　お前はわれらとはいっさい関係ない！」

「断るよ、姉上！　あたしは帰らない！」

「断るって、お前⁉」

「甲斐宗運、勝負だ！　あたしは姉上を守るためにひたすらタイ捨流《しゃりゅう》の修行《しゅぎょう》を続けてきたんだよ！」

徳千代が、タイ捨流奥義《おうぎ》を繰《く》り出した――だが、宗運は徳千代の放った竹槍を鉄板で覆った肘《ひじ》で防ぎ、肘と膝《ひざ》との間に挟《はさ》んで瞬時《しゅんじ》に叩《たた》き折っていた。と同時に、徳千代はみぞおちを蹴《け》られて、義陽の腕《うで》の中に崩《くず》れ落ちていた。

「なかなかの腕だが、何流であろうとも、流派剣法《けんぽう》で俺の外道《げどう》の我流を崩すことはできない。俺はお前の剣法を知っている。だが、お前は俺の我流の技《わざ》を知らない。真剣勝負の勝敗は、相手の流儀《りゅうぎ》を、戦術を、技を知っているかどうかで決まる」

俺の術は武士の剣法ではない。忍《しの》びの術に近い。ただ相手を殺すことだけに特化している。

甲斐宗運は、徳千代から一撃《いちげき》で戦闘力《せんとう》を奪《うば》い去っていた。

義陽は、立ち上がれなくなった徳千代の身体《からだ》を抱《だ》きしめていた。

やっと、徳千代に触《ふ》れることができた。でも、もう。

「……うう。ダメだったね……強すぎるよ……ごめんね、姉上……」

「しゃべるな！　私がお前の命乞いをする、お前はこれ以上余計なことを言うな！」

「ううん。黙《だま》らない！　もう戦えないけど、まだ口は動くよ！　甲斐宗運！　姉上がお前を裏切った罪の責任は、すべてあたしにある！　なぜなら、あたしがほんものの相良家十八代目当主、相良義陽だからだ！」

愕然《がくぜん》として言葉を失う義陽。

ごめん、聞こえちゃった、と徳千代は苦笑《くしょう》していた。

「徳千代。私の言葉を、聞いていたのか!?　聞いてしまったのか」

「あたしを九州の修羅《しゅら》たちの戦いに巻き込みたくなかったから、ずっと秘密にしておきたかったんだね。あたし、頭が悪いから気づけなかった。ごめんなさい、姉上」

「徳千代。庶子《しょし》でありながら嫡子《ちゃくし》のお前を人吉城から追い出し、今まで相良家の当主のふりをしてきた私を恨《うら》むか？」

「あたしの身代わりになってくれて自分自身の人生を捨てた姉上を。あたしを生かすために相良家を継《つ》いでくれた優しい姉上を。恨むはずがないよ。あたしは毎日が幸せだったから。姉上はずっとずっと、苦しかったんだね。ごめんなさい」

「……違う。お前はお祖父《じい》さまと私に騙《だま》されていたのだ」

「もういいんだよ、そんなお芝居《しばい》は。あたし、姫武将として槍《やり》を取って姉上を守りたかったけれど甲斐宗運には勝てなかった。敗北した修羅には、死あるのみだよね。だからこれが、姉妹《しまい》で抱き合って語り合える、最初で最後の機会だよ」

「……私は結局、お前を守りきれなかった……」

義陽は、徳千代の温かい身体を抱きしめていた。

永遠に手に入ることがないと思っていたものを、手に入れた。

たとえ、ほんのわずかなひとときにすぎないとしても。

「姉上。もう、誰《だれ》にも邪魔《じゃま》されないね」

「そうだな。おじさま、あとはおじさまに委《ゆだ》ねる。一人を選ぶというのならば、私を殺してくれ。殺し尽《つ》くすのであれば、一本の槍で私と徳千代の身体を貫《つらぬ》いてくれ。死んだ後、私たち姉妹が二度と離《はな》れないように」

甲斐宗運は、主君への謀反を企《くわだ》てた息子たちを主命によって殺したあの日の夜の光景を、死を覚悟《かくご》して堅《かた》く抱き合ったこの姉妹の姿に重ね合わせていた。

「……伊東家に内応して謀反を企《たくら》んだ俺の息子はぜんぶで四人いた。長兄が三人の弟たちをかばった。すべての責任は兄である自分にあると」

宗運は、下の弟たち三人を殺した。

長兄だけは、殺しきれなかった。

はじめは、全員を誅殺《ちゅうさつ》するつもりだった。

だが、長兄だけは、生かした。

父上。ここで私を殺さなければいずれ私が父上を殺すでしょう、と生かした長兄に忠告されながら、宗運は「長兄は謀反《むほん》に荷担せず」と主君に報告してその命を守った。

なぜそうしたのかは、宗運にもわからなかった。

あえて一人を生かすことで、生き延びた息子に自分を討《う》たせたかったのかもしれなかった。

今、この相良姉妹を二人ともに殺せるのか。

足下《あしもと》で抱き合って震えている姉妹を見下ろしながら、不惑《ふわく》の修羅がこの時はじめて、自分で自分を制御《せいぎょ》できないほどに惑《まど》った。

行け、二度と俺の前に姿を現すな、と叫《さけ》びたい衝動《しょうどう》を、宗運はもはや抑《おさ》えきれなかった。

しかし相良姉妹を見逃《みのが》せば、主命に叛《そむ》くことになる。それでは主命によって殺した三人の息子の死が無意味になる。では、生まれてからすぐに引き離されてずっと互《たが》いに抱き合うことも許されなかったこの姉妹を殺し尽くすことに、いったいどんな意味があるというのだろうか。阿蘇家にとってではなく、甲斐宗運という男にとって。

この宗運の逡巡《しゆんじゆん》が、相良姉妹を決定的に追い詰《つ》めていた。

突風《とつぷう》が吹《ふ》き、陣中《じんちゆう》に濃厚《のうこう》な硝煙《しようえん》の匂《にお》いが、舞《ま》い込んできたのだ。

「義陽。徳千代。ここに二人が揃《そろ》うとは、俺の手抜《てぬ》かりだった。俺がもしも義陽の首を盗《と》ることをためらい、し損じた時には――この俺にも謀反の心あり、わが子を誅殺させられた恨みを主君に抱《いだ》いている、と見なされる」

「おじさま⁉」

「この匂いは、まさか」

「時間切れらしい。わが主《あるじ》が、策を仕掛《しか》けていた」

草原を暴れまわっていた熊《くま》たちがうずくまってしまうほどの轟音《ごうおん》が、響野原に轟《とどろ》いていた。

本陣の南側を駆《か》けていた島津軍はこの時、島津義弘を先頭に血路を開いていた。良晴は、義陽本陣にあと少し、あとわずかというところまで迫《せま》っていた。馬から飛び降り、幔幕《まんまく》を破って義陽たちの前に良晴が転がり落ちる寸前だった。

義陽本陣は、北側に陣取っていた阿蘇軍の鉄砲隊《てっぽう》によって一斉射撃《いっせいしゃげき》を浴びていた。

「なっ……なんだってえええええ⁉」

阿蘇家はこれまでさんざん家族や親族を誅殺させてきた罪の意識と恐怖心《きょうふしん》から、甲斐宗運の寝返《ねがえ》りを疑っている！　宗運がためらえば、宗運ごと義陽本陣を射撃《しゃげき》するつもりよ！　と歳久からの伝令を受けていた義弘と家久たちが「歳久は私たち島津軍の突進《とっしん》を煙幕《えんまく》代わりに用いて、徳千代を本陣へと導いたという！　まずい、二段構えの策が裏目に出た！」「相良姉妹が二人とも撃《う》たれてしまったら相良さぁはどうなる⁉　やつらを止めるど！」と叫び、兵を率いて阿蘇軍の鉄砲隊に突進し、蹴散《けち》らしたが、その時には彼らはすでに義陽本陣への射撃を終えた後だった。

銃撃《じゅうげき》が止《や》み、良晴が雄叫《おたけ》びをあげながら義陽のもとに到達《とうたつ》した時には、もはや多数の銃《じゅう》弾《だん》が義陽と徳千代の身体を貫いていた——はずだった。

だが、甲斐宗運の足下でお互いをかばって抱き合っていた義陽と徳千代は、生きていた。

二人は、無傷だった。

「良晴。やっぱり、きみは駆けつけてきたのだな」

「あれ？　姉上もあたしも生きている⁉　どうして？」

ていたのだった。

「徳千代。宗運おじさまが、私たちを」

二人の姉妹は、巨漢《きょかん》・甲斐宗運が広げた南蛮《なんばん》の黒外套《がいとう》の中に、その小さな身体を覆《おお》われていたのだった。

「宗運。あんた。二人をかばって、背中にすべての銃弾を受けたのか⁉」

「相良良晴。俺は殺し屋だ。この外套《がいとう》は鉄線を編み込んである。その上、全身を南蛮甲冑《かっちゅう》で覆っている。小さな娘二人の盾《たて》くらいには、なる」

「だが。甲冑を着ていたって、何発もの弾《たま》を身体に食らっているはずだ！　あんたは、義陽と徳千代のために立ち往生《おうじょう》するつもりで」

「十発は食らったが、問題ない。弾は急所には届いていない。小僧《こぞう》。男の死とやらに美学を持っているらしいお前には悪いが、俺はこの程度ではまだ死なない。男は女のために死ぬ定めだと言ったな？　お前は己《おのれ》の死となにかを交換《こうかん》しようと考えているだけ、まだ甘い。自分に酔《よ》ったガキだ。ほんとうにすべての実を拾うというのであれば、己の命をも拾わねばならないはずだ。ここで俺が立ち往生して息絶えれば、それは美しい物語かもしれん。甲斐宗運という男の人生の結末には美談が残ったかもしれん。しかし、義陽と徳千代の心に一点の傷を残す。それよりも、俺は息子《むすこ》殺しの修羅として醜《みにく》く生き抜《ぬ》いて醜く死に、美談など残さずに彼女たちに惜《お》しまれることなくくたばることを選ぶ」

良晴は、俺はまたここに一人、目標とするべき男と出会っている、と思った。美しく死んで人々の心に想《おも》いを残すよりも、醜く生き抜いて誰にも惜しまれずに無様に横死する――俺にそんな厳しい生き方が、そんな孤独《こどく》で辛《つら》い死に方ができるだろうか、と震《ふる》えた。

「……すげえな、あんたは。あんたに比べればぜんぜん甘いな。俺は。人々の記憶《きおく》から消え去ることを、ずっと恐《おそ》れていた」

「当然だ。お前は、まだ女も知らない小僧だからな。今は、それでいい」

「おじさま。足下から、血が!?」

「案ずるな。馬に乗るくらいの体力は残っている」

俺は阿蘇へ戻《もど》る、と宗運はよろめきながら言った。

大量の失血が、意識を遠のかせようとしていた。

それでも、宗運は倒《たお》れなかった。

「ダメよ、おじさま！　すでに撃たれているというのに！　復讐《ふくしゅう》に戻ってきたと恐れられて、阿蘇家に誅殺されてしまうわ！」

「……俺は俺自身の人生を無意味なものとして終わらせはしない。三人の息子を殺したけじめはつける。俺なりに」

良晴は、宗運に彼の未来を教えようとした。

「三人の息子を討ったということは、一人、まだ殺していない息子がいるんだよな？　あんたの子は四人いたはずだ！　阿蘇へ戻れば、あんたは、疑い深い主君に再び忠誠心を試《ため》されるぞ！　阿蘇家のためにここまでしたあんたを殺そうとした主家になんて、これ以上忠誠を誓《ちか》わなくていい。阿蘇家には戻らなくていい。戻ればその先には……」

「小僧。その先は言うな。俺の運命は俺自身が決める」

宗運は、荒《あら》い息を吐《は》きながら馬に乗っていた。

これほどの重傷を負いながらまだ生きていて、しかも意識があることじたいが、良晴には信じられなかった。

宗運の一撃が効いてまだ起き上がれない徳千代の身体を抱きしめながら、義陽がそんな馬上の宗運を見上げていた。

「宗運おじさま。また、私の命を守ってくれて、しかも徳千代まで救ってくれた。私はおじさまに、どうお礼を言えばいいのかわからない」

「……礼などいらん。俺はお前の祖父との約束を果たしただけだ。そもそもわが主が俺ごと本陣を銃撃などしなければ、俺はお前たち姉妹を殺していた。俺は阿蘇家の家臣。そしてお前たち相良家はもう、島津家の人間だからな。これからは、敵同士だ」

「もう、会えないの？」

「俺はそう簡単には死なん。死ぬ瞬間《しゅんかん》まで、俺は生き続ける。己が死ぬことなど最後まで頭にない。お前が生きていれば、会う日もあるかもしれない。生きろ、義陽。自分自身が生まれてきた意味を探せ。死ぬ意味ではなく、生きることの意味を」

「……はい」

「相良良晴。義陽と徳千代を、任せた」

「ああ」

「お前になら、託《たく》せる。さらばだ」

激闘《げきとう》の末に阿蘇軍を後退させた島津義弘が、そして家久が、本陣へと駆けてきた。二人は義陽と徳千代が無傷で生きていることに驚愕《きょうがく》し、すぐに「甲斐宗運が二人を守ったのだ」と理解した。それほど、宗運は傷だらけだった。

「いったいどうなっている⁉　阿蘇め。甲斐宗運の寝返りを疑って合戦のさなかに始末しようとするなど、武士のやることとは思えぬ！」

「んにゃ⁉　三人とも生きちょる⁉　相良さぁも消えちょらんぞ！　よかった〜！」

「……ひよっこどもめ。遅《おそ》いぞ」

宗運の言葉を受けた義弘が、ぴくっ、と眉《まゆ》を釣《つ》り上げた。

「なに？　貴様が率いていた兵は今この時も島津軍に押されて後退を続けている。この戦《いくさ》はいまや八割方島津の勝ちだが、それでも私たちをひよっこ呼ばわりするのか？」

九州最強の無敗の修羅《しゅら》と、薩摩の武神・鬼《おに》島津。

宿命の敵同士だった。

会えば、すなわち、互いの全身から闘気を放ち合わずにはいられなかった。

んにゃんにゃ⁉　やっと義陽たちを迎《むか》えに来られたのに、この二人が戦ったら大事になるど！　止めて止めて！　と家久があわてて良晴にすがりついてきた。

だが、良晴は「だいじょうぶだよ」と家久の頭を撫《な》でていた。

良晴が予想したとおり、宗運は義弘の闘気を、受け流した。

「義陽の本陣に最初に到達したのは、俺だ。お前たちは一歩遅《おく》れた。俺は負けてはいない。お前たち小娘《こむすめ》に勝ちを譲《ゆず》ってやったにすぎない」

「……うっ……」

「しかし、島津義弘。お前とは戦ってみたい。お前ほどの激しい闘気を放つ修羅を、俺は見たことがない。まさに武神の名にふさわしいもののふだ。俺が死ぬか貴様が倒れるか、いずれにせよ一撃で決着はつくだろう」

義陽に抱《だ》き起こされた徳千代が「タイ捨流《しゃりゅう》の技《わざ》は見切られちゃうよ！」と思わず声をあげたが、義弘は「私の剣法《けんぽう》はタイ捨流だけではない。このようなほんものの化け物とやり合う時のための『奥の手』がある」と自信ありげに微笑《びしょう》していた。

「しかし甲斐宗運。その死人同然の身体《からだ》で私と一騎討《いっきう》ちしようなど笑止《しょうし》だ。今のお前を討ってもわが武勇の誉《ほま》れにはならん。怪我《けが》を治してから出直せ」

「……義陽を救いに決死の後詰《ごづ》めを出した貴様ら島津に、礼はしなければならんな。貴様らの命、今日は見逃してやる」

「抜かせ。それは私たちの台詞《せりふ》だ。行け、甲斐宗運」

ここで貴様たちの首を落とすことは容易《たやす》いが、この戦はここで打ち止めにする。俺は阿蘇家へ戻って清算をしなければならん。お前たちはさっさと日向へ行って大友軍と対峙《たいじ》しろと宗運は言い捨て、九州最強の名を競《きそ》い合う宿敵に成長した島津義弘のすぐ隣《となり》を馬で駆け抜けていった――。

※

宗運が戦場から撤退《てったい》してすぐに、島津四姉妹《しまい》は相良姉妹と良晴を加えて響野原の本陣で軍議を開いた。

「いやあ。冷や冷やものだったねえ。もしかして義陽も徳千代もおだぶつかと思って、お姉ちゃんは焦《あせ》ったよ〜。まるで悪人のこの私が二人まとめて死地に送り込んで始末させたみたいに言われそうでねえ。それはそれで『島津義久悪人伝説』の幕開けとしてはよかったけれどね？　甲斐宗運の悪人伝説は今日、相良姉妹をかばったことで終わっちゃったみたいだしね。今後は甲斐宗運露璃魂《ろりこん》伝説と、私の恐怖《きょうふ》伝説が九州を席巻《せっけん》するんだよね」

「姉上。軽口はいいから、至急、議題に入ってほしい。状況《じょうきょう》は切羽《せっぱ》詰《つ》まっているのだ」

「義久姉さん。すでに大友軍は伊東家が捨てた日向北部を席巻し、さらに島津軍が占領《せんりょう》したばかりの高城《たかじょう》を包囲しようとしているわ。甲斐宗運とはしばし和睦《わぼく》できたわけだし、宗運と阿蘇家との間に生じた軋轢《あつれき》は容易には解消しないはず。私たちも、急ぎ日向へ」

「だが歳久。大友とやり合うにしても、これまでの優柔不断《ゆうじゅうふだん》な大友宗麟とは戦い方がまるで違《ちが》う。あの南蛮軍師ガスパールが難敵だ。日ノ本の軍法や戦術が通じる相手かどうか、あるいはそもそも妥協《だきょう》できる相手なのか徹底的《てってい てき》に滅《ほろ》ぼさねばならない相手なのか、決戦前に手の内を知る必要はある」

「そうね、義弘姉さん。いつもの、数と権威《けんい》を頼《たの》みにして帝王《ていおう》然とした態度でかかってくる大友軍とはよくも悪くも違うわ。使者を立てましょう」

「使者という名目で、ガスパールを探《さぐ》るのだな、歳久」

「ええ、そういうことよ。大戦ですもの、敵を知らねば危《あや》ういわ」

「相良さぁ、織田家からの使者として大友軍に行ってくれ。おいも島津家の代表として一《いっ》緒《しょ》に行くど！」

家久が誘《さそ》い、良晴が「ずいぶんと長かったが、やっと信奈の主命を果たす機会が来たわけだな。わかった、行こう」とうなずいた。

家久が？　ここは私が行くべき場面よ？　と歳久がいぶかしんだが、家久は「んにゃ。おいが行く。おいはもう一人前じゃ」と聞かない。

「だいじょうぶだよ歳久。大友軍には大友と島津の和睦を斡旋《あっせん》するために官兵衛やフロイスちゃんも同行しているだろうから、家久が暗殺される心配はないはずだ」

「近衛さまも、いるはずじゃど。島津家中の誰《だれ》を相良さぁの嫁《よめ》にするかも決めてないのに、あわてて行ってしもうた」

「ガスパールと会えば、俺自身にはまた妙《みよう》な搦《から》め手で消される危険があるが、それはもうどこにいても同じだからな」

そして、意外な声があがった。

「どうも飛んで火に入るという具合で、良晴が心配だな。私も、きみの『姉』として同行してやろう。私の立場は、かつての同盟国・大友家と今の主筋・島津家の橋渡《はしわた》し役とでもいうべきものだしな。宗麟とも古くからの顔見知りだ」

相良義陽が、使者役として名乗りでたのだ。

「それはありがたいけど、妹として、じゃなく？」

「姉だ。私はきみのご先祖だぞ。妹になどなるか」

あくまきをかじりながら、徳千代が義陽の袖《そで》を引っ張った。

「姉上。島津家に従属したばかりの相良家と球磨を、姉上が人吉城に戻ってまとめないと。家臣たちは動揺《どうよう》しているんだよ？」

徳千代の隣に座って餌《えさ》をはむはむと食べていた犬童が「がるっ」と吠《ほ》えた。うなずいているらしい。

「徳千代。相良家当主の座は、お前に譲《ゆず》る。私はこれより、相良良晴と行動をともにする。未来から来たこの男には生《は》え抜きの家族や郎党《ろうとう》がおらず不憫《ふびん》だ。それに、軍師や猛将《もうしょう》が揃《そろ》ってはいるものの、良晴の軍には副将がいないという。そこで優秀《ゆうしゅう》な姫《ひめ》武将である私が今日からこいつの『姉』になってやり、副将として織田方の相良家を陰《かげ》から支えてやろうと思う」

んにゃんにゃっ⁉　と家久が小猫《こねこ》のような声をあげ、義陽と良晴の間に突撃《とつげき》して二人を分断しようと立ち上がったが、義久と歳久に「まあまあ」と押しとどめられてしまった。

「ええっ⁉　そんな。思いきりよすぎるよ姉上？　げほげほげほっ⁉」

「もう少しお前とともに過ごしたかったのだが、二度もおじさまに授《さず》かった命だ。後悔《こうかい》のないように、生きたい」

この時点で義陽の決意を知らなかったのは徳千代と、「間違いなくこいつは私が良晴の姉になることに反対する」と義陽に察知されて捨て置かれた家久だけで、それだけに徳千代は驚《おどろ》き、かじっていたあくまきを喉《のど》に詰《つ》まらせて咳《せ》き込んでしまった。

良晴と島津『三』姉妹はすでに、義陽が実は相良家の庶子《しょし》で徳千代こそが嫡子《ちゃくし》だったことと、義陽が徳千代に家督《かとく》を譲る件について相談を受け、了承《りょうしょう》していた。良晴は「そういうことだったのか。きみは妹のために影武者《かげむしゃ》となり、自分の人生を捨て、さらにまた俺のために命まで捨てようとしてくれたのか」と驚き、義陽の提案をありがたく受け入れた。

だが、自分の軍団に「姉」として合流するという話は、良晴にとっても不意打ちだった。妹のために壮絶《そうぜつ》な生き方を貫《つらぬ》いてきた義陽ほどに献身《けんしん》的でかつ「副将」の才を持つ武将はまずいないと言っていい。良晴軍団には、二大天才軍師の半兵衛官兵衛と猛将・山中鹿《やまなかしか》之助《のすけ》がいるものの、良晴不在の時に良晴に代わって大将を務められる一族郎党の将がいなかった。鹿之助には将の器《うつわ》があるが、良晴の血縁《けつえん》ではないし、尼子《あまこ》家の英雄《えいゆう》という強烈《きょうれつ》な外様《とざま》としての名声と経歴があるために、相良軍の主力・相良軍の「武」の象徴《しょうちょう》ではあっても、良晴不在時に相良家を取り仕切る「副将」という立場にはかえって就《つ》かせづらかった。本人も「出雲《いずも》の田舎者《いなかもの》の私が相良家の副将？　無理です！　はっ？　殿《との》は無理を承知で七難八苦をこの鹿之助に押しつけて困らせようと」と遠慮《えんりょ》していた。ねねが相良妹軍団を育成しているが、妹武将たちにはまだ実戦経験がほとんどない。妹たちの成長にはいま少し時間がかかる。

しかし、この修羅の九州で戦国大名として戦ってきた義陽が相良家に副将として参加してくれれば、良晴軍団の行動制限は大きく解除され、良晴は三倍増の働きが可能になる。だがそれよりもなによりも、義陽に「私はきみとともに新しい人生を生きたい。認めてくれるな」と微笑まれてしまっては、断れるはずもなかった。

「おいも相良さぁの妹になるど！」と約一名吠えていた姫武将がいたが、その言葉に衝撃《しょうげき》を受けた義弘に「私を捨てていくのか、私はお姉ちゃん失格だったのか、家久」と泣かれてしまっては、それ以上言いだせなかった。

「徳千代。お前はすでに私の秘密を知ってしまった。お前は家臣団にも領民にも愛されているし、今の相良家には織田家の重臣・相良良晴が後見人としていてくれる。それに島津家の面々も、お前に辛《つら》くはあたるまい。取り替《か》えられていた嫡子と庶子が再び入れ替わり、あるべき立場に戻《もど》る時が来たと思ってくれ」

「姉上……そうだね。姉上は、やっと自分自身の生き方を見つけられたんだよね！　姉上は肥後を出て、九州の外の世界を見たかったんだもんね。あたしは姉上がいつでも人吉城に戻ってこられるように、九州の相良家を守るね！」

「ああ。『義陽』の名も、お前に譲る。もともと、お前のために足利《あしかが》家から授かった名だからな」

「そ、それはダメだよ！　あたしが義陽だなんて、そんなの、わけがわからなくなっちゃうよ？」

義陽は「ふん」と鼻先で笑い、「私の知ったことか。同じサガラヨシハルの名を持つ美女と野猿《のざる》が二人並んだほうが、よほどわけがわからないことになる。良晴。私にふさわしい名を考えろ。今すぐにだ。新参者臭《くさ》い名前はダメだぞ。織田家に馴染《なじ》みやすい名前がいい」と弟分に命じてきた。

「おっそうだな。それじゃあ、相良良晴の『良』と織田信奈の『奈』を一文字ずつ取って

『秀長《ひでなが》』でどうだ！」

「はあ？　馬鹿《ばか》かきみは。一文字も合っていないではないか！」

「あれっ？　おかしいな。秀吉《ひでよし》のおっさんの弟は秀長を名乗っていたはず。やっと待望久しい相良家の副将が見つかったと浮《う》かれていたけど、うまく辻褄《つじつま》が合っていないな……」

「いくら未来人とはいえ日ノ本語もうまく操《あやつ》れないのか。情けない。私がついていてやらないと、きみはダメダメだな」

「……姉って面倒臭《めんどうくさ》いんだな……妹のほうが気楽でいいや」

「なにか言ったか？」

よほど姉の名が気に入っているのだろう。姉上は絶対に義陽でなければダメだよ！　ダメ！　ダメ！　と徳千代が必死で騒《さわ》ぎ立て、「ヨシハルと読まなければ混乱しないよ！　ヨシヒと読む人もわりといるんだから、良晴くんと一緒にいる場ではヨシヒと名乗ればいいよ姉上！」と強弁し、義陽も「む。秀長などというかわいくない名前で呼ばれるよりはずっとましだな。よし。それでいく」とうなずいた。

この時から相良義陽は相良家当主の座を引退し、ヨシハル改めヨシヒと改名し、良晴軍団の副将となった。

そして良晴と島津家の後見を得て、肥後相良家の第十九代目当主に、相良徳千代が就いた。名は「相良頼貞《よりさだ》」。だが家臣団も球磨の領民も彼女自身も、この八代の山中から人吉城へと凱旋《がいせん》した新たな当主を親しみを込《こ》めて「徳千代」と呼び続け、かつ呼ばれ続けることとなる。

本来は煩雑《はんざつ》な作業になるはずだったが、歳久がすでに誓紙《せいし》の準備を終えていた。ただち
に島津家と義陽、そして徳千代は、相良家家督継承《かとくけいしょう》についての誓紙を正式に交《か》わした。

「良晴くん！　姉上をお願いね！」

「ああ。信奈は人使いが荒《あら》いけれど、ちょくちょく里帰りさせるから安心してくれ」

「ありがとう！」

いやあ相良家の騒動《そうどう》も丸く収まったねえ～と義久が扇子《せんす》を広げ、歳久が「腹にいちもつ
ある義陽よりも純朴《じゅんぼく》な徳千代のほうがよほど信用できるから、島津にとってもこれは正解
よ。良晴のご先祖を助けたということで織田家にも恩を売れたしね」とうなずき、義弘が

「すかさず相良良晴の姉の座に滑《すべ》り込むとか、まったくこの女は信用ならない。ま、まさか、
姉の立場を利用して相良良晴を籠絡《ろうらく》するつもりではあるまいな？　あ、あ、姉ならば、お、
お、弟に、そ、そ、添《そ》い寝《ね》とかしてもいいわけだしな。そ、そ、それどころか、と、と、
ともに風呂《ふろ》に入ってもいいし」と間違った弟知識を暴走させ頰《ほお》を染《そ》めて咳払《せきばら》いをしている
横で、戦《いくさ》が終わったら良晴に打ち明けることがあると言っていたのにすっかり忘れかけて
いる家久は一人耐《た》えながらぶるぶると震《ふる》えていた。

義弘が照れて顔を手で隠《かく》している隙《すき》をついて飛びだした家久は、良晴の膝《ひざ》の上に「ぽん

っ」と座っていた。

「わっ、びっくりした⁉　どうした、家久？」

「んにゃんにゃ！　相良さぁ！　おいとの約束を忘れたか？」

「約束？　ああ。覚えてるよ。合戦が終わったらなにか俺に伝えたいことがあるんだったよな。なんだったんだ？」

「ふふー。覚えちょったか。相良さぁ、おんしはよか男じゃ！」

「それはもう聞いたような？」

「こいがおいの気持ちじゃ。ちゅっ」

「わわっ⁉」

義弘が「私の家久が、男の頬に接吻《せっぷん》をおおおお⁉」と卒倒《そっとう》し、歳久が「まさかこの軍議中にいきなり告白そして実力行使⁉　聞いてないわ、武闘派《ぶとうは》の極《きわ》みだわ！　なにごとも考えすぎる私には太刀《たち》打ちできそうもない」と震え、義久は「行け！　家久ちゃん！　そのまま相良良晴を籠絡《ろうらく》して島津家に取り込んじゃえ！　天下人の恋人《こいびと》を奪《うば》おうとする家久ちゃんすごいマジ悪女！　良晴には百万石の値打ちがあるよ！」とはやし立てた。男といえば、熊《くま》の雄《おす》としか友達になった経験がない徳千代は「ふえええ」と解読不能の声をあげた――だがもちろん、ここに、家久の抜《ぬ》け駆《が》けに怒髪天《どはってん》を突《つ》く勢いで激怒《げきど》した姫武将がいる。

良晴の隣《となり》に陣取《じんど》っていた義陽である。

「ばっ、馬鹿な⁉　島津家久！　そんな身勝手な真似《まね》が許されるのかっ⁉　姉である私の許可も取らずに、良晴になんということを！　だいいち良晴には織田信奈という恋人が」

「へへー。戦も恋も、なんでも早い者勝ちじゃ！」

「……な……な……な」

「相良義陽。織田信奈を気にしとるのかどうか知らんが、ご先祖だからどうの良晴の姉がどうのともっともらしい言い訳をしている間は、おいの敵ではなか！」

「……う、う、うううう〜‼」

良晴は、はじめて見た。あの冷静な義陽が混乱して「むきぃい」という擬音《ぎおん》が似合うような年齢《ねんれい》相応の泣き顔になっている姿を。

「ああ姉上、落ち着いて！　まさか、ダメだよダメダメ！」

「許さんっ、島津家久！　お前の接吻など、この私が上書きして取り消してやる！」

「いけないってば姉上！」

「えっ、義陽？　いや、ちょっと待って。それはまずい……ぎゃ――――っ⁉」

「良晴。ぎゃあ、とはなんだっ！　私に接吻されるのがそんなに嫌《いや》か、この無礼者めっ！」

逆上した義陽が、良晴の頬に接吻した！

「んにゃんにゃ⁉」

　家久が悲鳴をあげた。

「うわあ。やらかしたよ！」と義久が歓声《かんせい》をあげ、歳久が「良晴が消える！」と頭を抱《かか》え、脚《あし》だけで器用に天井《てんじょう》に張り付いていた五右衛門が「久々に女難の相が出ましたな。すべては水の泡《あわ》でござる。さらば、わが主《あるじ》。決してあるぢのこころざちはわすれまちぇんじょ」と合掌《がっしょう》した。

（マジかよっこんな暴走事故で俺は唐突《とうとつ》に消えるのかっ？　いくらなんでもこんな情けない冗談《じょうだん》みたいな最期《さいご》は嫌だ！　信奈あああ！）

　はっ？　しまった！　と義陽がわれに返った時には、もう、接吻は終了《しゅうりょう》していた。

　恋話となると免疫《めんえき》がなく、完全に動転した義弘が「熊が一匹《いっぴき》。熊が二匹。熊が三匹……」となぜか徳千代が連れてきた熊を数えはじめている。

　だが。

　どれだけ義弘が熊を数えても、良晴は、消えなかった。

「なんだ。消えないではないか。やはりあなたが未来人だとか義陽と祝言《しゅうげん》をあげると消滅《しょうめつ》するとかいう話は妄言だったのだな。未来人など存在しないという私の信念が正しかったわけだ。は、は、は。しかしあなたのその光源氏《ひかるげんじ》のようなあからさまなモテ方を見ていると、妙《みょう》に腹立たしい。しかも私の妹を……家久を……」

義弘が「とにかくあなたは嘘つきだ」と頬を赤らめながら良晴の頬をつねったので、座ったままほとんど失神していた良晴は「あれ？」とわれに返ることができた。

「どうして俺、消えてないんだ？　天井の五右衛門？　説明してくれ」

「にんにん。よくわからないでござる。というかまたしても厄介《やっかい》ごとが増えたでござるよ、ちゃがらうぢ」

義陽が「助かった……」と安堵《あんど》のため息を漏《も》らした。

「つまり良晴。どうやら私がきみに接吻してももう、無限循環《じゅんかん》の矛盾《むじゅん》とやらは生じないようだな」

「あーっ！　たった今、誓紙を交わして相良家の当主の座から降りたよね、姉上？　もしかして、あたしが本来なる予定がなかった相良家当主になったから、姉上の運命が変わったんじゃないかな!?　つまり、良晴くんは相良家の当主でなくなった姉上ではなく、相良家当主であるあたしの直系の子孫になったんだよ！　だから姉上と接吻しても、矛盾は生じない！」

「なんだと？　そうなのか徳千代？　それではもう一度試《ため》してみよう。次は唇《くちびる》と唇で」

「よ、義陽？　弟の唇に接吻する姉などいないぜ？　なにをするだあーっ！」

「黙《だま》れ。この日ノ本は伊弉諾尊《いざなぎのみこと》と伊弉冉尊《いざなみのみこと》の兄妹《きょうだい》が産んだ国だ！　問題ない、私の最初をやると言っているのだから喜べ。ちゅ。おお、ここまでやっても消えないぞ！」

「うわあああ⁉　こんどこそ終わりだあ俺！　消えたよ俺今消えた！　……って、あれ？　消えない？」

「姉上やったね！　運命を乗り越《こ》えたよー！　ぜひあたしの子孫の良晴くんを姉上のものに！」

「うむ。こんな猿顔の男でも、徳千代の遠い子孫だと思うとかわいくてたまらぬ。徳千代と間接接吻ということになるな……ぽっ」

「きゃああ。姉上～！」

「いやいや待ってくれ。やっぱりいろいろと理屈《りくつ》がおかしいような⁉　というか理屈以前にもっとまずいことが今行われた気がする！」

んにゃっ？　とたじろいでいた家久が、この良晴の悲鳴のような声を聞いてはっと気づいた。

「この女！　今どさくさに紛《まぎ》れて、ひどいことをしたど！　とんでもなく腹黒か！」

「ほう？　私は別にひどいことなどしていないが。良晴は子供なので少し照れているが、内心では姉に甘えられて喜んでいる」

「んにゃんにゃにゃ……姉の立場を利用して相良さぁにべったり……こげな厄介な恋敵《こいがたき》は倒《たお》すしかなか！　相良義陽、そん首ばいただく！」

「私を激怒させたお前こそ覚悟《かくご》するがいい」

「待て。私のかわいい家久と戦うというのであれば、この武神・島津義弘が妹に助太刀《すけだち》しよう！　そもそも言葉巧《たく》みに相良良晴の唇を奪うとは、断じて許せぬ！　貴様が見つけた新しい人生というのはそれか！　弟を誘惑《ゆうわく》する乱れた姉としての生き様か！　なんだ貴様は！　士道不覚悟《ふかくご》！」

「ほう。島津義弘。まさか貴様も私の弟に惚《ほ》れているのか？　これは笑える。良晴は胸がでかいことだけが取り柄《え》の武闘派娘《ぶとうはむすめ》よりも私のような高貴でたおやかな乙女《おとめ》が好みだからな、あきらめたほうがいいぞ」

「わわわ私はけけけ決してそそそのような」

「んにゃ！　義弘ねえまで敵になったど⁉」

「家久、この女の離間《りかん》の策に乗せられるな！」

まずい。まずい気がする。この義陽を本州へ連れていって信奈に会わせていいものかどうか。信奈の前でも姑《しゅうとめ》と化して大げんかするのでは……良晴はもう生きた心地《ここち》がしなかった。

激しい嫁《よめ》姑《しゅうとめ》問題が勃発《ぼっぱつ》している中、義久と歳久は、うなずき合っていた。

「他《ほか》の女の子と浮気《うわき》すると嫉妬《しっと》深《ぶか》い織田信奈が殺しに来るので、相良良晴は『妹』と称《しょう》して自分の手許《てもと》にかわいい女の子を集めているという噂《うわさ》は」

「ほんとうだったらしいわね。でも『姉』は盲点《もうてん》だったわね、姉は」

俺は神さま仏さま織田信奈さまに誓《ちか》ってそんなことはしていません、と良晴は思った。

巻ノ六　interlude

北ノ庄城《きたのしょう》でかたずをのんで越軍《えつ》を待ち受けている柴田勝家たちはまだ知らなかった。謙信《けんしん》を押しとどめているもの、それはかつての盟友・近衛前久《このえさきひさ》からの一通の書状だったことを。

手取川沿《てとりがわ》いに布陣《ふじん》した謙信は、川を渡《わた》るべきか、逡巡《しゅんじゅん》していた。

相良良晴《さがらよしはる》が、大友宗麟《おおともそうりん》への使者として九州へ向かったという。

無敵不敗を誇《ほこ》る自分を、先の合戦で心理戦・情報戦そして川並衆《かわなみ》を駆使《くし》してぎりぎりまで追い詰《つ》めたのは相良良晴だった。相良良晴不在の織田軍《おだ》を叩《たた》き潰《つぶ》したところで、それはほんとうの勝利とは言えないのではないか――。

謙信には、そのような潔癖《けっぺき》すぎるところがある。

その謙信のもとに、近衛前久からの書状が届いていた。

「関白近衛《かんぱく》さまですか？　かつては浅井朝倉本猫寺《あさいあさくらほんびょうじ》を動かした第一次織田家包囲網《ほういもう》の中心人物でしたが、本猫寺が開城した今ではその織田家と昵懇《じっこん》だと聞きますが」

側近の直江兼続《なおえかねつぐ》がいぶかしんだが、謙信にとっては、近衛前久はかつてともに関東平野を駆《か》け巡《めぐ》った戦友でもある。

零落《れいらく》したやまと御所《ごしょ》の復権のために奔走《ほんそう》していた近衛前久は、上洛《じょうらく》してきた謙信と意気投合し、ともに関東に秩序《ちつじょ》を取り戻《もど》そうと互《たが》いに誓紙《せいし》を交《か》わした仲だった。

「兼続。関東管領《かんれい》上杉家から家督《かとく》を譲《ゆず》られた私は、上杉家の家臣である長尾《ながお》家の人間にすぎない自分が関東管領に就任してよいものかどうかためらっていたの。でも、近衛前久に説得された。平将門《たいらのまさかど》の乱。源平騒乱《げんぺいそうらん》。室町公方《むろまちくぼう》と関東公方の争い。世の乱れは、常に関東と都との対立から起きてきた。越後《えちご》の大名である私が、今こそ関東に秩序を回復すべしと。乱れに乱れた関東に秩序を回復するためには、私が関東管領になるべきだと。そして、関白である自分が新たな関東公方になると。これで関東に、やまと御所と足利《あしかが》幕府の権威《けんい》がともに蘇《よみがえ》るはずだと」

「関白が、関東公方に。そのお話は父から伺《うかが》っていましたが、それは無理でしょう。武辺者揃《ぞろ》いの坂東《ばんどう》武者が、公家《くげ》を自分たちの統領として仰《あお》ぐとは思えません。いくら形ばかりの関東公方とはいえ」

「むろん、その危惧《きぐ》はあったわ。お歯黒の麻呂《まろ》では坂東武者に軽んじられる。だから近衛は、誇りある公家姿を捨てたの。やまと御所復権のために己《おのれ》の肉体をまるで武家のように鍛《きた》えてきた彼はもともと鷹《たか》狩り、剣法《けんぽう》、乗馬、弓術の達人だった。お歯黒と白塗《しろぬ》りを捨てて武士姿になり、関白でありながら太刀《たち》を佩《は》き馬に乗って関東へ乗り込んだの」

「それでも、公家の統領であるという血筋は、変えられなかった。坂東武者たちに拒絶《きょぜつ》され、近衛さまの関東公方就任の夢は失敗に終わったんですね」

「そうよ。同時に、彼を関東公方にできなかった私の関東管領就任も、名ばかりのものとなってしまったわ。都から来た関白を担《かつ》いだ関東遠征軍《えんせい》は、四分五裂《しぶんごれつ》した。もちろん近衛前久だけの責任ではないわ。私の責任よ。はじめての関東遠征ではいろいろなことがあり、私は小田原《おだわら》城攻略《こうりゃく》を断念せざるを得なくなった」

「……味方としてはせ参じた坂東の男大名たちに次々と懸想《けそう》されて、彼らを断固として拒絶したために裏切られたことが遠征軍の崩壊《ほうかい》につながった、と父から伺っています。謙信さまの美しさが災《わざわ》いしたと」

「私と近衛前久のあらぬ関係を疑い、北条《ほうじょう》方に寝返《ねがえ》った者も数多かった。北条氏康《うじやす》が風魔《ふうま》を用いてそのような噂を立てたのかもしれない。私も近衛も、甘かったのね。人は純粋《じゅんすい》な志だけでは生きられない。なまの、人としての感情というものがあるの。大義を振《ふ》りかざすだけでは人は心服しない。あの頃《ころ》の私と近衛はまだ子供だったのかもしれないわ。私は関東管領としての責務を果たすために関東出兵を続けたけれど、近衛は公家が関東の頂点に立つという夢をあきらめ、都に留《とど》まって公家の伝統である権謀術数《けんぼうじゅつすう》を用いて裏から畿内《きない》の覇権《はけん》を握《にぎ》るという現実路線に舞《ま》い戻ったの。短気で潔癖な私は、それは都の悪《あ》しき慣習に屈《くつ》することであって美しき夢ではない、姫《ひめ》武将が戦うように公家も戦うべきだ、と近衛を責めた。そして私たちは、袂《たもと》を分かった」

「その近衛さまが、ずっと目の敵《かたき》にしていた織田信奈側についたのは、大人になられたということでしょうか？」

「そうかもしれないわ。書状にはこう記《しる》されている。かつてともに関東で戦った同志として懇願《こんがん》する、進軍は今しばらく待ってほしいと――」

謙信は書状を綺麗《きれい》に折りたたみ、瞑目《めいもく》した。

なんのために待つのです、どれほど待てばよいのです、と直江兼続が身を乗り出してきた。

「『こたびだけは合戦での勝利ではなく、天下平定という志のために戦ってもらいたい。九州にはすでにキリシタン王国が誕生しようとしている。日《ひ》ノ本《もと》にはもう時間が残されていない』と、近衛はそう伝えてきたわ。勝者が誰《だれ》であろうとも大きな問題ではない。天下平定。それこそが、上杉《うえすぎ》謙信が生涯《しょうがい》を賭《か》けて追求してきた義の終着点だと。目先の勝ち負けにこだわるな、その常勝無敗へのこだわりを捨てよと。彼自身、やまと御所による親政復興という夢を捨ててまで仇敵《きゅうてき》の織田信奈についた」

「これ以上日ノ本に戦乱の世が続けば南蛮《なんばん》勢力に続々と干渉《かんしょう》され、取り返しのつかない事態となる。日ノ本の戦乱は、日ノ本の人間自身の努力で終結させねばならない。近衛さまは織田信奈を通じてそのことを知り、かつての敵と手を結んだのですね」

「……おそらく、そういうことね。南蛮人が訪《おとず》れることもない越後では、実感できない話だけれど。相良良晴は今頃《いまごろ》、九州のどこでなにをしているのかしら——」

「謙信さま。われら越軍が今しばらく進軍を待つことと、天下平定と、関《かか》わりがあるのでしょうか」

「あるわ。軒猿《のきざる》からの報告を吟味《ぎんみ》してみたの。織田信奈と小早川隆景《こばやかわたかかげ》がめいめい思い描《えが》いている構想が、偶然《ぐうぜん》にも、ほとんど同じものらしいの」

「それは？」

「全国からあらゆる大名が集結したただ一戦の大会戦で、天下人を決める。そういう、日ノ本史上にこれまで例のない大がかりな戦《いくさ》をやろうとしているのだそうよ。あの二人は、百年に及《およ》んだ戦国の世を、あと百年をかけて終わらせるのではなく、ただの一戦で終わらせるつもりなの」

兼続は、唾《つば》を飲み込んでいた。そのような戦など、聞いたことがない。

「どこで、ですか？」

「日ノ本の、中央で」

「つまりそれは、東海道《とうかい》、東山道《とうさん》、北陸道《ほくりく》、山陽道《さんよう》、山陰道《さんいん》それぞれの起点と終点が連なる場所。安土《あづち》近辺ですね!?」

「ええ。安土城を落としたものが天下人。安土からわずか一日で行ける距離《きょり》に京の都もある。これほどわかりやすい戦略目標、これほどはっきりとした餌《えさ》はないわ」

対上杉に対武田《たけだ》。いくつかの複数の戦略を同時に実現するために建築した安土城でしょうが、そのような構想があったとは。織田信奈ははじめからこの決戦を構想していたのではなく、最初に直感があったのでしょう。安土に天下人の城を建てるべしという霊感《れいかん》のようなものが。最初は小さな種だった霊感は、安土城が完成していくとともに、度重《たび》なる包囲網によって追い詰められるたびに彼女にさらなる閃《ひらめ》きをもたらし、具体的な戦略として成長していったのでしょう。織田信奈は天才です。そして、その織田信奈の才に共鳴してみせた小早川隆景も、と直江兼続がうなずき、謙信は言葉の代わりに琵琶《びわ》を手にとってそっとたおやかな音色を奏《かな》でていた。

「わが生涯の宿敵・武田信玄《しんげん》に歩調を合わせて、私は動く。武田信玄は、織田信奈と小早川隆景の阿吽《あうん》の呼吸など、無視する女だから。どこまでも己を貫《つらぬ》き通す女だから。私が、信玄に合わせてあげるしかないでしょう」

「ですが謙信さま。もしも武田信玄が、我を貫くためにさらなる百年の戦乱を引き起こす行動にでれば？」

「その時は私が、義によって信玄を止めるわ。たとえ毘沙門天《びしゃもんてん》の化身ではなくなっても、私の信念は最後まで揺《ゆ》るがない。義のために生き、義のために誅《ちゅう》する。いずれにしても、私の体力はすでに限界に近いから。こんどこそ上杉謙信最後の戦いになるわね、兼続」

もしも私が倒れたらあとはあなたが、と謙信は微笑《ほほえ》んでいた。

「いいえ。謙信さまはまだ死にません。安土城でただ一日だけご覧になられた夢の続きが、ございます」

※

信奈の計算では、性急な上杉謙信が先を急いで上洛軍を進撃《しんげき》させ、慎重《しんちょう》すぎる武田信玄は逆に松平《まつだいら》軍と三河《みかわ》・遠江《とおとうみ》戦線で膠着《こうちゃく》して上洛が遅《おく》れるはずだった。

安土城完成の知らせは、謙信を急がせ、信玄を慎重にさせるはずだった。

信奈自身、いつ頃から安土城近辺の平原に上杉・毛利《もうり》・松平・宇喜多ら親織田派と反織田連合軍の諸大名の兵力を集結させて「決戦」を行うという構想を完成させたのか意識にないのだが、ひとつだけたしかなことがあった。それは、ただ一戦でこの戦国時代の天下盗《と》り争いに片を付けるためには、武田信玄だけは可能な限り遅参《ちさん》させねばならない、ということだ。

だからこそ、謙信と信玄の進軍速度に差をつけねばならなかった。信玄を遅らせ、謙信を早めるのだ。

また、同じ毛利軍でも小早川と吉川《きっかわ》の進軍速度も調整しなければならない。光秀《みつひで》にはぎりぎりまで吉川を防がせ、小早川を先に戦場へ到達《とうたつ》させたかった。小早川隆景は、信奈の構想を読み切っているはずだった。そして、「一戦で片を付ける」という信奈の描いた考えに敵として同調してくれるはずだった。できるならば早々と戦場に誘導《ゆうどう》し、布陣させるべきだった。だが、吉川元春《もとはる》はそうはいかない。間違《まちが》いなく、戦機が熟する前に先手必勝とばかりにしゃにむに突《つ》っ込んでくる。だから光秀に封《ふう》じさせ、小早川軍が先行できるように足止めさせねばならなかった。

とはいえ、光秀が吉川軍のために丹波《たんば》で危機に陥《おちい》っていることを除けば、最大の問題は信玄だった。というよりも、信玄と謙信を揃《そろ》えてはならないということにあった。あの信玄と謙信がともに同じ戦場に「味方」同士として参戦すれば、信奈や半兵衛《はんべえ》、良晴がどれほど知恵《ちえ》を絞《しぼ》っても、もはや撃《う》ち破ることはできない。

謙信の動きが止まった越前戦線から織田信奈が急きょ離脱し、滝川一益《たきがわかずます》とともに三千丁の鉄砲《てっぽう》を揃えて松平元康が陣を構えていた設楽原《したらがはら》へ入ったのは、信玄と決戦する意気込みを見せることで、信玄に考えさせるためだった。

しかしその日、信玄は「信奈と狸《たぬき》に、総攻撃《こうげき》を仕掛《しか》ける。犠牲《ぎせい》を払《はら》ってでも織田・松平連合軍を殲滅《せんめつ》して、一気に上洛する」と四天王たち諸将に宣言していた。

馬場信房《ばばのぶふさ》、山県昌景《やまがたまさかげ》、内藤昌豊《ないとうまさとよ》たち四天王は「織田信奈自らが多数の種子島《たねがしま》を陣中に運び込んだそうよ」「鉄甲船《てっこう》で毛利水軍を粉砕《ふんさい》した織田家のことです。武田騎馬《きば》隊に対抗《たいこう》するための罠《わな》があるかもしれません！」と信玄をいさめた。

あの「砥石崩れ《といしくずれ》」で村上義清《むらかみよしきよ》に大敗して以来、信玄がこれほど戦の決着を急ぐことは、かつてなかった。

「どうしたのですか、信玄さま？　松平・織田連合軍がかき集めた種子島は三千丁にも上るそうです。その上、敵は今までわれらが見たことのない妙《みょう》な形状の陣を敷《し》いています。今は雨が降っていますが、この雨はやがて止《や》みます。逃《に》げましょう！」

高坂弾正《こうさかだんじょう》の提案に信玄はうなずかなかった。

「いや。雨が止む前に敵陣《てきじん》に総攻《そうぜ》めを仕掛ける。晴れれば、武田騎馬隊といえども無傷で三千丁の種子島の弾幕《だんまく》を突破《とっぱ》することはできない。北陸に回していたはずの鉄砲隊を、まさかこちらにぜんぶ投入するとは。雨が降っている今をおいて勝機はない」

謙信め、なにをぐずぐずしている。雨天ならば越軍が圧倒的《あっとうてき》に有利なはずだ、といらだたしげにつぶやく信玄は、珍《めずら》しく焦《あせ》っていた。

「どうなされたの、信玄さま。顔色が妙よ」

山県の問いに、信玄は答えた。

「父上から、また書状が届いた」

四天王たちがいっせいに顔を見合わせた。

「なんですって？　信玄さまのお父上と言いますと⁉」

「かつて信玄さまに甲斐《かい》から追放され、今は行方《ゆくえ》が知れない武田信虎《のぶとら》さまですか？　あの人とてもおっかないんですよ！　逃げましょう！」

「また、とはどういうことなの？」

「……あー……やはり……」

信玄が、四天王に頭を下げる。

「みんな、黙《だま》っていてすまなかった。あたしが不倶戴天《ふぐたいてん》の敵である謙信と和睦《わぼく》に至ったのは、父上から『はよう上洛《じょうらく》せんか。天下人になれ、この父が生きているうちに武田菱《びし》を瀬田《せた》に掲《かか》げよ』とお叱《しか》りの手紙をいただいたからだ。父上は今、京に潜伏《せんぷく》しておられる。北条氏康が、その父上に筆をとらせて書状を書かせた。そうでもしないと、あたしが謙信と和睦し同盟するはずなどなかったからだ」

「それでは、かつて浅井朝倉本猫寺《ほんびょうじ》が決起した第一次織田家包囲網《ほういもう》は」

「……近衛前久が……画策したのではなく」

「あのせっかちで短慮《たんりょ》な関白《かんぱく》にはそのような遠大な策謀《さくぼう》は練れない。叡山《えいざん》と杉谷善住坊《すぎたにぜんじゅぼう》を動かしたくらいが関白の限界だろう。駿河《するが》を追われて上洛していた父上が、近衛の陰《かげ》に軍師としてついていたそうだ。父上が、上杉謙信と川中島《かわなかじま》で膠着している隙《すき》を突かれて織田信奈に先を越《こ》されたあたしを上洛させるために、浅井朝倉本猫寺を巻き込み包囲網を作られた」

あたしはそのことに気づかず、相良良晴に対する情に流されて織田信奈に浅井朝倉を討《う》たせる余裕《よゆう》を与《あた》え、自ら包囲網を潰《つぶ》してしまった。そのことを父上に書状で「父の心、子知らず。貴様はいつまでも手のかかる愚《おろ》かな娘《むすめ》じゃ」と叱責《しっせき》された。そして今、父上は織田に接近した近衛前久と袂《たもと》を分かち、毛利家に居座った足利義昭《よしあき》と結び、策士の北条氏康を巻き込んで第二次織田家包囲網を敷いた――。

「謙信は怒濤《どとう》の勢いで北陸を平定し、手取川で織田軍を打ち破って越前《えちぜん》まで押し返した。安土城まであとわずかだ。軍神・上杉謙信がひとたび他国を侵略《しんりゃく》すると決めれば、武田よりもはるかに早いことがついに天下に証明された。武田が川中島で道を塞《ふさ》がなければ、そして謙信が関東管領としての関東遠征《えんせい》の任務から解放されれば、謙信はいつでも上洛できたのだ。対する武田はいまだにこの設楽原で敵と対峙《たいじ》していて、尾張《おわり》にも美濃《みの》にも侵攻《しんこう》できていない。もはや武田には、泰然自若《たいぜんじじゃく》と構えている余裕は残されていない。父上が敷いた第二次包囲網は、上杉謙信を上洛させるための策になってしまう」

これ以上の親不孝は重ねられない、だがお前たちを強攻《きょうこう》させて死戦に向かわせたくもない、あたしは今動揺《どうよう》している、と信玄は珍しく四天王の前で弱音を吐《は》いた。それはまぎれもなく、武田信玄という仮面を脱《ぬ》いだ繊細《せんさい》な文学少女・勝千代《かっちよ》の声だった。

「父上からあたしが引き継《つ》いだ武田家の旧四天王は、みんな死んだ。ある者は戦場で討たれ、ある者は謀反《むほん》のかどで切腹した。副将を務めてきた妹の信繁《のぶしげ》まで討ち死にさせてしまった。みな、あたしが死なせたのだ。今でもそのことを日々悔《く》いている。あたし自身が見《み》出《いだ》して育成したお前たち新四天王にまで、同じ道を辿《たど》らせたくはない。だからこそ今まで慎重すぎるほど慎重に領土を拡大してきた。たとえ川中島の争いが千日手に陥ろうとも、決して負けない戦をしてきた。上杉謙信を相手に玉砕《ぎょくさい》決戦を挑《いど》めばどうなるか、それは痛いほど思い知らされていたからな。しかし──」

「信玄さま。もう苦しまないで。私たちは御《お》屋《や》形《かた》さまの家臣。御屋形さまのために戦うことが使命であり、誇《ほこ》りであり、生きがいです！　この内藤修《しゅ》理《り》はいつでも御屋形さまのために、死ねます！」

「この高坂弾正は信玄さまにお仕えしたその時から、武田家の武将として戦場で死ぬ覚悟《かくご》はとっくにできています。逃げたいですけれど、逃げません！」

「わたくしの姉・飯《お》富《ぶ》兵部《ひょうぶ》は旧四天王のうちただ一人、戦場で死ぬことができず、謀反人として自害したわ。死んでいった四人のうち、いちばんの戦好きだっただけに、きっと無念だったでしょうね。だからわたくしはむしろ、武田の軍旗を背負って戦場で討ち死にしたいわ。わが姉が憧《あこが》れていた死に様だったろうから」

内藤、高坂、山県の三人がそれぞれの言葉で口々に信玄を励《はげ》ます中、馬場信房だけはまるで違《ちが》うことを言った。

「……信玄さま。われら四天王を侮辱《ぶじょく》しないでほしい。自分は、不死身の馬場美濃《みの》。これまでの合戦で、かすり傷ひとつ負ったことがない。わが武門の誇りにかけて、御旗《みはた》・盾無《たてなし》に誓《ちか》って、絶対に信玄さまより先には死なない」

滅多《めった》に感情を見せず、今まで自己主張らしいことを口にしたことのない馬場が、はじめて、自分自身の意志を口にした。信玄に、逆らった。信玄に、怒《おこ》った。立て、と信玄を叱りつける姉のような表情で、あらぶっていた。

「……自分はこれより信玄さまのご本名『晴信《はるのぶ》』より一文字をいただき、馬場信房改め、馬場信春《のぶはる》と名乗らせていただく。信玄さまはかつて川中島で、あの者とお互《たが》いの名を交換《こうかん》し合った。『謙信』と『信玄』という名を。だが自分はあの者よりずっと以前から信玄さま……姫《ひめ》さまにお仕えしてきて、姫さまと同じ夢を見てきた。『晴信』と『信春』と名乗り合ってもおかしくはない。最初で最後のわがままを通させていただく」

「馬場。お前は」

先陣《せんじん》を承る、と馬場が信玄に一礼し、軍議の席から離脱《りだつ》していった。

信玄は「この雨が止まぬうちに、設楽原の敵陣に向けて武田騎馬隊全軍を突進《とっしん》させる」と決断し、宣言していた。

※

「吉お姉さま？　なぜ設楽原に？　越前《えちぜん》におられたのでは～？」

「謙信の動きが止まっている隙《すき》に、こちらに鉄砲《てっぽう》三千丁を運んできたわ。わたしが自ら参戦したと知れば信玄はさらに慎重《しんちょう》になるはずよ、竹千代！」

長篠《ながしの》城を囲んだ武田軍に対し、後詰《ごづ》めを出した松平元康は設楽原に陣《じん》を構築中だった。信奈自身による加勢は想定外だったので元康は喜んだが、さらに仕事が増えた――奇怪《きかい》かつ巨大《きょだい》な陣の突貫《とっかん》建築を命じられたのだ。

「こ、こ、この図面はいったい？　これ、ほんとうに合戦のための陣なんですか？」

「信玄には深く考えすぎる癖《へき》がある。疑心暗鬼《ぎしんあんき》を駆《か》り立《た》てるのよ！」

――信奈が自陣《じじん》へと戻《もど》っていた後、滝川一益たちと共同で大急ぎで設楽原に長大な陣を築いた松平元康は、越前より鉄砲隊を率いてきてそのまま居座《いすわ》った信奈から「決して陣から外に出ないように。武田の挑発に乗らないように」と重ねて命じられていた。この日にその武田軍がまさか自ら総掛《そうが》かりの攻撃をはじめるなどとは予想していなかった。

来るぞ！　霧雨《きりさめ》の中、諏訪太鼓《すわだいこ》が鳴り響《ひび》いている！　と三河兵たちが血相を変えて戦支度《いくさじたく》をはじめていた。

「あわわ。半蔵《はんぞう》さん。鉄砲搬入《てっぽうはんにゅう》と怪しげな陣の構築で足止めするどころか、信玄さんがやる気になってしまいました！　雨が。雨が邪魔《じゃま》です～。この、信奈お姉さまがやりたい放題に構築させた陣は鉄砲防衛専用陣らしいですよ？　このままでは巣ごもりしているうちに袋《ふくろ》だたきです～」

「朗報です、姫。三河を出奔《しゅつぽん》してにゃんこう宗一揆《いっき》に参加していた本多正信《ほんだまさのぶ》を、親族の本多忠勝《ただかつ》が連れ戻《もど》して参りましたぞ。姫のもとへ参る途中《とちゅう》、再び消えたりしておりましたが、ようやく到着《とうちゃく》いたしました」

「えっ？　弥八郎《やはちろう》が？　こんどこそ戻ってきたんですか？　ほんとうに？」

「はっ。やつのおかげで勇将・忠勝も長らくこの松平家を留守にしたため、わが軍にとっては多大な打撃《だげき》となっておりました。まったくこの家の家臣はどうしてこうも面倒臭《めんどうくさ》いやつばかりなのだ。これもわが主《あるじ》に求心力がないためか。いつもせこい金儲《かねもう》けのことばかり考えているから。やっと今川《いまがわ》から独立できたはずだったのに、こんどは織田信奈の使い走りにされて平然としていられる神経が拙者《せっしゃ》には理解しがたい。あと、商人じゃあるまいし毎日毎日細かい米の売り買い売り買いで小銭《こぜに》稼ぎ。これでは俺はなんのために桶狭間《おけはざま》で相良良晴の話に乗ったのか。今にして思えば織田より今川のほうがましだった」

「ああ、弥八郎さん！　わが莫逆《ばくぎやく》の友！　わが窮地《きゆうち》を救うために戻ってきてくれたんですね～。なんということでしょう～。二度と逃がさないように猫神さまを捨てさせて、狸さまに宗旨替《しゆうしが》えさせなくてはなりませんね～！」

「拙者の愚痴《ぐち》を聞いていませんな！　本多正信は、どうしても姫に会わせたいお人がいるそうで。その者を拾って連れてくるために手間取ったそうです。一緒《いっしょ》にお連れします」

「誰《だれ》ですか～？　もしかして弥八郎さんの漫才《まんざい》の相方ですか？　そうですね、本猫寺の漫才大会は本拠地《ほんきょち》移転でしばらく延期ですからね。この隙に三河漫才を普及《ふきゅう》させて稼ごうということですね～！　弥八郎さんは漫才のネタを盗《ぬす》むために、あえてにゃんこう宗に潜《せん》入《にゅう》して」

「違います！」

次の瞬間《しゅんかん》。元康は、驚愕《きょうがく》することになった。

「わたくし、世良田二郎三郎《せらたじろうさぶろう》と申します」

自分とまるで生き写しの少女が、目の前に立っていたのだから。

「あなたは、いったい？　まるで私と、双子《ふたご》のように瓜二つ《うりふた》!?」

世良田二郎三郎は、隣《となり》に元康の幼なじみ・本多正信が侍《はべ》っているにもかかわらず、言い放っていた。

「わたくしは松平元康、あなたと入れ替《か》わることで天下を頂戴《ちょうだい》しに参りました——戦国時代最後の覇者《はしゃ》『徳川家康《とくがわいえやす》』として」

巻ノ七　牟志賀《むしか》

日向《ひゅうが》に神の国を建国する、と宣言して豊後《ぶんご》を出立した大友宗麟《おおともそうりん》軍は総勢、約五万。

大友軍の柱石である立花道雪《たちばなどうせつ》をはじめとする歴戦の男武者の多くは「宗教戦争には荷担せぬ」と頑固一徹《がんこいってつ》ぶりを発揮して参戦せず、九州における事実上の第三勢力・肥前《ひぜん》の龍造寺《りゅうぞうじ》の空き巣狙《あすねら》いを阻《はば》むと称《しょう》してそれぞれの居城に留《とど》まった。遠征軍の中核《ちゅうかく》は大友宗麟を聖女と崇《あが》めるキリシタンの姫武将たちによって組織された「百合《ゆり》十字軍」だった。

行軍する大友軍は旗印とともに白く輝《かがや》く十字架《じゅうじか》を掲げ、行く先々で神社の破却《はきゃく》を計画・立案しながら同時に対島津《しまづ》戦の戦略をも練るという対宗教戦・対島津戦の同時進行を行っていた。

天照大神《あまてらすおおみかみ》が天下ったとされる伝説の高千穂《たかちほ》の地は大友軍に押さえられ、大友軍は勢いに乗って北日向を席巻《せっけん》。

大友宗麟自身は、日向の牟志賀を本陣《ほんじん》とした。

牟志賀とは、南蛮《なんばん》語の「ムシカ」すなわちmusicに漢字で当て字を与えた名で、宗麟自身が「新たな神の国」にふさわしい名だよねとして命名した。

続く攻略《こうりやく》目標は、南日向における島津方の重要拠点《きよてん》・高城《たかじよう》である。

高城を守る兵は、わずか五百。

高城を落とせば、島津方は日向からの撤退《てつたい》を余儀《よぎ》なくされる。

だが、響野原《ひびきのはら》で甲斐《かい》宗運《そううん》と電撃和睦《でんげきわぼく》した島津義久《よしひさ》は高城救援《きゆうえん》のために総勢四万もの後詰《ごづ》めを各地から集《あつ》めつつあった。相良《さがら》家を従属させ、強敵・甲斐宗運との和睦に成功したことで、これまで日向方面と肥後《ひご》方面との二正面作戦を余儀なくされていた島津ははじめて持てる全ての兵力を日向へと集結させることが可能になったのだ。しかも、武神・義弘《よしひろ》はもちろん、滅多に戦場に向かわない当主の義久自身も兵を率いている。

牟志賀の本陣となった急ごしらえの南蛮教会で、軍議が開かれていた——大友宗麟の左右には、二人の軍師が並んでいる。一人はプラトン立体を用いて未来を予知する南蛮宣教師・ガスパール。そしてもう一人の黒衣の少女軍師は——黒田《くろだ》官兵衛《かんべえ》だった。

「シメオンが采配《さいはい》を取ってくれたおかげで、すっごく助かっちゃった。ここまで無人の野を行くようにさくさく侵攻できちゃったね。シメオンってほんと、天才だね」

「ええ。流れる水の如《ごと》きすばらしい采配でした、ドン・シメオン」

「シム。これからはこのシメオンが、大友軍の軍師として宗麟に手を貸してやる」

この遠征軍に随行《ずいこう》していたフロイスが、「あなたは最初の目的を忘れています。勝手にオオトモさまから領地をもらって軍を率いるなんて、ノブナさまへの謀反も同然です。それに、シマヅ軍にはヨシハルさんがおられるのです。このままではヨシハルさんと戦うことになります」と官兵衛をけんめいにいさめているが、官兵衛は島津との決戦に夢中になっているらしく、フロイスの言葉をさらりと聞き流していた。

「もう言うなフロイス。この決戦で大友が負けたら織田信奈《おだのぶな》は詰《つ》みだ、だから必勝しなければならない。しかしながら南蛮人であるガスパールの采配では動かない将兵が多いからシメオンが采配を取ってやってるんだ。決して、宗麟から中津《なかつ》十二万石をもらったから軍師役を引き受けたわけじゃないぞ？」

「今すぐにモウリさまの上洛《じょうらく》を止めなければ、アケチさまが。アケチさまが倒《たお》れればノブナさまは」

「むふー！　だいじょうぶだ、このシメオンが大友の大軍を指揮して本気で戦えば九州の覇権《はけん》などお茶の子だ！　速攻《そっこう》で島津を敗走させて、返す刀で毛利《もうり》領に攻《せ》め込む！　織田信奈が本土決戦に挑んでいる間に、シメオンが九州から中国まで一気に席巻してやる！」

これではヨシハルさんとシメオンさんとが九州で決戦せねばなりません！　どうしてこんなことに……とフロイスが天を仰《あお》いだ。

「ふふふ。知ったぞ。ガスパールから聞かされたぞ。このシメオンが辿る、踏《ふ》んだり蹴《け》ったりな不運ばかりの未来を。狡兎《こうと》死《し》して良狗煮《りょうくに》られる！　シメオンは天下盗《と》りのために軍師としてがんばったというのに、天下人に疎《うと》まれてずーっとこの九州でくすぶって、人生の最後の最後に本土で勃発《ぼっぱつ》した大決戦の隙《すき》をついて九州を席巻するはずがこれもうまくいかず二流の人呼ばわりが確定することを！　だが！　それは織田信奈たちがいなくなってしまった遠い未来での話だ！　織田信奈、武田信玄《たけだしんげん》、上杉謙信《うえすぎけんしん》が本土で決戦するとなれば、とても一日で勝負はつかない！　今ならば九州を手に入れる時間は、あるっ！　織田信奈たちが本土で相争っている隙をついて九州を平定して名実ともに天下一軍師に！　このシメオンには天下への野望はないが、黒官《くろかん》一流の称号を手に入れる機会は今しかないんだっ！」

「ですが。黒官一流を証明する舞台《ぶたい》は、ノブナさまの天下布武《ふぶ》の戦いにおいてではなかったのでしょうか？　お二人は志をともにする同志だったはずです。これでは、シメオンさんは主君が窮地に陥《おちい》っている隙に九州でオオトモさまと結託《けったく》して勝手に独立したとしか見られません。明《みん》のいにしえの将軍・韓信《かんしん》の逸話《いつわ》通りになってしまいます！　それこそ、狡兎死して良狗煮られる、という結末に。それ以前に、シマヅとの戦が長引けばかんじんのノブナさまが反織田家連合軍に滅《ほろ》ぼされてしまいます！」

「むふー。恩義ある織田信奈を裏切るつもりはない。ちゃんと間に合わせるから心配するな。まあ、もしも織田信奈が滅びたらその時はシメオンが織田信奈の開国路線を継承《けいしょう》して大友軍を率いて天下を平定してやる！・なにしろガスパールにも『織田信奈に万一のことがあった時、第二のプレステ・ジョアンにふさわしい才能の持ち主は天下広しといえどもあなたしかいない』と直接指名されてしまったからな。いやー天才ってつらいなあ」

ええ。この戦いに勝てばわれわれは連合軍に包囲された織田信奈を救えます。ですが世界の未来を変えるのは至難の業《わざ》ですから、最悪のことを考えて代役も準備しておかねばなりません。まさしくシメオンどのこそがその代役にふさわしい器量人、神社仏閣の破壊は私に任せて下さい、とガスパールは宗麟にワインを注《つ》ぎながら静かに微笑《ほほえ》んでいる。

「シメオンさん。シマヅ陣営《じんえい》にいるヨシハルさんをどうなさるおつもりなんです？」

「むふー。フロイス、あいつこそ裏切り者じゃないか。大友家への和睦の使者が、どうして島津軍に居座って大友と戦おうとしているんだ？　しかもあいつは相良義陽《よしはる》だとか島津家久《いえひさ》だとか、織田信奈が見ていない隙にまたしても現地妻を大勢手に入れていると聞いたぞ？　島津四姉妹がこぞってあいつの妻になろうとして互《たが》いに争っているんだとか。ほんとうにろくでもない浮気者《うわきもの》だ！　ここはシメオンが懲《こ》らしめてやらなきゃな、あーはは！」

「ご、誤解です。ヨシハルさんは、仲間を増やされただけです。同じジパングの人間同士、未来から来たあの人にとっては敵は存在しないんです。それがヨシハルさんの不思議な魅力《みりょく》の源泉で……」

「そうか？　小早川隆景《こばやかわたかかげ》といい上杉謙信といい、あいつが手を出した姫《ひめ》武将はみんな織田家に味方するどころか、良晴《よしはる》を巡《めぐ》って争う織田信奈の強敵になってるじゃないか？」

「か、彼女たちは決してヨシハルさんの現地妻などでは……たぶん……いつか、ヨシハルさんの行動が正しかったことが証明されるはずです」

ガスパールが「織田信奈を補佐《ほさ》したいのならばわれらに協力してほしいものだフロイス。相良良晴は私が仕掛《しか》けた第二の罠《わな》をも突破《とっぱ》したが、その結果まるで島津家の重臣のようになってしまった。彼は少々やりすぎたらしい。今や彼は織田信奈政権存続のために排除《はいじょ》すべき存在となった」と微笑んだ。約束が違《ちが》います、とフロイスが抗議《こうぎ》したが、ガスパールは「まだ、彼は私と大友宗麟さまの前に辿《たど》り着いてはいないよ」と悪びれる様子もなかった。

「もはや織田信奈には時間がない。彼にはこの合戦を最後に、歴史の表舞台《おもてぶたい》から退場してもらう。未来人相良良晴と島津四姉妹の連携《れんけい》は強力だが、シメオンならば、なしとげられるだろう」

フロイスは十字を切って、そして嘆《なげ》いた。危惧《きぐ》していた事態が起きてしまった。不幸な未来を吹《ふ》き込んで人の心を操《あやつ》るとは、許しがたい行為《こうい》だった。そのガスパールに操られている官兵衛を翻意《ほんい》させることはできるのだろうか。

南蛮教会の屋根の上に潜《ひそ》んでいた五右衛門《ごえもん》が「軍師・黒田氏、言葉巧《たく》みにたばかられて自ら気づかぬうちに事実上のご謀反《むほん》。しかも未来予知の術士と結託。これは相良氏にとって最大の危地でごじゃる」と赤い瞳《ひとみ》を光らせ、そして、音もなく消えた。

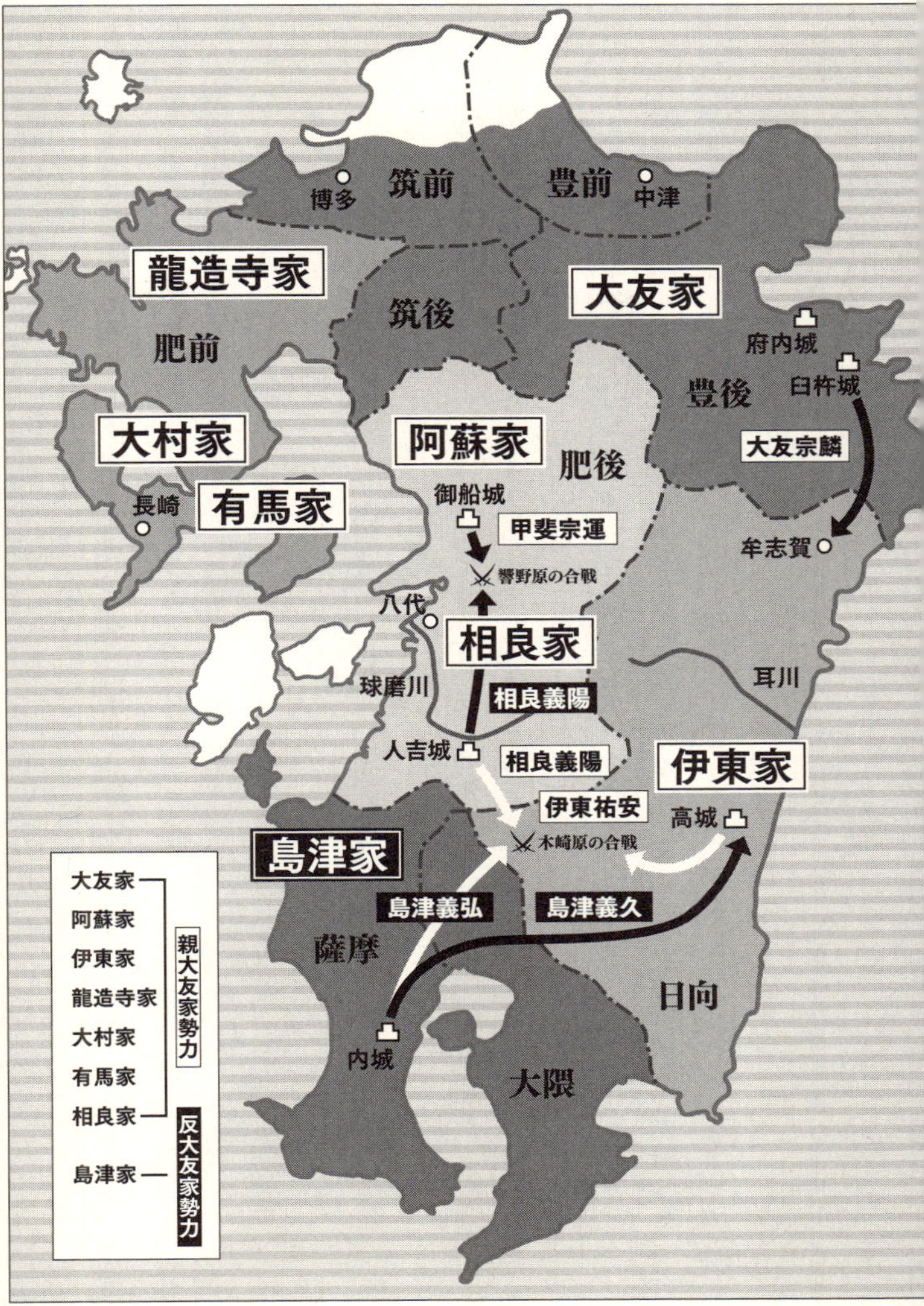
筑前
博多
豊前
中津
龍造寺家
大友家
筑後
肥前
府内城
臼杵城
豊後
大村家
阿蘇家
肥後
大友宗麟
長崎
有馬家
御船城
甲斐宗運
牟志賀
響野原の合戦
八代
相良家
球磨川
耳川
相良義陽
人吉城
相良義陽
伊東家
伊東祐安
高城
木崎原の合戦
島津家
島津義弘
島津義久
薩摩
日向
内城
大隅
大友家
阿蘇家
伊東家
龍造寺家
大村家
有馬家
相良家
親大友家勢力
島津家
反大友家勢力

あとがき

黒官一流！　九州で炸裂《さくれつ》する悪官兵衛《ワルかんべえ》の野望！

おかげさまで「織田信奈《おだのぶな》の野望　全国版」もついに修羅《しゅら》の国・九州編に突入《とつにゅう》しました。実はご先祖が九州出身なので、九州編を書くとなるとあだやおろそかにはできないと気合いが入ります。北陸は謙信《けんしん》が一気呵成《いっきかせい》にほぼ統一、中国地方は毛利がすでに統一済みなのに対して、九州は大友《おおとも》・島津《しまづ》・龍造寺《りゅうぞうじ》による三国鼎立《ていりつ》状態ですから、一冊では終わらず二冊構成となりました。ページ数が増えすぎて信奈たち織田家の出番が予定より少なくなったのですが、次巻では必ず織田家の活躍《かつやく》も描《えが》きますので、もう少々お待ちください！

豊後には、キリシタンの王国を日向《ひゅうが》に建国しようとしている大友宗麟《そうりん》。

薩摩《さつま》には、近年戦国の主役となった感のある島津《しまづ》家の島津四姉妹。

この両家の激突《げきとつ》の狭間《はざま》に、漁夫の利を狙う龍造寺家と、肥後《ひご》・球磨《くま》の相良《さがら》家や、阿蘇《あそ》家、伊東《いとう》家といった中小勢力が絡《から》み、九州では息《いき》つく暇《ひま》なく合戦が繰《く》り広《ひろ》げられています。その戦乱の中に、われらが相良良晴《よしはる》が飛び込むことで諸将の運命が大きく動きはじめ……というわけで、肥後相良家の当主・相良義陽《よしはる》の登場がこの巻の隠《かく》し球《だま》的な要素となっています。「打ち合わせと違《ちが》うじゃないですかぁ～！」との声が聞こえてきましたが、相良良晴と相良義陽が出会わないでどうする、それでは九州のご先祖さまにも申し訳がたたないと心の中の戦国魂《だましい》が囁《ささや》いてきて、島津四姉妹編に相良家の物語が重なって同時進行するという分厚い展開になったのです。

やっぱり九州はよか。また博多で暮らしたいなあ、と思いました。ぜひ機会があれば鹿《か》児《ご》島《しま》に取材旅行に行きたいものです。「あくまき」は便利なネット通販《つうはん》で手に入れましたが、現地でいただいてみたいですね！

というわけで、島津四姉妹総出演の豪華《ごうか》な表紙イラストを描いてくださったみやま先生、土《ど》壇《たん》場《ば》での冒頭《ぼうとう》ページのいきなりの差《さ》し替《か》えに応えていただいた担当さん、ここまで「信奈」を読み続けてくださっている読者の皆様《みなさま》に感謝です。

九州編はまだ折り返し地点、本州の物語もクライマックスへ向けて大きく進行しはじめている、ということで次の巻が（主にページ数の問題で）たいへんでちょっと苦しみそうですが、閃《ひらめ》きが降りてくる瞬間《しゅんかん》がやってくるように全力でがんばります。

ちなみに宣伝ですが、富士見L文庫から新作『桜木双葉《さくらぎふたば》の世界《せかい》』が発売されましたので、こちらのほうもよろしくお願いします。お題は「小説家が大正時代の横浜《よこはま》にタイムスリップして奇《き》人《じん》変人揃《ぞろ》いの文豪《ぶんごう》たちに遭遇《そうぐう》」です。

春日みかげ

富士見ファンタジア文庫

織田信奈《おだのぶな》の野望《やぼう》　全国版《ぜんこくばん》 13

平成27年5月25日　初版発行

著者――春日《かすが》みかげ

発行者――三坂泰二

発行所――株式会社KADOKAWA
http://www.kadokawa.co.jp/
〒102-8177
東京都千代田区富士見2-13-3
電話　営業　03(3238)8702
　　　編集　03(3238)8585

印刷所――暁印刷
製本所――BBC

ISBN978-4-04-070291-9 C0193

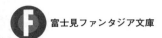

ロムニア帝国興亡記
著：舞阪洸
イラスト：エレクトさわる
①翼ある虎
②風車《れきし》を回す風
③運命を別つ選択
④残る者、去りゆく者
⑤強襲の第二皇女
（以下続刊）
か？
皇子
国興亡戦史！

F ファンタジア文庫
“うつけ”と評判の皇子サイファカール。次代の皇帝候補から外れ、歴史の影に埋もれる、はずだった。
だが、帝国を揺るがす報せが皇子の運命を大きく変える！
野に放たれた虎は帝国興亡の要となるのか!?
“うつけ”か？“英雄”
サイファカールの帝

スケベでおバカな高校生イッセー君の
悪魔で下僕でなんだかウハウハで
そしてちょっとだけ熱血な
学園デモンズ・エロコメディー！
石踏一榮
ICHIEI ISHIBUMI
イラスト：みやま零
illustration : MIYAMA-ZERO
ファンタジア文庫

第29回
ファンタジア大賞原稿募集中！
賞金
大賞
300万円
最強に面白い作品、
待ってるわよ！
選考委員
第17回受賞
第17回受賞
第20回受賞
葵せきな×石踏一榮×橘公司
「生徒会の一存」「ぼくのゆうしゃ」
「ハイスクールD×D」
「デート・ア・ライブ」
×ファンタジア文庫編集長
締め切り
第29回前期
2015年8月末日
後期 2016年2月末日
「空戦魔導士候補生の教官」
著：諸星悠　イラスト：甘味みきひろ（アクアプラス）
投稿＆速報最新情報
ファンタジア大賞WEBサイト http://www.fantasiataisho.com/
富士見ラノベ文芸大賞も同サイトで募集中